악몽을 파는 가게 1

THE BAZAAR OF BAD DREAMS
by Stephen King

작가의 말

기존에 출간된 작품들도 일부 포함되어 있지만 예전에도 그랬듯 지금도 미완성작이기는 마찬가지다. 작가가 은퇴를 하거나 세상을 떠나지 않는 이상 완성작은 있을 수 없다. 다시 한 번 손을 보고 몇 군데 수정할 여지는 언제든지 남아 있다. 물론 새로운 작품들도 대거 수록되어 있다. 또 한 가지 여러분들에게 알리고 싶은 게 있다면 내 작품을 꾸준히 찾아주는 독자 여러분과 나, 양쪽 모두 아직까지 이렇게 살아 있으니 얼마나 기쁜지 모른다는 것이다. 참으로 근사하지 않은가?

—— 스티븐 킹

나는 생각나는 대로 내뱉고 감정을 드러내지 않지.

—— AC/DC*

* 호주 출신의 록 밴드 —— 옮긴이

차례

들어가며

내 작품을 꾸준히 찾아주는 독자 여러분들을 위해 내가 준비한 몇 가지를 이제 달빛 아래 펼쳐 보이려고 한다. 하지만 내가 손수 만들어서 팔려고 내놓은 소소한 보물들을 꺼내기에 앞서 몇 마디 소개를 했으면 좋겠다. 금방이면 될 것이다. 여기, 내 옆에 앉아 주기 바란다. 좀 더 가까이 와서 앉아도 된다. 안 잡아먹는다.

물론…… 여러분과 나는 아주 오래 전부터 알던 사이인 만큼 그게 사실이 아닐 수도 있음을 여러분도 알 거라 믿는다.

그렇지 않은가?

I

나더러 단편 소설을 계속 쓰는 이유를 묻는 사람들이 얼마나 많은지 들으면 여러분도 깜짝 놀랄 것이다.(적어도 내가 생각하기에는 그렇다.) 이유는 간단하다. 나는 재미있는 일을 하도록 만들어진 사람인데 단편 소설을 쓰면 즐거워지기 때문이다. 나는 기타도 잘 치지 못하고 탭댄스는 아예 추지도 못하지만 단편 소설은 쓸 줄 안다. 그래서 쓴다.

나는 천생이 소설가이고, 작가에게나 독자에게나 몰입감을 선사하며 현실과 거의 다름없는 허구 세계를 구축할 수 있는 장편을 특히 좋아한다. 장편이 성공을 거두면 작가와 독자는 단순한 연인이 아니라 결혼한 사이가 된다. 『스탠드』나 『11/22/63』의 마지막 장을 덮었을 때 아쉬웠다는 독자가 있으면 그 작품은 성공작이었다는 생각이 든다.

하지만 좀 더 짧고 강렬한 작품에도 장점이 있다. 두 번 다시 만나지 못할 낯선 사람과의 왈츠나 어둠 속의 키스나 벼룩시장의 싸구려 담요 위에 놓인 근사한 골동품처럼 삶의 원동력이 되고 가끔은 쇼킹한 매력이 있지 않은가. 아, 그리고 내 단편들을 한데 모아 놓으면 자정에만 문을 여는 노점상이 된 듯한 기분이 든다. 나는 이런저런 것들을 늘어놓고, 와서 하나 골라 보라고 독자들(그러니까 여러분)을 유혹한다.

하지만 정식으로 경고를 하자면 위험한 품목도 있으니 조심하는 편이 좋을 것이다. 그런 품목들 안에는 악몽이 숨겨져 있어서 잠이 잘 오지 않을 때, 옷장 문을 분명히 닫았는데 왜 지금 열려 있는지 궁금할 때 자꾸 생각이 날 것이다.

II

짧은 작품에 적용되는 엄격한 규율을 내가 항상 유쾌하게 받아들였는가 하면 그건 아니다. 짧은 소설을 쓰려면 지겨운 연습을 수없이 반복해야 터득할 수 있는 곡예 기술 같은 것이 필요하다. 어떤 선생님들은 '어렵게 쓴 글이 쉽게 읽힌다'고 하는데 맞는 말이다. 장편에서는 모르고 지나갈 만한 실수들이 단편에서는 확연하게 드러난다. 그래서 엄격한 규율이 필수 조건이다. 황홀한 곁길이 등장하더라도 그 길로 새고 싶은 충동을 누르고 큰길을 고수해야 한다.

나는 단편 소설을 쓸 때 내 능력의 한계를 가장 뼈저리게 실감한다. 내가 작가로서 자격 미달인 듯한 기분과 빛나는 아이디어와 아이디어의 구현 사이에 놓인 간극을 메우지 못할 것 같은 공포를 뼛속 깊이 느낀다. 간단하게 설명하자면 어느 날 '오호라! 당장 글로 써야겠는데!' 하는 생각과 함께 어디에선가 문득 떠오른 근사한 아이디어와 비교하면 완성된 작품이 수준 미달인 것처럼 느껴진다는 말이다.

하지만 결과가 가끔 제법 괜찮을 때도 있다. 그리고 어쩌다 한번이지만 원래 떠올랐던 아이디어보다 나을 때도 있다. 그러면 여간 신나는 게 아니다. 어떻게 하면 그 염병할 경지에 다다르느냐 그것이 문제인데, 훌륭한 아이디어를 갖춘 작가 지망생들이 펜을 들지 못하거나 자판을 두드리지 못하는 이유가 그 때문일 거라고 생각한다. 추운 날 차에 시동을 걸려고 하려는 것과 비슷할 때가 워낙 많기 때문이다. 처음에는 엔진이 작동되기는커녕 신음소리만 낸다. 하지만 계속 시도하다 보면(배터리가 나가지 않은 이상) 시동이 걸리고…… 털털거리다…… 조용해진다.

이 안에는 번개처럼 영감이 떠오르는 바람에 작업 중이던 장편을 잠시 중단하고 당장 쓸 수밖에 없었던 작품도 있다.(「여름 천둥」이 그런 경우였다.) 그런가 하면 「130킬로미터」처럼 몇십 년 동안 자기 차례를 진득하니 기다려야 했던 작품도 있다. 하지만 훌륭한 단편이 갖추어야 할, 집중이라는 엄격한 기준은 어느 작품에나 마찬가지로 적용된다. 장편 소설은 야구와도 같아서 20이닝까지 가더라도 끝나야 끝나는 거다. 단편 소설은 상대팀뿐 아니라 시계를 상대로도 싸워야 한다는 점에서 농구나 미식축구에 가깝다.

장편이건 단편이건 소설 쓰기에 관한 한 배움에 끝은 없다. 국세청에서는 소득세 신고서를 보고 나를 전문 작가로 간주할지 몰라도 나는 여전히 기술을 갈고 닦는 아마추어에 불과하다. 어느 누구나 마찬가지다. 글을 쓰는 하루하루가 배움의 기회고 새로운 도전이다. 땡땡이는 용납되지 않는다. 타고난 재능을 늘릴 수는 없지만(한 세트로 주어지는 것이기에) 쪼그라들지 않게 관리할 수는 있다. 적어도 나는 그렇게 믿고 싶다.

아, 그리고! 나는 내 일을 여전히 사랑한다.

III

내 작품을 꾸준히 찾아주는 독자 여러분들을 위해 준비한 것들을 여기 이렇게 펼쳐 보인다. 오늘 밤에 나는 이것저것 조금씩 팔아볼 생각이다. 자동차처럼 생긴 괴물(영화 「크리스틴」의 재현이랄까), 부고를 작성하면 사람을 죽일 수 있는 남자, 평행우주를 들락거릴 수 있는 e북 독자, 그리고 고전 중의 고전이랄 수 있는 인류의 종말. 다른 노점상들은 이미 오래전에 퇴근하고 길거리에는 인적이 끊기고 차가운 달의 껍질이 도시의 협곡을 비추는 때에 이것들을 팔고 싶다. 바로 그때 내 담요를 펼치고 내 물건들을 늘어놓고 싶다.

사설은 이 정도면 충분하다. 어쩌면 여러분도 이제 뭔가 사고 싶은 마음이 생겼을지 모르겠다. 이 모든 작품을 내가 손수 만들었고 애착이 가지 않는 것이 없지만 특별히 여러분을 위해 만든 것이기에 기쁜 마음으로 내놓을 수 있다. 마음껏 구경하되 조심하기 바란다.
가장 괜찮은 녀석들에게는 이빨이 있으니 말이다.

2014년 8월 6일

130킬로미터

나는 메인대학교에 다니던 열아홉 살 때 오로노에서 차를 몰고, 내 작품에서 할로로 설정된 더럼이라는 조그만 마을까지 왕복한 적이 있었다. 3주 정도마다 한 번씩 주말에 그랬던 이유는 여자친구와…… 공교롭게도 어머니를 만나기 위해서였다. 내가 몰던 차는 61년식 포드 스테이션왜건이었다. 직렬 6기통 엔진이었고 수동 3단 기어 변속기가 핸들에 달려 있었다.(무슨 소리인지 모르겠거든 아빠한테 물어보시라.) 데이비드 형이 물려준 거였다.

그 당시에는 95번 고속도로의 통행량이 많지 않았고, 노동절이 지나서 여름 휴가족이 일상으로 복귀하면 긴 구간에 걸쳐 거의 인적이 없다시피 했다. 물론 휴대전화도 없었다. 가다가 차가 서면 직접 고치든지 가장 가까운 자동차 수리점까지 태워다 줄 선한 사마리아인이 등장할 때까지 기다리든지 둘 중 하나였다.

나는 그 240킬로미터를 달리는 동안, 인적이 절대 없는 가디너와 루이스턴

19

중간의 135킬로미터 구간을 특히 무서워하게 됐다. 내 낡은 왜건이 정말 퍼져 버린다면 그곳에서일 거라고 믿어 의심치 않게 됐다. 아무도 지나다니지 않는 갓길에 외로이 웅크리고 서 있는 녀석의 모습을 머릿속에 생생하게 떠올릴 수 있었다. 가던 길을 멈추고 운전자가 괜찮은지 확인할 사람이 있을까? 만에 하나 심장마비로 죽어서 앞좌석에 대자로 뻗은 건 아닌지 확인할 사람이 있을까? 물론이다. 선한 사마리아인은 어디든 있고 특히 산간벽지에 많다. 시골 사람들은 주변을 잘 챙긴다.

하지만 내 낡은 왜건이 속임수라면 어떨까? 누군가가 설치한 끔찍한 덫이라면? 그걸로 소설을 쓰면 괜찮겠다는 생각이 들었고 과연 괜찮은 결과물이 탄생됐다. 내가 정한 제목은 「135킬로미터」였다. 이 작품은 원고를 잃어 버렸기 때문에 출간은커녕 다시 손을 본 적도 없었다. 나는 그 당시에 주기적으로 환각제를 복용해서 온갖 것들을 잃어버렸다. 짧은 기간 동안 정신을 잃어버린 적도 있었다.

거의 40년의 세월을 단숨에 뛰어넘어 보자. 21세기로 들어서면서 메인 주의 95번 고속도로는 통행량이 늘었지만 그래도 노동절이 지나면 한산해지고 예산상의 문제로 문을 닫은 휴게소가 많다. 루이스턴 출구 근처에 있었던 주유소 겸 버거킹(내가 거기서 먹은 와퍼가 얼마나 많았던가.)도 문을 닫았다. 통행 금지라고 적힌 가로대로 진출입로가 막힌 채 방치된 그곳은 날이 갈수록 점점 흉물스럽고 지저분해지고 있다. 추운 겨울을 겪으면서 주차장은 뒤틀렸고 틈새로 잡초들이 고개를 내밀었다.

어느 날 그 앞을 지나다 예전에 썼던 원고가 생각나기에 다시 한 번 써 보기로 마음먹었다. 방치된 휴게소가 그 무서웠던 135킬로미터 지점보다 조금 남쪽에 있었기 때문에 제목을 바꾸었다. 하지만 나머지 부분은 상당히 비슷할 거라고 생각한다. 고속도로 위의 오아시스는 사라질지 몰라도 (내 낡은 포드 왜건

과 예전 여자친구와 과거의 수많은 나쁜 습관들이 그랬던 것처럼) 이야기는 남는다. 내가

가장 아끼는 작품 가운데 하나다.

1. 피트 시먼스(07년식 허피)

"너는 안 돼."

그의 형이 말했다.

조지는 블록의 저쪽 끝에서 슬슬 조바심을 내며 기다리고 있는 자신의 친구들(꼼짝 마 습격대로 분장한 그 동네의 열두 살과 열세 살짜리들)을 두고 나지막이 속삭였다.

"너무 위험해."

"안 무서운데."

피트는 *살짝* 무서웠지만 그래도 아주 씩씩하게 대답했다. 조지와 그의 친구들은 볼링장 뒤편의 모래 채취장으로 가는 길이었다. 거기서 노미 세리오가 만든 게임을 할 예정이었다. 노미는 꼼짝 마 습격대 대장이었고 그가 만든 게임은 지옥에서 온 낙하산 부대였다. 자갈 채취장과 연결된 바퀴 자국이 난 길을 따라서 "우리 습격대 만세!"라고 큰소리로 외치며 자전거를 타고 전속력으로 달리다 뛰어내리는 것이 게임의 규칙이었다. 보통은 3미터 정도 가서 뛰어내리기 마련이었고 그 일대는 폭신했지만 이내 모래가 아닌 자갈밭으로 떨어지는 친구가 등장했고 그러면 팔이나 발목이 부러질 수 있었다. 그건 심지어 피트도 아는 사실이었다.(그는 그래서 그 게임이 더 재미있어지는 이유도 어렴풋이 이해했다.) 덕분에 부모님들에게 들통 나면 지옥에서 온 낙하산 부대는 끝장이었다. 하지만 아직까지는 게임이(당연히 헬멧을 쓰지 않고 했다.) 별 탈 없이 이어지고 있었다.

하지만 조지는 동생을 데려갈 만큼 생각이 짧지 않았다. 그는 부모님이 일을 하는 동안 피트를 돌보기로 되어 있었다. 만약 피트가 자갈 채취장에서 허피 자전거를 망가뜨리면 그는 일주일 동안 외출을 금지당할 것이다. 만약 동생의 팔이 부러지면 그 기간이 한 달이 될 것이다. 만약 목이 부러지면(그럴 일은 없겠지만!) 그는 대학교에 갈 때까지 방에서 나오지 못할 것이다.

게다가 그는 이 귀찮은 꼬맹이를 사랑했다.

"여기서 놀고 있어. 두세 시간 뒤에 올게."

조지가 말하자 피트가 물었다.

"누구랑 놀라고?"

봄방학이었고 어머니가 '알맞은 또래'라고 표현할 만한 *그의* 친구들은 전부 어디론가 사라진 듯했다. 그중에서도 올랜도에 있는 디즈니월드로 놀러간 몇 명을 생각하면 피트는 부럽고 질투가 났다. 시기와 질투는 사악하지만 묘하게 끌리는 조합이었다.

"그냥 놀아. 가게에 가든지 뭐 그러면서."

조지가 말했다. 그는 주머니를 뒤져서 꾸깃꾸깃한 워싱턴(1달러짜리 지폐의 모델이다 ― 옮긴이)을 두 장 꺼냈다.

"돈 줄게."

피트는 돈을 쳐다보았다.

"우와, 형, 그걸로 코벳 살 수 있겠다. 어쩌면 두 개 살 수도 있겠는걸."

"얼른 와, 시먼스. 아니면 우리끼리 간다!"

노미가 큰소리로 외쳤다.

"갈게!"

조지는 맞받아서 외치고 피트에게 나지막이 속삭였다.

"이 돈 들고 가. 귀찮게 굴지 말고."

피트는 돈을 챙기며 말했다.

"돋보기도 들고 왔는데. 왜 들고 왔느냐면……."

"그 유치한 장난은 천 번도 넘게 봤다."

조지는 이렇게 말했다가 피트의 입 꼬리가 처진 것을 보고는 애써 마음을 풀어 주려고 했다.

"하늘을 봐라, 바보야. 흐린 날에는 돋보기로 불을 피울 수 없잖아. 놀고 있어. 나중에 와서 컴퓨터로 배틀십이나 뭐 그런 게임 같이 해 줄게."

"우리 간다, 겁쟁아! 나중에 보자, 딸꾼아!"

노미가 고함을 지르자 조지가 말했다.

"이만 가야겠다. 제발 부탁인데 말썽 일으키지 마. 다른 데 가지도 말고."

"그러다 허리 부러져서 평생 누워서 지내야 할지 몰라."

피트는 이렇게 말해 놓고…… 얼른 손가락 사이로 침을 뱉어서 저주를 없앴다. 그는 형의 등 뒤에 대고 외쳤다.

"잘해! 제일 멀리 점프해!"

조지는 알았다는 뜻에서 한 손을 흔들었지만 뒤돌아보지는 않았다. 그는 피트가 감탄하며 바라볼 뿐 타지는 못하는(한번 타려고 했다가 집 앞길 중간쯤에서 나자빠졌다.) 큼지막한 슈윈 자전거 페달을 밟고 섰다. 피트는 그가 페달을 힘껏 밟으며 오번의 교외 주택들이 늘어선 이 블록을 질주해 친구들을 따라잡는 모습을 지켜보았다.

이제 피트 혼자 남았다.

* * *

자전거 가방에서 돋보기를 꺼내 팔뚝 위로 들고 있었지만 빛이 한 점으로 모아지지도 않았고 뜨겁지도 않았다. 그는 낮게 드리운 구름을 우울한 눈빛으로 올려다보고 돋보기를 다시 넣었다. 비싼 리치포스 제품이었다. 개미 상자를 관찰하는 과학 숙제를 하려고 작년 크리스마스 선물로 받은 거였다.

"결국에는 차고에 처박혀서 먼지만 뒤집어쓰겠지."

아버지는 이렇게 얘기했지만 개미 상자를 관찰하는 숙제는 2월에 끝났어도(피트와 파트너 태미 위텀은 A를 받았다.) 피트는 아직 돋보기에 싫증이 나지 않았다. 뒷마당에서 종이에 시커먼 구멍을 내는 게 특히 재미있었다.

하지만 오늘은 아니었다. 오늘은 사막처럼 끝이 없는 오후가 그를 기다리고 있었다. 집에 가서 텔레비전을 볼 수도 있었지만 조지가 구닥다리 깡패와 웃통을 벗은 여자들이 득시글거리는 「보드워크 엠파이어」를 DVR로 녹화하다 들키는 바람에 아버지가 재미있는 채널을 전부 막아 버렸다. 피트의 컴퓨터에도 그 비슷한 잠금 장치가 설정되어 있었다. 그걸 뚫을 방법을 아직 연구하지는 않았지만 시간 문제였다.

그렇다면?

"그래서 어쩌라고. 그래서…… 씨발…… 어쩌라고."

그는 나지막이 중얼거리며 머피 대로의 끝을 향해 천천히 페달을 밟았다.

너무 어려서 지옥에서 온 낙하산 부대처럼 위험한 게임을 할 수 없다니 엿 같았다. 조지와 노미와 다른 습격대원들에게 어린애도 위험한 게임을 감당할 수 있다고 보여 줄 방법을 찾을 수 있으면 좋겠는데…….

그때 문득 좋은 생각이 떠올랐다. 문을 닫은 휴게소를 탐험하면 어떨까. 형들은 그런 휴게소가 있다는 걸 모를 것이다. 피트와 나이가 같은 크레이그 가농이 알려 준 곳이었다. 그는 다른 열 살짜리들과 작년 가을에 거기 가 본 적이 있다고 했다. 물론 새빨간 거짓말일 수도 있었지만 피트가 보기에는 아니었다. 크레이그가 시시콜콜한 부분들까지 알려 주었는데 그는 이야기를 잘 지어내는 아이가 아니었다. 사실 덜 떨어진 쪽에 가까웠다.

목적지가 정해지자 피트는 더욱 빠르게 페달을 밟기 시작했다. 머피 대로 끝에서 히아신스 쪽으로 좌회전을 했다. 지나가는 사람 한 명, 차 한 대 없었다. 로시뇰의 집에서 진공청소기 돌아가는 소리가 들렸지만 그 집 말고는 죄다 잠이 들었거나 죽었나 싶을 정도였다. 다들 그의 부모님처럼 일을 하고 있는 모양이었다.

피트는 로즈우드 테라스 쪽으로 우회전해서 **길 없음**이라고 적힌 노란색 팻말을 지났다. 로즈우드에 있는 집은 열두 어 채밖에 안 됐다. 그 길 끝에 철조망으로 된 울타리가 있었다. 그 너머로는 빽빽하게 얽힌 관목숲과 앙상하게 자란 이차림(二次林)이 펼쳐졌다. 피트는 철조망(그리고 그 위에 달린 **막다른 길**이라고 적힌 전혀 쓸모없는 팻말) 앞까지 가서 페달 밟기를 멈추고 관성으로 천천히 움직였다.

피트의 눈에는 조지와 다른 습격대원들이 큰 형님처럼 보였지만(습격대원들도 스스로 그렇게 생각할 것이다.) 사실은 그렇지가 않다는 것을 그도 (어렴풋이는) 알았다. 진짜 큰 형님은 면허증도 있고 여자친구도 있는, 불량스러운 10대들이었다. 진짜 큰 형님들은 고등학교에 다녔다. 그들은 술을 마시고, 마리화나를 피우고, 헤비메탈이나 힙합을 듣고, 여자친구와 서로 빨아먹을 듯이 쪽쪽거렸다.

그런 고로 정답은 문을 닫은 휴게소였다.

피트는 허피에서 내려 주위를 살폈다. 아무도 없었다. 심지어 학교를 쉬는 날마다 (이인용 자전거를 타고) 온 동네를 돌아다니며 줄넘기를 하는 짜증나는 크로스킬 쌍둥이마저 보이지 않았다. 피트가 보기에는 기적 같은 일이었다.

차량들이 남쪽으로 포틀랜드를 향해 또는 북쪽으로 오거스타를 향해 *휘익 휘익 휘익* 하고 95번 고속도로를 달리는 소리가 그리 멀지 않은 곳에서 들렸다.

'크레이그가 한 말이 거짓말이 아니었대도 그새 울타리를 고쳤을지 몰라. 오늘 내 운세를 보면 말이지.'

피트는 생각했다.

하지만 허리를 숙이고 자세히 들여다보니 겉으로는 울타리가 멀쩡해 보였을지 몰라도 그게 아니었다. 누군가가 (아마 오래 전에 청년층이라는 재미없는 대열에 합류한 큰 형님이었을 것이다.) 철조망을 위에서부터 아래까지 일직선으로 잘라 놓았다. 피트는 주위를 다시 한 번 둘러보고, 다이아몬드 모양으로 된 철조망 사이로 손가락을 넣어서 밀었다. 저항이 있을 줄 알았더니 전혀 없었다. 잘린 철조망이 농장 대문처럼 활짝 열렸다. 진짜 큰 형님들이 제집처럼 드나들고 있었던 것이다. 만세.

생각해 보면 당연한 일이었다. 그들에게 운전 면허증이 있을지 몰라도 130킬로미터 휴게소 입구는 고속도로 관리팀이 쓰는 주황색의 큼지막한 드럼통으로 막혀 있었다. 문을 닫은 주차장의 바스러진 포장도로 사이로 잡초가 자랐다. 로렐우드에서 스쿨버스를 타고 95번 고속도로를 달려서 앨커트래즈(예전에 교도소가 있었던 샌프란시스코 연안의 작은 섬 — 옮긴이)라고도 불리는 오번초등학교가 있는 새버터스 대로까지 출구 램프를 세 번 지나는 동안 피트도 수천 번 목격한 광경이었다.

그는 휴게소가 영업 중이던 시절을 기억했다. 주유소, 버거킹, TCBY(프로즌요거트 체인점 — 옮긴이), 스바로(피자 체인점 — 옮긴이)가 있었는데 문을 닫아 버렸다. 아빠 말로는 고속도로 휴게소가 너무 많아서 주 정부에서 전부 감당할 여력이 안 되기 때문이라고 했다.

피트는 철조망 사이로 자전거를 끌고 들어간 다음 조심스럽게 임시 문을 닫고 다이아몬드 무늬를 맞춰서 울타리를 다시 멀쩡해 보이게 만들었다. 허피의 타이어가 깨진 유리를 밟고 지나지 않도록(울타리 이쪽에 깨진 유리가 너무 많았다.) 신경 쓰며 덤불숲을 향해 걸어갔다. 두리번거리며 그가 노리는 목적지를 찾았다. 울타리가 잘린 걸 보면 분명 있을 수밖에 없었다.

과연 밟아서 끈 담배꽁초와 버려진 맥주병과 탄산음료 병 들이 이정표 역할을 하는 곳에 덤불 깊숙이 이어지는 오솔길이 있었다. 피트는 계속 자전거를 끌고서 그 길을 따라갔다. 키가 큰 덤불들이 그를 삼켰다. 그의 뒤에서 로즈우드 테라스가 구름이 잔뜩 낀 봄날 사이로 꿈결처럼 멀어졌다.

피트 시먼스가 그곳을 지난 흔적 하나 없이 그렇게 멀어졌다.

* * *

피트의 짐작에 따르면 철조망으로 된 울타리에서 130킬로미터 휴게소까지 가는 길은 약 800미터였고 큰 형님들이 남긴 이정표가 곳곳에 흩뿌려져 있었다. 대여섯 개 정도 되는 갈색 병(그중 두 개에는 콧물이 딱딱하게 굳은 코카인용 스푼이 아직까지 달려 있었다.)과 빈 과자 봉지가 있는가 하면 가장자리가 레이스로 장식된 팬티 두 벌이 가시덤불에 걸려 있었고(피트가 보기에는 한 50년 전부터 걸려 있었던 듯했다.) 그리고 (대박!) 마개로 덮인 포포프 보드카 반 병도 있었다. 피트는 갈등을 하다가 병을 집어서 돋보기, 《락스 앤드 키》 최신호, 더블 스터프 오레오 몇 개가 든 자전거 가방에 챙겼다.

자전거를 밀고서 느릿느릿 흐르는 조그만 개울을 지나자 빙고, 휴게소 뒤편이 나왔다. 여기에도 울타리가 있었지만 역시 잘려 있어서 금세 빠져나갈 수 있었다. 오솔길은 키가 큰 풀을 뚫고 뒤 주차장까지 이어졌다. 용달 트럭들이 주차하던 곳인 듯했다. 건물 근처의 인도에 직사각형 모양으로 시커멓게 남은 자국은 쓰레기통이 있던 자리였다. 피트는 받침다리를 내려서 쓰레기통 자국 위에다 허피를 세웠다.

그 다음 단계를 생각하자 심장이 두근거렸다.

'이건 무단 침입이라고, 꼬맹아. 잘못했다가 철창신세를 질 수도 있어.'

하지만 열려 있는 문이나 막아 놓은 널빤지가 헐거워진 창문으로 들어가도 무단 침입일까? 그건 그냥 침입이지 않을까? 침입 그 자체가 범죄가 될 수 있을까?

그도 속으로는 그렇다는 것을 알았지만 무단 침입이 아닌 이상 철창신세를 질 일은 없을 듯했다. 게다가 여기까지 찾아온 이유가 모험을 하기 위해서가 아니었던가. 노미와 조지와 다른 꼼짝 마 습격대원들에게 떠벌릴 만한 일을 만들기 위해서가 아니었던가.

게다가 피트는 솔직히 겁이 나기는 했지만 더 이상 심심하지는 않았다.

희미해져 가는 글씨로 **직원 외 출입 금지**라고 적힌 팻말이 달린 문을 흔들어 보았지만 그냥 잠긴 정도가 아니라 *단단히* 잠겨서 꿈쩍하지 않았다. 옆면에 창문이 두 개 달려 있었지만 널빤지로 확실하게 막혀 있다는 것을 한눈에 알 수 있었다. 울타리도 겉

보기에는 멀쩡했지만 사실은 그렇지 않았던 게 생각나서 널빤지를 움직여 보았다. 소용없었다. 어떻게 보면 다행스러운 일이었다. 그는 이제 손을 떼고 싶으면 뗄 수 있었다.

하지만…… 진짜 큰 형님들은 이 안에 들어갔을 것이다. 그건 장담할 수 있었다. 어떻게 들어갔을까? 앞문으로 들어갔을까? 고속도로에서 훤히 보이는데? 만약 그렇다면 밤중에 와서 그랬을 테고, 피트는 자기 짐작이 맞는지 벌건 대낮에 확인할 생각은 눈곱만큼도 없었다. 차를 타고 지나가던 사람이 휴대전화로 911에 연락해서 "저기, 130킬로미터 휴게소에서 어떤 꼬맹이가 까불고 돌아다니고 있는데요. 예전에 버거킹이 있었던 거기 아시죠?"라고 일러바칠 수도 있었다.

'경찰서에서 엄마나 아빠한테 전화를 하느니 지옥에서 온 낙하산 부대 게임을 하다가 팔이 부러지는 게 낫지. 거기에 비하면 양팔이 다 부러지고 청바지 지퍼에 고추가 걸리는 게 차라리 나아.'

뭐, 그 정도까지는 아닐지 몰라도.

그는 하역장으로 어슬렁어슬렁 다가갔다가 거기서 또다시 대박을 발견했다. 콘크리트로 된 섬의 밑바닥에 담배꽁초 수십 개와 더불어 오솔길에서도 보았던 갈색의 조그만 병 몇 개가 대장을 에워싸고 있었다. 짙은 초록색의 나이퀼(액상 감기약 — 옮긴이) 병이었다. 예전에 세미 트레일러들이 후진해서 짐을 부렸을 하역장은 피트의 눈 높이였지만 시멘트가 군데군데 떨어져 나와서 척 테일러 하이탑(운동화 브랜드 컨버스의 모델명 중 하나 — 옮긴이)을 신은 날렵한 아이가 발 디딜 곳이 많았다. 피트는 머리 위로 팔을 뻗어서 여기저기 파인 하역장 꼭대기에 손가락을 걸었고 그 이후는…… 세간의 표현을 빌자면 안 봐도 비디오였다.

하역장 위에 누군가가 빨간 스프레이로 **에드워드 리틀이 최고, 레드 에디스가 짱이다**라고 써 놓았는데 글자가 점점 희미해져 가고 있었다.

'그건 아니지. 꼼짝 마 습격대가 짱인데.'

피트는 생각했다. 그는 높은 데 올라서 주위를 두리번거리다 씩 웃으며 이렇게 말했다.

"사실 내가 짱이지."

이렇게 서서 아무도 없는 휴게소 뒤 주차장을 내려다보고 있자니 정말 그렇게 느껴졌다. 적어도 지금 당장은 그랬다.

*　　*　　*

그는 하역장에서 내려오다가(별 문제없이 내려올 수 있는지 확인하기 위한 조치였다.) 자전거 가방에 챙긴 물건들을 떠올렸다. 오후 내내 여기서 탐험하고 기타 등등을 하려면 보급품이 있어야 했다. 그는 뭘 들고 갈까 고민하다 가방을 벗겨서 통째로 들고 가기로 했다. 어쩌면 돋보기도 쓸모가 있을지 몰랐다. 그의 머릿속에서 막연한 상상의 나래가 펼쳐지기 시작했다. 문을 닫은 휴게소에서 살해당한 피해자를 발견한 소년 탐정, 경찰에서는 그런 사건이 벌어진 줄 알아차리기도 전에 사건을 해결하다. 입을 떡 벌리고 있는 꼼짝 마 습격대원들에게 사실 별 거 아니었다고 설명하는 그의 모습이 그려졌다. 그 정도는 기본이지, 찐따들아.

물론 말도 안 되는 헛소리였지만 탐정이 된 척만 해도 얼마나 재미있을까.

그는 가방을 하역장 꼭대기에 (반쯤 남은 보드카 병을 생각해서 조심스럽게) 올려놓고 그 위로 다시 올라갔다. 입구에 달린 골함석 문은 높이가 적어도 3.5미터는 됨 직했고 밑에 큼지막한 맹꽁이자물쇠가 한 개도 아니고 두 개나 달려 있었지만, 거기에 사람만 한 크기의 문이 뚫려 있었다. 피트는 문손잡이를 돌려보았다. 손잡이는 돌아가지 않았고, 그가 손잡이를 잡고 앞뒤로 흔들어도 사람만 한 크기의 문은 열리지 않았지만 그래도 틈이 생겼다. 상당히 넓은 틈이 생겼다. 아래를 내려다보니 누가 나무 쐐기를 문 밑에 넣어 놓았다. 정말이지 바보 같은 조치였다. 하지만 또 한편으로 생각해 보면 코카인과 감기약에 취한 어린애들에게 무얼 기대할 수 있겠는가 싶었다.

피트가 쐐기를 빼고 문을 움직여 보자 끼익 하는 소리와 함께 열렸다.

* * *

버거킹이었던 공간의 큼지막한 전면 유리창을 널빤지가 아니라 육각형 모양의 철조망으로 막아 놓았기 때문에 아무 문제없이 안을 살필 수 있었다. 테이블과 칸막이 자리는 모두 치운 후였고 주방이 있었던 자리에는 구멍 밖으로 고개를 내민 전선 몇 가닥과 천장에 대롱대롱 매달린 타일 몇 개뿐이었지만, 그렇다고 가구가 전혀 없는 것은 아니었다.

서로 붙여 놓은 낡은 카드 테이블 두 개가 한복판에 놓여 있었고 그 주변을 접이 의자들이 에워싸고 있었다. 면적을 두 배로 늘린 이 테이블 위에 깡통으로 만든 지저분한 재떨이 대여섯 개와 기름때가 묻은 바이시클 카드 몇 벌 그리고 포커 칩이 담긴 상자가 한 통 있었다. 벽에는 잡지에 실린 접지광고들이 이삼십 장 정도 붙어 있었다. 피트는 이 광고들을 아주 유심히 들여다보았다. HBO와 시네마스팽크에서 여러 번 본 적 있기에(그걸 알아차린 부모님이 프리미엄 케이블 채널을 차단하기 전에) 보지가 어떻게 생겼는지 알고 있었지만 면도가 된 보지는 처음이었다. 뭐 하러 그런 수고를 하는지 피트로서는 알 수 없었지만(그의 눈에는 질척질척해 보였다.) 나이를 먹으면 그도 생각이 바뀔지 모르는 일이었다. 게다가 홀떡 벗은 젖퉁이만으로도 충분했다. 홀떡 벗은 젖퉁이들이 오지게 끝내줬다.

한쪽 구석에 카드 테이블처럼 서로 붙여 놓은 세 개의 지저분한 매트리스가 있었는데 포커를 치려고 만들어 놓은 자리가 아니라는 것쯤은 피트도 알 만한 나이였다.

"네 보지 좀 보자!"

그는 벽에 걸린 《허슬러》 모델을 향해 명령을 내리고는 키득거렸다. 잠시 후에는 "면도한 보지 좀 보자!"라고 하고는 더 큰 소리로 키득거렸다. 크레이그 가농이 꼴통이기는 하지만 그래도 같이 왔으면 더 좋았을 뻔했다는 생각이 살짝 들었다. 그랬더라면 면도한 보지를 보고 같이 웃을 수 있지 않았겠는가.

그는 탄산이 든 웃음 방울을 코로 계속 뿜으며 어슬렁어슬렁 둘러보았다. 휴게소 안이 눅눅하기는 했지만 춥지는 않았다. 담배 연기와 마리화나 연기와 오래 된 술, 스멀스멀 썩어 가는 벽이 합

쳐진 냄새만큼은 최악이었다. 고기 썩은 내도 나는 것 같았다. 로셀리니스나 서브웨이에서 산 샌드위치 냄새일 수 있었다.

예전에 사람들이 와퍼와 웨일러를 주문했을 카운터 옆쪽 벽에 또 다른 포스터가 붙어 있었다. 이번에는 열여섯 살쯤 되어 보이는 저스틴 비버 포스터였다. 누군가가 이를 새까맣게 칠해 놓고 한쪽 뺨에 나치 스티커를 붙여 놓았다. 몹톱(비틀스가 유행시킨 바가지 모양의 헤어스타일 ─ 옮긴이) 위로 빨간색 뿔이 솟았다. 얼굴에는 다트가 꽂혀 있었다. 포스터 위쪽 벽에 매직으로 누가 적어 놓았다. **입 15점, 코 25점, 눈 한 쪽당 30점.**

피트는 다트를 뽑아서 바닥에 까만 표시가 있는 곳까지 걸어갔다. 여기에는 **비버 라인**이라고 적혀 있었다. 피트는 그 뒤에 서서 여섯 개의 다트를 열 번인가 열두 번쯤 던졌다. 맨 마지막 판에 125점을 기록했다. 그가 생각하기에는 상당히 괜찮은 점수였다. 그는 조지와 노미 세리오가 박수를 치는 광경을 상상해 보았다.

철조망으로 덮인 창문 앞으로 가서 예전에 주유기가 있었던 빈 콘크리트 섬과 그 너머로 지나가는 차량 행렬을 물끄러미 내다보았다. 차가 별로 없었다. 여름이 되면 관광객과 휴가족으로 차량이 또다시 꼬리에 꼬리를 물고 이어지겠지만 아빠가 예상한 대로 기름 값이 1갤런당 7달러로 치솟아서 다들 집에만 있기로 하면 이야기가 달라질 것이다.

또 뭘 하지? 다트 게임도 했고, 면도한 보지도 볼 만큼 봐서…… 평생은 아니더라도 앞으로 몇 달치는 될 테고, 해결할 살인 사건도 없는데 이제 뭘 하지?

보드카. 다음은 그거라고 그는 결론을 내렸다. 그의 능력을 증명하는 차원에서 몇 모금 마셔 보아야 나중에 으스대며 떠벌릴 때 그럴 듯하게 들릴 수 있었다. 그런 다음 짐을 챙겨들고 머피 대로로 돌아가면 될 것이다. 그는 이번 모험이 흥미진진하게 들리도록(심지어 짜릿하게 들리도록) 최대한 포장을 하겠지만 사실 별 게 없었다. 여긴 진짜 큰 형님들이 와서 카드 게임을 하고 여자들이랑 자고 비를 피하는 곳일 따름이었다.

하지만 술은…… *차원이 다른 문제였다.*

그는 자전거 가방을 들고 매트리스 쪽으로 가서 (군데군데 숱하게 남은 얼룩을 조심스럽게 피해 가며) 앉았다. 보드카 병을 꺼내서 넋을 잃은 진지한 표정으로 뚫어져라 들여다보았다. 조만간 열한 살이 되는 열 살로서 어른들의 즐거움을 맛보고 싶은 생각은 딱히 없었다. 작년에 할아버지의 담배를 한 대 몰래 들고 나가 세븐 일레븐 뒤에서 피운 적이 있었다. 반쯤 피웠을 때 허리를 숙이고, 그날 먹은 점심을 운동화 사이로 게웠다. 그는 그날 흥미롭지만 별로 쓸모는 없는 사실을 하나 터득했다. 콩과 프랑크푸르트 소시지는 입에 넣고 씹으면 모양은 별로지만 그래도 맛은 좋다. 그런데 입에서 도로 나오면 생김새는 오지게 끔찍했고 맛은 그보다 더 심했다.

아메리칸 스피릿 담배에 그의 몸이 그렇게 즉각적으로 강력한 거부 반응을 보였으니 술도 마찬가지일 테고 어쩌면 더 심할 수 있었다. 하지만 몇 모금이라도 마시지 않으면 잘난 척 떠벌리는 게 모두 거짓말이 될 수 있었다. 게다가 조지 형은 피트가 거짓말을 하면 귀신같이 알아차렸다.

'또 토가 나올지 몰라.'

그는 이런 생각이 들었다.

"그래도 이번에는 경험이 있으니 다행이지."

이 말을 하고 났더니 다시 웃음이 나왔다. 그는 웃는 얼굴로 마개를 열고 병 주둥이를 코에 갖다 댔다. 냄새가 좀 났지만 지독하지는 않았다. 보드카가 아니라 물이 들어 있고 냄새는 단순히 잔향일 수도 있었다. 그는 병 주둥이를 입으로 가져갔다. 물이 들어 있길 바라는 마음이 반이라면 아니길 바라는 마음이 반이었다. 그는 많은 걸 바라지 않았고 취해서 하역장을 내려가다 목이 부러지는 사태는 절대 원하는 바가 아니었지만 궁금했다. 그의 부모님이 이거라면 *사족*을 못 썼다.

"용기가 있으면 앞장서 보시든지."

그는 아무 이유 없이 이렇게 중얼거리고 살짝 한 모금 마셔 보았다.

물이 아닌 것만큼은 분명했다. 경유처럼 뜨거웠다. 놀라서 꿀꺽 삼켰다고 보는 게 맞았다. 뜨거운 기운이 목구멍을 타고 내려가더니 배 속에서 폭발했다.

"우씨!"

피트는 고함을 질렀다.

눈에 눈물이 고였다. 그는 병한테 물리기라도 한 것처럼 팔을 쭉 뻗어서 멀찌감치 들었다. 하지만 배 속의 뜨거운 기운이 벌써 가라앉았고 기분이 상당히 괜찮았다. 취한 건 아니었지만 토할 것 같지도 않았다. 이번에는 마음의 준비를 한 상태에서 한 모금 더 살짝 마셔 보았다. 뜨거운 기운이 입 안에서…… 목구멍을 타고 내려가…… 배 속에서 폭발했다. 조금 끝내줬다.

이제 팔과 손이 간질거렸다. 목도 간질거리는 것 같았다. 팔다리가 저렸다가 풀렸을 때처럼 바늘로 콕콕 찌르는 느낌이 아니라 뭔가가 깨어나는 듯한 느낌에 더 가까웠다.

피트는 병을 다시 입 쪽으로 가져가려다 내려놓았다. 하역장에서 추락하거나 집으로 돌아가는 길에 자전거를 박살내는 것보다 (그는 술을 마시고 자전거를 타도 체포될 수 있을까 잠깐 고민하다가 그럴지 모른다는 결론을 내렸다.) 더 큰 문제가 생길 수 있었다. 으스대며 떠벌릴 생각에 보드카를 몇 모금 마시는 건 그렇다 쳐도 취할 정도로 마셨다가는 퇴근한 어머니와 아버지에게 들킬 수 있었다. 부모님은 한눈에 알아차릴 것이다. 멀쩡한 척해 봐야 소용없을 것이다. 부모님은 술을 좋아했고 부모님의 친구들도 술을 좋아했고 가끔은 너무 마실 때도 있었다. 그래서 특유의 징조를 알았다.

그리고 **숙취**라는 끔찍한 것도 감안해야 했다. 피트와 조지는 토요일과 일요일 아침에 충혈된 눈과 새하얗게 질린 얼굴을 하고 발을 질질 끌며 다니는 엄마랑 아빠를 한두 번 본 게 아니었다. 그들은 비타민을 먹었고, 텔레비전 볼륨을 줄이라고 했고, 음악은 절대 금물이었다. 숙취는 유쾌의 정반대말인 것 같았다.

그래도 한 모금 정도는 더 마셔도 괜찮지 않을까.

피트는 좀 전보다 조금 더 많이 꿀꺽 삼키고 고함을 질렀다.

"봉, 이륙에 성공했다!"(아폴로 11호가 한 말이다 ─ 옮긴이)

이렇게 말을 하고 났더니 웃음이 났다. 머리가 약간 어지러웠지만 아주 기분이 좋았다. 담배는 그의 체질에 맞지 않았다. 술은 잘 맞았다.

그는 일어나서 살짝 비틀거리다 균형을 잡고 다시 웃음을 터뜨렸다.

"그 염병할 모래밭에서 마음껏 놀아라, 꼬맹이들아. 나는 씨발, 지금 꽐라야. 씨발, 꽐라가 훨 낫지."

그는 아무도 없는 식당에 대고 말하고는 이 말이 *너무* 재미있어서 배를 잡고 웃었다.

'내가 정말 꽐라가 됐을까? 단 세 모금 만에?'

그건 아닐 것 같았지만 기분이 좋은 것만큼은 분명했다. 이제 끝이었다. 이 정도면 됐다.

"정도껏 마셔야지."

그는 아무도 없는 식당에 대고 이렇게 말한 뒤 또 한 번 웃음을 터뜨렸다.

그는 여기서 잠깐 시간을 때우며 술기운이 가라앉길 기다릴 것이다. 한두 시간이면 될 것이다. 3시쯤이면 될 것이다. 그는 시계가 없었지만 1~2킬로미터 멀리서 울리는 성요셉 성당의 종소리를 들으면 3시인 걸 알 수 있었다. 그때가 되면 먼저 보드카를 숨긴 다음(나중에 좀 더 연구를 할 수도 있으니까) 문 밑에 다시 쐐기를 받쳐 넣을 것이다. 집 근처로 돌아가면 세븐 일레븐부터 들러서 술 냄새를 없앨 수 있을 만큼 독한 티베리 껌을 살 것이다. 부모님의 술 창고에서 한 병 슬쩍할 거면 냄새가 없는 보드카를 훔쳐야 한다고 다른 아이들이 하는 말을 들은 적이 있지만 피트는 한 시간 전보다 아는 게 많아졌다. 그는 텅 빈 식당을 향해 강연하는 투로 말했다.

"게다가 아빠가 마티니를 너무 많이 마셨을 때 그런 것처럼 내 눈이 충혈돼 있을 거야."

그는 말을 하다 말고 멈추었다. 그건 아니었지만 그러거나 말거나 뭔 상관인가.

그는 다트를 뽑아 들고 비버 라인으로 돌아가서 던졌다. 이번에는 저스틴을 한 번밖에 못 맞혔는데 이보다 더 배꼽 잡는 일은 없을 것 같았다. 비버가 "우리 자기는 보지를 면도하지." 이런 노래를 부르면 히트를 칠지 모른다는 생각이 들자 너무 웃겨서 손으로 무릎을 짚고 허리를 숙여야 할 만큼 깔깔대고 웃었다.

웃음이 가라앉자 그는 코에 대롱대롱 매달린 콧물을 닦아서 바닥으로 튀기고 ('이것으로 네 위생 점수는 끝장이다. 버거킹아, 미안.') 터벅터벅 비버 라인으로 돌아갔다. 두 번째에는 성적이 더 나빴다. 두 개로 보이거나 그러지는 않았지만 비버를 조준할 수가 없었다.

그러더니 결국에는 속이 살짝 메슥거렸다. 심하지는 않았지만 세 모금으로 끝낸 게 다행이었다.

"보드카를 뺑 하고 딸 수도 있었는데 말이지."

그는 말했다. 웃다 말고 요란하게 트림을 하자 화끈거리는 느낌이 위로 올라왔다. 다트를 그 자리에 그냥 두고 다시 매트리스 쪽으로 걸어갔다. 기어다니는 벌레가 있는지 돋보기로 확인해 볼까 하다가 관두기로 했다. 오레오를 몇 개 먹을까 싶었지만 부작용이 걱정스러웠다. 솔직히 속이 조금 안 좋은 게 사실이었다.

그는 누워서 머리 뒤로 손깍지를 끼었다. 술에 취하면 세상이 빙글빙글 돈다는 얘기를 들은 적이 있었다. 그렇지 않은 걸 보면 살짝 알딸딸한 수준인 듯했지만 낮잠을 자고 싶어졌다.

"하지만 금방 일어날 거야."

그렇다, 금방 일어나야 했다. 그렇지 않으면 큰일 날 수 있었다. 부모님이 퇴근하셨을 때 그가 집에 없으면, 어디 갔는지 보이지 않으면 혼이 날 것이다. 그를 두고 혼자 놀러갔다고 조지도 혼이 날 수 있었다. 문제는 성요셉 성당의 종소리를 듣고 일어날 수 있을지 여부였다.

피트는 의식의 끈을 놓기 몇 초 전에, 그럴 수 있길 바라는 수밖에 없다는 생각을 했다. 정신이 점점 가물가물해졌다.

그는 눈을 감았다.

그리고 문을 닫은 식당에서 잠이 들었다.

* * *

그 시각, 95번 고속도로에서는 제조사와 연식이 불분명한 스테이션왜건이 하행선 주행차로로 진입했다. 그 차는 고속도로 최저 속도에 한참 못 미치는 속도로 달리고 있었다. 뒤에서 빠른 속도로 달려오던 세미 트레일러가 클랙슨을 요란하게 울리며 추월차로로 핸들을 획 꺾었다.

이제 거의 관성으로 움직이는 수준으로 달리던 스테이션왜건은 **폐쇄 이용 불가 다음 주유소와 음식점까지 43킬로미터**라고 적힌 큼지막한 표지판을 무시한 채 휴게소로 진입하는 차선으로 들어섰다. 차로를 막고 있던 주황색 드럼통 네 개를 쳐서 굴러가게 만들고 문을 닫은 식당 건물에서 60미터쯤 떨어진 곳에 멈추어 섰다. 운전석 쪽 문이 열렸지만 내리는 사람은 없었다. 야, 이 바보야 문이 열렸잖아 하는 뜻이 담긴 경고음도 나지 않았다. 문이 가만히 열려 있기만 했다.

피트 시먼스가 졸지 않고 쳐다보고 있었다 한들 운전자를 보지 못했을 것이다. 스테이션왜건은 진흙투성이였고 앞유리창도 진흙 범벅이였다. 뉴잉글랜드 북부에서는 일주일 넘게 비가 오지 않았고 고속도로에 물기라고는 없었는데 희한한 일이었다.

그 차는 진입램프와 어느 정도 거리를 두고, 구름이 낀 4월의 하늘 아래 그렇게 서 있었다. 차가 쳐서 넘어뜨린 드럼통들이 데굴데굴 굴러가다 멈추었다. 운전석 쪽 문은 계속 열려 있었다.

2. 더그 클레이턴 (09년식 프리우스)

더그 클레이턴은 뱅고어의 보험설계사였고 쉐라톤 호텔에 방을 잡아 놓은 포틀랜드로 가는 길이었다. 그는 아무리 늦어도 2시까지 도착할 계획이었다. 그래야 낮잠을 충분히 자고(어쩌다 한 번 누릴 수 있는 호사였다.) 콩그레스 대로로 저녁을 먹으러 나갈 수 있었다. 내일은 새벽부터 포틀랜드 컨퍼런스 센터로 달려가서 이름표를 달고 400명의 다른 설계사들과 함께 '화재, 폭풍, 홍수: 21세기 재난 대비를 위한 보험' 학회에 참석해야 했다. 그는 130킬로미터 지점이라고 적힌 이정표를 지나면서 재난과 점점 가까워져갔지만, 이것은 포틀랜드의 학회로는 감당할 수 없는 재난이었다.

서류 가방과 여행 가방은 뒷자리에 있었다. 조수석에는 성서가 있었다.(흠정역이었다. 다른 판본은 취급하지 않았다.) 더그는 성구세주교회에서 네 명의 평신도 설교자 가운데 한 명이었고 그가 설교

할 차례가 되면 성서를 "궁극의 보험 설명서"라고 표현하곤 했다.

더그는 10대 후반부터 20대의 대부분이 지날 때까지 10년 동안 술을 마시다 예수 그리스도를 구세주로 영접했다. 10년 동안의 흥청망청은 망가진 차와 페노브스콧 카운티 교도소 30일 구류형으로 막을 내렸다. 그는 관만 한 크기의 냄새 나는 독방에서 보낸 첫날밤에 무릎을 꿇고 빌었고 그 뒤로 매일 밤마다 똑같은 절차를 반복했다.

"정신을 차릴 수 있게 도와주세요."

첫날밤부터 날마다 이렇게 빌었다. 그의 단순한 기도는 처음에는 두 배로, 그러다 열 배로, 나중에는 백 배로 응답을 받았다. 몇 년 더 지나면 천 배가 될 것이었다. 그리고 무엇보다 좋은 건 그 끝에 천국이 기다리고 있다는 사실이었다.

날마다 읽는 성서에는 손때가 잔뜩 묻었다. 그는 그 안의 모든 내용을 사랑했지만 가장 사랑하는 이야기는(가장 자주 묵상하는 이야기는) 선한 사마리아인의 우화였다. 그는 누가복음에 나오는 그 구절을 주제로 여러 번 설교를 했고 하나님의 축복이 함께할 성구세주교회 신도들은 설교를 듣고 나면 늘 칭찬을 아끼지 않았다.

더그가 그 이야기를 사랑하는 이유는 아마도 너무나 *개인적인* 경험담처럼 느껴지기 때문이었다. 강도에게 폭행당한 여행자가 길가에 쓰러져 있는데 그 옆을 제사장이 지나갔다. 레위인도 지나갔다. 그 다음으로 지나간 사람은? 유대인을 질색하는 고약한 사마리아인이었다. 하지만 여행자를 도운 사람은 유대인을 질색하는 그 사마리아인이었다. 그는 여행자의 상처를 깨끗이 씻고 싸맸다. 여행자를 자기 나귀에 태우고 가장 가까운 주막으로 데리고 가서 방을 잡아 주었다.

"이 세 사람 중에 누가 강도 만난 자의 이웃이 되겠느냐?" 예수는 무엇을 해야 영생을 얻을 수 있겠느냐고 물은 젊고 수완 좋은 율법사에게 이렇게 물었다. 어리석지 않았던 율법사는 "자비를 베푼 자이니다."라고 대답했다.

더그 클레이턴에게 공포가 있다면 그 이야기 속의 레위인처럼 되는 것이었다. 도움이 필요한 사람이 있는데 도움을 거부하고 저편으로 지나가는 것이었다. 그래서 문을 닫은 휴게소의 진입 램프 앞에 서 있는 스테이션왜건을 보았을 때(주황색 드럼통이 그 앞에 쓰러져 있었고 운전석 문이 열려 있었다.) 그는 일말의 망설임 끝에 방향 지시등을 켜고 안으로 들어갔다.

그는 스테이션왜건 뒤에 차를 세우고 비상등을 켜고 내릴 차비를 했다. 그러다 스테이션왜건 뒤에 번호판이 없는 것 같아 보인다는 사실을 알아차렸는데…… 하도 심하게 진흙을 뒤집어쓰고 있어서 확실하지는 않았다. 더그는 프리우스 중앙에 달린 사물함에서 휴대전화를 꺼내 전원이 켜져 있는지 확인했다. 선한 사마리아인이 되는 것도 좋지만, 번호판도 없는 정체 모를 차에 무턱대고 접근하는 것은 바보 같은 짓이었다.

그는 왼손에 휴대전화를 가볍게 쥐고 스테이션왜건 쪽으로 걸어갔다. 과연 짐작한 대로 번호판이 없었다. 그는 뒤 유리창을 통해 안을 들여다보려고 했지만 아무것도 보이지 않았다. 진흙을 너무 심하게 뒤집어쓰고 있었다. 그는 운전석 문 쪽으로 걸어가다 걸음을 멈추고 차를 보며 미간을 찌푸렸다. 이게 포드인가 셰비인가? 도무지 알 수가 없었다. 지금까지 그를 통해 보험에 가입한 스테이션왜건이 수천 대는 될 텐데 희한한 일이었다.

'주문 제작한 차일까?'

그는 자문했다. 그럴 수도 있겠지만…… 스테이션왜건을 이렇게 *아무 특색 없게* 주문 제작할 이유가 없었다.

"아무도 안 계세요? 괜찮으신가요?"

그는 무의식적으로 휴대전화를 쥔 손에 힘을 주며 문 쪽으로 다가갔다. 어렸을 때 보고 혼비백산했던, 귀신 들린 집이 나오는 영화가 생각났다. 10대 아이들 몇 명이 오래된 폐가에 다가가는데 그중 한 명이 문이 살짝 열려 있는 것을 보고 친구들에게 "저것 봐, 문이 열려 있어!" 하고 속삭였다. 들어가지 말라고 얘기해 주고 싶었지만 그들은 당연히 들어갔다.

'멍청하긴. 그 차 안에 다친 사람이 타고 있을 수도 있잖아.'

물론 공중전화를 찾으러 식당에 간 것일 수도 있지만 정말로 다친 사람이 타고 있다면…….

"아무도 안 계세요?"

더그는 문손잡이 쪽으로 손을 내밀다 생각을 바꾸고 허리를 숙여서 열린 틈새로 안을 들여다보았다. 당황스러운 광경이 그를 맞았다. 벤치 시트가 온통 진흙 범벅이었다. 계기판과 핸들도 마찬가지였다. 구식 라디오 스위치에서는 시커멓고 찐득찐득한 액체가 뚝뚝 떨어졌고 핸들에는 손자국이라고 볼 수 없는 다른 자국들이 찍혀 있었다. 손바닥은 어마어마하게 큰데 손가락은 연필처럼 가늘었다.

"안에 누구 계신가요?"

그는 휴대전화를 오른손으로 옮기고 문을 활짝 열어서 뒷자리를 살필 생각에 왼손으로 손잡이를 잡았다.

"누가 다치기라도……."

코를 찌르는 악취를 느낀 것도 잠시, 왼손에서 폭발한 통증이 뜨거운 불기운과 함께 온몸을 길길이 관통하며 그의 모든 빈 공간을 고통으로 물들였다. 더그는 비명조차 지를 수가 없었다. 갑작스러운 충격으로 목구멍이 막혀 버렸다. 내려다보니 문손잡이가 그의 손바닥에 박힌 것처럼 보였다.

손가락들이 거의 사라지다시피 했다. 손등과 손가락이 만나는 마지막 마디만 남았다. 나머지는 문이 삼켜 버렸다. 더그가 지켜보는 가운데 중지가 부러졌다. 바닥으로 떨어진 결혼반지가 포장도로에 부딪치며 땡그랑 소리가 났다.

무언가가 느껴졌다. 오, 맙소사, 이빨 비슷한 게 느껴졌다. 이빨이 씹고 있었다. 차가 그의 손을 먹고 있었다.

더그는 뒤로 물러나려고 했다. 진흙이 묻은 문과 그의 바지 위로 피가 튀었다. 문에 튄 핏방울은 그 즉시 희미한 소리와 함께 사라졌다. 후룩 하고 누가 빨아먹는 소리였다. 그 찰나에 그는 빠져나오는 데 성공하는가 싶었다. 살을 깨끗하게 발라먹어서 번들거리는 손가락뼈가 눈에 들어온 순간, KFC의 치킨 윙을 씹어 먹는 끔찍한 장면이 그의 머리를 스치고 지나갔다.

이때 그의 몸이 다시 앞으로 확 끌려갔다. 운전석 문이 열리면서 그를 맞이했다. *안녕, 더그. 기다리고 있었어. 들어와.* 그의 머리가 문 꼭대기에 닿는 순간 이마에서 일직선으로 한기가 느껴지는가 싶더니 스테이션왜건의 지붕이 그의 살갗을 저미자 화끈거렸다.

그는 다시 한 번 탈출을 시도했다. 휴대전화를 버리고 뒤 유리창을 손으로 짚고 밀었다. 유리창이 푹 꺼지며 그의 손을 삼켰다. 눈을 돌려서 확인해 보니 유리창처럼 보였던 것이 산들바람을 맞은 호수처럼 물결쳤다. 물결치는 이유가 뭔가 하면 씹고 있기 때문이었다. 우적우적 씹고 있기 때문이었다.

'선한 사마리아인을 자처한 대가가……'

그 순간 문 꼭대기가 그의 두개골을 가르고 그 뒤에 자리 잡은 뇌 속으로 미끄러지듯 들어갔다. 소나무 옹이가 뜨거운 불길 속에서 터지듯 선명하고 요란한 **딱** 소리가 더그 클레이턴의 귓전을 때렸다. 그리고 어둠이 내려앉았다.

하행선을 달리던 용달 트럭 기사가 비상등을 켜고 진흙을 뒤집어쓴 스테이션왜건 뒤에 세워져 있는 초록색 소형차를 보았다. 어떤 남자(초록색 소형차주인 듯했다.)가 스테이션왜건의 문 쪽으로 허리를 숙이고 운전자에게 말을 거는 듯했다.

'고장 난 모양이네.'

트럭 기사는 생각하고 다시 도로 쪽으로 시선을 돌렸다. 그는 선한 사마리아인이 아니었다.

더그 클레이턴은 누군가(큼지막한 손바닥에 연필처럼 얇은 손가락이 달린)가 그의 셔츠를 잡고 끌어당기기라도 한 것처럼 안으로 확 하니 끌려들어갔다. 스테이션왜건은 형체를 잃고 유난히 시큼하거나…… 유난히 맛있는 걸 먹은 입처럼 안으로 오므라들었다. 안에서 우드득우드득 하는 소리가 이어졌다. 묵직한 부츠로 죽은 나뭇가지를 밟는 소리였다. 스테이션왜건은 약 10초 동안 안으로 오므라든 상태를 유지했다. 차라기보다 울퉁불퉁하게 마디가 진 손가락을 접어 주먹을 쥔 손에 가까웠다. 그러고 나서 라켓에 제대로 맞은 테니스공처럼 퍽 하는 소리를 내며 다시 스테이션왜건의 형체로 돌아왔다.

구름 사이로 살짝 고개를 내민 태양이 바닥에 떨어진 휴대전화를 반짝이며 비추었고 더그의 결혼반지를 둥그란 모양으로 잠깐 뜨겁게 달구었다. 그러고는 다시 구름 장막 속으로 들어갔다.

스테이션왜건 뒤에서 프리우스가 비상등을 깜빡였다. 시계처럼 나지막한 소리가 났다. 깜빡…… 깜빡…… 깜빡.

몇 대의 차가 지나갔지만 많지는 않았다. 전국 고속도로는 부활절 앞뒤 주간에 가장 통행량이 적었고 하루 중에서도 오후는 두 번째로 한산한 시간대였다. 그보다 더 한산한 시간대는 자정에서부터 새벽 5시까지밖에 없었다.

깜빡…… 깜빡…… 깜빡.

문을 닫은 식당에서는 피트 시먼스가 계속 잠을 자고 있었다.

3. 줄리앤 버넌 (05년식 닷지 램)

줄리 버넌은 흠정역이 없어도 선한 사마리아인이 되는 법을 알았다. 그녀는 이웃 간의 교류가 일상다반사이고 처음 보는 사람들도 이웃으로 간주하는 메인 주의 레드필드라는 조그만 마을(인구가 2400명이었다.)에서 자랐다. 그녀에게 장황하게 설명한 사람은 없었다. 그녀는 어머니와 아버지와 오빠들을 보면서 배웠다. 그들은 그런 부분에 대해서 거의 아무 말도 한 적이 없었지만 모범을 보이는 것이 가장 효과적인 교육이었다. 길가에 누가 쓰러져 있으면 사마리아인이건 화성인이건 상관없었다. 가던 길을 멈추고 도와주어야 하는 거였다.

그녀는 도움이 필요한 척하는 사람에게 강도나 성폭행이나 살해를 당할까 봐 걱정한 적도 없었다. 5학년 때 학교에서 양호선생님이 몸무게를 묻자 줄리는 당당하게 대답했다.

"아빠가 그러시는데 옷을 다 입고 재면 77킬로그램이래요. 안 입고 재면 그보다 좀 덜 나가고요."

이제 서른세 살인 그녀는 옷을 다 입고 재면 몸무게가 127킬로그램에 가까웠고 결혼해서 현모양처가 되는 데에는 눈곱만큼도 관심이 없었다. 그녀는 뼛속까지 동성애자였고 그걸 자랑스럽게 생각했다. 그녀가 타고 다니는 램 트럭의 뒤 범퍼에는 스티커가 두 개 붙어 있었다. 한 스티커에는 **양성 평등을 지지합니다**라고 적혀 있었다. 다른 스티커에는 밝은 분홍색으로 **게이라는 단어는 행복하다는 뜻이다!**라고 적혀 있었다.

지금은 그녀가 '말차'라고 부르는 트레일러를 매달아서 끌고 가고 있었기 때문에 스티커들이 보이지 않았다. 클린턴에서 산 스패니시 제닛 품종의 두 살짜리 암말을 싣고 레드필드로 돌아가는 길이었다. 그녀는 고향집에서 3킬로미터만 가면 나오는 농장에서 파트너와 함께 살고 있었다.

그녀는 트윙클스라는 여성 머드 레슬링 팀과 전국을 순회하며 보낸 5년의 시간을 습관처럼 되새김질하고 있었다. 그 기간은 좋은 추억이기도 했고 나쁜 추억이기도 했다. 나빴던 이유는 어딜 가든 대개 기괴한 구경거리로 간주됐기 때문이고(그녀 생각에도 사실이 그렇기는 했다.) 좋았던 이유는 원 없이 세상 구경을 할 수 있었기 때문이었다. 대부분 미국이기는 했지만 영국, 프랑스, 독일을 3개월 동안 돌아다니며 따뜻하고 정중한 대접을 받은 적도 있었다. 사실상 젊은 숙녀에게나 어울림 직한 대접을 받아서 섬뜩할 정도였다.

그녀는 당시 만든 여권을 아직도 가지고 있었고 작년에 갱신하기는 했지만 두 번 다시 해외여행을 할 일이 없을 것 같긴 했다. 그래도 상관없었다. 아멜리아와 개, 고양이, 가축들이 뒤죽박죽 섞인 동물 가족과 함께하는 농장 생활이 행복했다. 하지만 순회 시합을 다니던 시절이 가끔 그리울 때도 있었다. 하룻밤 대전, 조명 아래에서 펼치는 시합, 다른 단원들과의 터프한 동지애. 심지어 관중들과 벌인 몸싸움마저 가끔 그리울 때가 있었다.

"저 년 보지를 잡아. 레즈비언이잖아. 그런 걸 좋아한다고!"

어느 날 밤에 골 빈 촌놈이 그렇게 외친 적이 있었다. 그녀의 기억이 맞는다면 털사에서였다.

머드 경기장에서 맞붙어 싸우고 있었던 그녀와 멜리사는 서로 쳐다보다 고개를 끄덕이고 그 소리가 들린 쪽을 마주보고 섰다. 흠뻑 젖은 비키니 팬티만 입고 머리와 가슴에서 진흙을 뚝뚝 떨어뜨리며 서서 그 인간을 향해 동시에 가운뎃손가락을 들어보였다. 관중들은 마음에서 우러난 박수갈채를 보내다…… 줄리앤과 멜리사가 차례대로 몸을 돌려서 허리를 숙이고 팬티를 벗고 그 인간에게 쌍으로 엉덩이를 드러내 보이자 기립박수를 쳤다.

그녀는 넘어져서 일어나지 못하는 사람을 보살펴야 한다는 교육을 받고 자랐다. 그뿐 아니라 남이 키우는 말이 됐건 몸집이 됐건 직업이 됐건 성적 취향이 됐건 그걸 두고 엿 같은 소리는 하면 안 된다는 교육을 받고 자랐다. 옛 같은 소리를 하기 시작하면 습관이 될 수 있었다.

그녀는 듣고 있던 CD가 끝나서 꺼냄 버튼을 누르려던 순간, 130킬로미터 지점 휴게소로 들어가는 램프 앞쪽에 주차되어 있는 차를 보았다. 비상등이 켜져 있었다. 그 앞에 진흙을 뒤집어쓴 고물 스테이션왜건도 있었다. 포드 아니면 쉐보레일 텐데 둘 중 어느 쪽인지 알 수 없었다.

줄리는 고민하지 않았다. 고민을 하고 말고 할 문제가 아니었다. 그녀는 깜빡이를 켰고, 램프에는 트레일러까지 달린 그녀의 차를 세울 만한 자리가 없었기에 갓길로 건너가서 그 너머의 흙바닥에 바퀴가 미끄러지기 직전까지 바짝 댔다. 조금 전에 1800달러를 주고 산 말인데 트레일러가 뒤집히면 안 될 말씀이었다.

별일 아닐 수 있었지만 확인해서 나쁠 건 없었다. 어떤 여자가 고속도로 위에서 갑자기 산기를 느꼈을지, 어떤 남자가 도와주려고 차를 세웠다가 놀라서 기절했을지 아무도 모를 일이었다. 줄리도 비상등을 켰지만 뒤에 말차가 달려 있으니 잘 보이지는 않았다.

그녀는 차에서 내려 두 차가 서 있는 앞쪽을 살폈지만 아무도 보이지 않았다. 누군가가 태우고 갔을 수도 있지만 두 운전자는 식당으로 갔을 공산이 컸다. 작년 9월부터 문을 닫았으니 식당에 가도 별 게 없었을 것이다. 줄리도 종종 130킬로미터에 들러서 TCBY 아이스크림을 사먹곤 했었는데 요즘은 북쪽으로 32킬로미터 더 가면 나오는 오거스타의 데이먼스에서 간식을 해결했다.

그녀가 트레일러 저쪽으로 돌아가자 새로 산 말(이름이 디디였다.)이 코를 내밀었다. 줄리는 녀석을 쓰다듬었다.

"쉬, 아가, 쉬. 잠깐이면 돼."

그녀는 트레일러의 왼쪽에 달려 있는 사물함에서 필요한 물품을 꺼내려고 문을 열었다. 디디가 이때다 하고 빠져나오려고 했지만 줄리가 우람한 한쪽 어깨로 막으며 다시 한 번 중얼거렸다.

"쉬, 아가, 쉬."

사물함 문을 열었다. 여러 공구 위에 조명탄 몇 개와 형광 분홍색 미니 라바콘 두 개가 있었다. 줄리는 라바콘 꼭대기에 뚫린 구멍에 손가락을 넣었다.(서서히 해가 나기 시작하는 대낮이라 조명탄은 필요 없었다.) 디디가 발굽을 넣었다가 다칠 일이 없게 사물함 문을 닫고 걸쇠를 걸었다. 그런 다음 트레일러 뒷문을 닫았다. 디디가 다시 고개를 내밀었다. 줄리는 말도 불안한 표정을 지을 수 있다고 믿지 않았는데 디디가 그 비슷한 표정을 짓고 있었다.

"금방 끝날 거야."

그녀는 이렇게 말하고 라바콘을 트레일러 뒤에 설치한 뒤 두 대의 차를 향해 걸어갔다.

프리우스 안에는 아무도 없는데 문이 잠겨 있지 있었다. 뒷좌석에 놓인 여행 가방과 제법 비싸 보이는 서류 가방을 감안했을 때 꺼림칙한 부분이었다. 낡은 스테이션왜건은 운전석 쪽 문이 대롱대롱 열려 있었다. 줄리는 그쪽을 향해 가다가 걸음을 멈추고 미간을 찌푸렸다. 열려 있는 문 옆 포장도로 위에 휴대전화와 결혼반지일 수밖에 없는 반지가 놓여 있었다. 누가 떨어뜨렸는지 휴대전화 케이스에 지그재그로 크게 금이 갔다. 게다가 전화번호가 뜨는 조그만 액정 화면에 묻어 있는 저건…… 핏방울일까?

핏방울이 아니라 진흙일 수 있었지만(스테이션왜건이 진흙투성이었다.) 점점 더 예감이 안 좋았다. 그녀는 디디를 신기 전에 한참 동안 구보로 달려보느라 입었던 정식 라이딩 스커트를 갈아입지 않았다. 치마 오른쪽 주머니에서 휴대전화를 꺼내 911에 연락해야 하나 고민스러워졌다.

아니, 아직은 아니다. 그녀는 이렇게 결론을 내렸다. 하지만 진흙을 뒤집어 쓴 스테이션왜건에도 초록색 소형차처럼 아무도 없다면, 전화기에 묻은 10센트짜리 동전만 한 얼룩이 핏자국이라면 911에 연락할 것이다. 문을 닫은 저 건물로 가지 않고 여기서 경찰차가 도착할 때까지 기다릴 것이다. 그녀는 용감하고 친절할지 몰라도 바보는 아니었다.

그녀는 반지와 떨어진 휴대전화를 향해 허리를 숙였다. 치맛자락이 살짝 펄럭이며 진흙이 묻은 스테이션왜건의 옆면을 스치고 지나가자 그 속으로 녹아들어가는 것처럼 보였다. 누군가가 줄리를 오른쪽으로 세게 잡아당겼다. 묵직한 한쪽 엉덩이가 왜건 옆면에 부딪쳤다. 표면이 꺼지면서 두 겹의 천과 그 밑의 살덩이를 감쌌다. 당장 어마어마한 통증이 느껴졌다. 그녀는 비명을 지르며 휴대전화를 떨어뜨리고, 머드 레슬링을 하던 시절의 상대 선수라도 되는 것처럼 차를 밀치려고 했다. 오른손과 오른팔이 유리창처럼 생긴 막 속으로 사라졌다. 우람하고 건강한 승마인의 튼실한 팔이 그 막을 뚫고 저편으로 나왔을 때 덕지덕지 묻은 진흙 너머로 희미하게 보인 것은 너덜너덜하게 찢긴 살점이 대롱대롱 매달린 가냘픈 뼈다귀였다.

스테이션왜건이 오므라들기 시작했다.

하행선으로 차가 한 대, 두 대 지나갔다. 트레일러 덕분에 그들은 타르 인형에 붙어 버린 브레어 토끼(흑인 민담에 나오는 이야기로 토끼는 타르로 만든 인형과 싸울수록 덫에 빠진다 — 옮긴이)처럼 이상하게 뒤틀린 스테이션왜건의 안팎으로 몸이 반씩 나뉜 여자를 보지 못했다. 그녀의 비명소리도 듣지 못했다. 한 운전자는 토비 키스를, 다른 운전자는 레드 제플린을 듣고 있었다. 둘 다 좋아하는 대중음악을 요란하게 틀어 놓고 있었다. 식당 안에서는 피트 시먼스가 그녀의 소리를 들었지만 희미해져 가는 메아리처럼 멀게 느껴졌다. 그의 눈꺼풀이 들썩였다. 하지만 그때 비명소리가 멎었다.

피트는 지저분한 매트리스 위에서 몸을 돌리고 다시 잠이 들었다.

차처럼 생긴 그것이 줄리앤 버넌과 옷과 부츠와 기타 등등을 모두 삼켰다. 남은 것은 이제 더그 클레이턴의 전화기와 나란히 놓여 있는 그녀의 전화기뿐이었다. 그것은 좀 전처럼 공이 라켓에 맞은 소리를 내며 픽 하고 다시 스테이션왜건으로 돌아갔다.

말차에서는 디디가 힝힝거리며 성마르게 발을 굴렀다. 배가 고팠던 것이다.

4. 루시어 가족 (11년식 익스피디션)

여섯 살의 레이첼 루시어가 고함을 질렀다.

"저거 봐요, 엄마! 저거 봐요, 아빠! 말 싣고 가던 그 아줌마예요! 트레일러 보여요? 보여요?"

칼라는 뒷좌석에 앉아 있는 레이첼이 트레일러를 제일 먼저 발견했다는 데 전혀 놀라지 않았다. 레이첼은 그들 가족 중에서 시력이 가장 좋았다. 어느 누구도 범접할 수 없는 수준이었다. 아빠가 농담 아닌 농담처럼 하는 말을 빌자면 투시력에 가까웠다.

조니, 칼라 그리고 네 살인 블레이크는 전부 안경을 썼다. 양쪽 집안 식구 모두 안경을 썼다. 심지어 그들이 기르는 반려견 빙고마저 눈이 나빴다. 그래서 밖으로 나가려고 할 때마다 번번이 스크린 도어를 들이받았다. 레이첼만 근시의 저주를 피했다. 아이는 마지막으로 안과 검진을 받으러 갔을 때 시력 검사표를 맨 마지막 줄까지 다 읽었다. 스트랜턴 박사는 놀라워하며 조니와 칼라에게 이렇게 말했다.

"이 정도면 제트 전투기 조종사 훈련을 받을 수도 있겠어요."

그러자 조니가 말했다.

"어쩌면 나중에 진짜로 받을지도 몰라요. 동생을 대할 때 보면 킬러 본능이 있거든요."

칼라가 팔꿈치로 그를 찔렀지만 맞는 말이었다. 그녀는 성별이 다르면 서로 간의 질투가 덜하다는 이야기를 들은 적이 있었다. 그게 사실이라면 레이첼과 블레이크는 이례적인 경우였다. 칼라는 요즘 들어서 가장 자주 듣는 말이 "……가 먼저 그랬어요."일지 모른다는 생각이 들곤 했다. 맨 앞의 주어만 달라질 뿐이었다.

160킬로미터 구간까지는 둘의 사이가 제법 좋았다. 친할아버지, 할머니를 만나러 간다고 하면 신나했기 때문이기도 했고, 칼라가 레이첼의 부스터와 블레이크의 카시트 사이의 중간지대를 장난감과 색칠공부로 잔뜩 채워 놓았기 때문이기도 했다. 하지만 간식도 먹고 화장실도 다녀올 겸 오거스타에서 잠깐 쉬었다가 출발하면 서부터 옥신각신이 시작됐다. 어쩌면 아이스크림 콘 때문일 수도 있었다. 장거리 여행길에 아이들에게 달달이를 먹이는 것은 캠프 파이어에 기름을 붓는 것과 같다는 것을 칼라도 알고 있었지만 모든 걸 안 된다고 할 수는 없는 노릇이었다.

칼라는 다급한 마음에 플라스틱 판타스틱 게임을 시작해 정원용 도깨비 인형, 소원을 비는 우물, 성모마리아상, 기타 등등을 먼저 찾은 사람에게 점수를 주는 심판 역할을 했다. 그런데 고속도로 좌우로 나무는 많지만 평범한 장식은 거의 없다는 게 문제였다. 레이첼이 130킬로미터 지점 휴게소 조금 못 미쳐서 세워져 있는 트레일러를 본 순간, 눈이 좋은 여섯 살짜리 딸과 입심이 좋은 네 살짜리 아들은 쌓인 응어리를 터뜨렸다.

"말 다시 만져 보고 싶어!"

블레이크가 소리를 지르며 카시트 안에서 몸부림치기 시작했다. 세상에서 가장 어린 브레이크 댄서였다. 이제는 다리가 길어서 운전석 뒷면을 찰 수 있게 되었다는 것이 조니로서는 *어마무지하게* 짜증나는 일이었다. 그는 생각했다.

'내가 왜 아이를 낳겠다고 했는지 모를 일이지. 무슨 생각으로 그랬을까? 그때는 당연하게 여겨지긴 했지만.'

"블레이크, 아빠 자리 차지 마라."

조니가 말했다.

"말 다시 만져 보고 *싶다고오오오!*"

블레이크는 큰 소리로 고함을 지르며 운전석 뒷면을 아주 힘차게 걷어찼다.

"이런 아기 같으니라고."

레이첼이 말했다. 뒷좌석에는 DMZ가 있어서 동생에게 걷어차일 염려가 없었다. 레이첼은 응석을 받아 주는 큰누나에 최대한 가까운 말투를 동원했고, 그 말투는 백발백중 블레이키를 폭발하게 만들었다.

"나 아기 아니야!"

조니가 입을 열었다.

"블레이키. 계속 그렇게 아빠 자리를 발로 차면 아빠가 믿음직한 식칼을 꺼내서 블레이크의 조그만 발을 발목에서 댕강……."

"고장났나 봐. 라바콘 보이지? 차 세워."

칼라가 말했다.

"여보, 그럼 갓길에다 세워야 하는데. 그건 좀 그렇지 않아?"

"그럴 필요 없이 옆으로 빠져서 다른 차들 뒤에 세우면 되잖아. 램프에. 자리 있잖아. 문을 닫은 휴게소라 통행에 방해가 되지도 않고."

"웬만하면 팰머스로 돌아가서 저녁을……."

"차 세워."

칼라는 반론을 용납하지 않는 데프콘 1단계 말투를 동원했지만 그게 아이들에게 얼마나 안 좋은 영향을 미치는지 알고 있었다. 요즘 들어 레이첼이 블레이크에게 똑같은 말투를 써서 동생을 울린 적이 한두 번이 아니었다.

칼라는 무서운 마나님의 말투를 거두고 이번에는 좀 더 부드럽게 말했다.

"애들한테 잘해 줬잖아."

* * *

　그들은 아이스크림을 먹으려고 데이먼스 주차장으로 들어갔을 때 말을 실어 나르는 트레일러 옆에 차를 세웠다. 말을 싣고 가던 여자가(덩치가 말과 거의 비슷했다.) 트레일러에 기대고 서서 아이스크림 콘을 먹으며 아주 예쁘게 생긴 동물에게 뭔가를 먹이고 있었다. 칼라가 보기에는 카쉬 그래놀라 바 같았다.

　조니가 양손에 아이를 하나씩 잡고 그 앞을 지나려고 했지만 블레이크가 말을 듣지 않았다.

　"말 만져 봐도 돼요?"

　"25센트 내야 하는데."

　블레이키의 말에 갈색 라이딩 스커트를 입은 거구의 여자는 이렇게 대꾸하더니 풀이 죽은 아이의 표정을 보고 씩 웃었다.

　"농담이야. 자, 이거 들어."

　그녀는 녹아서 물이 뚝뚝 떨어지는 아이스크림 콘을 블레이크에게 내밀었다. 아이는 놀라서 아무 말도 못하고 받아들었다. 그러자 그녀가 말의 코를 만질 수 있도록 블레이크를 번쩍 안아 올렸다. 디디는 눈을 휘둥그레 뜬 아이를 보고도 당황하지 않았고, 물이 뚝뚝 떨어지는 아이스크림 콘을 향해 킁킁거리더니 자기가 원하던 게 아니라는 결론을 내렸는지 코를 가만히 맡겼다.

　"우와, 부드럽다!"

　블레이크가 말했다. 칼라는 그 정도로 경외감이 어린 아들의 목소리를 본 적이 없었다.

　'왜 애들을 지금까지 체험형 동물원에 한 번도 데려간 적이 없

었을까?'

그녀는 의아해하며 해야 할 일로 머릿속에 적어 놓았다.

"저도요, 저도요, 저도요!"

레이첼이 튀어나와서 초조하게 춤을 추었다.

거구의 여자는 블레이크를 내려놓았다. 그녀는 아이에게 이렇게 말했다.

"누나 들어 주는 동안 그 아이스크림 핥아먹어 줘. 세균은 묻히지 말고, 알았지?"

칼라는 블레이크에게 남이 먹던 것, 특히 모르는 사람이 먹던 건 먹으면 안 된다고 말하려고 했다. 하지만 홀린 듯이 웃고 있는 조니를 보고 에라 모르겠다고 생각했다. 애들을 보내는 학교가 기본적으로 세균 공장이었다. 고속도로만 해도 술에 취한 정신병자나 문자를 보내던 10대가 언제라도 중앙선을 넘어서 그들을 날려 버릴 수 있었다. 그런데 누가 먹던 아이스크림에 입도 못 대게 한다? 살짝 도를 넘은 과잉반응일 수 있었다.

말을 싣고 가던 여자는 말의 코를 만질 수 있도록 레이첼을 번쩍 안아 올렸다. 레이첼이 말했다.

"우와! 짱이다! 얘 이름이 뭐예요?"

"디디."

"이름 예쁘다! 사랑해, 디디!"

"나도 사랑한다, 디디."

말을 싣고 가던 여자는 이렇게 말하고 요란하게 쪽 소리를 내며 디디의 코에 입을 맞추었다. 그걸 보고 그들 모두 웃었다.

"엄마, 우리도 말 키워도 돼요?"

칼라는 따뜻하게 대답했다.

"그럼! 네가 스물여섯 살이 되면!"

이 말을 듣고 레이첼은 골이 난 표정을 지었지만(미간을 찌푸리고 뺨을 볼록하게 만들고 입 꼬리를 살짝 내렸다.) 말을 싣고 가던 여자가 웃음을 터뜨리자 레이첼도 포기하고 덩달아 웃음을 터뜨렸다.

거구의 여자는 라이딩 스커트로 덮인 무릎을 손으로 짚고 블레이크를 향해 허리를 숙였다.

"이제 아이스크림 콘 돌려주겠니, 젊은 친구?"

블레이크는 아이스크림을 내밀었다. 그녀가 아이스크림을 받아가자 아이는 녹은 피스타치오로 범벅이 된 손가락을 핥았다.

칼라는 말을 싣고 가던 여자에게 말했다.

"고마워요. 정말 감사했어요."

그러고는 블레이크에게 말했다.

"이제 들어가서 손 씻어. 그래야 아이스크림 먹을 수 있어."

"저 아줌마 먹던 걸로 사 주세요."

블레이크가 이렇게 말하자 말을 싣고 가던 여자는 또 웃음을 터뜨렸다.

조니는 익스피디션을 피스타치오 아이스크림으로 떡칠하고 싶지 않았기에 가게에서 먹고 가자고 했다. 그들이 아이스크림을 다 먹고 나와 보니 말을 싣고 가던 여자는 사라지고 보이지 않았다.

길을 가다 만났고 두 번 다시 만날 일이 없는 그런(몹쓸 사람도 있지만 좋은 사람일 때가 더 많고 가끔은 굉장히 훌륭한 사람일 때도 있는) 사람이었다.

* * *

그런데 트레일러 뒤편에 라바콘을 깔끔하게 두고 갓길에 그녀의 트럭이 세워져 있었다. 그리고 칼라의 말마따나 말을 싣고 가던 여자는 아이들에게 *잘해* 주었다. 조니 루시어는 이렇게 생각하며 그의 인생을 통틀어 최악의(그리고 최후의) 결단을 내렸다.

그는 깜빡이를 켜고 칼라가 얘기한 것처럼 램프로 들어가서, 아직까지 비상등을 깜빡이고 있는 더그 클레이턴의 프리우스를 지나 진흙을 뒤집어 쓴 스테이션왜건 옆에 차를 세웠다. 기어를 주차로 옮겼지만 시동은 *끄지* 않았다.

"말 만지고 싶은데."

블레이크가 말했다.

"저도 말을 만지고 싶은데요."

레이첼은 부잣집 마나님처럼 거만한 목소리로 말했다. 칼라는 어디서 배워 왔는지 모를 그 말투를 들을 때마다 뚜껑이 열릴 것 같았지만 아무 소리도 하지 않았다. 한 마디라도 했다가는 레이첼이 더 자주 쓸 게 빤하기 때문이었다.

"그분 허락 없이는 안 돼. 너희들 그 자리에 가만히 앉아 있어라. 칼라, 당신도."

조니가 말했다.

"알겠습니다, 주인님."

칼라가 이런 좀비 목소리를 낼 때마다 아이들은 웃음을 터뜨렸다.

"아주 웃겼어, 우리 토깽이."

"트럭 운전석에 아무도 없네. 여긴 다 빈 차 같아. 무슨 사고라도 났나?"

칼라가 말했다.

"글쎄. 그런데 다들 찌그러진 데는 없어 보이는데. 일단 잠깐 기다려 봐."

조니 루시어는 앞으로 할부금을 다 해결하지 못할 익스피디션을 뒤로 뱅 돌아서 닷지 램 운전석 쪽으로 걸어갔다. 칼라는 그 여자를 보지 못했다고 했지만 심장마비를 일으켜서 바닥에 쓰러져 있지는 않은지 확인하고 싶었다.(평생 조깅을 즐겨 온 조니는 Medicine.Net에서 규정한 목표 체중을 2~3킬로그램만 초과해도 아무리 늦어도 마흔다섯이면 심장마비를 일으키게 되어 있다고 믿어 의심치 않았다.)

그녀는 바닥에 대자로 쓰러져 있지 않았고('당연하지, 덩치가 그만 한데 바닥에 쓰러졌다고 칼라 눈에 보이지 않았을까.') 트레일러에도 없었다. 말만 고개를 내밀고 조니의 얼굴에 대고 코를 쿵쿵거렸다.

"안녕……."

조금 지난 다음에서야 이름이 생각났다.

"……디디. 별일 없지?"

그는 코를 토닥여 주고 다른 두 차를 살피러 램프 쪽으로 돌아갔다. 스테이션왜건이 램프를 막아놓은 주황색 드럼통들을 치고 지나갔다.

칼라는 창문을 내렸다. 뒷좌석에는 잠금 설정이 되어 있어서 아이들은 창문을 내릴 수 없었다.

"보여?"

"아니."

"*아무*도 안 보여?"

"칼라, 재촉하지 말······."

살짝 열린 스테이션왜건의 문 옆에 놓인 휴대전화와 결혼반지가 그의 눈에 들어왔다.

"뭐야?"

칼라는 목을 길게 뺐다.

"좀 있어 봐."

그는 문을 잠그라고 할까 잠깐 고민하다가 관두기로 했다. 벌건 대낮의 95번 고속도로였다. 차들이 이삼십 초마다 어떨 때는 두세 대씩 한꺼번에 지나갔다.

그는 허리를 숙여서 전화기를 한손에 하나씩 집었다. 그러고는 칼라 쪽으로 고개를 돌리느라 문이 입처럼 좀 더 활짝 벌어지는 것을 보지 못했다.

"칼라, 여기에 피가 묻어 있는 것 같아."

그는 더그 클레이턴의 금이 간 전화기를 들어 보았다.

그때 레이첼이 소리쳤다.

"엄마. 저 더러운 차 안에 누구 있어요? 문이 점점 열리는데."

"돌아와."

칼라가 말했다. 그녀의 입안이 갑자기 먼지를 먹은 것처럼 말랐다. 소리를 지르고 싶었지만 가슴에 돌이 얹힌 것 같았다. 눈에 보이지는 않지만 커다란 돌이었다.

"그 차 안에 누가 있어!"

"아빠 왜 저래요? 아빠 왜 저래요?"

레이첼이 외쳤다. 목소리가 갈대 피리처럼 높고 가늘었다.

"아빠!"

블레이크는 새로 산 트랜스포머를 세고 있다가 문제의 아빠가 어디 있는지 보려고 미친 듯이 주위를 두리번거리며 외쳤다.

칼라는 생각하고 말고 할 겨를이 없었다. 남편의 몸은 밖에 있는데 머리는 지저분한 스테이션왜건 안에 있었다. 그래도 아직 살아서 팔다리를 버둥거리고 있었다. 그녀는 문을 연 기억도 없이 익스피디션 밖으로 뛰쳐나갔다. 몸이 알아서 움직이고 마비가 된 머리는 그냥 따라가는 듯했다.

"엄마, 안 돼요!"

레이첼이 외쳤다.

"엄마, 안 돼요!"

블레이크는 무슨 일이 벌어지고 있는지 전혀 알 수 없었지만 나쁜 일이라는 건 알 수 있었다. 아이는 울음을 터뜨리며 줄로 뒤엉킨 카시트 안에서 몸부림쳤다.

아드레날린이 폭발한 칼라는 말도 안 되는 초인적인 힘을 동원해 조니의 허리를 잡고 당겼다. 스테이션왜건의 문이 반쯤 열리면서 피가 폭포처럼 발판 위로 쏟아졌다. 그녀는 그 소름 끼치는 순간에 남편의 머리를 보았다. 한쪽으로 말도 안 되게 꺾여서 진흙으로 떡칠이 된 스테이션왜건 좌석에 놓여 있었다. 그의 몸이 그녀의 품 안에서 아직까지 떨고 있기는 했지만 교수대에서 목이 매달린 죄수들의 반응이라는 것을 알 수 있었다.(공포가 폭풍처럼 닥친 순간임에도 번쩍 하고 선명한 깨달음이 찾아왔다.) 목이 부러졌을 때

나타나는 현상이었다. 그 짧고 가혹한 순간에(카메라 플래시가 터지듯 퍼뜩 지나간 순간에) 그녀는 조니의 넋이 모두 빠져나간 껍데기가 바보 같고 추하다는 생각을 했고, 몸이 떨리건 잠잠하건 그가 이미 죽었다는 것을 알아차렸다. 다이빙을 하다가 물 대신 바위에 부딪친 아이의 표정이 그럴 것이다. 차를 몰고 가다가 교각아치 받침대를 들이받아서 핸들이 몸속에 박힌 여자의 표정이 그럴 것이다. 어디에선가 불쑥 나타난 흉측한 사신이 환영의 뜻에서두 팔을 벌리고 오는 것을 본 사람의 표정이 그럴 것이다.

차문이 쾅 하고 사납게 닫혔다. 칼라는 남편의 허리를 안고 있었고 앞으로 홱 끌어당겨진 순간 또다시 번쩍 하고 선명한 깨달음이 찾아왔다.

'범인은 차야. 차 근처에 얼씬도 하면 안 되는 거였어!'

그녀는 조니의 허리를 놓았지만 간발의 차로 늦었다. 머리카락한 움큼이 문 위로 쏟아지자 빨려 들어갔다. 머리카락을 떼어 낼겨를도 없이 이마가 차에 부딪쳤다. 그것이 머리 가죽을 조금씩갉아먹기 시작하자 정수리가 화끈거렸다.

도망쳐! 그녀는 애를 먹일 때도 많지만 누가 봐도 똑똑한 딸에게 외치려고 했다. *블레이크 데리고 도망쳐!*

하지만 생각을 말로 옮기기도 전에 입이 사라져 버렸다.

* * *

스테이션왜건의 문이 파리지옥풀처럼 아빠의 머리를 덮치는 광경은 레이첼만 보았지만, 엄마가 커튼 사이로 사라지듯 진흙투성이 문 사이로 끌려들어가는 광경은 두 아이 모두 목격했다. 엄마의 모카신 한 짝이 날아가고 분홍색 발톱이 언뜻 보이는가 싶더니 사라져 버렸다. 잠시 후에 흰 차가 주먹처럼 오그라들었다. 엄마가 열어 놓은 창문 너머로 우드득우드득 뭔가를 씹는 소리가 들렸다.

"저게 뭐야? 저게 뭐야, 누나? 저게 뭐야, 저게 뭐야?"

블레이키가 비명을 질렀다. 눈에서는 눈물이 쏟아졌고 아랫입술은 콧물 범벅이었다.

'엄마, 아빠 뼈.'

레이첼은 생각했다. 레이첼은 여섯 살밖에 안 돼서 13세 관람가 영화를 영화관이나 텔레비전에서 볼 수 없었지만(19세 관람가는 두말할 필요도 없었다.) 그게 뼈가 부러지는 소리라는 건 알았다.

저 차는 차가 아니었다. 일종의 괴물이었다.

"엄마, 아빠 어디 있어?"

블레이키가 커다란 눈(눈물 때문에 더 커 보였다.)을 누나에게로 돌리며 물었다.

"엄마, 아빠 어디 있어, 누나?"

'두 살로 다시 돌아간 것 같네.'

레이첼은 이렇게 생각했고, 짜증만 났던 동생에게(엄청 심하게 굴면 밉기만 했던 동생에게) 어쩌면 난생 처음으로 다른 감정을 느꼈다. 이 새로운 감정이 사랑은 아니었다. 그보다 큰 무언가였다. 엄마는 막판에 아무 말도 하지 못했지만 만약 시간이 있었다면 이렇게 얘기했을 것이다. *블레이키를 부탁한다.*

그런 동생이 카시트 안에서 몸부림치고 있었다. 벨트를 풀 줄 아는데 겁에 질려서 잊어버린 것이었다.

레이첼은 벨트를 풀고 부스터에서 빠져나와 동생의 벨트를 풀어 주려고 했다. 버둥거리던 동생의 손이 레이첼의 뺨을 짝 소리나게 때렸다. 평소 같았으면 주먹으로 어깨를 세게 한 대 때렸을 테지만(그러고 나서 그 벌로 방으로 쫓겨나서 부글부글 끓어오르는 분노를 달래며 벽을 보고 앉아 있었을 테지만) 지금은 손을 잡아서 누르고는 그만이었다.

"그만해! 누나가 도와주려고 하잖아! 내가 꺼내줄 수 있지만 네가 그러면 못 꺼내줘!"

블레이크는 몸부림을 멈추었지만 울음까지 그치지는 않았다.

"아빠 어딨어? 엄마 어딨어? 엄마를 불러야 하는데!"

'나도 엄마를 부를 수 있으면 좋겠다, 이 멍충아.'

레이첼은 이렇게 생각하며 카시트 벨트를 풀어 주었다.

"이제 차에서 내릴 거야. 내려서……."

내려서 어떻게 해야 할까? 식당으로 가야 할까? 식당은 문을 닫았다. 주황색 드럼통으로 막아 놓은 게 그 때문이었다. 주유소에 주유기도 없고 빈 주차장에 잡초만 자라는 것도 그 때문이었다.

"도망칠 거야."

레이첼은 말을 맺고는 차에서 내려 블레이크 쪽으로 돌아갔다. 문을 열었지만 동생은 눈물이 그렁그렁 맺힌 눈으로 그녀를 쳐다보기만 했다.

"못 내려, 누나. 내리다가 넘어질 거야."

겁에 질린 아기처럼 그러지 좀 마. 그녀는 하마터면 이렇게 얘기할 뻔했지만 참았다. 지금은 그럴 때가 아니었다. 안 그래도 그는 충분히 심란해 하고 있었다. 그녀는 팔을 벌렸다.

"미끄럼틀 타듯이 내려와. 내가 받아 줄게."

그는 미심쩍어하는 눈빛으로 그녀를 쳐다보다 미끄러져 내려왔다. 레이첼이 그를 받기는 했지만 보기보다 무거워서 둘 다 대자로 넘어지고 말았다. 밑에 깔린 그녀가 받은 충격이 더 컸지만 머리를 부딪치고 한손이 긁힌 블레이키가 이번에는 무서워서가 아니라 아파서 요란하게 울음을 터뜨렸다.

"그만해. 사나이답게 굴어라, 좀."

레이첼은 동생의 밑에서 꿈틀꿈틀 빠져나왔다.

"응?"

그녀는 아무 대꾸도 하지 않고 끔찍한 스테이션왜건 옆에 놓인 두 대의 전화기를 쳐다보았다. 하나는 고장 난 것 같았지만 다른 하나는⋯⋯.

레이첼은 아빠와 엄마를 무시무시하도록 갑작스럽게 삼킨 차를 계속 쳐다보며 전화기 쪽으로 살금살금 기어갔다. 멀쩡한 쪽 전화기를 향해 손을 뻗는데, 블레이키가 긁힌 쪽 손을 내밀고 그녀를 지나서 스테이션왜건 쪽으로 걸어갔다.

"엄마? 엄마? 나와요! 나 다쳤어요. 나와서 호 해 줘야⋯⋯."

"그 자리에서 꼼짝 마, 블레이크 루시어."

칼라가 들었더라면 자랑스러워했을 것이다. 가장 무시무시한 마나님의 말투를 동원했던 것이다. 그리고 그 말투가 효과가 있었다. 스테이션왜건과 1.2미터 거리를 두고 블레이크가 걸음을 멈추었다.

"하지만 엄마를 불러야 한단 말이야! 엄마를 불러야 한다고, 누나!"

그녀는 그의 손을 잡고 스테이션왜건과 반대편으로 당겼다.

"아직은 안 돼. 이거 쓰는 거나 도와줘."

그녀도 전화 거는 법을 알았지만 그의 관심을 다른 데로 돌릴 도구가 필요했다.

"이리 줘, 나 할 수 있어! 이리 줘, 누나!"

그녀는 전화기를 넘겼고, 블레이크가 버튼을 살피는 동안 일어나서 동생의 울버린 티셔츠를 잡고 뒤로 세 발짝 당겼다. 블레이크는 거의 알아차리지도 못했다. 그가 줄리앤 버넌의 휴대전화 전원 버튼을 찾아서 눌렀다. 전화기에서 삑 소리가 났다. 레이첼이 전화기를 가져가도 평소에는 멍청한 어린애 짓을 일삼던 블레이키가 이번만큼은 아무 소리하지 않았다.

그녀는 경찰견 맥그러프(미국 범죄 예방 협회에서 어린이들에게 범죄에 대한 경각심을 일깨워 주기 위해 만든 캐릭터 —옮긴이)가 학교에 와서 강연했을 때 귀담아 들은 게 있었기에 주저 없이 911을 누르고 전화기를 귀에 갖다 댔다. 신호 한 번 만에 상대방이 전화를 받았다.

"여보세요? 저는 레이첼 앤 루시어인데요……."

어떤 남자의 목소리가 흘러나왔다.

"본 통화는 녹음되고 있습니다. 응급상황일 경우 1번을 눌러 주시기 바랍니다. 반대편 차로의 교통 상황을 제보하는 경우 2번을 눌러 주시기 바랍니다. 고장 난 차량의……."

"누나? 누나? 엄마 어딨어? 아빠 어……."

"쉿!"

레이첼은 단호하게 말허리를 자르고 1을 눌렀다. 손이 부들부들 떨리고 눈앞이 가물가물해서 쉽지 않았다. 이제 보니 눈물을 흘리고 있었다. 언제부터 울고 있었을까? 기억이 나지 않았다.

"여보세요, 911입니다."

어떤 여자의 말이 나와 레이첼은 물었다.

"진짜 사람이에요 아니면 기계예요?"

여자는 살짝 재미있어하는 목소리로 대답했다.

"진짜 사람인데. 응급상황이 생겼니?"

"네. 못된 차가 우리 엄마랑 아빠를 잡아먹었어요. 여기가 어디냐면……."

"잘 생각하고 얘기해."

911 아줌마가 충고했다. 좀 전보다 훨씬 더 재미있어하는 목소리였다.

"너, 몇 살이니?"

"여섯 살인데 좀 있으면 일곱 살이 돼요. 이름은 레이첼 앤 루시어고요. 어떤 차가, 어떤 못된 차가……."

"레이첼 앤인지 뭔지 하는 아이야, 이 전화 추적이 되거든? 그거 알고 있었니? 몰랐겠지. 얌전히 끊으면 경찰 아저씨를 너희 집으로 보내서……."

"*그래서 두 분이 죽었다고요, 바보 같은 아줌마야!*"

레이첼이 전화기에 대고 소리를 지르자 죽었다는 말에 블레이키가 다시 울음을 터뜨렸다.

911 아줌마는 아무 말도 하지 않더니 잠시 후에 심각한 말투로 물었다.

"거기 어디니, 레이첼 앤?"

"여긴 아무도 없는 식당이에요! 주황색 드럼통으로 막아 놓은 곳요!"

블레이키는 바닥에 앉아서 무릎 사이에 얼굴을 묻고 두 팔로 머리를 감쌌다. 그 모습에 레이첼은 한 번도 느껴본 적 없는 아픔을 느꼈다. 가슴 속 깊은 곳이 아렸다.

"그 정도 정보로는 부족한데. 좀 더 구체적으로 알려줄 수 있겠니, 레이첼 앤?"

911 아줌마가 말했다.

레이첼은 *구체적*이라는 단어가 무슨 뜻인지 몰랐지만 눈앞에 보이는 광경이 무엇을 뜻하는지는 알았다. 그들과 가장 가까운 쪽에 있는 스테이션왜건의 뒤 타이어가 조금씩 녹아 내리고 있었다. 액상 고무처럼 생긴 촉수가 블레이키를 향해 천천히 움직이고 있었다.

"이만 끊을게요. 못된 차한테서 도망쳐야 해요."

레이첼은 말한 다음, 녹아내리는 타이어를 쳐다보며 블레이크를 일으켜서 뒤로 질질 끌고 갔다. 고무처럼 생긴 촉수가 원래 있었던 자리로 돌아가고 ('우리가 손이 닿지 않는 곳으로 피한 걸 아는 거야.' 그녀는 생각했다.) 타이어가 다시 타이어 모양으로 돌아가기 시작했지만 그 정도로는 부족했다. 그녀는 램프를 빠져나와서 고속도로 쪽으로 계속 블레이크를 끌고 갔다.

"어디 가는 거야, 누나?"

'나도 몰라.'

"저 차한테서 도망치는 거야."

"트랜스포머 챙겨야 하는데!"

"지금은 안 돼. 나중에."

그녀는 블레이크를 꼭 붙잡고 차가 어쩌다 한 대씩 시속 110에서 120킬로미터로 쌩하니 지나가는 고속도로를 향해 계속 뒷걸음질을 쳤다.

*　　*　　*

아이가 지르는 비명 소리만큼 쩡한 소리도 없다. 그 소리야말로 대자연이 부여한 효과적인 생존 장치다. 피트 시먼스는 벌써부터 조는 수준으로 선잠을 자고 있다가 레이첼이 911 상담원에게 비명을 지르자 그 소리를 듣고 마침내 완전히 정신을 차렸다.

그는 벌떡 일어나 앉았다가 움찔하며 손을 머리에 갖다 댔다. 머리가 지끈거렸고 그는 지끈거림의 정체가 뭔지 알았다. 이게 바로 그 끔찍한 **숙취**였다. 혀가 털로 덮인 느낌이었고 속이 안 좋았다. 토할 것 같은 느낌은 아니었지만 아무튼 안 좋았다.

'더 마셨으면 어쩔 뻔했을까?'

그는 생각하며 자리에서 일어났다. 누가 그렇게 소리를 질렀는지 확인하려고 철조망으로 덮인 창문 앞으로 갔다. 눈앞에 보이는 광경이 심상치 않았다. 휴게소 진입 램프를 막아 놓은 주황색 드럼통이 몇 개 쓰러져서 나뒹굴었고 차들이 있었다. 그것도 한두 대가 아니었다.

아이들도 보였다. 한 명은 분홍색 바지를 입은 여자아이였고 또한 명은 반바지에 티셔츠를 입은 남자아이였다. 언뜻 보기만 해도 뒷걸음질을 치고 있다는 것을 알 수 있었는데(무서운 뭔가를 피하는 것처럼) 말을 실어 나르는 트레일러처럼 생긴 차 뒤편으로 사라졌다.

　느낌이 좋지 않았다. 사고라도 났나 싶었지만 사고 현장처럼 보이지는 않았다. 뭔지 모르겠지만 휘말리기 전에 얼른 도망쳐야겠다는 생각이 들었다. 그는 자전거 가방을 들고 주방과 그 너머의 하역장을 향해 걸음을 옮겼다. 그러다 멈추어 섰다. 밖에 아이들이 있었다. 어린 아이들이었다. 고속도로 근처를 자기들끼리 얼쩡거려도 될 만한 나이가 아니었는데 어른이 보이지 않았다.

　'어른이 있겠지. 그 차들 못 봤어?'

　자동차도 보였고 말을 실어 나르는 트레일러도 보였지만 어른은 보이지 않았다.

　'나가 봐야겠다. 골치 아픈 일이 생기더라도 찐따 같은 어린애들이 고속도로 위에서 곤죽이 되는 사태는 막아야지.'

　피트는 버거킹 앞문 쪽으로 허둥지둥 달려갔다가 잠겨 있는 것을 보고 노미 세리오가 함 직한 질문을 속으로 중얼거렸다.

　'야, 이 꼴통아, 엄마가 널 낳고도 미역국을 드셨나?'

　피트는 몸을 돌려서 하역장을 향해 돌진했다. 달리느라 두통이 더 심해졌지만 무시했다. 콘크리트 꼭대기 가장자리에 가방을 놓고 몸을 낮춘 다음 뛰어내렸다. 어설프게 착지하는 바람에 꼬리뼈가 부딪쳤지만 그것도 무시했다. 그는 일어나서 애타는 눈빛으로 숲 쪽을 흘끗 쳐다보았다. 이대로 그냥 사라져 버릴 수도 있었다. 그러면 앞으로 벌어질지 모르는 골치 아픈 일들을 피할 수 있었다. 그러고 싶은 유혹이 비참하리만치 컸다. 이건 착한 사람들이 주저 없이 올바른 결단을 내리는 영화가 아니었다. 누가 그의 입에서 풍기는 보드카 냄새를 알아차리기라도 한다면…….

그는 중얼거렸다.

"젠장. 에이 씨. 젠장. 우라질. *니미럴.*"

애초에 여긴 뭐 하러 왔을까? 누가 누구한테 찐따 같다고 하는지 모를 일이었다!

＊　＊　＊

레이첼은 블레이크의 손을 꼭 잡고 램프 끝까지 걸어갔다. 거기 다다랐을 때 두 칸짜리 세미 트레일러가 시속 120킬로미터로 쌩 하니 지나갔다. 바람에 머리칼이 날리고 옷에 물결이 일었고 블레이키는 하마터면 뒤로 넘어질 뻔했다.

"*누나, 무서워! 찻길에 서 있으면 안 되는 거잖아!*"

'누가 그걸 모르니?'

레이첼은 생각했다.

집에서 그들끼리 갈 수 있는 곳은 집 앞길까지가 전부였고 팰머스의 프레시원즈웨이에는 지나가는 차가 거의 없었다. 이 고속도로도 차가 꼬리에 꼬리를 물고 이어지지는 않았지만 지나가는 차마다 속도가 어마어마하게 빨랐다. 게다가 갈 만한 데가 없었다. 갓길로 걸어갈 수는 있겠지만 어마어마하게 위험한 짓이었다. 이곳에 출구는 없고 숲밖에 없었다. 식당으로 들어가려면 못된 차 앞을 지나야 했다.

빨간색 스포츠카가 **빠아아아아아앙** 하고 계속 경적을 울리며 쌩 하니 지나가자 레이첼은 귀를 막고 싶어졌다.

블레이크가 잡아당기자 그녀는 순순히 끌려갔다. 램프 한쪽에 가드레일 기둥이 있었다. 블레이크는 그 사이를 연결하는 두툼한 케이블에 걸터앉아서 토실토실한 손으로 눈을 덮었다. 레이첼도 그 옆에 앉았다. 그녀는 머릿속이 백지 상태였다.

5. 지미 골딩 (11년식 크라운 빅토리아)

아이의 비명 소리가 대자연이 부여한 효과적인 생존 장치일지 몰라도 고속도로 위에서라면 주차되어 있는 순찰차만 한 게 없다. 까만 레이더 탐지기가 달려오는 차량의 행렬을 마주보고 있으면 특히 그렇다. 110킬로미터로 달리던 운전자는 100킬로미터로 속도를 낮춘다. 120킬로미터로 달리던 운전자는 브레이크를 밟으며 뒤에서 파란 불이 번쩍이면 몇 점의 벌점이 부여되는지 머릿속으로 계산하기 시작한다.(이런 유익한 효과는 금세 사라진다. 10~20킬로미터만 지나면 밟는 사람은 다시 밟기 마련이다.)

메인 주 경찰관 지미 골딩이 생각하기에 주차되어 있는 순찰차의 매력은 아무것도 할 필요가 *없다*는 것이었다. 차를 그냥 세워 놓기만 하면 사람들이 알아서 기어갔다. 흐린 4월의 그날 오후에는 심지어 시먼스 속도측정기를 켜 놓지도 않았고 95번 고속도로 하행선을 달리는 차량의 소음은 배경음악과도 같았다. 그의 관심사는 오직 핸들 하단에 받쳐 놓은 아이패드뿐이었다.

그는 버라이즌에서 제공하는 무선 네트워크로 워즈 위드 프렌즈라는 스크래블 비슷한 게임을 하고 있었다. 그의 상대는 예전에 같은 본부에서 근무했던 동료이자 현재는 오클라호마 순찰대로 자리를 옮긴 닉 에이버리였다. 지미로서는 메인을 버리고 오클라호마를 선택하는 이유를 알 수 없었고 그가 보기에 그건 어리석은 선택이었지만 닉의 워즈 위드 프렌즈 실력이 출중한 것만큼은 반론의 여지가 없었다. 그는 십중팔구 지미를 이겼고 이번 판에서도 앞서나가고 있었다. 하지만 이번 판에서만큼은 평소답지 않게 근소한 차이로 이기고 있는데다 주머니에 남은 글자가 없었다. 남겨둔 네 글자를 잘 활용하면 지미가 신승을 거둘 수 있었다. 현재 그는 FIX를 집중적으로 연구하고 있었다. 그에게 남은 글자는 A, E, S 그리고 F였다. FIX를 다른 단어로 고칠 수만 있다면 승리를 거둘 수 있을 뿐 아니라 친구의 코를 납작하게 만들 수 있었다. 하지만 가망이 별로 없어 보였다.

그가 더욱 가능성이 없어 보이는 다른 칸을 살피고 있었을 때 무전기에서 두 음으로 이루어진 날카로운 고음이 들렸다. 웨스트브룩의 911에서 모든 순찰대원에게 보내는 경보였다. 지미는 아이패드를 옆으로 치우고 무전기를 켰다.

"전 대원, 주목하기 바람. 130킬로미터 지점 휴게소 근처에 있는 대원 있나?"

지미는 마이크를 들었다.

"911 배치대, 17번이다. 현재 리스본-새버터스 출구 남쪽의 135킬로미터 지점에 있다."

레이첼 루시어가 911 아줌마라고 생각했던 상담원은 더 가까운 데 있는 사람 없느냐고 묻지 않았다. 신형 크라운 빅토리아 순찰차라면 3분이나 그보다 더 빨리 갈 수 있는 거리였다.

"17번, 3분 전에 부모님이 돌아가셨다는 여자아이의 신고 전화를 받았는데 그 이후로 두 어린아이가 보호자 없이 그 휴게소 옆을 헤매고 있다는 신고가 여러 통 접수됐다."

그는 신고한 사람들이 왜 그냥 지나갔느냐고 묻지 않았다. 전에도 경험한 적 있었다. 법적으로 골치 아픈 일이 생길까 봐 그러는 경우도 있었지만, 대부분 지독한 개인주의가 원인이었다. 요즘 들어 만연한 현상이었다. 그래도 *어린애*들이 있다는데. 맙소사……

"911, 내가 가겠다. 17번 출동한다."

지미는 경광등을 켜고, 달려오는 차가 없는지 백미러로 확인한 다음 **공무용 차량 외 유턴 금지**라고 적힌 표지판이 달린 자갈길을 박차고 나왔다. 크라운 빅토리아의 8기통 엔진이 포효했다. 디지털 속도계가 눈 깜빡할 새 148킬로미터를 찍고 거기서 멈추었다. 도로 양쪽의 가로수들이 아찔하게 휘청거렸다. 고집스럽게 느릿느릿 제 갈 길을 가는 낡은 뷰익이 보이자 옆 차로로 빠졌다. 주행차로로 다시 들어서자 휴게소가 보였다. 그리고 다른 것도 보였다. 어린아이 둘이(반바지를 입은 남자아이와 분홍색 바지를 입은 여자아이가) 진입 램프 옆 가드레일 케이블 위에 앉아 있었다. 세상에서 가장 어린 부랑아처럼 보여서 지미의 가슴이 아플 정도로 뻐근했다. 그도 아이 아빠였다.

번쩍이는 경광등이 보이자 아이들은 일어섰고 남자아이가 순찰차 앞으로 뛰어들려는 끔찍한 조짐을 보였다. 다행히 여자아이가 그의 팔을 잡아 당겼다.

지미가 갑자기 속도를 줄이는 바람에 좌석에 있던 명언집, 근무일지, 아이패드가 바닥으로 쏟아졌다. 빅토리아의 앞바퀴가 살짝 미끄러졌지만 원위치로 돌려놓고 몇 대의 다른 차들이 이미 주차되어 있는 램프를 가로막고 차를 세웠다. 여기서 무슨 일이 있었던 걸까?

바로 그때 태양이 고개를 내밀자 현재 상황과 전혀 상관 없는 단어가 지미 골딩 경찰관의 머릿속을 번쩍 가로질렀다. AFFIXES('들러붙다'는 뜻의 affix의 삼인칭 단수형 — 옮긴이).

'AFFIXES를 만들면 깨끗하게 끝낼 수 있을 텐데.'

여자아이가 흐느끼며 비틀거리는 남동생을 끌고 순찰차 운전석 쪽으로 달려왔다. 공포로 얼굴이 하얗게 질려서 실제보다 몇 살은 더 많아 보였고 남자아이의 반바지에는 큼지막하게 젖은 자국이 있었다.

지미는 문으로 아이들을 치지 않도록 조심스럽게 차에서 내렸다. 눈높이가 맞게 한쪽 무릎을 꿇고 앉자 아이들이 그의 품 안으로 달려드는 바람에 그는 하마터면 뒤로 넘어질 뻔했다.

"와우, 와우, 진정해라, 너희들 괜……."

"못된 차가 엄마랑 아빠를 잡아먹었어요. 저기 저 못된 차가요. 못된 늑대가 빨간 모자를 잡아먹은 것처럼 우리 엄마, 아빠를 잡아먹었어요. 엄마, 아빠를 살려주세요!"

남자아이가 차를 가리키며 말했다. 그 통통한 손가락이 어느 차를 가리키는지 알 수가 없었다. 지미의 눈에 보이는 차는 모두 네 대였다. 긴 숲길을 쌔빠지게 달린 것처럼 보이는 스테이션왜건, 어마어마하게 깨끗한 프리우스, 말을 실어 나르는 트레일러를 매달고 있는 닷지 램 그리고 포드 익스피디션이었다.

"꼬마 아가씨, 이름이 뭐니? 아저씨는 지미 경찰관인데."

여자아이가 대답했다.

"레이첼 앤 루시어요. 얘는 블레이키예요. 제 남동생이고요. 저
희는 메인 주 팰머스 프레스윈즈웨이 19번지, 우편번호 0, 4, 1, 0,
5에 살아요. 가까이 가지 마세요, 지미 경찰관 아저씨. 차처럼 보이
지만 아니에요. 사람들을 잡아먹어요."

"어느 차를 말하는 거니, 레이첼?"

"맨 앞, 우리 아빠 차 옆에 있는 거요. 진흙 묻은 차요."

"그 진흙 묻은 차가 우리 엄마, 아빠를 잡아먹었어요! 아저씨는
경찰이니까 엄마, 아빠를 살릴 수 있죠? 총이 있으니까!"

남자아이(블레이키)가 선언했다.

지미는 한쪽 무릎을 꿇은 채 아이들을 끌어안고 진흙 묻은 스
테이션왜건을 눈으로 훑었다. 태양이 다시 들어가자 그림자가 사
라졌다. 고속도로 위로 차량들이 휙휙 지나갔지만 번쩍이는 파란
불을 보고 좀 전보다는 속도를 늦추었다.

익스피디션이나 프리우스나 트럭에는 아무도 없었다. 누가 쪼그
리고 앉아 있지 않은 이상 트레일러에도 없을 텐데, 누가 쪼그리고
앉아 있다면 말이 지금보다 훨씬 불안해 보일 것이다. 아이들이 자
기들 엄마, 아빠를 잡아먹었다고 하는 스테이션왜건만 속이 들여
다보이지 않았다. 모든 유리창마다 진흙이 묻어 있는 것이 꺼림칙
했다. 누가 *일부러* 발라 놓은 듯했다. 운전석 문 옆에 떨어져 있는
금이 간 휴대전화도 꺼림칙했다. 그 옆에 있는 반지도 마찬가지였
다. 반지는 정말이지 오싹했다.

'나머지도 오싹하긴 마찬가지야.'

운전석 문이 갑자기 삐걱거리며 살짝 열리자 오싹 지수가 최소
30퍼센트 뛰었다. 지미는 긴장하며 권총 개머리에 손을 얹었지만

아무도 내리지 않았다. 문만 15센티미터 열려 있을 따름이었다.

"저런 식으로 유인해요. *괴물 차예요.*"

여자아이가 속삭임에 가까운 목소리로 말했다.

지미 골딩은 어렸을 때 「크리스틴」 영화를 본 뒤로 괴물 차가 있다는 것을 믿지 않았지만 괴물들이 차 안에 숨어 있을 수는 있다고 생각했다. 누군가가 이 차 안에 있는 게 분명했다. 그렇지 않고서야 무슨 수로 문이 열렸겠는가? 아이들의 엄마나 아빠가 다쳐서 소리를 낼 수 없는 상황일 수도 있었다. 진흙 칠이 된 뒤 유리창 너머에 보이지 않게 어떤 남자가 좌석에 누워 있을 수도 있었다. 총을 든 남자가 누워 있을 수도 있었다.

"스테이션왜건 안에 누구냐? 주 경찰이다. 신원을 밝혀라."

지미는 큰 소리로 외쳤다. 아무도 신원을 밝히지 않았다.

"나와라. 무기가 없는 걸 확인할 수 있게 손부터 내밀고."

태양만 고개를 내밀고 보도 위로 문 그림자를 1~2초 정도 드리우다 다시 구름 속으로 숨었다. 열린 문만 남았다.

"얘들아, 따라오렴."

지미는 아이들을 순찰차로 데려가서 뒷문을 열었다. 아이들은 뒷좌석에 흩어져 있는 서류와 지미의 플리스 재킷(오늘은 입을 필요가 없었다.)과 총신을 짧게 잘라서 벤치 시트 뒷면에 고정시켜 놓은 소총을 쳐다보았다. 특히 총을 빤히 쳐다보았다.

"엄마, 아빠가 모르는 사람 차에는 절대 타지 말라고 했는데요. 학교에서도 그랬고요. 모르는 사람은 위험하다고."

블레이키라는 남자아이가 말하자 레이첼이 말했다.

"순찰차를 타고 온 경찰 아저씨잖아. 괜찮아. 얼른 타. 그리고 그

총 건드리면 나한테 맞을 줄 알아."

"총 건드리지 말라는 거, 좋은 충고다만 안전장치 걸어놔서 괜찮아."

지미가 말했다.

블레이키는 차에 타서 등받이 너머를 들여다보았다.

"와, 아이패드가 있네요!"

"조용히 해."

레이첼이 말했다. 그녀는 차에 타려다 말고 겁에 질린 피곤해 보이는 눈으로 지미 골딩을 쳐다보았다.

"그 차 건드리지 마세요. *끈끈이* 같거든요."

지미는 하마터면 미소를 지을 뻔했다. 그에게도 이 아이보다 딱 한 살 정도 어린 딸이 있었는데 딸아이도 아마 똑같은 소리를 했을 것이다. 여자아이들은 말괄량이 아니면 깔끔쟁이, 이렇게 두 부류로 나뉘는 듯했다. 그의 딸 앨런처럼 이 아이도 깔끔쟁이였다.

그는 레이철 루시어가 쓴 *끈끈이*라는 단어를 이렇듯 치명적으로 오해하고 아이들을 17번 순찰차 뒷좌석에 태우고 문을 닫았다. 앞 유리창 너머로 몸을 숙여서 마이크를 집었다. 그러는 동안에도 앞문이 열린 스테이션왜건을 계속 쳐다보고 있었기에 인조가죽으로 된 파란색 자전거 가방을 갓난아이처럼 품고서 휴게소 음식점 옆에 서 있는 남자아이를 보지 못했다. 잠시 후에 태양이 다시 고개를 내밀자 피트 시먼스는 건물 그림자 속에 묻혔다.

지미는 그레이에 있는 본부로 연락했다.

"17번, 보고하라."

"현재 130킬로미터 지점 휴게소다. 버려진 차량 네 대, 버려진

말 한 마리, 버려진 아이 둘과 함께 있다. 차량 중에 스테이션왜건이 있는데 아이들 말로는……."

그는 말을 멈추었다가 '에라, 모르겠다.'라고 생각했다.

"아이들 말로는 그 차가 엄마, 아빠를 잡아먹었다고 한다."

"음?"

"그 안에 타고 있는 사람이 그들을 끌고 들어갔다는 소리인 것 같다. 전 대원을 이곳으로 출동시켜주기 바란다, 오버."

"알았다, 오버. 하지만 가장 먼저 도착하는 차가 10분은 걸릴 거다. 12번 순찰차다. 현재 워터빌에서 73번 코드를 수행 중이다."

앨 앤드루스가 밥스 버거스에서 열심히 햄버거를 먹으며 정치 얘기를 하고 있다는 뜻이었다.

"알았다, 오버."

"왜건의 MML을 알려 주면 조회하겠다."

"셋 다 불분명하다. 번호판이 없다. 진흙투성이라 제조사와 모델도 알 수 없다. 하지만 미국 차다. ('아마도.') 포드 아니면 셰비다. 아이들은 내 차에 있다. 이름은 레이첼과 블레이키 루시어. 주소는 팰머스 프레스윈즈웨이. 번지수는 들었는데 잊어버렸다."

"*19번지요!*"

레이첼과 블레이키가 한 목소리로 외쳤다.

"애들 말로는……."

"들었다, 17번. 아이들은 무슨 차를 타고 왔나?"

"*아빠 익시펀디션요!*"

블레이키가 도움을 줄 수 있다는 데 기뻐하며 큰 소리로 외쳤다.

지미가 말했다.

"포드 익스피디션. 등록 번호는 3, 7, 7, 2 IY. 스테이션왜건 근처로 가 보겠다."

"알았다, 오버. 조심하기 바란다, 지미."

"알았다, 오버. 아, 911 배치원에게 아이들은 괜찮다고 연락해 주기 바란다."

"뭔가, 피터 타운젠드인가(피터 타운젠드는 영국의 록밴드 더 후의 기타리스트다. 1965년에 발매된 더 후의 데뷔앨범 수록곡 중에 「아이들은 괜찮다*The Kids Are Alright*」라는 노래가 있어서 거기에 빗댄 농담이다 — 옮긴이)?"

'하. 하. 하.'

"17번, 내가 62년생이다."

그는 마이크를 다시 걸어 놓으려다 레이첼에게 주었다.

"무슨 일이 생기면…… 나쁜 일이 생기면 옆쪽에 달린 단추를 누르고 '30'이라고 외쳐라. '도움 요청'이라는 뜻이거든. 알겠니?"

"네. 하지만 저 차 근처에는 가면 안 돼요, 경찰관 아저씨. 물고 잡아먹는 끈끈이 같거든요."

경찰차를 탔다는 데 정신이 팔려서 부모님의 운명을 잠깐 잊고 있었던 블레이키가 다시 울음을 터뜨렸다.

"엄마, 아빠를 불러 주세요!"

레이첼 루시어가 '저한테 어떤 시련이 내려졌는지 아시겠죠.' 하는 뜻에서 눈을 굴리자 해괴하고 위험할 수도 있는 상황인데도 불구하고 지미는 하마터면 웃음을 터뜨릴 뻔했다. 다섯 살 난 앨런 골딩에게서 똑같은 표정을 얼마나 숱하게 보았던가? 지미가 말했다.

"잘 들어라, 레이첼. 겁이 났다는 건 알지만 이 안에 있으면 안

전해. 그리고 아저씨는 할 일을 해야지. 너희 부모님이 저 안에 계시다면 다치도록 내버려 두면 안 되지 않겠니?"

"엄마, 아빠를 꺼내 주세요, 지미 경찰관 아저씨! 다치도록 내버려 두지 말고요!"

블레이키가 울부짖었다.

여자아이는 희망이 깃든 눈빛을 보이기는 했지만 지미가 기대했던 것처럼 열렬한 반응을 보이지는 않았다. 예전에 방영됐던 「엑스파일」에 나온 멀더 요원처럼 믿고 싶지만…… 그의 파트너인 스컬리 요원처럼 믿을 수가 없는 것이었다.

'이 아이들이 뭘 본 걸까?'

지미는 스테이션왜건 쪽으로 다가가며 글록 자동권총을 꺼냈지만 안전장치를 풀지는 않았다. 아직은 그냥 두었다. 그는 열린 문의 살짝 남쪽에 서서 다시 한 번 차 안에 있는 사람에게 먼저 손부터 내밀고 밖으로 나오라고 외쳤다. 아무도 나오지 않았다. 그는 문을 향해 손을 내밀다 여자아이에게 들은 경고가 생각나서 멈칫했다. 그는 문을 얼른 젖히려고 권총을 갖다 댔다. 문이 열리기는커녕 권총이 순식간에 들러붙었다. 차가 아니라 아교 냄비였다.

천하장사가 권총을 잡고 끌어당기기라도 하는 것처럼 그의 몸이 앞으로 홱 하니 쏠렸다. 권총을 놓을 수 있는 찰나의 기회가 있었지만 그는 그럴 생각조차 하지 못했다. 경찰학교에서 무기를 지급한 뒤에 맨 처음 가르치는 것이 휴대한 무기를 놓치면 안 된다는 것이었다. *절대 안 된다는 것이었다.*

그래서 그는 권총을 계속 붙잡고 있었고 권총을 삼킨 차가 이제 그의 손을 삼켰다. 그의 팔을 삼켰다. 태양이 다시 고개를 내밀자 보도 위로 드리워진 그의 그림자가 점점 작아졌다. 어딘가에서 아이들이 비명을 질렀다. 그는 생각했다.

'아까 AFFIXES를 떠올렸더니 스테이션왜건이 경찰관에 들러붙었군. 아이가 끈끈이라고 했던 게 무슨 뜻인지 이제……'

그때 고통이 봄꽃처럼 꽃망울을 활짝 터뜨리자 모든 생각이 멈추었다. 한 번 비명을 지를 시간이 있다. 딱 한 번 지를 시간이 있었다.

5. 아이들 (10년식 리치포스)

60미터 멀리 서 있었던 피트는 그 자리에서 모두 보았다. 순찰대원이 스테이션왜건의 문을 활짝 열려고 권총을 든 손을 뻗었다. 그러자 차가 무슨 환영이라도 되는 것처럼 권총이 문 속으로 사라졌다. 순찰대원의 몸이 앞으로 홱 쏠리면서 쓰고 있던 회색의 큼지막한 모자가 굴러 떨어졌다. 그는 문 사이로 끌려 들어갔고 모자만 누구 것인지 모를 휴대전화 옆에 남았다. 잠시 정적이 흐른 뒤 손가락을 접어서 주먹을 쥐듯 차가 오므라들기 시작했다. 이후 테니스 라켓에 공이 맞는 소리(픽!)와 함께 진흙투성이 주먹이 다시 차가 되었다.

남자아이가 대성통곡하기 시작했다. 여자아이는 J. K. 롤링이 깜빡하고 해리 포터 책에 쓰지 못한 마법의 주문이라도 되는 것처럼 '30'이라고 거듭 외쳤다.

순찰차 뒷문이 열렸다. 아이들이 나왔다. 둘 다 목 놓아 울고 있었다. 피트는 그들을 나무랄 생각이 없었다. 좀 전의 그 광경을 보고 망연자실하지 않았더라면 그도 울음을 터뜨렸을 것이다. 어처구니없는 생각이 떠올랐다. 보드카를 한두 모금 더 마시면 도움이 될지 모른다는 생각이었다. 그러면 겁이 줄어들 테고, 겁이 줄면 어떻게 하는 게 좋을지 판단할 수 있을지 몰랐다.

아이들은 다시 뒷걸음질을 치고 있었다. 피트는 아이들이 겁에 질려서 당장이라도 도망칠지 모른다는 생각이 들었다. 그러도록 내버려둘 수는 없었다. 도로로 뛰어들었다가는 지나가는 차량행렬에 곤죽이 될 수 있었다. 그는 큰소리로 불렀다.

"얘들아! 얘들아, 여기!"

아이들이 돌아보자(얼굴은 새하얗고 두 눈은 접시만 했다.) 그는 손을 흔들고 그들을 향해 걸어가기 시작했다. 그러는 동안 태양이 이번에는 제대로 고개를 내밀었다.

남자아이가 앞으로 걸음을 내딛자 여자아이가 뒤로 홱 잡아당겼다. 처음에 피트는 자기가 무서워서 그러는 줄 알았다가 차가 무서워서 그러는 건 줄 나중에 알아차렸다.

그는 한손으로 동그라미를 그렸다.

"빙 돌아서 와! 빙 돌아서 이쪽으로 건너와!"

그들은 스테이션왜건과 최대한 멀찌감치 거리를 두고 램프 왼쪽의 가드레일을 통과해서 주차장을 가로질렀다. 피트가 있는 곳에 다다르자 여자아이는 남동생 손을 놓고 주저앉아서 두 손에 얼굴을 묻었다. 아이의 머리는 엄마가 땋아 주었을 것이다. 엄마가 두 번 다시 그렇게 땋아 주지 못하게 됐다는 생각이 들자 피트는 소름이 끼쳤다.

남자아이가 침통한 표정으로 고개를 들었다.

"저 차가 우리 엄마랑 아빠를 잡아먹었어. 말을 싣고 가던 아줌마랑 지미 아저씨도 잡아먹었고. 전부 잡아먹을 건가 봐. *세상을 통째로 잡아먹을 건가 봐.*"

피트 시먼스가 스무 살이었다면 한심한 질문들을 퍼부었을지 모른다. 하지만 그는 그 절반밖에 안 되는 나이라 좀 전에 본 광경을 받아들일 수 있었기에 좀 더 단순하고 적절한 질문을 했다.

"꼬맹아, 경찰관들이 더 온대? 그래서 아까 '30'이라고 소리 질렀던 거야?"

그녀는 손을 내리고 그를 올려다보았다. 눈이 까칠하고 빨갰다.

"응. 하지만 블레이키 말이 맞아. 저 차가 다른 경찰관들도 잡아먹을 거야. 지미 아저씨한테 얘기했는데 내 말을 믿지 않았어."

피트는 직접 목격했기에 그녀를 믿었다. 하지만 그녀의 말이 맞았다. 경찰관들은 믿지 않을 것이다. 결국에는 믿을 수밖에 없겠지만 괴물 차에게 몇 명 더 먹힌 다음에서야 그럴 것이다. 그가 말했다.

"외계에서 왔나 봐. 「닥터 후」에 나오는 걔들처럼 말이야."

"우리 엄마, 아빠는 그거 못 보게 했어. 너무 무서운 프로그램이라면서. 그런데 이게 더 무서워."

남자아이가 말했다.

"살아 있으니까."

피트는 혼잣말처럼 중얼거렸다.

"당연하지."

레이첼은 말하고, 길고 처량하게 코를 훌쩍였다.

흐트러진 구름 뒤로 태양이 잠깐 숨었다. 잠시 후에 태양이 다시 고개를 내밀자 좋은 수가 떠올랐다. 피트는 노미 세리오와 나머지 꼼짝 마 습격대를 감탄하게 만들어서 그들과 한 패거리가 될 기회를 노리고 있었다. 그런데 조지 형이 팩트 폭격을 감행했다. 그 유치한 장난은 천 번도 넘게 봤다.

하지만 저기 저 녀석은 1000번도 넘게 보지 못했을 것이다. 어쩌면 한 번도 본 적 없을 수 있었다. 저 녀석이 살았던 곳에는 돌보기가 없을 수 있었다. 태양이 없을 수도 있었다. 그는 1년 내내 어둠에 쌓인 행성 이야기를 「닥터 후」에서 본 기억이 있었다.

멀리서 사이렌 소리가 들렸다. 경찰이 달려오고 있었다. 어린아이들이 하는 말을 믿지 않을 경찰이었다. 어른들이 보기에 어린아이들은 헛소리만 지껄이는 존재였다.

"너희들은 여기 있어. 내가 실험 하나 해 볼게."

"안 돼! 저 차가 오빠도 먹어 버릴 거야!"

여자아이가 집게발처럼 느껴지는 손가락으로 그의 손목을 붙잡았다.

"저 차가 움직이지는 못하는 것 같아서. 한 자리에 가만히 있는 것 같거든."

피트는 이렇게 말하며 손을 뺐다. 몇 군데 긁혀서 피가 났지만 그는 화를 내지 않았고 그녀를 나무라지 않았다. 그의 부모가 당했다면 그도 똑같이 그랬을 것이다.

"앞으로 뻗어 나올 수 있어. 타이어로 그럴 수 있어. 타이어가 녹거든."

그녀의 말에 피트는 대답했다.

"조심할게. 그래도 해 봐야 해. 너희들 말이 맞거든. 경찰이 출동해도 저 녀석한테 잡아먹힐 거야. 여기 가만히 있어."

그는 스테이션왜건 쪽으로 걸어갔다. 가까이 다가가서 (하지만 너무 가깝지는 않게) 자전거 가방을 열었다. 아이들한테는 *해 봐야 한다*고 얘기했지만 *해 보고 싶다*는 게 솔직한 그의 심정이었다. 과학 실험 비슷할 것 같았다. 누가 들으면 엽기적이라고 생각하겠지만 아무한테도 실토하지 않으면 그만이었다. 그는 해 보아야만 했다. 아주…… 아주…… 조심스럽게.

땀이 났다. 해가 비쳐서 날이 더워지기는 했지만 그도 알다시피 그 때문만은 아니었다. 그는 고개를 들고 눈부신 태양을 실눈으로 쳐다보았다. 그 때문에 **숙취**가 도졌지만 상관없었다.

'구름 뒤로 숨지 마. 절대 그러면 안 돼. 네가 필요하니까.'

그는 자전거 가방에서 리치포스 돋보기를 꺼내고 허리를 숙여서 바닥에 가방을 내려놓았다. 그의 무릎에서 관절 꺾이는 소리가 나자 스테이션왜건 문이 몇 센티미터 열렸다.

'내가 여기 있는 걸 아는 거야. 내가 보이는지 그건 모르겠지만 방금 전에 내가 낸 소리를 들었어. 그리고 냄새를 맡았을지도 모르지.'

그는 한 걸음 더 다가갔다. 이제는 스테이션왜건 옆면을 건드릴 수 있을 만한 거리였다. 하지만 바보 같이 그런 실수를 저지를 일은 없을 것이다.

"조심해! 차 조심해!"

여자아이가 외쳤다. 그들 남매는 이제 서로 부둥켜안고 서 있었다.

피트는 사자 우리 안으로 손을 넣는 아이처럼 조심스럽게 돋보기를 내밀었다. 스테이션왜건 옆면으로 빛의 동그라미가 떴지만 너무 컸다. 너무 *약했다*. 그는 돋보기를 좀 더 가까이 들이댔다.

"*타이어! **타 이 어** 조심해!*"

남자아이가 소리를 질렀다.

피트가 아래를 내려다보니 타이어 하나가 녹아내리고 있었다. 회색 촉수가 그의 운동화를 향해 스멀스멀 보도를 가로지르고 있었다. 실험을 포기하지 않는 이상 뒤로 물러날 수 없었기에 황새처럼 한쪽 발을 들고 섰다. 회색의 끈적끈적한 촉수는 당장 방향을 바꿔서 그의 다른 쪽 발을 향해 움직였다.

'시간이 없어.'

그는 돋보기를 좀 더 가까이 들이댔다. 빛의 동그라미가 눈부시게 새하얀 점으로 오므라들었다. 아무 변화도 없는가 싶더니 잠시 후, 연기가 스멀스멀 피어오르기 시작했다. 진흙을 뒤집어 쓴 하얀 표면 위에서 점이 조금씩 까맣게 변했다.

스테이션왜건 안에서 인간이 내는 것이라고 볼 수 없는 으르렁거리는 소리가 들렸다. 피트는 도망치고 싶은 심신의 본능과 싸워야 했다. 그의 입술이 벌어지며 필사적으로 다문 이가 드러났다. 그는 리치포스를 가만히 들고 머릿속으로 초를 셌다. 7까지 셌을 때 으르렁거리던 소리가 그의 머리를 쪼갤 듯이 쨍한 비명소리로 바뀌었다. 뒤에서 레이첼과 블레이크는 포옹을 풀고 귀를 막았다.

앨 앤드루스가 휴게소 진입 램프 입구에 12호 순찰차를 세웠다. 그는 차에서 내리다 끔찍한 비명소리를 듣고 움찔했다. 헤비메탈 밴드가 쓰는 앰프로 방송한 공습경보 같았지. 그는 나중에 이렇게 표현했다. 진흙을 뒤집어쓴 포드인지 셰비인지 모를 스테이션 왜건에 닿을락 말락 하게 뭔가를 들고 서 있는 아이가 보였다. 아이는 고통인지 결심인지 아니면 둘 다인지 모를 것으로 몸을 움츠리고 있었다.

스테이션왜건 옆면의 까만 점이 점점 커지기 시작했다. 피어오르는 하얀 연기가 점점 두터워지기 시작했다. 연기가 회색으로, 거기서 다시 검은색으로 바뀌었다. 그 뒤로 모든 일이 순식간에 벌어졌다. 검은 점 주변으로 펑 하고 파란 불꽃이 생겨났다. 파란 불꽃이 차 *위에서* 춤을 추듯 사방으로 번졌다. 뒷마당에서 바비큐를 구워 먹었을 때 피트의 아버지가 라이터 기름으로 적신 조개탄에 성냥을 던지면 그런 식으로 너울이 쳤다.

보도를 딛고 서 있는 운동화에 거의 다다랐던 회색의 끈적끈적한 촉수가 휘리릭 제자리로 돌아갔다. 차가 다시 몸을 움츠리기 시작했지만 이번에는 점점 번져 가던 파란색 불꽃이 코로나처럼 주변을 감쌌다. 차는 계속 오그라들어서 이글거리는 공처럼 뭉쳐졌다. 그러더니 피트와 루시어 남매와 앤드루스 경찰관이 지켜보는 가운데 파란 봄 하늘 위로 솟구쳤다. 잉걸불처럼 허공에서 잠깐 이글거리다 영영 사라졌다. 피트는 무의식적으로 대기권 밖의 차갑고 어두운 공간을 떠올렸다. 그 끝없는 허공에 뭐가 살고 있고 뭐가 숨어 있을지 아무도 알 수 없었다.

'내가 죽이지는 않았어. 쫓아내기만 했지. 녀석은 불붙은 나무토막을 물이 든 양동이에 넣듯이 자기 몸에 난 불을 끄러 도망친 거야.'

앤드루스 경찰관은 멍하니 하늘을 올려다보기만 했다. 아직 마비되지 않은 그의 머릿속 사고 회로에서는 방금 전에 본 광경에 대해서 어떤 식으로 보고서를 쓰면 좋을지 난감해하고 있었다.

멀리서 다가오는 사이렌 소리가 다시 들렸다.

피트는 한손에는 자전거 가방을, 다른 손에는 리치포스 돋보기를 들고 두 아이에게로 다시 걸어갔다. 조지와 노미가 있었더라면 좋았겠다는 생각이 들었지만 뭐 어쩌랴 싶었다. 그 둘 없이도 환상적인 오후를 보냈으니 외출금지를 당하건 말건 상관없었다. 이 사건에 비하면 자전거를 타고 가다 한심한 모래밭으로 뛰어내리는 건 「세서미 스트리트」(미국의 텔레비전에서 방송되는 유아용 프로그램 —옮긴이) 같았다.

'그거 아냐? 너 오지게 끝내준다.'

그는 하마터면 웃음을 터뜨릴 뻔했지만 아이들이 그를 쳐다보고 있었다. 자기 부모님이 일종의 외계생물에게 잡아먹히는(그것도 *산 채*로 잡아먹히는) 광경을 목격한 아이들 앞에서 즐거워하다니 안 될 말이었다.

남자아이가 토실토실한 팔을 내밀자 피트는 그를 안아 올렸다. 아이가 그의 뺨의 입을 맞추어도 웃지 않고 미소만 지었다.

"고마워. 형은 좋은 사람이야."

피트는 그를 내려놓았다. 여자아이도 피트에게 입을 맞추었다. 그는 기분이 좋긴 했지만 그렇게 어린아이가 아니었다면 더 좋았을 뻔했다.

그들을 향해 달려오는 경찰관이 보이자 피트는 생각난 게 있었다. 그는 여자아이를 향해 허리를 숙이고 그녀의 얼굴에 대고 입김을 불었다.

"무슨 냄새 나니?"

레이첼 루시어는 제 나이답지 않게 똑똑한 표정으로 그를 잠깐 쳐다보았다.

"괜찮을 거야."

그녀는 이렇게 말하면서 미소를 지었다. 함박웃음은 아니었지만 그래도 웃음을 지었다.

"다른 쪽 보면서 얘기해. 그리고 집에 들어가기 전에 박하사탕이나 그런 거 먹고."

"티베리 껌을 씹을까 했는데."

피트의 말에 레이첼이 대꾸했다.

"응. 그거면 되겠다."

내 초기 단편들을 채택해 준
나이 윌던과 더그 앨런에게 바친다

우리 어머니는 어떤 상황이건 거기에 어울리는 명언을 알고 계셨다.("그리고 스티븐는 그걸 다 기억하지요." 아내 태비사가 눈을 부라리며 이렇게 얘기하는 소리가 들리는 듯하다.)

그중에서도 우리 어머니가 애용했던 명언을 하나 소개하자면 "우유는 냉장고의 뭐 옆에 넣느냐에 따라서 맛이 달라진다."였다. 정말 그런지는 모르겠지만 젊은 작가들의 스타일 같은 경우에는 진짜 그렇다. 젊었을 때 나는 러브크래프트의 작품을 읽고 있으면 H. P. 러브크래프트처럼 썼고, 루 아처 탐정의 모험담을 읽고 있으면 로스 맥도널드처럼 썼다.

하지만 스타일 흉내 내기는 점점 시들해진다. 작가들은 조금씩 지문처럼 고유한 자기만의 스타일을 개발한다. 성장기에 읽었던 작가들의 흔적은 남지만, 결국에는 개개인의 생각의 리듬(나는 이것을 뇌파의 발현이라고 생각하는데)이 전면으로 부각된다. 궁극적으로 엘모어 레너드 같은 사람은 레너드밖에 없고, 마크 트웨인 같은 사람은 트웨인밖에 없다. 하지만 새롭고 놀라운 표현방식을 통해 새로운 시각과 말투를 접하면 가끔 스타일 흉내 내기가 재발한다. 『살렘스 롯』은 제임스 디키의 시에 영향을 받았고 『로즈 매더』에 코맥 맥카시를 닮은 구석이 있다면 그건 내가 그 원고를 쓰던 당시 맥카시의 작품을 닥치는 대로 읽고 있었기 때문이다.

2009년에 《뉴욕 타임스》 도서 지면 담당자가, 캐럴 스클레니카가 쓴 『레이먼드 카버: 어느 작가의 생』(레이먼드 카버는 20세기 후반 미국문학을 대표하는 소설가이자 시인으로 단편집 『대성당』으로 퓰리처상 후보에 올랐다 —— 옮긴이)과 라이브러리 오브 아메리카에서 출간된 카버의 단편집의 서평을 내게 의뢰한 적이 있었다. 나는 새로운 영역을 탐험하고 싶은 생각에 좋다고 했다. 잡식성 독자인 내가 어쩐 일로 카버는 챙기지 못했다. 카버와 얼추 비슷한 시기에 데뷔한 작가치고 너무 치명적인 맹점 아니냐고 묻는다면 할 말은 없다. 하지만 변명을 하자면 쿠오트 리브로스, 쿠암 브레베 템푸스, 책은 너무 많고 시간은 너무 없다.(그렇다, 나에게는 이 문구가 적힌 티셔츠도 있다.)

아무튼 나는 카버의 명료한 스타일과 더할 나위 없는 긴장감이 느껴지는 문장에 충격을 받았다. 모든 게 수면 위에 있는데 수면이 워낙 투명해서 그 아래 세상이 모두 보였다. 나는 카버의 단편들이 무척 좋았고, 그가 제대로 알고 있고 애정을 담아서 표현하는 미국의 루저들이 무척 좋았다. 그는 알코올중독자였을지 몰라도 거침없는 손길과 뜨거운 심장의 소유자였다.

카버의 단편을 스무 권도 넘게 읽은 직후에 「프리미엄 하모니」를 썼으니 카버의 느낌이 날 수밖에 없을 것이다. 내가 만약 이 작품을 스무 살에 썼다면 훨씬 훌륭한 작가의 어설픈 흉내 내기에 불과했을 것이다. 하지만 예순두 살에 쓴 거라 좋든 싫든 내 스타일이 스며들었다. 미국의 수많은 문호들이 그렇듯(필립 로스와 조너선 프랜즌이 가장 먼저 떠오른다.) 카버도 유머감각이 별로 없는 것 같았다. 반면에 나는 거의 모든 것에서 유머를 느낀다. 이 작품에서는 블랙 유머지만 내가 생각하기에는 그것이 가장 바람직한 유머일 때가 많다. 생각해 보라, 죽음이라는 단어 앞에서는 웃는 수밖에 더 있겠는가.

그들은 결혼 10년차였고 한동안은 모든 게 아무 문제없었지만 (대단한데?) 요즘은 싸운다. 요즘은 제법 자주 싸운다. 이유는 사실상 늘 똑같다. 같은 게 계속 반복된다. 레이는 가끔 개 경주 같다는 생각을 한다. 싸울 때 그들은 기계로 작동되는 토끼를 쫓는 사냥개와 비슷해진다. 똑같은 풍경을 몇 번씩 지나도 그들 눈에는 보이지 않는다. 그들 눈에는 토끼만 보인다.

아이가 있었다면 달랐을지 모른다는 생각이 들지만 그녀가 불임이었다. 기다리다 결국 검사를 받았을 때 병원에서 그렇게 얘기했다. 그녀 쪽의 문제라고. 그녀 안에 뭔가 있다고. 그러고 나서 1~2년 지났을 때 그가 잭 러셀(다리가 짧고 몸집이 작은 테리어 ─옮긴이)을 한 마리 사주자 그녀는 비즈네스라고 이름을 지었다. 메리는 묻는 사람이 있으면 철자를 가르쳐 준다. 모든 사람이 농담을 이해하기 바란다. 그녀는 그 개를 사랑하지만 그래도 요즘 그들은 싸운다.

그들은 잔디 씨를 사려고 월마트로 가는 길이다. 집을 팔기로 결정을 내렸는데(유지비를 감당할 수 없기 때문이다.) 메리 말로는 배관 공사를 하고 잔디밭을 보기 좋게 가꾸지 않으면 별 소득이 없을 거라고 한다. 듬성듬성 맨땅이 드러난 잔디밭 때문에 아일랜드 판잣집처럼 보인다고 한다. 비 한 방울 내리지 않는 뜨거운 여름이다. 레이는 아무리 좋은 잔디 씨를 사다 뿌려도 비가 내리지 않는 이상 잘 자라지 않을 거라고 한다. 기다려야 된다고 한다.

"그럼 1년이 지나도록 우린 이 집에서 탈출하지 못할걸? 1년 더는 못 기다려, 레이. 그랬다가는 파산할 거야."

그녀가 말을 하자 비즈가 뒷좌석에서 그녀를 쳐다본다. 녀석은 레이가 말을 하면 가끔 레이도 쳐다보지만 늘 그런 건 아니다. 주로 메리를 쳐다본다.

"당신이 보기엔 어때? 비가 와서 당신이 파산을 걱정할 필요가 없어질 것 같아?"

그가 묻는다.

"깜빡했나 본데 이건 우리 둘 공통의 문제야."

그녀가 대꾸한다. 그들은 이제 캐슬록을 지나고 있다. 거의 죽은 곳이나 다름없다. 메인의 이 일대에서는 레이가 '호시절'이라고 부르는 게 실종됐다. 월마트는 도시 저편, 그러니까 레이가 수위로 근무하는 고등학교 근처에 있다. 월마트에는 자체 신호등도 있다. 사람들은 그걸 가지고 우스갯소리를 늘어놓는다. 그가 말한다.

"기와 한 장 아끼려다 대들보 썩힌다. 그런 말 들어봤어?"

"100만 번쯤 들었지. 당신한테서."

그는 끙 하고 앓는 소리를 낸다. 그녀를 쳐다보는 개가 백미러로 보인다. 그는 가끔 비즈가 그런 식으로 쳐다보면 싫어진다. 그들이 둘 다 잘 알지도 못하면서 나불거리고 있다는 생각이 들기 때문이다. 맥이 풀리는 생각이 아닐 수 없다.

"그리고 퀵픽 앞에 잠깐 세워 줘. 탤리 생일선물로 킥볼 사 주고 싶으니까."

그녀가 말한다. 탤리는 처남의 딸이다. 그러면 아마 그의 조카일 텐데 그에게는 처가 쪽 친척밖에 없어서 조카가 맞는지 자신이 없다.

"월마트에서도 공이라면 팔잖아. 게다가 월리 월드에서는 뭐든 더 싸고."

"퀵픽에서 자주색을 팔거든. 탤리가 제일 좋아하는 색이 자주색이야. 월마트에는 자주색이 있을지 없을지 모르잖아."

"없으면 오는 길에 퀵픽에 들르면 되지."

그는 거대한 추가 머리를 누르고 있는 듯한 기분을 느낀다. 그녀는 결국 자기 고집대로 할 것이다. 이런 문제에 있어서는 항상 그렇다. 결혼이란 미식축구 경기와도 같은데 그는 약체팀의 쿼터백을 맡고 있다. 그래서 자리를 잘 잡아야 한다. 짧은 패스로 연결해야 한다.

"올 때는 반대편 차로로 지날 거 아냐. 잽싸게 들어가서 공만 사고 잽싸게 나올게."

그녀가 말한다. 누가 들으면 대부분의 가게가 매물로 나왔고 거의 인적이 없다시피 한 마을이 아니라 꽉 막힌 도심을 지나는 줄 알겠다.

레이는 생각한다.

'90킬로그램이 나가는 그 몸으로? 당신이 잽싸게 들어갔다 나올 수 있는 시절은 끝났어.'

"99센트밖에 안 해. 그렇게 짠돌이처럼 굴지 마."

그녀가 말한다.

'그러는 당신은 그렇게 소탐대실하지 마.'

레이는 생각하지만 말은 다르게 한다.

"가는 김에 담배 한 갑만 사다 줘. 다 떨어졌어."

"당신이 담배를 끊으면 일주일에 40달러를 아낄 수 있어."

그는 돈을 모아서 사우스캐롤라이나에 사는 친구에게 한 번에 열두 보루씩 부쳐 달라고 한다. 사우스캐롤라이나에서는 한 보루당 20달러씩 싸게 살 수 있다. 요즘 같은 시절에도 20달러면 큰돈이다. 그가 돈을 아끼지 않는 게 아니다. 그는 전에도 이 얘기를 했고 앞으로도 또 하겠지만 무슨 소용이 있겠는가? 한 귀로 듣고 한 귀로 흘릴 텐데. 중간에 막을 장치가 없다.

"예전에는 하루에 두 갑씩 폈잖아. 지금은 반 갑도 안 돼."

사실 그보다 더 많이 피는 날이 허다하다. 그녀도 알고, 레이도 그녀가 안다는 것을 안다. 어느 정도 지나면 그런 게 결혼 생활이 된다. 그의 머리를 짓누르는 추가 조금 더 무거워진다. 그런가 하면 비즈는 계속 그녀를 쳐다보고 있다. 그 망할 녀석의 시선이 느껴진다. 그의 돈으로 사료를 사다 바치는데도 녀석은 그녀만 쳐다보고 있다. 똑똑하다는 잭 러셀인데.

그는 퀵픽 쪽으로 방향을 튼다.

"인디언 아일랜드에서 사지 그래?"

그녀가 말한다.

"원주민 보호 구역에서 면세 담배를 팔지 않은 지 10년 됐다니까. 얘기했잖아. 도대체 듣질 않냐."

그는 대꾸하며 주유소를 지나서 가게 옆에 차를 댄다. 그늘이 없다. 햇볕이 직통으로 쏟아진다. 차 에어컨이 신통치 않아서 둘다 땀을 흘리고 있다. 뒷좌석에서는 비즈가 헐떡거리고 있다. 그의 눈에는 씩 웃고 있는 것처럼 보인다.

"아무튼 끊어야지."

메리가 말한다.

"당신은 리틀 데비(슈퍼마켓에서 파는 미니 케이크 ― 옮긴이)를 끊어야 하고."

그는 이런 말까지 하고 싶지 않았고 그녀가 자기 체중에 대해 얼마나 예민한지 알지만 불쑥 튀어나오고 만다. 참아지지가 않는다. 신기한 일이다.

"끊은 지 1년 됐어."

그녀가 말한다.

"메리, 찬장 꼭대기 칸에 숨겨놨잖아. 스물네 개들이 한 상자. 밀가루 뒤에."

"당신, *기웃거리고* 다녔어?"

그녀는 버럭 소리를 지른다. 그녀의 뺨이 순간 빨개지고 아름다웠던 시절, 미인이라는 소리를 듣던 시절의 그녀 모습이 그의 눈앞을 스치고 지나간다. 다들 그녀를 보고 미인이라고 했다. 심지어 그녀를 못마땅하게 여겼던 그의 어머니도 그건 인정했다.

그가 말한다.

"병따개 찾다가 본 거야. 크림소다 마시려다가. 옛날식 병뚜껑이 달린 거였거든."

"병따개를 왜 빌어먹을 찬장 꼭대기 칸에서 찾아?"

"가서 공 사 와. 내 담배도 사다 주고. 고마워."

"집에 갈 때까지 기다리지도 못하겠어? 그 정도도 못 기다리겠는 거야?"

"싼 거 사도 돼. 그 싸구려 브랜드. 이름이 프리미엄 하모니야."

그 담배는 퀴퀴한 소똥 맛이 나지만 그녀가 입만 다물어 준다면 상관없다. 옥신각신하기에는 날이 너무 덥다.

"어디서 피울 건데? 차 안에서 피우겠지, 나도 그 냄새 다 맡으라고."

"창문 열고 피울게. 늘 그러잖아."

"들어가서 공만 사고 나올 거야. 당신 폐를 망가뜨리는 독약에 4달러 50센트를 꼭 써야겠거든 당신이 들어가서 사 와. 나는 아기랑 같이 차에 있을 테니까."

레이는 그녀가 비즈를 아기라고 부르는 것을 싫어한다. 녀석은 개이고, 메리가 자랑하는 것처럼 그렇게 영리하다 한들 여전히 밖에다 똥을 싸고 제 불알이 있었던 곳을 핥는다.

"간 김에 트윙키(빵 속에 크림이 들어 있는 과자 — 옮긴이) 있으면 몇 개 사. 호호스(안에 크림이 들어 있는 초콜릿 케이크 — 옮긴이) 세일하면 그거 사고."

"진짜 못됐다."

그녀는 차에서 내리고 문을 쾅 소리 나게 닫는다. 그가 길가에 차를 너무 바짝 대는 바람에 그녀는 트렁크 너머까지 게걸음을 쳐야 하고, 그는 게걸음을 쳐야 할 만큼 몸집이 거대해진 그녀를 쳐다보는 자신의 시선을 그녀가 느낀다는 것을 안다. 그녀가 게걸음을 치게 만들려고 일부러 차를 바짝 댄 거라고 생각한다는 것도 아는데 어쩌면 사실일지 모른다.

담배가 당긴다.

"자, 비즈. 이제 너랑 나랑 둘이 남았네."

비즈는 뒷좌석에 납작 엎드리고 눈을 감는다. 녀석은 메리가 노래를 틀고 춤을 추라고 하면 앞발을 들고 일어나서 몇 초 동안 이리저리 움직이고, (장난스러운 목소리로) 혼을 내면 구석으로 걸어가서 벽을 보고 앉을지 몰라도 밖에다 똥을 싸는 건 여전하다.

시간은 째깍째깍 흐르는데 그녀는 나오지 않는다. 레이는 자동차 사물함을 연다. 넣어 두고 깜빡한 담배가 없는지 자질구레한 서류 사이를 뒤져 보지만 없다. 포장도 뜯지 않은 호스티스 스노볼(안에 크림이 든 초콜릿 케이크 — 옮긴이)은 있다. 손가락으로 쿡쿡 찔러 본다. 송장처럼 딱딱하다. 1000년은 묵었을 것이다. 어쩌면 그보다 더 오래 됐을 수도 있다. 노아의 방주에 실려 왔을 수도 있다.

"저마다 좋아하는 독약이 있지. 이거 먹을래, 비즈? 먹어 봐, 깜짝 놀랄 거야."

그는 스노볼 포장지를 벗겨서 뒷좌석으로 던진다.

비즈는 스노볼을 두 입 만에 해치운다. 그러고는 좌석에 묻은 코코넛 가루를 핥아먹기 시작한다. 메리가 보았더라면 발작을 일으켰겠지만 메리는 여기 없다.

연료 게이지를 보니 반밖에 남지 않았다. 시동을 끄고 창문을 내릴 수도 있겠지만 그랬다가는 익어 버릴 것이다. 월마트에 가면 79센트에 살 수 있는 자주색 고무공을 99센트에 사려고 땡볕에 앉아서 기다리고 있다니. 월마트에는 노란색 아니면 빨간색밖에 없을지 모른다는 이유로. 탤리에게 그 색 공은 성에 차지 않는다는 이유로. 공주님은 자주색이 아니면 안 된다 이거지.

아무리 기다려도 메리는 오지 않는다.

"이런 망할!"

그는 소리를 지른다. 찬 공기가 그의 얼굴을 훑고 지나간다. 기름 낭비하지 말고 시동을 끌까 다시 한 번 고민하다가 '알 게 뭐야!'라고 생각한다. 그녀는 담배를 사 오지 않을 것이다. 싸구려 제품조차 사 오지 않을 것이다. 그것만큼은 그도 안다. 리틀 데비 어쩌고 한 게 실수였다.

백미러로 젊은 여자가 보인다. 차를 향해 달려오고 있다. 메리보다 몸집이 더 크다. 파란색의 헐렁한 원피스 밑에서 거대한 젖이 좌우로 덜렁거린다. 비즈가 달려오는 그녀를 보고 짖기 시작한다.

레이는 창문을 내린다.

"부인이 금발이세요? 금발이고 운동화를 신었어요?"

그녀는 헉헉대며 묻는다. 땀에 젖은 그녀의 얼굴이 번들거린다.

"네. 조카아이한테 선물할 공을 사러 갔는데요."

"그분한테 문제가 생겼어요. 쓰러졌는데 의식이 없어요. 고시 씨 말로는 심장마비일 수도 있겠대요. 고시 씨가 911에 연락했어요. 가 보시는 게 좋겠어요."

레이는 차 문을 잠그고 그녀를 따라 들어간다. 차에 있다가 오는 길이라 가게 안이 좁게 느껴진다. 메리가 다리를 벌리고 팔은 옆구리 근처에 둔 채로 바닥에 쓰러져 있다. 킥볼이 가득 든 쇠 망태 옆에 누워 있다. 쇠 망태 위에는 **여름날 화끈한 재미를 느껴 보세요**라고 적힌 광고 팻말이 걸려 있다. 그녀는 눈을 감고 있다. 어쩌면 리놀륨 바닥에 누워서 잠을 자고 있는 걸지 모른다. 세 사람이 그녀를 내려다보고 있다. 한 명은 카키색 바지와 흰색 셔츠를 입었고 피부색이 까만 남자다. 셔츠 주머니에 **지점장 고시**라고 적힌 명찰이 달려 있다. 나머지 두 명은 손님이다. 한 명은 머리숱이 거의 없고 비쩍 마른 노인이다. 아무리 못해도 일흔 살은 넘었을 것이다. 다른 한 명은 뚱뚱한 여자다. 메리보다 더 뚱뚱하다. 파란색의 헐렁한 원피스를 입은 아가씨보다도 더 뚱뚱하다. 레이는 원칙적으로 따지자면 바닥에 누워 있어야 할 사람은 그녀가 아닌가 하고 생각한다.

"이분의 남편 되십니까?"

"네."

고시 씨의 질문에 레이는 대답한다. 그 정도로는 부족하게 느껴진다.

"맞습니다."

"죄송하지만 아내분께서는 돌아가신 것 같은데요. 인공호흡을 했지만……"

고시 씨가 말을 흐리며 어깨를 으쓱한다.

레이는 피부색이 까만 남자가 메리의 입에 입을 대고 있는 광경을 상상한다. 일종의 프렌치 키스를 하고 있는 광경을 상상한다. 고무 킥볼이 가득 든 쇠 망태 옆에서 그녀의 목구멍 속으로 숨을 불어넣는 광경을 상상한다. 그러다 무릎을 꿇는다.

"메리."

그가 말한다. 밤새 일을 하고 잠이 든 사람을 깨우려는 것처럼 "메리!" 하고 외친다.

그녀는 숨이 멎은 것처럼 보이지만 알 수 없는 일이다. 그는 그녀의 입가에 귀를 갖다 대지만 아무 소리도 들리지 않는다. 그녀의 살갗 위로 흐르는 공기가 느껴지지만 에어컨 바람일 것이다.

"이분이 911에 연락했어요."

뚱뚱한 여자가 말한다. 그녀는 버글스(꼬깔콘과 똑같이 생긴 과자 ─ 옮긴이) 봉지를 들고 있다.

"메리!"

이번에는 좀 전보다 크게 불러보지만, 사람들이 둘러서 있고 그중 한 명은 피부색이 까만데 그 앞에 무릎을 꿇고 앉아서 고함을 지를 수는 없다. 그는 올려다보며 미안해하는 투로 말한다.

"아내는 아파 본 적이 없어요. 아주 튼튼했어요."

"그야 아무도 모를 일이지."

노인이 이렇게 말하며 고개를 젓는다.

"그냥 쓰러지셨어요. 아무 소리도 없이."

파란색의 헐렁한 원피스를 입은 아가씨가 말한다.

"가슴을 움켜쥐던가요?"

버글스 과자 봉지를 든 뚱뚱한 여자가 묻자 아가씨가 바로 대답한다.

"모르겠어요. 아니었던 것 같아요. 제가 본 바로는 아니었어요. 그냥 쓰러졌어요."

킥볼 근처에 선물용 티셔츠를 쌓아 놓은 선반이 있다. **'우리 부모님은 캐슬록에서 왕족 대접을 받았는데 나는 이렇게 후진 티셔츠만 받고 있네.'** 이런 문구들이 적혀 있다. 고시 씨가 티셔츠를 한 장 집으며 묻는다.

"이분 얼굴을 덮어 드릴까요?"

레이는 화들짝 놀란 목소리로 외친다.

"아뇨! 그냥 의식을 잃은 것일 수도 있잖아요. 우리가 의사도 아니고요."

고시 씨 뒤에서 세 명의 10대가 창문 안쪽을 들여다보고 있다. 그중 한 명이 휴대전화로 사진을 찍고 있다.

고시 씨는 레이의 시선이 향한 곳을 알아차리고 손을 마구 흔들며 문 쪽으로 달려간다.

"저리 가! 얼른!"

그들은 웃으며 뒷걸음질을 치더니 몸을 돌려서 주유소를 지나 인도 쪽으로 달려간다. 인적이 거의 끊긴 도심이 그들 너머에서 어른거린다. 차 한 대가 요란한 랩과 함께 지나간다. 레이의 귀에는 베이스 소리가 도둑맞은 메리의 심장 박동처럼 들린다.

"구급차는 어찌 된 거야? 왜 아직 소식이 없어?"

노인이 묻는다.

레이가 아내 옆에 무릎을 꿇고 앉아 있는 동안 시간이 흐른다. 허리가 아프고 무릎이 쑤시지만 일어서면 다른 구경꾼처럼 보일 것이다.

하얀색 바탕에 주황색 줄무늬를 그린 셰비 서버번이 구급차다. 빨간색 잿빛 불빛이 번쩍인다. 앞면에 캐슬록 카운티 구조대라는 문구가 역순으로 적혀 있다. 그래야 룸미러로 보았을 때 제대로 읽을 수 있기 때문이다. 레이가 보기에는 상당히 영리한 조치다.

출동한 두 남자는 흰옷을 입고 있다. 웨이터처럼 보인다. 한 명은 산소 탱크를 짐수레에 실어서 밀고 온다. 미국 국기가 스티커로 붙어 있는 초록색 탱크다. 이 남자가 말한다.

"죄송합니다. 옥스퍼드에서 난 교통사고 현장을 수습하느라 늦었어요."

다른 남자는 다리를 벌리고 손은 옆구리 근처에 놓고 바닥에 누워 있는 메리를 쳐다본다.

"아이구."

그가 말한다.

레이는 믿기지가 않는다. 그가 묻는다.

"아직 살아 있나요? 그냥 의식을 잃은 건가요? 그렇다면 얼른 산소 공급을 해야 하지 않을까요? 뇌손상을 입을 텐데."

고시 씨는 고개를 젓는다. 파란색의 헐렁한 원피스를 입은 아가씨가 울음을 터뜨린다. 레이는 왜 우느냐고 물으려다 알아차린다. 그가 한 말을 듣고 자기 멋대로 상상의 나래를 펼친 것이다. 그가 일주일쯤 뒤에 다시 찾아와서 제대로 수작을 부리면 그녀가 동정심에 몸을 한 번 대줄지 모른다. 그가 그럴 일은 없겠지만 원하면 그럴 수 있을 것이다.

메리의 눈동자는 펜라이트에 아무 반응을 보이지 않는다. 한 응급 구조 요원은 들리지 않는 그녀의 심장소리에 귀를 기울이고 다른 응급 구조 요원은 있지도 않은 혈압을 잰다. 이런 상황이 잠깐 계속된다. 10대 아이들이 친구들을 데리고 다시 몰려온다. 다른 사람들도 몰려온다. 현관 불빛에 벌레들이 몰려들듯 응급 구조대가 몰고 온 서버번 지붕에서 번쩍이는 빨간 불빛을 보고 몰려든 것이다. 고시 씨가 팔을 퍼덕이며 다시 달려간다. 그들은 다시 뒤로 물러난다. 하지만 고시 씨가 메리와 레이를 동그랗게 감싸고 있는 사람들 쪽으로 돌아가자 그들은 다시 돌아와서 안을 다시 들여다본다.

한 응급 구조 요원이 레이에게 묻는다.

"부인 되십니까?"

"네."

"죄송하지만 돌아가셨네요."

"아."

레이는 자리에서 일어난다. 무릎이 삐걱거린다.

"다른 분들도 그렇게 얘기했지만 확답을 듣고 싶었어요."

"이분의 영혼에 성모마리아의 축복이 함께 하시길."

버글스 봉지를 든 뚱뚱한 여자가 이렇게 말하고서는 성호를 긋는다.

고시 씨가 한 응급 구조 요원에게 선물용 티셔츠로 메리의 얼굴을 덮는 게 좋겠느냐고 묻지만 그는 고개를 젓고 밖으로 나간다. 그는 모여 있는 사람들에게 구경거리 없다고 얘기한다. 퀵픽에서 여자가 죽었는데 재미난 볼거리가 없다니 아무도 못 믿을 소리다.

응급 구조 요원이 구급차 뒤에서 들것을 꺼낸다. 그가 들것을 잡고 손목을 잽싸게 튕기자 다리가 저절로 펴진다. 응급 구조 요원이 바퀴 달린 침대를 안으로 끌고 들어오는 동안 머리숱이 거의 없는 노인이 문을 잡아 준다.

"우와, 덥네요."

응급 구조 요원이 이마를 훔치며 말한다.

"선생님, 잠깐 고개를 돌리시는 게 좋을 수도 있는데요."

다른 응급 구조 요원이 말하지만 레이는 그들이 그녀를 들어서 들것에 싣는 광경을 지켜본다. 깔끔하게 개켜진 시트가 들것 발치에 놓여 있다. 그들이 시트를 당겨서 그녀의 얼굴을 덮는다. 이제 메리는 영화에 나오는 시신처럼 보인다. 그들이 찜통더위 속으로 그녀를 밀고 나간다. 이번에는 버글스 봉지를 든 뚱뚱한 여자가 문을 잡아 준다. 구경꾼들은 인도 쪽으로 물러나 있다. 가차 없는 8월의 뙤약볕을 맞으며 서 있는 인원이 30명은 됨 직하다.

응급 구조 요원들은 메리를 싣고 되돌아온다. 한 명이 클립보드를 들고 있다. 그가 레이에게 스물다섯 개쯤 되는 질문을 퍼붓는다. 레이는 전부 대답하지만 나이만 예외다. 그러다 그녀가 그보다 세 살 어리다는 사실을 기억해 내고는 서른넷이라고 얘기한다.

"세인트스티븐스 병원으로 옮길 겁니다. 위치를 모르시면 저희 차를 따라오세요."

클립보드를 든 응급 구조 요원이 말한다.

"알아요. 왜요? 부검하시게요? 칼로 아내를 가르시게요?"

레이의 말에 파란색의 헐렁한 원피스를 입은 아가씨가 헉 하고 숨을 내뱉는다. 고시 씨가 한 팔로 감싸 안자 그녀는 그의 흰색 셔츠에 얼굴을 묻는다. 레이는 고시 씨와 그녀가 그렇고 그런 사이인지 궁금해진다. 아니길 바랄 따름이다. 고시 씨의 피부색이 갈색이라서 그런 게 아니라(그건 상관없다.) 그의 나이가 그녀의 두 배는 됨 직해 보이기 때문이다. 나이 많은 남자들은 특히 직장상사인 경우 얼마든지 자기 나이를 유리하게 활용할 수 있다.

"저희가 결정할 문제는 아니지만 아마 아닐 겁니다. 혼자 돌아가신 것도 아니고……"

응급 구조 요원이 말하자 버글스 봉지를 든 여자가 끼어든다.

"*내가* 보장할게요. 심장마비인 게 상당히 확실하니까요. 당장 장례식장으로 옮길 수도 있을 거예요."

장례식장이라니. 불과 한 시간 전만 해도 둘이 차 안에서 옥신각신하고 있었는데.

"아는 장례식장이 없는데요. 장례식장도 장지도 아무것도. 그런 걸 알아놓을 이유가 없잖아요? 서른네 살이었는데."

그의 말에 응급 구조 요원들은 서로 눈짓을 주고받는다.

"버켓 씨, 세인트스티븐스 병원에 도움이 될 만한 직원이 있을 겁니다. 걱정 마세요."

"*걱정하지* 말라고요? 이런 망할!"

* * *

구급차가 경광등은 깜빡이지만 사이렌은 끈 채로 출발한다. 인도에 모여 있던 사람들이 흩어지기 시작한다. 카운터 아가씨와 노인과 뚱뚱한 여자와 고시 씨는 대단한 인물이나 유명인을 대하는 듯한 눈빛으로 레이를 쳐다본다.

"아내는 조카아이한테 선물할 자주색 킥볼을 사려고 했어요. 조금 있으면 생일이거든요. 여덟 번째 생일. 이름은 탤리예요. 영화 배우하고 이름이 같죠."

고시 씨가 쇠 망태에서 자주색 킥볼을 꺼내 두 손으로 레이에게 내민다.

"그냥 드릴게요."

"고맙습니다."

레이가 말한다.

버글스 봉지를 든 여자가 울음을 터뜨린다.

"아, 성모마리아님."

그들은 한 자리에 서서 잠깐 이야기를 나눈다. 고시 씨가 냉장고에서 탄산음료를 꺼내온다. 이것도 무료 제공이다. 그들은 탄산음료를 마시고 레이는 메리에 얽힌 추억을 몇 가지 공개하되 자주 다퉜다는 이야기는 하지 않는다. 그녀가 만든 퀼트가 캐슬 카운티 박람회에서 3등상을 받은 적 있다고 얘기한다. 2002년인가 2003년의 일이다.

"정말 슬프네요."

버글스 봉지를 든 여자가 말한다. 그녀가 버글스를 개봉해서 그들에게 나누어준다. 그들은 그렇게 먹고 마신다. 머리숱 없는 노인이 말한다.

"우리 마누라는 자다가 죽었지. 소파에 눕더니 그 길로 일어나질 않았어. 결혼한 지 37년째 되던 해에. 내가 먼저 갈 줄 알았더니 하느님의 계획은 그게 아니었나 봐. 소파에 누워 있던 마누라의 모습이 아직도 눈에 선해. 믿을 수가 없었지."

그는 고개를 젓는다.

마침내 레이는 그들에게 할 이야기가 다 떨어지고 그들이 레이에게 할 이야기도 다 떨어진다. 손님들이 다시 들어온다. 고시 씨가 몇 명의 시중을 들고 파란색 헐렁한 원피스를 입은 아가씨가 다른 몇 명의 시중을 든다. 잠시 후에 뚱뚱한 여자가 이제 그만 가봐야겠다고 한다. 그녀는 레이의 뺨에 입을 맞춘다.

"버킷 씨도 볼일 보셔야죠."

그녀가 말한다. 나무라는 투인 동시에 교태가 섞여 있다. 레이는 그녀도 동정심에 몸을 한 번 대줄 수 있겠다고 생각한다.

그는 카운터 뒤에 달린 시계를 확인한다. 맥주 광고가 있는 시계다. 메리가 차와 퀵픽 앞 콘크리트 블록 사이를 게걸음친 지 거의 두 시간이 지났다. 그는 그때 처음으로 비즈 생각을 한다.

* * *

문을 열자 열기가 그를 덮치고 그는 몸을 앞으로 기울이느라 핸들을 손으로 짚었다가 비명을 지르며 얼른 거둔다. 내부 온도가 55도는 됨 직하다. 비즈는 똑바로 누워서 죽어 있다. 눈이 부옇다. 한쪽 입가로 혀를 축 늘어뜨리고 있다. 이빨이 반짝인다. 수염에 코코넛 가루가 몇 개 묻어 있다. 우스워하면 안 되는데 우습다. 웃음을 터뜨릴 정도는 아니고, 이런 상황에 딱 알맞은 단어가 있는데 생각이 나지 않는다.

"비즈야, 이 녀석아. 미안. 완전히 잊어버렸다."

익어버린 잭 러셀을 바라보는데 엄청난 슬픔과 웃음기가 그를 휩쓸고 지나간다. 이렇게 슬픈 상황이 재미있게 느껴지다니 통탄할 노릇이다.

"그래도 지금 그녀랑 같이 있잖아, 그렇지?"

이렇게 말해 놓고 보니 너무 슬퍼서(또 한편으로는 너무 감미로워서) 눈물이 난다. 폭풍처럼 쏟아진다. 그 와중에 이제는 집 안 어디에서든 담배를 피울 수 있겠다는 생각이 든다. 그녀의 식탁에서 피울 수도 있다.

"비즈, 이 녀석아, 지금 그녀랑 같이 있지?"

그는 눈물을 흘리며 말한다. 목이 메서 쉰 소리가 난다. 지금 상황에 알맞은 목소리라 마음이 놓인다.

"가엾은 메리, 가엾은 비즈. 에이, 젠장!"

그는 계속 눈물을 흘리며 겨드랑이춤에 자주색 킥볼을 끼고 다시 퀵픽으로 들어간다. 고시 씨에게 담배 사는 걸 깜빡했다고 말한다. 그는 프리미엄 하모니 한 보루도 공짜로 얻을 수 있을지 모른다고 생각하지만 고시 씨가 그 정도로 인심이 좋지는 않다. 레이는 비즈를 뒷좌석에 싣고 병원으로 가는 내내 창문을 닫고 에어컨을 세게 틀고 담배를 피운다.

레이먼드 카버를 추억하며

배트맨과 로빈, 격론을 벌이다

이야기가 완성된 상태로, 그러니까 완제품으로 나를 찾아오는 경우도 있다. 하지만 대개는 두 부분으로 나뉘어서 먼저 컵이, 그 다음에 손잡이가 배달된다. 손잡이가 등장하기까지 몇 주, 몇 달, 심지어 몇 년이 걸리기 때문에 내 머릿속 한쪽 구석에는 조그만 상자가 있고 그 안에는 기억이라고 부르는 특별한 포장지로 단단히 싸 놓은 미완성 컵들이 잔뜩 담겨 있다. 컵이 아무리 예뻐도 손잡이를 찾으러 나서면 안 된다. 손잡이가 나를 찾아올 때까지 기다려야 한다. 구린 비유라는 건 나도 알지만 소설 창작은 대부분 그런 과정들로 이루어져 있다. 나는 평생 소설가로 살아 왔지만 어떤 과정을 거쳐서 글이 탄생되는지 아직 잘 모른다. 생각해 보면 나는 간이 어떤 식으로 작동하는지도 모르지만 고장만 나지 않으면 몰라도 상관없다.

나는 약 6년 전에 새러소타의 어느 혼잡한 교차로에서 아슬아슬한 광경을 목격한 적이 있었다. 큼지막한 타이어가 달린 대형 트럭을 몰던 무대뽀 운전자가 다른 대형 트럭이 서 있던 좌회전 차로로 끼어들기를 시도했다. 공간을 침해당한 운전자가 경적을 울리자 아니나 다를까, 끼이익 하고 브레이크 밟는 소리가 이어졌고 기름을 게걸스럽게 먹어치우는 두 거대한 괴물은 몇 센티미터 간격을 두고 충돌을 모면했다. 좌회전 차로에 서 있던 사람이 창문을 열고 파란 플로리다의 하늘을 배경으로 한 손가락을 들어보였다. 야구만큼이나 미국적인 인사였다. 하마터면 그를 칠 뻔했던 친구는 타잔처럼 가슴을 때리는 동작으로 맞받아쳤다. 아마도 한 판 붙어 볼래? 이런 뜻이었을 것이다. 신호등이 초록색으로 바뀌고 다른 운전자들이 경적을 울리자 그들은 육탄전 없이 각자 갈 길을 갔다.

그걸 보고 나는 두 운전자가 트럭에서 내려 바로 그 태미애미 트레일에서 서로 치고 받으며 싸우기 시작했다면 어떻게 됐을지 궁금해졌다. 얼토당토않은 상상은 아니었다. 도로 위의 폭행 사건이 워낙 비일비재하지 않은가. 안타깝게도 '비일비재하다'는 것이 훌륭한 이야기의 비결은 아니다. 하지만 그 사건은 손잡이가 없는 컵으로 내 머릿속에 남았다.

1년 정도 지났을 때 아내와 애플비스에서 점심을 먹는데 50대 남자가 나이 많은 노인의 참 스테이크를 썰어 주고 있었다. 그가 꼼꼼히 스테이크를 써는 동안 노인은 그의 정수리 너머를 멍하니 쳐다보고 있었다. 도중에 살짝 정신이 들었는지, 노인이 나이프와 포크를 집고 직접 스테이크를 처리해 보려고 했다. 50대 남자가 웃으며 고개를 저었다. 노인은 포기하고 다시 어딘가를 멍하니 응시하기 시작했다. 나는 그들이 부자지간이라는 결론을 내렸고, 이로써 도로 위의 폭행이라는 컵의 손잡이가 완성됐다.

샌더슨은 일주일에 두 번 아버지를 만나러 간다. 수요일 저녁마다 부모님이 오래 전에 개업한 보석가게 문을 닫고 특급 저택까지 5킬로미터를 달려가 대개 휴게실에서 아버지를 만난다. 아버지의 컨디션이 좋지 않은 날에는 그의 '스위트룸'에서 만난다. 일요일에는 거의 항상 아버지를 모시고 나가서 점심을 먹는다. 정신이 오락가락하는 아버지가 말년을 의탁 중인 시설의 정식 명칭은 하베스트 힐스 특수 관리 병동이지만 샌더슨에게는 특급 저택이 더 정확한 명칭처럼 느껴진다.

둘이서 같이 보내는 시간은 사실상 그리 나쁘지 않다. 아버지가 오줌을 싸 놓은 침대보를 갈아야 하거나, 집 안을 돌아다니며 부인에게 스크램블드에그를 만들어 달라고 하거나 프레더릭스 집안의 아들들이 또 뒷마당에서 시끄럽게 술을 마시고 있다고 투덜거

리는 아버지 때문에 한밤중에 잠을 설치던 시절에서 탈출했기 때
문만은 아니다.(도리 샌더슨은 15년 전에 세상을 떠났고 프레더릭스
집안의 삼형제는 장성해서 오래 전에 고향을 떠났다.) 해묵은 우스
갯소리에 따르면 날마다 새로운 사람들을 만날 수 있는 것이 알츠
하이머의 장점이라고 한다. 샌더슨이 깨달은 바에 따르면 대본이
거의 달라지지 않는 것이 알츠하이머의 진정한 장점이다. 덕분에
즉석에서 뭘 생각할 필요가 없다.

예컨대 애플비스만 해도 그렇다. 그들이 거기서 일요일마다 점
심을 먹은 지 3년이 지났는데도 아버지는 거의 항상 똑같은 말을
한다.

"여기 맛이 괜찮구나. 나중에 또 와야겠다."

아버지는 늘 미디엄 레어로 구운 찹스테이크를 주문하고, 브레
드 푸딩이 나오면 샌더슨에게 자기 부인이 만든 브레드 푸딩이 더
낫다고 한다. 작년에 커머스 웨이에 있는 애플비스의 메뉴에서 브
레드 푸딩이 없어지자 아버지는 샌더슨에게 디저트 메뉴판을 네
번 읽게 하고 2분이라는 긴 시간 동안 고민하더니 애플 코블러를
주문했다. 주문한 애플 코블러가 나오자 아버지는 도리라면 진한
크림을 얹어서 내놓을 거라고 말했다. 그러고는 가만히 앉아서 창
밖으로 고속도로를 멍하니 바라보았다. 다음번에도 똑같은 말을
했지만 그때는 접시까지 깨끗이 긁어먹었다.

그는 대개 샌더슨의 이름과 그들의 관계를 기억하지만 가끔 레
지라고 부를 때도 있다. 레지는 40년 전에 세상을 떠난 그의 형의
이름이다. 샌더슨이 수요일 또는 일요일에 특급 저택으로 다시 모
셔다 놓고 '스위트 룸'에서 나설 차비를 하면 아버지는 늘 고맙다

고 하며 다음번에는 좀 더 나은 모습을 보여 주겠다고 약속한다.

샌더슨의 아버지는 젊은 시절에(그러니까 도리 레빈을 만나서 문명인이 되기 이전에) 텍사스 유전에서 일을 하던 개망나니였는데, 샌안토니오에서 잘나가는 보석상이 될 줄은 꿈에도 몰랐던 그때 그 모습으로 가끔 돌아갈 때가 있다. 그럴 때면 '스위트룸'에 처박혀서 나오지 않는다. 침대를 뒤집었다가 그 덕에 손목이 부러진 적도 있었다. 그날 당번이었던 청소부(아버지가 좋아하는 호세였다.)가 왜 그랬느냐고 묻자 아버지는 우라질 건턴이 라디오를 끄지 않아서 그랬다고 대답했다. 두말하면 잔소리지만 건턴이라는 사람은 없다. 현재로서는 그렇다. 과거에는 있었을지 모른다. 어쩌면.

요즘 들어 아버지는 도벽을 보인다. 청소부, 간호사, 의사들이 그의 방에서 온갖 물건들을 발견한다. 꽃병, 식당에서 쓰는 플라스틱 용품, 휴게실의 텔레비전 리모컨. 한번은 호세가 아버지의 침대 밑에서 다양한 직소 퍼즐 조각과 80~90장의 각종 트럼프 카드가 든 엘 프로덕토 시가 상자를 발견한 적도 있었다. 아버지는 이런 것들을 슬쩍한 이유를 아들은 물론이고 어느 누구에게도 설명하지 못하고 대개 그런 적 없다고 딱 잡아뗀다. 한번은 샌더슨에게 건더슨이 그를 골탕 먹이려고 그러는 거라고 얘기한 적도 있었다.

"건턴 말씀이죠, 아버지?"

샌더슨이 묻자 아버지는 떠내려 온 나뭇가지처럼 뼈만 앙상한 손을 흔들었다.

"그 작자가 원하는 건 떡치기뿐이야. 떡치기촌에서 온 떡치기꾼이라고."

하지만 도벽기가 지나갔는지(호세 말로는 그렇다고 한다.) 이번

주 일요일에는 아버지가 평온하기 그지없다. 정신이 맑지는 않지만 아주 안 좋지도 않다. 애플비스에 갈 수 있을 만큼 맑아서 아버지가 오줌만 싸지 않는다면 무사히 일정을 마칠 수 있겠다. 아버지는 요실금 팬티를 입고 있지만 당연히 냄새가 난다. 그래서 샌더슨은 항상 구석 자리에 앉는다. 별 무리는 없다. 그들은 2시에 점심을 먹는데, 그 무렵이면 예배를 마치고 온 손님들이 야구나 미식축구 중계를 보러 집으로 가고 없다.

"댁은 누구슈?"

아버지가 차 안에서 묻는다. 날은 화창하지만 쌀쌀하다. 그는 오버사이즈 선글라스에 모직 코트를 입고 있어서 「소프라노스」(HBO에서 방영된 범죄 드라마 — 옮긴이)에 나오는 주니어 삼촌처럼 보인다.

"저는 더기예요. 아버지의 아들요."

샌더슨이 대답하자 아버지가 말한다.

"더기야 나도 기억하지. 하지만 죽었는데."

"아니에요, 아버지. *레지* 형이 죽었죠. 그러니까……."

샌더슨은 아버지가 문장을 완성해 주길 바라며 말끝을 흐린다. 아버지는 그럴 기미를 보이지 않는다.

"……사고로요."

"술 마시고 그랬지?"

아버지가 묻는다. 몇 년 동안 겪은 일인데도 가슴이 아프다. 아버지가 걸린 병의 단점이 이것이다. 아버지가 본의 아니게 휘두른 비수에 여전히 가슴이 찢어지도록 아플 수 있다. 샌더슨은 대답한다.

"아뇨. 형을 친 녀석이 술을 마셨죠. 그런데 그 녀석은 몇 군데 긁힌 것 빼고는 말짱했잖아요."

그 녀석은 지금쯤 50대일 테고 관자놀이가 희끗희끗해졌을 것이다. 샌더슨은 형을 죽인 그가 척추측만증에 걸렸길, 그의 부인은 난소암으로 죽었길, 볼거리에 걸려서 시각장애인에 불임이 됐길 바라지만 아마 멀쩡하게 잘 살고 있을 것이다. 어딘가에서 식료품 가게 주인으로 잘 살고 있을 것이다. 그럴 일은 없어야 하겠지만 심지어 애플비스 사장일지도 모를 일이다. 왜 아니겠는가? 그는 열여섯 살이었다. 터진 봇물이었다. 지각이 없는 청춘이었다. 그의 전과는 봉인됐다. 레지도 봉인됐다. 양복을 입고 미션 힐에 묻힌 백골이 되었다. 언젠가는 샌더슨에게도 형의 얼굴조차 기억이 나지 않는 날이 찾아올 것이다.

"더기하고 내가 배트맨과 로빈 게임을 했었는데. 그 아이가 제일 좋아하는 게임이었지."

아버지가 말한다.

그들은 커머스 웨이와 에어라인 로드가 만나는 네거리의 빨간 신호등 앞에서 멈추어 선다. 조만간 그곳에서 일이 벌어지겠지만, 그걸 아직 모르는 샌더슨은 아버지를 보고 미소를 짓는다.

"맞아요, 아버지, 잘하셨어요! 심지어 어느 해 할로윈 때는 그렇게 변장하고 돌아다닌 적도 있잖아요. 제가 아버지를 설득했죠. 망토를 두른 십자군(배트맨의 별명이다 — 옮긴이)과 기적의 소년(로빈의 별명이다 — 옮긴이)."

아버지는 스바루 앞유리창 너머를 쳐다보기만 할 뿐, 아무 말도 하지 않는다. 무슨 생각을 하는 걸까? 아니면 사고의 파동이 이제는 일직선이 되어 버렸을까? 샌더슨은 가끔 그 일직선에서 어떤 소리가 날지 상상해 보곤 한다. **우우우우우우웅.** 케이블과 위성 방송이 등장하기 이전에 텔레비전 화면 조정 시간에 나오던 그 소리하고 비슷하지 않을까.

샌더슨은 코트로 감싼 앙상한 팔에 손을 얹고 애정을 담아서 꽉 잡는다.

"아버지가 코가 비뚤어지도록 취해서 엄마가 노발대발했지만 저는 재미있었어요. 할로윈 중에 그때가 제일 재미있었어요."

"나는 마누라 앞에서 술을 마신 적이 없는데."

아버지가 말한다.

신호등이 초록색으로 바뀐 순간 샌더슨은 생각한다.

'그렇죠. 어머니에게 단단히 교육을 받은 뒤로는 한 번도 그런 적이 없었죠.'

* * *

"주문 도와드릴까요, 아버지?"

"나도 글 읽을 줄 안다."

아버지가 말한다. 사실 이제는 글을 읽지 못하지만 구석 자리가 워낙 환해서 주니어 삼촌 같은 조폭 선글라스를 끼고 있어도 사진이 잘 보인다. 게다가 샌더슨은 아버지가 뭘 주문할지 안다.

웨이터가 그들이 주문한 아이스티를 들고 오자 아버지는 찹스테이크를 미디엄 레어로 먹겠다고 한다.

"불그스름하지만 핏물이 보이지는 않게. 핏물이 보이면 돌려보낼 거요."

웨이터는 고개를 끄덕인다.

"늘 드시는 대로 말씀이죠?"

아버지는 수상쩍다는 듯이 그를 쳐다본다.

"껍질콩으로 드릴까요, 콜슬로(양배추를 잘게 썰어 마요네즈에 버무린 샐러드 — 옮긴이)로 드릴까요?"

아버지는 코웃음을 친다.

"자네 지금 장난하나? 콩들이 다 죽었잖아. 그해에는 진짜 보석 은커녕 가짜 보석도 못 팔았어."

샌더슨이 말한다.

"콜슬로 드실 거예요. 그리고 저는……."

"콩들이 다 죽었다니까!"

아버지는 딱 잘라 말하고, 감히 내 말에 딴죽을 걸려 하느냐고 묻는 고압적인 표정으로 웨이터를 쳐다본다.

지금까지 그들을 숱하게 응대한 웨이터는 가만히 고개를 끄덕이며 "맞아요, 죽었죠."라고 하고는 샌더슨 쪽으로 고개를 돌린다.

"손님은 뭘로 하시겠습니까?"

* * *

그들은 점심을 먹는다. 아버지가 코트를 벗지 않으려고 하기에 샌더슨은 플라스틱 턱받이를 달라고 해서 아버지의 목에 둘러 드린다. 아버지는 전혀 알아차리지 못하는지, 군소리하지 않는다. 콜슬로 몇 덩이가 바지에 떨어지지만 버섯을 넣은 그레이비소스는

129

턱받이가 다 받아 준다. 식사가 거의 끝나갈 무렵, 아버지가 손님이 거의 없는 식당에 대고 너무 오줌이 마려워서 쌀 지경이라고 얘기한다.

샌더슨을 따라서 화장실로 간 아버지는 그가 앞지퍼를 내리는 것까지는 허락하지만 고무줄로 된 요실금 팬티를 내리려고 하자 그의 손을 찰싹 때린다. 아버지는 짜증난 목소리로 얘기한다.

"다른 남자 거시기에는 손대는 거 아니다, 서니 짐. 그것도 모르니?"

그러자 해묵은 기억이 떠오른다. 반바지를 발목까지 내리고 변기 앞에 서 있는 더기 샌더슨과 옆에 무릎 꿇고 앉아서 방법을 알려 주는 아버지. 몇 살적 기억일까? 세 살? 아니면 겨우 두 살? 맞다, 두 살밖에 안 됐던 것 같지만 실제로 있었던 일이라는 데에는 의심의 여지가 없다. 길가에서 반짝이는데 위치가 워낙 절묘해서 잔상이 남는 유리조각과도 같다.

"발포 준비하고, 조준하고, 준비되면 쏘는 거다."

아버지가 말한다.

아버지가 수상쩍다는 듯이 그를 쳐다보다가 씩 하고 웃자 샌더슨의 억장이 무너진다.

"배변연습 시켰을 때 내가 아들들한테 자주 했던 소리지. 도리가 내가 할 일이라고 하기에 열심히 가르쳤지."

그가 폭포수를 쏟아내는데 대부분 소변기 안으로 제대로 들어간다. 시큼하고 달짝지근한 냄새가 난다. 당뇨 때문이다. 하지만 무슨 상관일까? 가끔 샌더슨은 빠르면 빠를수록 좋겠다는 생각을 한다.

                                    *　*　*

아버지는 턱받이를 한 채 테이블로 돌아가서 판결을 내린다.

"여기 맛이 괜찮구나. 나중에 또 와야겠다."

"디저트 드실래요, 아버지?"

아버지는 입을 벌리고 창밖을 내다보며 고민한다. 사고의 파동이 일직선이 되어 버린 걸까? 아니다, 이번에는 아니다.

"그러자꾸나. 배도 아직 남았는데."

두 사람 모두 애플 코블러를 주문한다. 아버지는 눈썹을 한데 모으고 코블러 위에 얹힌 바닐라 아이스크림을 뚫어져라 쳐다본다.

"우리 마누라는 진한 크림을 얹었는데. 이름이 도린이었어. 도린을 줄여서 그렇게 불렀지. 「미키마우스 클럽」에도 도린이 나오잖아. 안녕, 안뇽, 아안녕, 진심으로 환영해."

"알아요, 아버지. 드세요."

"너, 더기냐?"

"네."

"정말이냐? 나 놀리는 거 아니고?"

"아니에요, 아버지. 더기 맞아요."

그의 아버지는 뚝뚝 떨어지는 아이스크림과 사과를 한 숟가락 떠서 든다.

"우리 그랬지?"

"뭘요?"

"할로윈 때 배트맨과 로빈으로 변장하고 돌아다녔지?"

샌더슨은 놀라서 웃음을 터뜨린다.

"맞아요! 엄마가 저야 천성이 바보 같아서 어쩔 수 없다지만 아버지는 변명의 여지가 없다고 하셨죠. 레지 형은 우리 근처에 오지도 않으려고 했고요. 넌더리를 내면서."

"내가 술에 취했어."

아버지는 이렇게 말하고 디저트를 먹기 시작한다. 접시가 비자 그는 트림을 하고 창문을 가리키며 얘기한다.

"저 새들 좀 봐라. 쟤들 이름이 뭐더라?"

샌더슨은 쳐다본다. 주차장 쓰레기통 위에 새들이 옹기종기 모여 있다. 그 뒤편의 울타리 위에도 몇 마리가 더 앉아 있다.

"까마귀요, 아버지."

"맙소사, 나도 아는 이름인데. 예전에는 까마귀들이 우리를 괴롭히지 못했는데. 우리 집에 공기총이 있어서. 그나저나."

그는 허리를 숙이고 단도직입적으로 묻는다.

"우리 여기 예전에도 와 본 적 있지 않니?"

샌더슨은 이 질문에 내재된 형이상학적인 가능성을 잠시 고민하고는 대답한다.

"네. 거의 매주 일요일마다 오죠."

"그래, 괜찮은 식당이다. 그런데 이제 그만 가야겠다. 피곤해. 그거 해야겠어."

"낮잠요."

"그거 말이다."

아버지는 특유의 고압적인 표정으로 그를 쳐다본다.

샌더슨은 계산서를 달라고 하고, 그가 카운터에서 계산하는 동안 아버지는 코트 주머니 깊숙이 손을 넣고 기세 좋게 출정 준비에 나선다. 샌더슨은 허둥지둥 잔돈을 챙기고, 아버지가 주차장이나 사차로로 차들이 열심히 지나가는 커머스 웨이로 나가기 전에 얼른 달려가서 문을 잡는다.

* * *

"그날 밤에 재미있었지."

샌더슨이 안전벨트를 채워 주는 동안 아버지는 이렇게 말한다.

"그날 밤이라뇨?"

"할로윈 말이다, 이 바보야. 네가 그때 여덟 살이었으니까 1959년이었구나. 네가 51년생이잖니."

샌더슨은 놀란 얼굴로 아버지를 쳐다보지만 아버지는 앞만 똑바로 바라볼 따름이다. 샌더슨은 조수석 문을 닫고 스바루 보닛을 빙 돌아서 운전석에 올라탄다. 두 사람은 두세 블록 가는 동안 아무 말도 하지 않고 샌더슨은 아버지가 전부 잊어버린 모양이라고 넘겨짚지만 그게 아니다.

"언덕 기슭에 있었던 포레스터의 집에 갔을 때 말이다…… 너도 그 언덕 기억하지?"

"처치 스트리트 언덕 말씀이죠? 당연하죠."

"그래! 노마 포레스터가 문을 열더니 너를 보고…… 네가 무슨 말을 꺼내기도 전에 '과자 안 주면 장난칠 거지?'라고 물었지. 그러더니 나를 보면서 '술 안 주면 장난칠 거죠?'라고 했고."

샌더슨은 아버지가 내는 녹슨 경첩 소리를 1년여 만에 처음 듣는다. 그는 심지어 허벅지까지 찰싹 때린다.

"술 안 주면 장난칠 거죠?'라니. 정말 기발하지 않니? 너도 기억하지?"

샌더슨은 기억을 더듬지만 아무 기억도 나지 않는다. 대충 만든 아버지의 배트맨 코스튬이 상당히 어설펐지만 아버지와 함께 다녀서 행복했던 기억밖에 없다. 회색 잠옷 앞면에 매직으로 배트맨의 상징을 그렸다. 망토는 오래된 침대시트를 잘라서 만들었다. 배트맨 특유의 벨트는 가죽 허리띠에 아버지가 차고 공구상자에서 들고 온 각종 드라이버와 끌(심지어 조절식 스패너까지)을 꽂았다. 복면 대신 좀이 슨 발라클라바 모자를 입이 드러나게 코까지 내려서 썼다. 아버지는 출동하기 전에 현관 복도에 달린 거울 앞에 서서 복면의 양쪽 귀퉁이를 위로 잡아당겨 귀를 만들었지만 금세 주저앉았다.

"노마가 샤이너를 한 병 주었지."

아버지가 말한다. 그들은 커머스 웨이를 타고 아홉 블록을 가서 에어라인 로드와 만나는 네거리와 점점 가까워지고 있다.

"그래서 받으셨어요?"

아버지의 컨디션이 아주 좋다. 샌더슨은 특급 저택으로 돌아가는 내내 그 분위기가 유지되기만을 바랄 따름이다.

"당연하지."

그는 그 말을 끝으로 입을 다문다. 네거리에 가까워지자 커머스 웨이가 이차로에서 삼차로로 바뀐다. 맨 왼쪽이 좌회전 차로다. 직진 신호등은 빨간불이지만 좌회전 신호등에는 초록색 화살표가 떠 있다.

"그 여자 젖이 베개만 했지. 내 평생 그렇게 끝내주는 경험은 처음이었다."

그렇다, 그들은 상처를 준다. 샌더슨은 자신의 경험뿐 아니라 특급 저택에 친척이 있는 사람들과의 대화를 통해서도 그렇다는 걸 안다. 대부분 의도치 않은 상처지만 일부러 그럴 때도 있다. 그들에게 남은 기억은 온통 뒤죽박죽이고(호세가 아버지의 침대 밑에서 찾은 시가 상자에 든, 어디서 슬쩍한 퍼즐 조각들처럼 말이다.) 관리가 되지 않아서 얘기를 해도 되는 것과 하면 안 되는 것을 분리할 방법이 없다. 샌더슨은 40년이 넘는 결혼생활 동안 아버지가 한 번도 딴 짓을 한 적이 없을 거라고 생각할 만한 이유가 없었지만 평온하고 평등한 결혼생활을 유지한 부모님 밑에서 자란 아이라면 다 그렇게 미루어 짐작하지 않을까?

그는 도로를 쳐다보던 시선을 아버지에게로 옮기는데, 커머스웨이처럼 통행량이 많은 도로에서 하마터면으로 끝나지 않고 진짜 사고가 난 이유가 그 때문이다. 그렇긴 해도 아주 심각한 사고는 아니고, 샌더슨은 그가 1~2초 정도 딴 데 정신을 팔기는 했지만 그의 잘못은 아니었다는 것을 안다.

큼지막한 타이어를 장착하고 택시처럼 천장에 등을 단 픽업트럭이 초록색 화살표가 사라지기 전에 좌회전을 하려고 저 끝에서 그의 차로로 방향을 튼다. 깜빡이도 켜지 않았다. 샌더슨이 그걸 알아차린 순간 그의 스바루 오른쪽 앞면이 픽업트럭의 뒷면과 부딪친다. 그와 아버지의 몸이 안전벨트에 묶인 채 앞으로 쏠리고, 좀 전까지만 해도 매끈했던 스바루 보닛 한복판이 갑자기 불룩 솟는다. 와장창 하고 기운차게 유리 깨지는 소리가 난다.

"야 이 개자식아! 젠장!"

샌더슨은 외친다. 그러고 나서 그는 실수를 저지른다. 버튼을 눌러서 창문을 내리고 팔을 내밀어서 트럭을 향해 가운데손가락을 들어 보인 것이다. 나중에 그는 아버지가 곁에 타고 있어서, 아버지의 컨디션이 워낙 좋아서 그랬다고 생각할 것이다.

아버지. 샌더슨은 아버지를 돌아본다.

"괜찮으세요?"

"무슨 일이냐? 왜 선 거야?"

아버지가 묻는다. 그는 혼란스러워 할 뿐 다른 데는 아무 이상 없다. 안전벨트를 매고 있어서 다행이었다. 하기야 요즘은 안전벨트를 깜빡하기도 힘들다. 차가 깜빡하게 내버려두지 않는다. 벨트를 하지 않고 15미터만 가도 화를 내며 비명을 지른다. 샌더슨은 아버지의 무릎 너머로 몸을 숙여서 엄지손가락으로 사물함을 열고 차량 등록증과 보험증을 꺼낸다. 그가 다시 허리를 펴고 보니 픽업트럭 문이 열려 있고 기사가 경적을 울리며 사고 현장을 피해 가는 차량들을 전혀 아랑곳하지 않은 채 그를 향해 걸어오고 있다. 평일에 비해 통행량이 적긴 하지만 샌더슨의 입장에서는 축복이라고 할 수가 없다. 다가오는 기사를 보니 골치 아파질 수도 있겠다는 생각이 든다.

그는 이 남자를 안다. 개인적으로 아는 건 아니지만 텍사스 남부를 이루는 주성분이다. 그는 청바지와 소매를 뜯은 티셔츠를 입고 있다. 자른 게 아니고 뜯은 거라 삐져나온 실밥이 까무잡잡하고 두툼한 근육질의 팔뚝 위에서 대롱거린다. 청바지는 골반에 걸쳐져서 속옷 상표가 보인다. 허리띠를 매지 않은 고리에서 뒤 주머니까지 체인이 연결되어 있는데 뒤 주머니에는 필시 헤비메탈 밴드 로고가 새겨져 있을지 모르는 큼지막한 가죽 지갑이 들어 있을 것이다. 팔과 손이 문신투성이고 심지어 목을 스멀스멀 감싸고 올라가는 것까지 있다. 샌더슨은 이런 남자가 그의 보석가게 앞을 지나가는 모습이 폐쇄회로 TV로 보이면 버튼을 눌러서 문을 잠근다. 지금도 버튼을 눌러서 차문을 잠그고 싶지만 그럴 수는 없다. 이런 남자에게 가운뎃손가락을 들어 보이면 안 되는 거였다. 심지어 창문을 내리는 동안 다시 한 번 생각할 시간이 있었지 않은가. 하지만 이미 엎질러진 물이다.

샌더슨은 문을 열고 내리며 그를 달랠 태세를 갖춘다. 사과할 필요가 없는 일에 대해 사과할 태세를 갖춘다. 끼어든 쪽은 그쪽이었지만 느낌이 싸해서, 에어컨을 벗어나자 땀이 나기 시작한 팔뚝과 뒷덜미가 낭패감으로 간질거린다. 남자의 문신은 조잡하고 제멋대로이다. 이두박근은 체인이, 팔뚝은 가시가 감쌌고 한쪽 손목에 그려진 단검 끝에는 피 한 방울이 대롱대롱 매달려 있다. 그런 문신을 새겨줄 스킨 숍은 없다. 감옥에서 새긴 작품이다. 부츠를 신은 문신맨은 키가 못해도 185센티미터는 됨 직했고 몸무게는 못해도 90킬로그램은 되어 보인다. 100킬로그램 정도 될 수도 있겠다. 샌더슨은 173센티미터에 72.5킬로그램이다. 샌더슨이 말한다.

"저기, 아까는 욕해서 미안해요. 잠깐 흥분해서. 하지만 그쪽이 갑자기 끼어드는 바람에……."

"당신이 내 트럭을 어떻게 만들어 놨는지 봐! 산 지 3개월도 안 됐는데!"

문신맨이 말한다.

"보험사 정보를 서로 교환해야겠는데요."

경찰도 있어야겠다. 샌더슨은 주위를 둘러보지만 경찰은 보이지 않고, 속도를 늦춰서 얼마나 망가졌는지 확인하고는 다시 쌩하니 달려가 버리는 운전자들뿐이다.

"내가 저년 할부금도 간신히 감당하는 판국에 보험을 들어났을 것 같아?"

'그래도 보험은 들어야지. 그게 정해진 법인데.'

샌더슨은 생각한다. 하지만 이런 인간들은 보험을 들어야 한다고 생각하지 않는다. 번호판 밑에 매달아 놓은 고무 불알이 그렇다는 결정적인 증거다.

"왜 끼워 주지 않은 거야, 이 나쁜 놈아."

"그럴 만한 시간이 없었잖습니까. 댁이 깜빡이도 켜지 않고 끼어드는 바람에……."

"깜빡이 켰잖아!"

"그럼 지금은 안 켜져 있는 이유가 뭐죠?"

샌더슨은 지적한다.

"그야 네가 박살냈으니까 그렇지, 이 바보야! 내 여자친구한테 뭐라고 설명해야 되겠냐? 걔가 계약금을 내쳤는데. 그 우라질 잡것 저리 치워."

그가 샌더슨이 내밀고 있는 보험증과 차량 등록증을 친다. 샌더슨은 어안이 벙벙해져서 내려다본다. 그의 서류들이 길바닥에 나뒹굴고 있다. 문신맨이 말한다.

"나 간다. 나는 내 차 고치고 너는 네 차 고치고. 뭐, 그러면 되겠네."

어처구니없게 덩치가 큰 이 트럭보다 스바루의 수리비용이 1500달러 아니면 2000달러 더 나오겠지만 샌더슨이 그냥 넘어가지 않은 건 그 때문이 아니다. 이 무지렁이가 뺑소니 칠까 봐 그게 걱정돼서 그런 것도 아니다. 고무 불알이 매달린 번호판에 적힌 번호만 알아 놓으면 그만이다. 심지어 그의 따귀를 때리는 더위 때문에 그런 것도 아니다. 낮잠을 자야 하는 시간에 어떻게 된 일인지 영문을 모른 채 조수석에 앉아 있는 아버지 때문이다. 원래대로라면 지금쯤 그들은 특급 저택까지 반은 갔을 것이다. 그런데 그러지 못했다. 이 뻔뻔한 개자식이 끼어드는 바람에. 그 초록색 화살이 꺼지기 전에 쌩하니 지나지 않으면 세상에 어둠이 내리고 심판의 바람이 불기라도 할 것처럼 그러는 바람에.

"그렇게는 안 되겠는데. 당신이 잘못했잖아. 당신이 신호도 안 넣고 내 앞으로 끼어드는 바람에 브레이크를 밟을 틈도 없었잖아. 차량 등록증 보여 주시지. 면허증도."

샌더슨이 말한다.

"염병하시네."

덩치가 말하며 샌더슨의 배를 향해 주먹을 날린다. 샌더슨은 허리를 꺾고 훅 하는 소리와 함께 숨을 토한다. 픽업트럭 기사를 자극하면 안 되는 거였다. *누구라도* 그 조잡한 문신을 보면 그러면 안 된다는 것을 알 수 있었다. 그럼에도 그가 강행한 이유는 커머스 웨이와 에어라인 로드가 만나는 네거리에서 벌건 대낮에 이런 일이 벌어지면 안 된다고 믿기 때문이었다. 그는 청년 상공 회의소 회원이다. 주먹으로 얻어맞은 건 초등학교 3학년 때 야구카드를 놓고 싸우다 그런 이후로 처음이다.

"그게 내 차량 등록증이다."

문신맨이 말한다. 그의 옆얼굴을 타고 땀이 폭포수처럼 흐르고 있다.

"마음에 드냐? 그리고 운전 면허증 말인데, 없어, 알겠냐? *씨발*, 없다고. 네가 앞을 안 보고 딸딸이를 치는 바람에 내가 엿 먹게 생겼잖아. 이 씨발놈아!"

문신맨은 꼭지가 완전히 돌아 버린다. 사고 때문일 수도 있고, 더위 때문일 수도 있고, 없는 서류를 자꾸 보여 달라고 하는 샌더슨 때문일 수도 있다. 어쩌면 자기 목소리 때문일 수도 있다. 샌더슨은 '꼭지가 돌았다'는 표현을 숱하게 들었지만 그 뜻을 제대로 이해한 것은 이번이 처음이라는 사실을 깨닫는다. 문신맨이 그의 선생님이다. 그것도 아주 훌륭한 선생님이다. 그가 두 손을 깍지 껴서 양손 주먹을 만든다. 샌더슨이 그의 관절에 달린 몇 개의 파란 눈을 본 것도 잠시, 대형 해머가 얼굴 옆면을 강타하고 그는 방금 전에 사고를 당한 그의 차 오른쪽 면에 부딪친다. 그의 몸이 차체를 타고 미끄러지자 셔츠와 그 밑의 피부가 여러 갈래로 날카롭게 찢기는 게 느껴진다. 옆구리를 타고 뜨끈한 피가 흐른다. 무릎이 꺾이면서 그는 땅바닥으로 주저앉는다. 그는 자기 손을 내려다보지만 그게 자기 손이라는 것을 믿지 못하는 듯한 눈빛이다. 오른쪽 뺨이 화끈거리고 빵 반죽처럼 부풀어 오르는 듯이 느껴진다. 오른쪽 눈에 눈물이 고인다.

다친 쪽 벨트라인 바로 위편을 향해 발길질이 이어진다. 샌더슨의 머리가 스바루의 오른쪽 앞 타이어 휠캡에 맞고 튕겨져나온다. 그는 문신맨의 그림자 밖으로 기어나가려고 한다. 문신맨이 그를 향해 뭐라고 고함을 지르고 있지만 샌더슨은 한 마디도 알아들을 수가 없다. 그저 스누피 만화 영화에서 어른들이 아이들에게 무슨 말을 할 때 내는 '와 와 와' 소리처럼 들릴 따름이다. 그는 문신맨에게 알았다고, 알았다고, 당신은 토메이토라고 말하고 나는 토마토라고 말하고 우리 다 없던 일로 하자고 얘기하고 싶다.(영화 「쉘 위 댄스」에 나오는 「우리 다 없던 일로 하자*Let's Call the Whole Thing Off*」의 가사다 ― 옮긴이) 별일 아니라고, 괜찮다고(사실 그는 괜찮지 않지만), 당신은 당신 갈 길 가고 나는 내 갈 길 가자고, 행복한 여정되라고, 내일 또 만나자고 얘기하고 싶다. 하지만 숨을 고를 수가 없다. 이러다 심장마비에 걸릴 것 같다는 생각과 이미 걸렸을지 모르겠다는 생각이 든다. 고개를 들고 싶지만(만약 이대로 죽는다면 커머스 웨이 바닥과 찌그러진 그의 차 앞면 말고 좀 더 재미있는 풍경을 쳐다보며 죽고 싶다.) 들 수가 없을 것 같다. 그의 목이 엿가락이 되어 버렸다.

또다시 날아온 발이 이번에는 그의 왼쪽 허벅지 두툼한 부분을 강타한다. 잠시 후에 문신맨이 걸걸한 목소리로 비명을 지르고 여러 무늬가 섞인 길바닥 위로 빨간 방울이 흩뿌려진다. 처음에 샌더슨은 그의 코에서(아니면 양손 주먹으로 얻어맞은 쪽 입술에서) 떨어진 피인가 보다고 생각하지만 잠시 후에 그의 뒷덜미로 뜨거운 물줄기가 쏟아진다. 꼭 열대 소나기 같다. 그는 보닛 너머로 엉금엉금 기어가 간신히 몸을 돌리고 일어나 앉는다. 고개를 들고 눈부신 하늘을 향해 실눈을 떠 보니 아버지가 문신맨 옆에 서 있다. 문신맨은 심한 위경련을 일으킨 사람처럼 허리를 구부리고 있다. 그런 자세로 나무토막이 돋아난 자기 옆 목을 더듬고 있다.

　처음에 샌더슨은 무슨 일인지 알아차리지 못하지만 이내 사태를 파악한다. 그 나무토막은 그도 본 적 있는 나이프 손잡이다. 그가 거의 매주 보는 나이프 손잡이다. 아버지가 일요일 점심마다 먹는 찹 스테이크는 나이프를 쓸 필요 없이 포크로도 잘 썰리지만 그래도 식당 측에서는 나이프를 준다. 그게 다 애플비스의 서비스에 포함된다. 아버지는 어느 아들이 면회를 오는지도 모르고 아내가 세상을 떠난 것도 잊어버렸을지 몰라도, 또한 자기 가운데 이름조차 잊어버렸을지 몰라도, 유전에서 일하던 고졸의 개망나니에서 샌안토니오의 중상류층 보석상으로 출세하는 데 밑거름이 된 영리하고 인정사정없는 성격까지 전부 잊어버리지는 않은 모양이다.

　'나더러 새들 좀 보라고 했지. 쓰레기통 위에 앉아 있는 까마귀들을 보라고. 그때 나이프를 슬쩍하셨군.'

　샌더슨은 생각한다.

　문신맨은 길바닥에 앉아 있는 남자에게 흥미를 잃었고, 자기 옆에 서 있는 노인 쪽으로는 눈길도 주지 않는다. 문신맨이 기침을 한다. 그럴 때마다 입에서 빨간색의 고운 물보라가 뿜어져나온다. 그가 한손으로 목에 꽂힌 칼을 뽑으려고 한다. 티셔츠 옆면을 타고 흘러내린 피가 그의 청바지를 적신다. 그는 허리를 숙인 채로 계속 기침을 하며 (모든 차량이 멈추어 선) 커머스와 에어라인이 만나는 네거리 쪽으로 걸어가기 시작한다. 그가 남은 한 손을 경쾌하게 살짝 흔든다. 안녕, 엄마!

　샌더슨은 일어선다. 다리가 후들거리지만 꺾이지는 않는다. 다가오는 사이렌 소리가 들린다. 당연히 경찰들이 등장할 때도 됐다.

모든 게 끝났으니까.

샌더슨은 아버지의 어깨에 팔을 두른다.

"괜찮으세요, 아버지?"

아버지가 무미건조한 목소리로 얘기한다.

"저 남자가 너를 때리던데. 누구냐?"

"저도 모르겠어요."

눈물이 샌더슨의 뺨을 타고 흐른다. 그는 눈물을 닦는다.

문신맨이 무릎을 꿇으며 주저앉는다. 기침이 멎었다. 이제 그는 나지막이 으르렁거리는 소리를 내고 있다. 대부분의 사람들은 뒤에서 망설이지만 용감한 몇 명이 어떻게든 조치를 취해 보려고 그에게 다가간다. 샌더슨이 보기에는 가망이 없는 듯하지만 그들의 건투를 빌 따름이다.

"우리 점심 먹었니, 레지?"

"네, 아버지, 먹었어요. 그리고 저는 더기예요."

"레지는 죽었지. 네가 얘기하지 않았니?"

"맞아요, 아버지."

"저 남자가 너를 때리더구나."

그의 아버지는 너무너무 피곤해서 눕고 싶은 아이처럼 얼굴을 일그러뜨린다.

"머리가 아프네. 좀 누웠으면 좋겠는데."

"경찰이 올 때까지 기다려야 해요."

"왜? 무슨 경찰? 저 남자는 누구냐?"

똥 냄새가 난다. 아버지가 싸 버린 것이다.

"차에 타세요, 아버지."

아버지는 샌더슨이 이끄는 대로 찌그러져 버린 스바루의 주둥이를 돌아서 걸어간다. 아버지가 말한다.

"그때 할로윈 진짜 재미있었지?"

"네, 아버지, 그랬죠."

그는 여든세 살이 된 망토를 두른 십자군을 부축해 차에 태우고 냉기가 빠져나오지 않게 문을 닫는다. 맨 처음 등장한 경찰차가 멈추어 선다. 그들은 신분증을 요구할 것이다. 예순한 살이 된 기적의 소년은 욱신거리는 옆구리를 양손으로 누르고 바닥에 떨어진 면허증을 주우러 발을 질질 끌며 운전석 쪽으로 걸어간다.

존 어빙에게 바친다

모래 언덕

「배트맨과 로빈」의 머리말에서 이야기했다시피 어쩌다 아주 가끔, 손잡이가 달린 컵이 굴러들어올 때도 있다. 그럴 때면 얼마나 신이 나는지 모른다. 별생각 없이 그냥 내 할 일을 하고 있는데 콰쾅 하고 흠 잡을 데 없이 완벽한 이야기가 특급으로 배달되다니. 나는 그걸 기록하기만 하면 된다.

나는 그때 플로리다의 해변에서 개를 산책시키고 있었다. 1월이고 추워서 나밖에 없었다. 앞쪽에 누군가가 모래사장 위에 써 놓은 글씨 같은 게 보였다. 가까이 다가가 보니 햇빛과 그림자가 벌인 농간이었지만 작가의 머릿속은 엉뚱한 정보들이 모여 있는 고물 창고와 같아서 순간 어디에선가 읽은 문구가 생각났다. 나중에 알고 보니 오마르 하이얌(11세기 페르시아의 수학자, 천문학자, 철학자, 시인 — 옮긴이)이 한 말이었다. "움직이는 손가락이 적고 있나니 이제 다 적고 다음 차례로 넘어간다." 그러자 보이지 않는 움직이는 손가락이 모래사장에 끔찍한 것들을 적는 신비로운 세계가 떠올랐고 이 이야기가 탄생되었다.

나는 이 이야기의 결말을 무척 좋아한다. W. F. 하비의 「8월의 열기」에는 못 미칠지 몰라도(그 작품은 고전이다.) 그 언저리는 된다.

판사는 눈부신 아침 하늘을 머리에 이고 거의 5분에 걸쳐 느릿느릿 어설프게 카약에 오르며 노인의 육신은 통증과 노여움을 싣고 다니는 부대자루에 불과하다는 생각을 한다. 80년 전인 열 살 때는 두툼한 구명조끼 없이, 아무 근심걱정도 없이, 두말하면 잔소리지만 속옷에 오줌을 지리는 일도 없이 나무 카누에 폴짝 올라탔다. 만에서 180미터 거리에 반쯤 잠긴 잠수함처럼 떠 있는 이름 없는 조그만 섬을 향해 출발할 때마다 엄청난 흥분과 불안이 교차했다. 이제는 불안감뿐이다. 그리고 그의 뱃속 깊숙이 자리 잡고서 사방으로 기운을 발산하는 듯한 통증뿐이다. 그래도 그는 여행을 포기하지 않는다. 음침한 말년에 이르자 많은 것들이(대부분의 것들이) 매력을 잃었지만 섬의 저편에 있는 모래 언덕은 아니다. 그 모래 언덕은 절대 그런 적이 없다.

탐험 초기에는 큰 폭풍이 칠 때마다 그 섬이 없어질 줄 알았고, 1944년에 비로비치에서 미국 해군 소속 워링턴 전함을 침몰시킨 허리케인이 불었을 때는 반드시 그럴 줄 알았다. 그런데 하늘이 개고 난 뒤에도 그 섬은 여전히 그 자리를 지키고 있었다. 시속 160킬로미터의 강풍이 불었으니 민둥 바위와 산호 덩이만 남았어야 하는데 모래 언덕도 마찬가지였다. 그는 신비한 능력의 근원지가 자신인지 섬인지를 놓고 오랜 세월 동안 고민을 거듭했다. 어쩌면 양쪽 모두일 수 있지만 모래 언덕의 능력이 거지반이다.

1932년 이후로 그는 이 짧은 물길을 수천 번 건넜다. 보통은 바위와 떨기나무와 모래뿐인데 어쩌다 한 번씩 다른 게 보일 때가 있다.

그는 마침내 카약 안에 자리를 잡고, 거의 남지 않은 하얀색 고수머리를 바람에 날리며 해변에서 섬으로 천천히 노를 저어간다. 콘도르 몇 마리가 듣기 싫은 대화를 나누며 머리 위를 날아간다. 그는 플로리다 만 일대에서 가장 부유한 집안의 아들로 태어나 변호사가 되었고 피넬라스 카운티 순회법원 판사를 거쳐 주 법원 판사로 임명됐다. 레이건 정부 시절에 대법원 판사로 임명될 거라는 소문이 돌았지만 그런 일은 없었고 바보 같은 클린턴이 대통령 자리에 오르고 일주일이 지났을 때 새러소타, 오스프레이, 노코미스 그리고 베니스에 사는 수많은 지인들 사이에서는(그에게는 친구가 없었다.) 그냥 판사님이라고 불렸던 하비 비처 판사는 퇴임했다. 그는 어차피 탤러해시(플로리다 주의 주도로 대법원이 있는 곳 — 옮긴이)를 좋아하지도 않았다. 너무 추웠다.

게다가 특이한 모래 언덕이 있는 섬과 너무 멀었다. 오늘처럼 이런 아침에 카약을 타고 잔잔한 물살을 가를 때면 그 섬에 중독이 되었다고 시인하고 싶은 생각이 든다. 이런 곳에 어느 누가 중독이 되지 않을 수 있겠는가.

험난한 동쪽에는 구아노(바닷새의 배설물 — 옮긴이)가 여기저기 흩뿌려진 바위의 갈라진 틈새 사이로 울퉁불퉁한 떨기나무 한 그루가 고개를 내밀고 있다. 그는 여기에 항상 카약을 단단히 묶어 둔다. 여기서 오도 가도 못하게 되면 낭패다. 3킬로미터에 달하는 만 앞쪽의 금싸라기 땅이 아버지의 땅(아버지가 세상을 떠난 지 이제 40년이 됐는데도 그는 이렇게 생각한다.)이고 본채는 내륙 깊숙이 들어가 있어서 여기서 고함을 지른들 아무에게도 들릴 리 없다. 관리인 토미 커티스가 그가 없어진 걸 알아차리고 찾으러 올 수도 있지만 판사님이 또 서재에 며칠 동안 틀어박혀서 자서전을 쓰고 있나 보다고 생각할 공산이 더 크다.

옛날 옛적에는 점심시간이 되어도 그가 서재에서 나오지 않으면 라일리 부인이 불안해했을지 모르지만 요즘 그는 점심을 거의 먹지 않는다.(그녀는 면전에 대고 그러지는 않지만 그를 가리켜 "박제한 꼬챙이 같다"고 한다.) 그 밖의 다른 일손은 없고, 커티스와 라일리 부인은 그가 방해를 받으면 짜증을 낼 수도 있다는 걸 안다. 방해받을 일이 많지 않기는 하다. 그는 지난 2년 동안 자서전에 한 줄도 추가하지 않았고 죽기 전까지 자서전을 탈고할 일이 없다는 것을 안다. 플로리다 판사의 미완성 자서전? 그걸 슬퍼할 이유는 없다. 그가 쓸 수 있는 이야기는 하나뿐인데 그 이야기는 절대 쓰지 않을 것이다.

그는 탈 때보다 더 천천히 카약에서 내리지만 벌러덩 넘어지는 바람에 자갈투성이 해변을 쓸고 지나간 파도에 셔츠와 바지를 적신다. 그래도 비처는 괴로워하지 않는다. 넘어진 게 이번이 처음도 아니고 본 사람도 없다. 섬이 육지 바로 옆이기는 해도 이 나이에 이런 여행을 나서다니 제정신이 아니라는 생각이 들지만 멈출 방법이 없다. 중독은 중독이고 중독이다.

비처는 비틀비틀 일어나서 배를 움켜쥐고 통증이 가실 때까지 기다린다. 바지에 묻은 모래와 조그만 조개껍데기를 털고 카약이 제대로 묶였는지 다시 확인하고 났을 때 섬에서 가장 큰 바위에 앉아서 그를 내려다보는 콘도르가 그의 눈에 들어온다.

"훠이! 훠이, 훠이, 이 녀석아! 가서 네 볼일이나 보거라!"

그는 듣기 싫어진 목소리로 고함을 지른다. 갈라지고 흔들려서 까만 원피스를 입은 성질 더러운 할망구의 목소리 같다.

콘도르는 너덜너덜한 날개를 잠깐 부스럭거릴 뿐 그 자리에서 꼼짝하지 않는다. 반짝거리는 두 눈은 이렇게 말을 하는 듯하다. *하지만 판사님, 오늘은 판사님이 제 볼일인데요.*

비처는 허리를 숙이고 좀 더 큰 조개껍데기를 주워서 새를 향해 던진다. 그러자 이번에는 녀석이 펄럭이는 천 소리를 내며 날아간다. 짧은 물길을 건너서 그의 선착장에 내려앉는다.

'그래도 예감이 안 좋은데.'

판사는 생각한다. 그는 플로리다 고속도로 순찰대의 지미 캐슬로에게 들은 말을 기억한다. 그가 말하길 콘도르들은 단순히 썩은 고기가 있는 곳을 아는 게 아니라 썩은 고기가 생길 곳을 안다고 했다. 캐슬로는 말했다.

"그 흉측한 녀석들이 태미애미의 어떤 지점을 뱅글뱅글 돌고 나

152

면 하루 이틀 뒤에 거기서 끔찍한 사고가 난 게 한두 번이 아니에요. 정신 나간 소리처럼 들리겠지만 플로리다 순찰대원 아무나 붙잡고 물어도 똑같은 말을 할 겁니다."

이름 없는 이 조그만 섬에는 거의 언제나 콘도르들이 있다. 이곳에서 죽음의 냄새를 맡는 모양인데 왜 아니겠는가.

그는 오랜 세월 동안 오가며 다져진 오솔길로 접어든다. 자갈과 조개껍데기가 섞여 있지 않고 해수욕장처럼 고운 모래가 깔린 반대편으로 건너가서 모래 언덕을 확인한 다음 카약이 있는 곳으로 돌아와 병에 담아온 시원한 차를 마실 것이다. 아침 햇볕을 맞으며 잠깐 졸다가(그는 요즘 들어 자주 존다. 90대는 대부분 그런 모양이다.) 깨어나면(깨어난다면) 집으로 돌아갈 것이다. 그는 그 언덕이 아무것도 없는 고운 모래 비탈이라고 생각하고 싶지만 그렇지 않다는 것을 안다.

빌어먹을 콘도르들도 그렇지 않다는 것을 안다.

그는 나이가 들어서 굽은 손을 등 뒤로 얽어매고 고운 모래가 깔린 반대편에서 긴 시간을 보낸다. 허리가 아프고 어깨가 아프고 골반이 아프고 무릎이 아프고 무엇보다 속이 아프다. 하지만 전혀 아랑곳하지 않는다. 나중이라면 모를까, 지금은 그럴 때가 아니다.

그는 모래 언덕과 거기에 적힌 글자를 쳐다본다.

*　　*　　*

약속한 대로 저녁 7시 정각에 앤서니 웨이랜드가 비처의 펠리컨 포인트 저택에 도착한다. 판사가 예전부터 법원 안에서건 밖에

서건 중요하게 생각한 부분이 있다면 시간 엄수인데 이 사내 녀석은 시간을 칼같이 지킨다. 비처 판사는 웨이랜드의 면전에 대고 *사내 녀석*을 운운하면 안 된다는 것을 머릿속에 새긴다.(남부라 *젊은 친구*라고 부르는 건 괜찮다.) 웨이랜드는 이해하지 못하겠지만 아흔 살이 넘으면 예순 살 이하는 사내 녀석으로 느껴진다.

"와 줘서 고맙네."

판사는 이렇게 말하고 웨이랜드를 그의 서재로 안내한다. 그 집에는 두 사람뿐이다. 커티스와 라일리 부인은 노코비스 빌리지로 오래전에 퇴근했다.

"필요한 서류는 들고 왔겠지?"

"네, 판사님."

웨이랜드는 사각형의 큼지막한 변호사용 서류 가방을 열고 듬직한 클립으로 집은 두툼한 서류를 꺼낸다. 옛날 같은 벨럼지는 아니지만 그래도 종이가 질이 좋고 묵직하다. 첫 장 꼭대기에 중량감 있고 삼엄한 서체로(판사는 이걸 볼 때마다 묘지용 서체라고 생각했다.) **하비 L. 비처의 최종 유언 및 유서**라고 적혀 있다.

"판사님께서 이 서류를 직접 작성하지 않으신 게 저로서는 조금 의외입니다. 판사님께서 잊어버리신 플로리다 주 유언 검인법이 제가 배운 것보다 더 많을 텐데요."

"그럴지도 모르지. 이 나이가 되어 보면 잊어버리는 게 엄청 많거든."

판사는 딱딱하기 그지없는 말투로 얘기한다.

웨이랜드는 머리카락이 시작되는 곳까지 얼굴을 붉힌다.

"그런 뜻에서 드린 말씀이 아니라……."

"이보게, 젊은 친구, 무슨 뜻에서 한 이야기인지는 나도 안다네. 기분 나쁘게 듣지 않았어. 하지만 자네 질문에 대답을 하자면……
중도 제 머리는 못 깎는다는 옛말 들어본 적 없나?"

웨이랜드는 씩 웃는다.

"들어봤죠. 국선 변호인으로 만난 멍청한 가정 폭행범이나 뺑소니 운전자가 법원에서 DIY 작전을 구사하겠다고 하면 제가 늘 하는 말이기도 하고요."

"그랬겠지. 하지만 거기에 생략된 단어가 있는데 뭔지 아나? 중도 제 머리는 정말 못 깎는다. 이건 형법, 민법, 유언 검인법에 모두 적용이 돼. 그러니까 시작할까? 시간이 없어."

그는 여러 가지 뜻에서 이렇게 얘기한다.

그들은 일을 시작한다. 라일리 부인이 디카페인 커피를 끓여 놓고 갔지만 웨이랜드는 콜라를 마시겠다고 한다. 판사가 법정에서 쓰는 딱딱한 말투로 과거의 유증을 수정하고 새로운 유증을 추가하자 그가 열심히 받아 적는다. 새롭게 추가된 400만 달러라는 거금의 유증 상대는 새러소타 카운티 비치와 야생 생물 보호 협회다. 그들이 이 금액을 수령하려면 주 의회에 진정서를 넣어서 펠리칸 포인트 인근의 어떤 섬을 영구 야생지로 공표해야 한다. 판사가 말한다.

"공표를 받는데 어려움은 없을 거야. 거기에 따르는 법적인 절차는 자네가 처리해 주면 될 테고. 뭐, *무보수*로 해 주면 고맙겠지만 그건 자네 뜻에 맡기도록 하겠네. 탤러해시에 한번 다녀오기만 하면 될 걸세. 떨기나무 몇 그루 말고는 아무것도 자라지 않는 손바닥만 한 모래톱이거든. 스코트 주지사와 티파티 일당은 좋아할

걸세."

"어째서요, 판사님?"

"왜냐하면 나중에 비치와 협회에서 그들을 찾아가서 보조금을 달라고 하면 '비처 판사한테 받은 400만 달러가 있잖은가? 나가 주게. 나가는 길에 문에 엉덩이 맞지 않게 조심하고.' 이럴 수 있을 것 아닌가."

웨이랜드는 정말 그럴지 모르겠다고 맞장구치고, 두 사람은 좀 더 금액이 적은 건을 검토하기 시작한다.

"깔끔하게 다시 작성하고 나면 증인 두 명과 공증인이 있어야 하는데요."

검토가 모두 끝났을 때 웨이랜드가 말한다.

"만일에 대비해서 지금 이 초안도 공증을 받겠네. 그 사이 나한테 무슨 일이 생기면 이걸로도 효력이 발생할 수 있게. 이 유언장에 이의를 제기할 사람은 없다네. 다들 나보다 먼저 세상을 떠났거든."

"현명하신 판단입니다, 판사님. 오늘밤에 처리하면 좋을 테지만 관리인과 가정부가……."

"내일 아침 8시는 되어야 출근을 하지. 하지만 내일 날이 밝자마자 이 일부터 처리를 하겠네. 배머 로드에 사는 해리 스테인스가 공증인인데 출근하기 전에 들러줄 거야. 나한테 신세를 진 게 있거든. 그 서류를 내게 주게. 금고에 넣고 잠글 테니."

비처는 말한다.

"그래도 제가……."

웨이랜드는 그를 향해 내밀어진 울퉁불퉁한 손을 보고 말끝을 흐린다. 주 법원의 판사(퇴임한 판사일지라도)가 손을 내밀면 이의 제기를 삼가야 하는 법이다. 뭐 어때, 어차피 주석을 단 초안에 불과하고 조만간 깔끔하게 다시 작성해서 교체할 텐데. 그는 서명을 하지 않은 유언장을 넘기고 비처가 (힘겹게) 자리에서 일어나 금고 앞에 걸어 놓은 플로리다 에버글레이즈 사진을 옆으로 돌리는 광경을 지켜본다. 판사는 터치패드를 안 보이게 가릴 생각도 하지 않은 채 비밀번호를 입력하고, 웨이랜드 눈에는 아무렇게나 쌓아 놓은 큼지막한 현금 뭉치처럼 보이는 것의 맨 위에 유언장을 얹는다. 이크.

"자! 이제 모두 무사히 끝났군! 서명만 받으면 말일세. 축하주 한 잔 할까? 괜찮은 싱글몰트 스카치위스키가 있는데."

비처가 말한다.

"음…… 한 잔 정도는 괜찮겠죠?"

"나도 예전에는 그랬는데 요즘은 괜찮지가 않아서 나는 빠지더라도 이해해 주기 바라네. 내가 요즘 마실 수 있는 건 디카페인 커피하고 단 차 몇 모금뿐이야. 속이 안 좋아서. 얼음 넣겠나?"

웨이랜드가 손가락을 두 개 들어 보이자 비처는 노인답게 느릿느릿 격식을 갖추어서 얼음을 두 조각 넣는다. 한 모금 마시자마자 웨이랜드의 뺨이 발그스레해진다. 비처 판사는 그걸 보며 독주를 좋아하는 남자 특유의 홍조라는 생각을 한다. 웨이랜드는 잔을 내려놓으며 묻는다.

"왜 이렇게 서두르시는지 여쭤어 봐도 될까요? 괜찮으신 거죠? 속이 안 좋으신 거 말고는요."

판사는 웨이랜드가 정말 그렇게 생각하고 있을지 미심쩍어한다.

157

그는 장님이 아니다.

"좋았다 나빴다 해."

그는 한손을 허공에서 위아래로 움직인 뒤 얼굴을 찡그리고 끙끙거리며 자리에 앉는다. 그런 다음 생각 끝에 다시 입을 연다.

"왜 이렇게 서두르는지 정말 이유를 알고 싶나?"

웨이랜드는 고민에 잠긴다. 비처는 그의 그런 면모가 좋다. 잠시 후에 그가 고개를 끄덕인다.

"우리가 좀 전에 얘기한 그 섬 때문일세. 자네는 그런 섬이 있다는 걸 몰랐을 테지."

"알았다고는 못하겠습니다."

"대부분 그래. 물 밖으로 살짝 고개를 내민 수준이거든. 바다거북들도 그 섬은 신경 쓰지 않을 걸세. 하지만 특별한 섬이지. 우리 조부님이 미국-스페인 전쟁에 참전했던 거 아나?"

"아뇨, 판사님. 몰랐습니다."

웨이랜드는 요란하게 경의를 표하고, 비처는 이 사내 녀석이 속으로는 그의 정신이 오락가락하는 모양이라고 생각한다는 것을 안다. 하지만 그건 그의 착각이다. 비처의 정신 상태는 이보다 더 맑은 적이 없었고 말을 꺼내고 보니 딱 한 번만이라도 누군가에게 털어놓고 싶은 생각이 든다.

결정적인 순간이 찾아오기 전에 말이다.

"그렇다네. 우리 조부님이 산후안 언덕에서 찍은 사진도 있지. 이 근처 어디일세. 할아버지는 남북전쟁에도 참전했다고 주장했지만 나는 자서전을 쓰느라 조사를 해 보고 그럴 리 없다는 결론을 내렸다네. 그 당시 태어나셨다 하더라도 아장아장 걷는 아이에 불과했거든. 하지만 상당히 상상력이 풍부한 분이었고 나한테 아무리 황당한 이야기라도 믿게 만드는 재주가 있으셨지. 왜 아니었겠나? 나는 산타클로스와 이를 가져가는 요정을 졸업한 지 얼마 되지 않은 어린아이에 불과했는걸."

"조부님께서도 판사님과 판사님의 아버님처럼 변호사를 하셨습니까?"

"아니, 절도범이었다네. 손버릇 나쁜 해리가 바로 그분이었지. 못으로 박아 놓지 않은 이상 뭐든 슬쩍하는. 그런데 붙잡히지 않은 절도범들은 대개 그렇듯(현직 주지사가 좋은 예라고 볼 수 있을 텐데) 사업가를 사칭하셨지. 그분이 주로 훔친 건 땅이었다네. 벌레와 악어가 득실거리는 플로리다의 땅을 싸게 사서 어린 시절의 나만큼 순진한 사람들에게 비싸게 팔아넘겼지. 발자크도 '모든 천금 뒤에는 범죄가 있다'고 하지 않았던가. 비처 집안에 있어서만큼은 사실이었지. 자네가 내 변호사라는 걸 잊지 말아 주기 바라네. 나한테 들은 이야기는 전부 비밀을 지켜 주어야 해."

"알겠습니다, 판사님."

웨이랜드는 술을 한 모금 더 마신다. 지금까지 마셔 본 스카치 위스키 중에서 최고다.

"그 섬의 존재를 내게 가르쳐 주신 분이 할아버지였지. 내가 열 살 때였다네. 그날 하루 동안 나를 맡으셨는데 조용하고 평화롭게 시간을 보내고 싶으셨던 것 같아. 아니면 조금 시끌벅적한 분위기를 원했을지도 모르지. 예쁘장한 하녀가 있었는데 그녀의 페티코트 속을 탐험해 보고 싶었을지도. 그래서 내게 검은 수염이라는 별명으로 더 유명한 에드워드 티치가 거기 엄청난 보물을 묻어 놨

다는 소문이 있다고 하셨지. '그걸 찾은 사람은 아무도 없단다, 해
비.' 할아버지는 나를 해비라고 불렀다네. '그런데 네가 찾을 수도
있겠구나. 보석과 금화가 잔뜩 있다고 하던데.' 그 소리를 듣고 내
가 어찌 했을지 자네도 짐작할 거라고 믿네만."

"할아버지는 하녀와 노닥거리도록 두시고 찾아가 보셨겠죠."

판사는 웃는 얼굴로 고개를 끄덕인다.

"선착장에 묶어 놓았던 해묵은 나무 카누를 타고 갔지. 머리에
서 난 불이 꽁지에 옮겨 붙기라도 하는 것처럼 쌩하니. 노를 저어
서 가는데 5분밖에 안 걸리더군. 요즘은 세 배가 걸리고 그것도 물
이 잔잔할 때 얘기지. 그 섬은 육지에서 보이는 쪽은 바위와 떨기
나무밖에 없지만 만에서 보이는 쪽에 해수욕장처럼 고운 모래가
쌓인 언덕이 있다네. 그런데 그 언덕은 없어지질 않아. 80년 동안
그 섬을 들락거렸는데 그 동안 달라진 것도 없어 보이고."

"보물은 찾지 못하셨겠죠?"

"찾았다고 볼 수 있지만 보석과 금화는 아니었지. 그 언덕의 모
래 위에 적힌 이름이 바로 보물이었거든. 나뭇가지로 적은 것처럼
보였지만 주변에 나뭇가지는 없었어. 한 자, 한 자 아주 깊게 새겨
져서 그 위를 비춘 햇빛으로 그늘이 지자 도드라져 보였지. 허공
에 떠 있는 것처럼 말일세."

"어떤 이름이 적혀 있었습니까?"

"어떤 식으로 적혀 있었는지 보여 주어야 자네가 이해할 수 있
을 것 같은데."

판사는 책상 맨 위 서랍에서 종이를 꺼내 또박또박 정자로 적
어서 웨이랜드가 읽을 수 있게 거꾸로 돌려준다. **로비 라두시**. 로

비의 B가 두 개가 아니라 하나다.

"그렇군요……."

웨이랜드는 조심스럽게 대꾸한다.

"다른 때 같았으면 내가 이 아이와 보물 사냥을 나섰을 거야. 나하고 제일 친한 친구였거든. 친한 친구들끼리는 어떤 식인지 자네도 알잖은가."

"일심동체죠."

웨이랜드는 웃으며 대답한다. 그도 지나간 시절의 가장 친한 친구를 떠올리고 있을지 모를 일이다.

판사도 맞장구를 친다.

"실과 바늘처럼 딱 붙어 다니지. 하지만 여름방학이라 그 친구는 부모님과 함께 버지니아였나, 메릴랜드였나, 아무튼 그런 북쪽에 있는 외가로 놀러갔거든. 그래서 나 혼자 보물을 찾으러 갔던 거라네. 하지만 내 얘기를 잘 들어주기 바라네. 그 친구의 실제 이름은 로버트 라두세트였어."

이번에도 웨이랜드는 "그렇군요……."라고 중얼거린다. 판사는 그런 식으로 말끝을 늘이는 습관이 반복되면 짜증이 날 수 있겠다는 생각이 들지만 굳이 따지고 들 부분은 아니기에 그냥 넘어가기로 한다.

"그는 나의 가장 친한 친구였고 나는 그의 가장 친한 친구였지만 함께 몰려다니는 무리가 있었고 모두들 그를 로비 라두시라고 불렀거든. 여기까지 이해가 되나?"

"아마도요."

웨이랜드는 이렇게 대답하지만 판사는 그가 이해하지 못했다는 것을 알 수 있다. 그럴 만도 하다. 비처는 이 문제에 대해 고민한 시간이 많았다. 잠이 오지 않는 밤에 종종 고민을 했다.

"내가 그때 열 살이었다는 걸 잊지 말아주게. 누가 나더러 친구의 별명을 써 보라고 했다면 나는 이렇게 적었을 걸세."

비처 판사는 **로비 라두시**를 손끝으로 두드리며 혼잣말처럼 중얼거린다.

"그러니까 신비한 능력의 근원지가 어느 정도는 나일 텐데. 그럴 *수밖에* 없는데. 관건은 어디까지인가 하는 거지."

"그러니까 판사님이 이름을 적은 게 아니었단 말씀이죠?"

"그렇다니까. 그 점에 대해서는 내가 분명히 짚고 넘어가지 않았나."

"그럼 다른 친구가 적은 거 아니었을까요?"

"다른 친구들은 전부 노코미스 마을 출신이라 그 섬에 대해서 알지도 못했다네. 그렇게 재미없어 보이는 조그만 바위섬에 우리끼리 배를 타고 다녀올 일은 없었지. 로비는 포인트 출신이라 그 섬이 있다는 걸 알았지만 북쪽으로 몇 백 킬로미터 떨어진 곳에 있었고."

"그렇군요……."

"내 친구 로비는 그해 방학이 끝나도 돌아오지 못했지. 일주일인가 쯤에 뒤에 그가 말을 타다가 떨어졌다는 소식이 전해졌다네. 목이 부러져서 즉사했다고. 그의 부모님은 상심이 크셨지. 나도 마찬가지였고."

웨이랜드가 이 사실에 대해 생각하는 동안, 두 사람 모두 이 사실에 대해 생각하는 동안 정적이 흐른다. 멀리서 헬리콥터 한 대가만 위의 하늘을 가른다.

'마약단속국에서 마약 밀수입자를 찾으러 나선 모양이로군.'

판사는 미루어 짐작한다. 그는 그 소리를 매일 밤마다 듣는다. 이것이 현대 사회의 단면이고 그는 거기서 벗어나면 어떤 면에서는(사실 많은 면에서) 기뻐하게 될 것이다.

이윽고 웨이랜드가 말문을 연다.

"제가 판사님의 이야기를 제대로 이해한 게 맞을까요?"

"글쎄, 그야 나도 모르지. 내 이야기를 어떤 식으로 이해했나?"

판사가 말한다. 하지만 앤서니 웨이랜드는 변호사이고 유도 심문을 피하는 것이 몸에 밴 습관이다.

"할아버님께는 말씀드리셨나요?"

"로비가 죽었다는 전보가 배달된 날에 할아버님은 다른 데 계셨다네. 한 곳에 오래 계시는 법이 없었거든. 6개월이 넘게 지난 다음에서야 다시 만날 수 있었지. 아니, 나 혼자만의 비밀로 간직했다네. 하느님의 독생자를 낳은 마리아처럼 내 가슴 속에 묻었지."

"그리고 어떤 결론을 내리셨습니까?"

"그 섬을 계속 들락거리며 모래 언덕을 확인했다네. 그거면 자네 질문에 대한 대답이 될 것 같은데. 아무것도…… 아무것도…… 아무것도…… 없었지. 그렇게 모든 기억이 지워지려던 찰나, 어느 날 오후에 수업이 끝나고 건너가 보니 모래 위에 다른 이름이 적혀 있지 뭔가. 정확하게 설명하자면 *정자*로 또박또박. 그때도 나뭇가지는 보이지 않았지. 물론 나뭇가지야 바다로 던지면 그만이었겠지만. 이번에 적힌 이름은 피터 앨더슨이었다네. 나는 모르는 이름이었지. 그 당시에는 진입로 끝까지 가서 신문을 들고 오는 것이 내게 맡겨진 심부름이었고 나는 집까지 걸어오는 동안 신문 1면을 훑어보는 습관이 있었는데…… 자네도 와 봐서 알다시피 거리가 200미터는 족히 되지 않는가. 여름이면 워싱턴 세네터스(미국 프로야구 텍사스 레인저스의 전신이다 — 옮긴이)의 성적도 확인했지. 가장 남쪽을 홈그라운드 삼아서 활약하던 팀이었으니까.

그런데 며칠 뒤, 1면 하단에 실린 헤드라인이 내 시선을 사로잡지 뭔가. **창문닦이, 추락사하다.** 딱하게도 새러소타 공립 도서관의 3층 유리창을 닦다가 서 있던 비계가 무너지는 바람에 그렇게 됐다는데 그의 이름이 피터 앨더슨이었다네."

웨이랜드의 표정을 보건대 판사의 장난이거나 지어낸 이야기라고 생각하는 눈치다. 또 한편으로는 술을 맛있어 하는 눈치라 판사가 잔을 가득 채워 주려고 하자 사양하지 않는다. 젊은 친구가 믿느냐 믿지 않느냐는 중요한 부분이 아니다. 이야기를 들어줄 상대가 있다는 것 자체가 호사다.

"누가 부리는 요술인지 결론을 내리지 못하고 내가 갈팡질팡하는 이유를 자네도 알 리라 믿네. 나는 로비를 알았고 그의 이름을 틀리게 적은 것은 내가 저지름직한 실수였어. 하지만 창문닦이는 내가 전혀 모르는 사람이었거든. 아무튼 그때부터 나는 모래 언덕에 집착을 하게 되었다네. 다 늙어서까지 습관처럼 거의 날마다 들락거렸지. 나는 그곳을 존중하는 한편으로 두려워했고, 무엇보다 그곳에 중독이 되었다네.

오랫동안 수많은 이름이 그 모래 언덕에 등장했고 이름이 적힌 사람은 항상 세상을 떠났지. 어떨 때는 1주, 또 어떨 때는 2주가 걸렸지만 한 달을 넘은 적은 없어. 내가 아는 사람일 경우, 별명을 아는 사람이면 별명이 적혀 있었지. 1940년의 어느 날에는 찾아가보니 모래 위에 **비처 할아버지**라고 쓰여 있더군. 할아버님은 그로부터 3일 뒤에 키웨스트에서 돌아가셨다네. 심장마비로."

웨이랜드는 정신적으로 불안정하지만 위험하지는 않은 사람의 장단을 맞춰주는 투로 묻는다.

"이런…… 현상에 개입할 생각은 해 본 적 없으셨나요? 예를 들면 할아버지에게 전화해서 병원에 가 보시라고 얘기하는 식으로요."

비처는 고개를 젓는다.

"몬로 카운티 검시관에게 연락을 받기 전에는 심장마비로 돌아가실 줄 몰랐는걸. 사인이 사고일 수도 있고 심지어 살인일 수도 있었다네. 우리 할아버님을 증오할 만한 사람들이 있었거든. 할아버님이 하신 사업이 깨끗하다고는 볼 수 없었으니 말일세."

"그래도……."

"그리고 겁이 났다네. 예나 지금이나 그 섬에 살짝 열린 출입문이 달려 있는 듯한 느낌이 들거든. 이쪽에는 우리가 '현실 세계'라고 부르는 곳이 있고, 저쪽에서는 우주라는 기계가 전속력으로 돌아가고 있는 게지. 바보가 아닌 이상 누가 그 기계 속으로 손을 집어넣어서 멈추려고 하겠나."

"비처 판사님, 판사님의 유언장이 무사히 공증을 받으려면 제가 입을 다물고 있어야 하겠습니다. 유언장에 이의를 제기할 사람은 없다고 하셨지만 거금이 걸리면 있는 줄도 몰랐던 팔촌이나 십촌이 어디에선가 튀어나오고 그러니까요. 예로부터 이어져 내려온 기

165

준을 판사님도 아시잖습니까. '온전한 정신으로 작성된 것이라야
할 것.'"

"80년 동안 나 혼자 간직한 이야기일세."

비처가 이렇게 얘기하자 웨이랜드는 *이의를 기각하겠다*는 말투
라는 것을 느낄 수 있다.

"지금까지 입도 뻥긋하지 않았어. 그리고…… 다시 짚고 넘어갈
필요 없는 부분이지만 짚고 넘어가겠네, 내가 이 자리에서 하는
이야기에는 특권이 부여되지 않나."

"맞습니다."

웨이랜드가 말한다.

"알겠습니다."

"모래 위에 이름이 적혀 있던 날에는 항상 흥분이 됐었는데(물
론 비정상적인 흥분이었지.) 딱 한 번 겁이 난 적이 있었다네. 그날
은 겁에 *질려서* 악마에게 쫓기기라도 하는 것처럼 카누를 타고 포
인트로 도망쳤지. 그날의 이야기를 듣고 싶은가?"

"말씀해 주시죠."

웨이랜드는 잔을 들어서 목을 축인다. 사양할 이유가 없다. 같
이 있는 시간이 늘면 비용만 추가될 따름이다.

"1959년이었어. 나는 계속 포인트에서 살고 있었지. 탤러해시에
서 근무하던 시절 말고는 죽 여기서 살았는데 그 시절 이야기는
접어두는 편이 좋겠지만…… 이제 와 생각해 보면 그 섬과 모래
언덕을 향한 은밀한 그리움 때문에 그 후미진 마을을 질색했던 게
아닌가 싶기도 하다네. 내가 뭘 놓치고 있는지 계속 궁금했거든.
누굴 놓치고 있는지 말일세. 부고를 미리 파악할 수 있게 되면 엄

청난 능력을 부여받은 느낌이 든다네. 자네는 아무 매력도 느끼지 못할지 모르겠지만 아무튼.

그래서. 1959년. 하비 비처가 새러토사에서 변호사로 일을 하며 펠리칸 포인트에 살던 시절. 나는 폭우가 쏟아지지 않는 이상 퇴근하면 늘 저녁을 먹기 전에 헌옷으로 갈아입고 얼른 섬에 다녀오곤 했지. 그날은 일이 늦게 끝나는 바람에 섬에 도착해서 배를 묶고 모래 언덕이 있는 쪽으로 건너가 보니 큼지막하고 시뻘건 태양이 만 너머로 저물어가고 있더군. 눈앞에 펼쳐진 광경을 보고 나는 망연자실했다네. 말 그대로 옴짝달싹할 수가 없었지.

그날 저녁에는 모래 위에 적힌 이름이 하나가 아니라 수도 없이 많았는데 시뻘건 저녁노을에 비쳐서 피로 물든 것처럼 보이지 뭔가. 이쪽에서 저쪽까지 지그재그로 서로 겹쳐가며 이름들이 빼곡하게 적혀 있었다네. 모래 언덕의 상하좌우가 이름으로 뒤덮였지. 물가에 적힌 이름들은 반쯤 지워졌고.

비명을 질렀던 것 같아. 확실하지는 않지만 맞아, 비명을 질렀던 것 같아. 마비가 풀렸을 때 카누를 묶어 놓은 곳으로 최대한 빨리 달려갔던 건 *분명하게* 기억이 난다네. 한참 만에 매듭이 풀리자 카누를 먼저 물 위에 띄우고 올라탔지. 머리끝에서 발끝까지 젖었고 카누가 뒤집히지 않은 게 다행일 정도였어. 물론 그 당시에는 카누를 밀며 여기까지 헤엄쳐오는 것쯤 식은 죽 먹기였지만 요즘은 아니야. 이젠 카누가 뒤집히면 그 길로 끝장일 걸세."

그는 씩 웃는다.

"내 이름이 적히겠지."

"그럼 유언장에 증인 서명과 공증을 받을 때까지는 나가지 마세요."

비처 판사는 젊은이를 보며 싸늘한 미소를 짓는다.

"그 부분에 대해서는 걱정할 필요 없다네, 젊은 친구."

그는 창문 너머로 만을 쳐다본다. 생각에 잠긴 우울한 표정
이다.

"그 이름들…… 핏빛 모래 위에서 서로 자리를 다투던 그 이름
들이 아직도 눈앞에 선하다네. 그로부터 이틀 뒤에 마이애미로 가
던 TWA 항공기가 글레이즈에서 추락했지. 탑승했던 119명이 전원
사망했고. 탑승객 명단이 신문에 실렸더군. 내가 본 이름들이 있었
어. 내가 본 이름들이 *많았지*."

"*보셨으니까요. 그 이름들을 보셨으니까요.*"

"맞아. 그 뒤로 몇 달 동안 섬 근처에는 얼씬도 하지 않았고 죽
을 때까지 그러기로 다짐했다네. 약물중독자들이 그런 다짐을 하
지 않을까 싶은데, 그들처럼 나도 결국에는 마음이 약해져서 예전
습관을 다시 반복하게 되었지. 자, 내가 왜 자넬 불러서 유언장 작
성을 마무리 짓겠다고 했는지, 왜 오늘 밤이라야 했는지 이제 알
겠나?"

웨이랜드는 그의 말을 한 마디도 믿지 않지만 지어 낸 이야기들
이 대개 그렇듯 나름대로 논리가 갖추어져 있다. 따라가는 데 별
무리가 없다. 판사는 이제 아흔 살이라 한때는 불그스름했을 안색
이 이제는 잿빛이고, 예전처럼 군건하게 걷지 못하고 발을 질질 끌
며 머뭇머뭇 걷는다. 누가 봐도 아픈 기색이 역력하고 위험할 정도
로 살이 빠졌다.

"오늘 모래 위에 판사님의 이름이 적혀 있었던 모양이네요."

웨이랜드가 말한다.

비처 판사는 잠깐 놀란 기색을 보이다 미소를 짓는다. 좁고 창백한 얼굴이 활짝 웃는 해골처럼 변하는 끔찍한 미소다.

"아, 아닐세."

그가 말한다.

"*내 이름은 아니었어.*"

*W. F. 하비*를 추억하며

어느 못된 꼬맹이

인생은 중요한 고민들로 가득하다. 운명인가 숙명인가? 천당인가 지옥인가? 사랑인가 매력인가? 이성인가 충동인가?

비틀스인가 롤링스톤스인가?

나로 말할 것 같으면 선택은 항상 롤링스톤스다. 비틀스는 대중음악이라는 태양계의 목성이 된 이후로 너무 말랑말랑해져 버렸다.(아내는 폴 매카트니 경을 가리켜서 '강아지 눈'이라고 표현하고는 했는데 내 느낌이 그 한 단어로 정리된다고 보면 된다.) 하지만 초창기 비틀스는…… 아, 그들은 정직한 록을 추구했고 나는 요즘도 그 시절의 곡들을(대부분 리메이크지만) 애정 어린 마음으로 종종 듣는다. 가끔은 일어나서 살짝 춤을 추기도 한다.

그중에서 내가 좋아했던 곡으로 존 레넌이 리드 싱어를 맡아서 거칠고 절박하게 부른 래리 윌리엄스의 「배드 보이」가 있었다. 나는 특히 훈계조의 후렴구가 마음에 들었다. "어이, 학생, 정신 좀 차리시지!" 어느 시점에 이르자 우리 동네로 이사 온 못된 꼬맹이를 주제로 글을 써 보고 싶어졌다. 악마의 자식도 아니고, 「엑소시스트」에서처럼 악령에 홀린 아이도 아니고, 아무 이유 없이 뼛속까지 못된, 모든 불량소년 중에서도 최고로 불량스러운 그런 아이를 주제로 말이다. 반바지를 입고 프로펠러 모자를 쓴 아이가 그려졌다. 늘 말썽을 일삼고 절대 정신을 차리는 법이 없는 아이가 그려졌다.

이것은 그 아이를 중심으로 전개되는 이야기다. 「낸시」 만화에 나오는 슬러고의 사악한 버전이랄까. 이 작품은 「배드 보이」가 비틀스의 스타 클럽(독일의 함부르크에 있는 음악 클럽. 비틀스의 공연으로 유명해졌다 ── 옮긴이) 공연 레퍼토리였던 독일과 프랑스에서는 전자책으로 출간됐지만 영어로는 첫 출간이다.

1

교도소에서 가장 가까운 마을까지는 30킬로미터가 넘었고, 교도소 말고는 아무것도 없는 광활한 초원에서는 거의 쉴 새 없이 바람이 불었다. 본관은 20세기 초반부터 풍광을 오염시킨 석조 흉물이었다. 닉슨 정부 시절부터 꾸준히 투입된 연방 예산으로 지난 45년 동안 양옆으로 독방동이 하나씩 늘었다.

본관에서 조금 떨어진 곳에 그보다 작은 건물이 있었다. 재소자들은 이 부속 건물을 바늘의 집이라고 불렀다. 건물의 한쪽 면에는 길이가 35미터이고 폭은 6미터이며 빽빽한 철조망으로 둘러싸인 야외 복도가 달려 있었는데 별명이 닭장이었다. 바늘의 집 재소자들(현재는 일곱 명이었다.)은 날마다 두 시간씩 닭장에서 시간을 보낼 수 있었다. 그 시간에 걷는 재소자도 있었다. 조깅을 하는 재소자도 있었다. 대부분은 철조망에 등을 대고 앉아서 하늘을 올려다보거나 동쪽으로 400미터쯤 가면 나오는 초록색의 야트막한 산등성이를 바라보았다. 볼거리가 있을 때도 있었지만 아무것도 없을 때가 더 많기는 했다. 바람은 거의 언제나 불었다. 1년 중에서 3개월은 닭장 안이 더웠다. 그 나머지는 추웠다. 겨울에는 냉장고였다. 재소자들은 그래도 나가 있었다. 이러니저러니 해도 쳐다볼 하늘이나마 있었다. 새들도 있었다. 가끔은 그 야트막한 산등성이에서 이리저리 마음 내키는 대로 돌아다니며 풀을 뜯어먹는 사슴을 볼 수도 있었다.

바늘의 집의 중앙에는 Y자 모양의 테이블과 가장 기본적인 의료 도구가 몇 개 갖추어진, 타일 깔린 방이 있었다. 한쪽 벽에는 커튼을 친 창문이 달려 있었다. 커튼을 젖히면 딱딱한 플라스틱 의자가 열두어 개 놓여 있어서 참관객들이 Y자 모양의 테이블을 볼 수 있는, 교외 소주택의 거실만 한 참관실이 나왔다. 벽에는 이런 문구가 적혀 있었다. **처치 중에는 말을 하거나 몸을 움직이지 말아 주시기 바랍니다.**

바늘의 집에는 독방도 10여 개 있었다. 독방을 지나면 영창이 나왔다. 영창을 지나면 24시간 내내 사람이 지키고 있는 모니터실이 나왔다. 모니터실을 지나면 두툼한 플렉시 글라스가 수감자 쪽 테이블과 면회객 쪽 테이블을 가르는 면회실이 나왔다. 수화기는 없었다. 수감자들은 구식 전화기에 달린 송화구처럼 동그란 모양으로 뚫린 구멍을 통해 사랑하는 사람이나 법률 대리인과 대화를 나누어야 했다.

레너드 브래들리는 이 대화 공간의 자기 쪽 테이블에 앉아서 서류 가방을 열었다. 노란색 메모장과 유니볼 볼펜을 테이블 위로 꺼냈다. 그런 다음 기다렸다. 손목시계 초침이 세 바퀴를 돌고 네 바퀴째를 시작하려던 찰나, 바늘의 집 내부와 연결된 출입문이 빗장을 푸는 요란한 소리와 함께 열렸다. 브래들리는 이제 모든 교도관의 얼굴을 알았다. 이번은 맥그리거였다. 괜찮은 교도관이었다. 그가 조지 핼러스의 팔을 잡고 있었다. 핼러스의 손은 묶이지 않았지만 발목에 매달린 쇠사슬이 바닥에 부딪칠 때마다 덜거덕거렸다. 그가 입은 주황색 죄수복 허리춤에 널찍한 가죽 허리띠가 달려 있었고 그가 자기 쪽 자리에 앉자 맥그리거가 허리띠의 강철 고리와 연결된 쇠사슬을 의자 등받이에 달린 강철 고리에 끼웠다. 그는 쇠사슬을 잠그고 잡아당겨 본 다음 손가락 두 개로 브래들리에게 인사를 건넸다.

"안녕하세요, 변호사님."

"안녕하세요, 맥그리거 씨."

핼러스는 아무 말도 하지 않았다.

맥그리거가 말했다.

"규칙은 아시죠? 오늘은 면회 시간에 제한이 없습니다. 물론 이 친구가 협조하는 한에서요."

"네."

보통은 변호사와 의뢰인의 면회 시간이 한 시간으로 제한됐다. 의뢰인이 Y자 모양의 테이블이 있는 방 안으로 이동할 날이 한 달 앞으로 다가오면 면회 시간이 최대 90분으로 늘어났고, 주 정부의 명령으로 죽음의 왈츠를 함께 추게 된 변호사와 시간이 지날수록 안절부절못하는 파트너는 그 시간 동안 점점 더 좁아져가는 뭣 같은 선택지를 놓고 의논에 의논을 거듭했다. 마지막 주가 되면 시간

제한이 없어졌다. 그것은 법률 고문뿐 아니라 가까운 가족에게도 적용되는 사항이었지만 핼러스의 아내는 그가 유죄 판결을 받은 지 몇 주 만에 이혼했고 둘 사이에 아이는 없었다. 그에게는 렌 브래들리밖에 없었는데 브래들리가 항소를 하자고 해도(그 방법으로 시간을 벌자고 해도) 별 관심을 보이지 않았다.

오늘까지는 그랬다.

나중에 얘기할 겁니다. 그 전 달에 싫습니다, 싫습니다, 싫습니다를 반복하는 핼러스와 10분의 짧은 면담을 마쳤을 때 맥그리거가 그에게 한 말이었다.

그날이 가까워지면 엄청난 이야기보따리를 풀어놓을 거예요. 무서워지거든요. 고개를 들고 어깨를 펴고 주사실로 걸어 들어가겠다는 다짐은 모두 잊어버려요. 이게 영화 속의 한 장면이 아니라 자기가 정말로 죽게 됐다는 걸 깨달으면 모든 항소 수단을 동원하고 싶어 하죠.

하지만 핼러스는 무서워하는 얼굴이 아니었다. 예전 모습 그대로 자세가 나쁘고, 안색은 누리끼리하며, 머리는 점점 벗어져 가고, 눈은 물감으로 칠한 것처럼 생긴 왜소한 남자였다. 예전에는 너무나도 중요하게 여겼던 숫자에 모든 관심을 잃은 회계사(예전 그의 직업은 회계사였다.) 같은 행색이었다.

"면회 잘 하세요."

맥그리거는 이렇게 말하고 구석에 놓인 의자 쪽으로 걸어갔다. 거기 앉아서 아이팟을 켜고 음악을 들었다. 하지만 시선은 계속 그들에게서 떠날 줄 몰랐다. 유리에 뚫린 구멍이 워낙 작아서 연필은 통과하지 못할지 몰라도 바늘이라면 일말의 가능성이 있었다.

"필요한 게 있나요, 조지?"

핼러스는 잠깐 동안 아무 대꾸도 하지 않았다. 작고 힘이 없어 보이는(그러니까 살인자의 손처럼 보이지 않는) 자기 손만 유심히 들여다보았다. 그러더니 고개를 들었다.

"브래들리 변호사님은 상당히 좋은 분이세요."

브래들리는 그 말을 듣고 놀라서 뭐라고 대꾸하면 좋을지 생각이 나지 않았다.

핼러스는 그의 변호사가 아니라고 반박이라도 하려고 했던 것처럼 고개를 끄덕였다.

"맞아요. 좋은 분이에요. 제가 그만하라고, 그냥 되는 대로 내버려 두겠다고 분명하게 뜻을 전했는데도 계속 포기하지 않으셨잖아요. 그러는 국선 변호사는 많지 않을 거예요. 다들 '뭐, 그러시다면야.' 하고는 판사에게 배정받은 다음 낙오자한테 옮겨 가죠. 변호사님은 그러지 않으셨어요. 어떤 조치를 취하고 싶은지 얘기하셨고 제가 됐다는데도 밀어붙이셨잖아요. 변호사님이 없었다면 전 아마 1년 전에 땅속에 묻혔을 거예요."

"늘 원하는 대로 될 수 있는 건 아니죠, 조지."

핼러스는 얼핏 미소를 지었다.

"그걸 저보다 더 잘 아는 사람이 있을까요? 하지만 좋은 점도 있었어요. 이제는 그걸 인정할 수 있네요. 닭장 덕분에요. 거기 나가 있으면 좋거든요. 아무리 차가워도 얼굴 위로 부는 바람도 좋고, 초원의 풀 냄새도 좋고, 대낮에 뜬 보름달 구경도 좋고. 사슴들도 그렇고. 가끔 산등성이를 이리저리 뛰어다니면서 서로 꽁무니를 쫓아다니거든요. 그걸 보면 좋아요. 가끔 큰 소리로 웃음이 터

179

질 정도로."

"사는 게 좋을 때도 있죠. 싸워서 쟁취해야 할 가치가 있을 때도 있고요."

"누군가의 인생은 그렇겠죠. 제 인생은 아니에요. 그런데도 그렇게 열심히 싸워 주신 거, 존경해요. 열심히 매달려 주셔서 고마웠어요. 그래서 법정에서 하지 않았던 이야기를 들려 드리려고 해요. 그리고 남들과 다르게 항소를 하지 않으려는 이유도요. 물론 저대신 항소하겠다는 변호사님을 말리지는 못했지만."

"항소인이 협조하지 않은 항소는 주 법원에서 별다른 효력이 없어요. 고등 법원에서도 마찬가지고요."

"그리고 계속 면회를 와 주신 것도 감사해요. 아동 살해범으로 유죄 선고를 받은 죄수에게 그런 친절을 베풀 사람은 많지 않을 텐데 변호사님은 달랐죠."

이번에도 브래들리는 뭐라고 대꾸하면 좋을지 생각이 나지 않았다. 핼러스가 지난 10분 동안 한 이야기가 지난 34개월 동안 면회 시간에 한 이야기를 모두 합친 것보다 많았다.

"변호사님께 보답할 방법은 없지만 그 아이를 죽인 이유를 알려 드릴 수는 있어요. 제 이야기를 못 믿으시겠지만 그래도 말씀드릴게요. 듣고 싶으시다면요."

핼러스는 여기저기 긁힌 자국이 난 플렉시 글라스에 뚫린 구멍 너머로 그를 쳐다보며 미소를 지었다.

"듣고 싶으시죠? 마음에 걸리는 부분들이 있잖아요. 검찰 측은 안 그럴지 몰라도 변호사님은 그러시잖아요."

"뭐…… 궁금한 부분들이 있긴 하죠. 맞습니다."

"하지만 제가 저지른 짓은 맞아요. 가지고 있던 45구경 리볼버의 탄창이 빌 때까지 그 아이를 쐈어요. 목격자가 많았고, 변호사님도 분명 아시겠지만 제가 발 벗고 나섰다 한들 항소해 봐야 필연적인 결과를 3년…… 아니면 4년이나 6년 정도 늦추는 수준에 그쳤을 거예요. 변호사님이 제기하신 의문점은 계획된 살인이라는 명백한 사실 앞에서 빛을 잃을 테고요. 그렇지 않은가요?"

브래들리는 몸을 앞으로 숙였다.

"정신 질환을 앓고 있다고 주장할 수도 있었어요. 아직도 가능해요. 늦지 않았어요. 진짜예요."

"사후에 심신 능력 상실에 의한 면책을 주장해 봐야 거의 효과가 없잖아요, 브래들리 변호사님."

'나를 끝까지 렌이라고 부르지 않을 작정이로군. 그 오랜 시간을 함께 보냈는데도 죽을 때까지 나를 브래들리 변호사님이라고 부를 작정이야.'

브래들리는 생각했다.

"'거의'하고 '절대'는 다르잖아요, 조지."

"그렇죠. 하지만 저는 지금도 제정신이고 그때도 제정신이었어요. 그보다 더 멀쩡할 수 없었어요. 제가 법정에서 하지 않은 증언을 진심으로 듣고 싶으신가요? 듣지 않으시겠다고 해도 괜찮아요. 하지만 제가 드릴 수 있는 게 그것밖에 없네요."

"당연히 듣고 싶죠."

브래들리는 말했다. 그는 펜을 집었지만 결국에는 한 단어도 받아 적지 않았다. 조지 핼러스가 기분 좋은 중남부 억양으로 풀어놓는 이야기를 최면에 걸린 사람처럼 듣기만 했다.

2

짧은 생애 동안 건강에 아무 이상이 없었던 우리 어머니는 제가 태어난 지 여섯 시간 만에 폐색전으로 돌아가셨어요. 그때가 1969년이었죠. 유전적으로 문제가 있었나 봐요. 그때 어머니의 나이가 스물두 살밖에 안 됐거든요. 아버지는 그보다 여덟 살 많았고요. 아버지는 좋은 사람이자 좋은 아버지였어요. 탄광 기술자였고 제가 여덟 살이 될 때까지 주로 남서부에서 근무하셨죠.

가정부가 우리를 따라다녔어요. 이름은 노나 맥카시였고 저는 노니 엄마라고 불렀죠. 흑인이었고요. 아버지가 그녀와 잤을 텐데 제가 침대 속으로 기어들어가 보면(아침마다 그럴 때가 많았거든요.) 그녀는 늘 혼자 누워 있었어요. 저는 이러나저러나 상관없었어요. 그녀가 흑인인 게 무슨 상관인지도 전혀 몰랐고요. 그녀는 저에게 잘해 주었고 점심을 만들어 주었고 아버지가 안 계시면 밤에 자기 전에 책을 읽어 주었으니 그게 중요한 거였죠. 우리가 일반적인 조합이 아니라는 것쯤은 알았지만 그래도 충분히 행복했어요.

1977년에 우리는 버밍엄에서 멀지 않은 앨라배마 주 탤벗으로 이사를 했어요. 그곳은 포트 존 휴이가 있는 군사 도시지만 탄광촌이기도 하죠. 아버지는 굿럭 광산 1, 2, 3호를 환경 기준에 맞게 재개장하는 임무를 맡았는데, 그 말인 즉 구멍을 새로 뚫고 폐기물이 인근 수질을 오염시키지 않도록 폐기물 처리 시스템을 갖추어야 한다는 뜻이었어요.

우리는 근교의 쾌적하고 아담한 동네에서, 굿럭사가 제공한 집에서 살았어요. 노니 엄마는 그곳을 좋아했죠. 왜냐하면 아버지가 그녀를 위해 차고를 방 두 개짜리 아파트로 개조해 주었거든요. 덕분에 주변의 수군거림이 웅얼웅얼 수준으로 잦아들었을 거예요. 저는 주말이면 널빤지나 뭐 그런 걸 건네며 차고 개조에 나선 아버지를 거들었죠. 우리 모두에게 행복한 시절이었어요. 저는 한 학교에 2년 동안 다닐 수 있었는데 그 정도면 친구를 사귀고 안정감을 누리기에 충분한 기간이었죠.

친구 중에 옆집에 사는 여자아이가 있었어요. 텔레비전 드라마나 잡지였다면 우리가 나무 위의 집에서 첫 키스를 나누고 사랑에 빠지고 고등학교에 입학해서는 주니어 무도회에 같이 가고 그랬겠죠. 하지만 저와 말리 제이콥스 사이에서는 그럴 일이 없었어요.

아버지는 탤벗에서 계속 살 수 있을지 모른다는 분위기를 절대 풍기지 않았어요. 어린아이에게 헛된 희망을 심어 주는 것만큼 못된 짓은 없다는 게 아버지의 지론이었거든요. 5학년까지, 어쩌면 6학년까지 메리 데이 그래머 스쿨을 다닐 수 있을지 모르지만 굿럭과의 계약이 끝나면 이사하는 거였어요. 다시 텍사스나 뉴멕시코로, 아니면 웨스트버지니아나 켄터키로. 저는 그걸 받아들였고 노니 엄마도 마찬가지였어요. 아버지가 우리 집의 대장이었는데 착한 대장이었고 우리를 사랑했거든요. 제 개인적인 생각이긴 하지만 변호사님도 그보다 훨씬 잘하지는 못할 거예요.

두 번째 이유는 말리 자체적인 문제였는데요. 그 애는 그러니까…… 요즘 사람들 같으면 '지적 장애가 있다'고 하겠지만 그 당시 동네 사람들은 그냥 덜떨어졌다고 말했어요. 인간들이 못된 거 아니냐고 할 수도 있겠지만 브래들리 변호사님, 이제와 생각해 보면 그게 맞는 표현이에요. 심지어 시적이기까지 하고요. 그 애는 세상을 그렇게 한 걸음 떨어진 곳에서 바라보았거든요. 가끔은(어쩌면 대개는) 그게 더 나을 수도 있어요. 이번에도 제 개인적인 생각이긴 하지만요.

맨 처음 만났을 때는 우리는 3학년이었지만 말리는 그때 벌써 열한 살이었어요. 이듬해에 우리 둘 다 4학년이 됐지만 그 애의 경우에는 그냥 나이가 되니까 진급한 거였어요. 그 당시 탤벗 같은 마을에서는 그런 식이었거든요. 그렇다고 그 애가 동네 바보였던 건 아니었어요. 조금이나마 읽을 줄도 알고 간단한 덧셈도 할 줄 알았으니까요. 하지만 뺄셈은 능력 밖의 일이었죠. 제가 아는 모든 방법을 동원해서 설명해 주어도 절대 이해하지 못하더라고요.

우리는 나무 위의 집에서 입을 맞춘 적은 없었지만…… 입을 맞춘 적 자체가 없었지만, 아침에 학교에 갈 때나 오후에 집으로 돌아올 때 항상 손을 잡고 다녔어요. 그런 우리 모습이 정말 웃겼을 것 같아요. 저는 새우 같았는데 그 애는 키가 저보다 최소 10센티미터는 컸고 이미 가슴이 나오기 시작한 처녀였거든요. 손을 잡고 싶어 한 쪽은 제가 아니라 그 애였지만 저는 상관없었어요. 그 애가 덜떨어졌다는 것도 상관없었고요. 나중에는 생각이 달라졌겠지만 그 애가 죽었을 때 저는 아홉 살밖에 안 됐거든요. 그 나이대 아이들은 무엇이든 주어지는 대로 받아들이죠. 그것도 일종의 축복이라고 생각해요. 모든 사람들이 덜떨어졌다면 그래도 전쟁이 벌어질까요? 그럴 리 없겠죠.

800미터만 멀리 살았더라도 말리와 전 버스를 탔을 거예요. 하

지만 메리 데이하고 워낙 가까운 데서 살았기 때문에(여섯인가 여
덟 블록이었어요.) 걸어 다녔죠. 노니 엄마는 점심 도시락을 건네
고 뻗친 머리를 눌러 주고 '조지, 이제부터는 말 잘 듣는 아이가
되어야 한다.' 하고는 절 밖으로 내보냈어요. 나가 보면 말리가 원
피스 아니면 점퍼스커트를 입고, 머리는 하나로 묶어서 리본을 매
고, 손에 도시락을 들고 *자기 집* 대문 앞에서 기다리고 있었어요.
아직도 그 도시락이 눈에 선해요. 600만 불의 사나이 스티브 오
스틴 도시락이었거든요. 그 애 엄마가 문 앞에 서 있다가 '안녕, 조
지.' 하면 저도 '안녕하세요, 제이콥스 부인.' 하고 인사했고, 아줌마
가 '선생님 말씀 잘 들어라.' 하면 말리가 '알았어요, 엄마.' 하고 제
손을 잡았고, 그러면 우리 둘이 학교를 향해 출발했죠. 처음 두세
블록은 우리끼리 걸었지만 루돌프 에이커스를 지나면 아이들이
쏟아져 나오기 시작했어요. 집값이 싸고 78번 고속도로를 타고 북
쪽으로 8킬로미터만 가면 포트 휴이가 나와서 군인 가족들이 많
이 살았거든요.

우리 꼴은 분명 우스워 보였을 거예요. 종이봉지에 담은 도시락
을 든 볼품없는 꼬맹이와 스티브 오스틴 도시락으로 딱지투성이
무릎을 때려가며 걷는 껑다리가 손을 잡고 다녔으니까요. 하지만
비웃음이나 놀림을 당한 기억은 없어요. 아이들은 어쩔 수 없는
아이들이라 가끔 놀렸을 텐데 그렇게 심하지는 않았나 봐요. 인도
가 꽉 차면 남자아이들은 '안녕, 조지, 수업 끝나고 야구 할래.' 이
러고 여자아이들은 '안녕, 말리, 머리에 맨 리본 예쁘다.' 이랬죠.
아무도 우리를 괴롭히지 않았어요. 그 못된 꼬맹이가 등장하기 전
까지는.

어느 날 수업이 끝났는데도 말리가 계속 나오지 않는 거예요. 제가 볼로 바운서(주걱처럼 생긴 나무 라켓에 공을 매달아서 혼자 때리며 놀 수 있는 게임 도구 — 옮긴이)를 들고 있었으니까 아홉 번째 생일이 지나고 얼마 안 됐을 때예요. 노니 엄마한테 받은 선물이었고 금세 고장 났지만(공을 너무 세게 때리는 바람에 고무줄이 끊어졌거든요.) 그날 들고 갔기에 그걸 가지고 놀면서 그 애를 기다릴 작정이었어요. 저더러 그 애를 기다려야 *한다*고 얘기한 사람은 없었지만 그냥 기다렸죠.

마침내 그 애가 나왔는데 울고 있었어요. 시뻘게진 얼굴 위로 콧물까지 흘리면서요. 왜 그러냐고 물었더니 도시락이 없어졌대요. 늘 그랬던 것처럼 점심 때 도시락을 꺼내먹고 늘 그랬던 것처럼 휴대품 보관소 선반의 캐시 모스의 분홍색 바비 도시락 옆에 두었는데 하교 종이 울리고 보니 없어졌다는 거예요. 누가 훔쳐갔어. 그 애가 말했죠.

아냐, 아냐, 누가 다른 데로 옮겼겠지. 내일 가 보면 있을 거야. 제가 말했죠. 호들갑 떨지 말고 가만히 있어 봐. 꼴이 엉망이다.

노니 엄마는 외출할 때 항상 손수건을 챙기게 했지만 저는 다른 남자아이들처럼 소매에 대고 코를 닦았어요. 손수건은 계집애 같아서. 그래서 아직 깨끗하게 접힌 손수건을 뒷주머니에서 꺼내 그 애의 콧물을 닦아 주었죠. 그 애는 울음을 멈추고 간지럽다고 했어요. 그러고는 제 손을 잡았고 우리는 평소처럼 집까지 걸어갔어요. 그 애가 쉴 새 없이 떠들었지만 상관없었어요. 도시락에 대해서 잊어버렸으니까요.

금세 모든 아이들이 뿔뿔이 흩어졌지만 다른 아이들이 루돌프 에이커스로 걸어가며 웃고 떠드는 소리가 들렸어요. 말리는 평소처럼 뭐든 떠오르는 대로 조잘거렸죠. 저는 그렇지, 맞아, 응, 이런 말로 장단을 맞추며 집에 도착하자마자 헌 코듀로이 바지로 갈아입고 노니 엄마가 심부름 시킬 거 없다 그러면 글러브 챙겨서 오크 대로 운동장으로 달려가야겠다, 그런 생각을 했어요. 엄마들이 저녁 먹으라고 부를 때까지 거기서 애들끼리 야구를 했거든요.

그때 스쿨 대로 건너편에서 누군가가 고함을 지르는 소리가 들렸어요. 사람 목소리라기보다 당나귀 울음소리에 더 가까웠죠.

조지하고 말리가 나무 위에서 뽀뽀를 한대요!

우리는 걸음을 멈추었어요. 길 건너편 팽나무 앞에 어떤 아이가 서 있더군요. 메리 데이에서도 다른 데서도 본 적 없는 아이였어요. 키는 121~122센티미터밖에 안 됐고 체격이 다부졌어요. 무릎까지 내려오는 회색 반바지와 초록색 바탕에 주황색 줄무늬가 들어간 스웨터를 입고 있었고요. 가슴도 나오고 배도 동그랗게 나와서 스웨터가 불룩하더군요. 거기에 플라스틱 프로펠러가 달린 우스꽝스러운 모자를 쓰고 있었어요.

얼굴은 펑퍼짐한 동시에 단단했어요. 머리는 스웨터의 줄무늬처럼 주황색인데 아무도 좋아하지 않을 색이었어요. 그 머리가 부채처럼 달린 귀 위에서 사방으로 뻗쳤죠. 코는 내가 본 중에서 가장 밝은 초록색 눈 밑에 달린 조그만 반점에 불과했고요. 입은 큐피드의 활처럼 입 꼬리가 쳐졌는데 입술이 어찌나 빨간지 엄마 립스틱을 바른 것 같더군요. 그 이후로도 주황색 머리에 빨간 입술을 숱하게 보았지만 그 못된 아이처럼 빨간 입술은 본 적이 없어요.

우리는 가만히 서서 그 아이를 빤히 쳐다보았죠. 말리의 종알거림이 멈추었어요. 그녀는 분홍색 캣츠 아이 안경을 쓰고 있었는데 그 뒤로 휘둥그레 뜬 두 눈이 확대되어 보였죠.

그 아이(여섯 살 아니면 일곱 살밖에 안 돼 보였는데)는 그 새빨간 입술을 내밀더니 쪽쪽거리는 소리를 내더군요. 그러더니 엉덩이를 우리 쪽으로 내밀고 손으로 때리기 시작했어요.

조지하고 말리가 나무 위에서 떡을 친대요!

이번에도 당나귀 울음소리였죠. 우리는 놀라서 빤히 쳐다보았어요.

녀석은 그 빨간 입술로 히죽거리며 외쳤어요. 개를 따먹을 때는 콘돔을 쓰는 게 좋을 거야. 개 같은 저능아를 낳고 싶지 않으면.

입 닥쳐. 제가 말했죠.

안 닥치면 어쩔 건데? 그가 물었죠.

내가 닥치게 해 주마.

제 말은 진심이었어요. 저보다 작고 어린애를 협박하고 있다는 걸 알면 아버지가 노발대발하겠지만 그런 말은 하면 안 되는 거잖아요. 그 녀석은 어린애처럼 보였지만 지껄이는 말은 어린애답지 않았어요.

내 고추나 빨아라, 찐따야. 그놈은 이렇게 얘기하더니 팽나무 뒤로 들어갔어요.

잡으러 갈까 생각했지만 말리가 아플 정도로 세게 제 손을 잡고 있었죠.

쟤 마음에 안 들어. 그 애가 말했어요.

저는 저도 마음에 안 든다고, 하지만 신경 쓰지 말라고 했어요. 그냥 집에 가자고.

그런데 다시 걸음을 옮기려는 찰나, 그 아이가 팽나무에서 나왔는데 말리의 스티브 오스틴 도시락 가방을 들고 있었어요. 녀석이 도시락 가방을 높이 들어 보였죠.

뭐 잃어버린 거 없냐, 꼴통아? 녀석은 그러더니 웃음을 터뜨리더군요. 얼굴을 돼지 얼굴처럼 찌그러뜨리고서. 녀석은 도시락 가방에 대고 코를 킁킁거렸어요. 네 건가 본데? 보지 냄새가 나거든. *덜 떨어진 보지 냄새가.*

이리 줘. 내 거야. 말리가 소리를 지르고 제 손을 놓았어요. 제가 잡고 있으려고 했지만 손에 난 땀 때문에 미끄러웠어요.

와서 가져가든지. 그놈은 말리를 향해 도시락 가방을 내밀고 이렇게 말했어요.

그러고 나서 무슨 일이 벌어졌는지 얘기하기 전에 페컴 선생님에 대해서 먼저 소개할게요. 페컴 선생님은 메리 데이의 1학년 선생님이었어요. 전 1학년 때 뉴멕시코에 있었기 때문에 그분에게 배우지 않았지만 탤벗의 아이들은 대부분(말리도요.) 그분에게 배웠고 다들 그분을 사랑했어요. *저도 그분을 사랑했어요.* 페컴 선생님이 운동장 감독일 때만 만날 수 있었는데도요. 남자 대 여자로 나눠서 킥볼 경기를 하면 선생님은 항상 여자팀 투수를 맡았어요. 선생님이 가끔 등 뒤에서부터 공을 던지면 모두 배꼽을 잡았죠. 그분은 40년 뒤에도 생각이 날 그런 선생님이었어요. 친절하고 유쾌한데 가만히 있지 못하는 아이들도 그 선생님 말이라면 잘 들었거든요.

페컴 선생님은 하늘색의 낡고 큼지막한 뷰익 로드마스터를 몰고 다녔는데 실눈을 뜨고 운전석에 등을 꼿꼿하게 세우고 앉아서 아무리 빨라야 시속 45킬로미터로 달렸기 때문에 우리는 그분을 굼벵이 페컴 선생님이라고 불렀어요. 물론 그분이 스쿨존인 동네를 다니는 것밖에 보지 못하고서 한 소리였지만 78번 국도에서도 그런 식으로 달렸을 거예요. 심지어 고속도로에서도요. 워낙 신중하고 조심스러운 성격이었거든요. 아이를 다치게 할 분이 아니었어요. 일부러는 절대 그럴 일이 없었어요.

말리가 도시락 가방을 되찾으러 차도로 뛰어들었죠. 그 못된 꼬맹이는 웃으며 말리를 향해 도시락 가방을 던졌어요. 도시락 가방이 길바닥에 부딪쳐서 열렸어요. 보온병이 빠져 나와서 데굴데굴 굴렀죠. 전 하늘색 로드마스터가 오는 걸 보고 말리에게 조심하라고 외쳤지만 크게 걱정은 하지 않았어요. 굼벵이 페컴 선생님이었고 아직 한 블록 멀리에서 천천히 달려오고 있었으니까요.

네가 손을 놨으니까 네 잘못이야. 그 녀석이 말했어요. 저를 쳐다보면서 이가 보이도록 입술을 벌려서 씩 웃더라고요. *아무것도 붙잡고 있질 못하는구나, 쪼다 같으니라고.* 놈은 혀를 내밀어서 제게 야유를 보냈어요. 그러더니 팽나무 뒤로 다시 들어갔죠.

페컴 선생님 말로는 액셀이 고장났대요. 경찰이 그 말을 믿어 줬는지는 모르겠어요. 아무튼 그분이 메리 데이에서 두 번 다시 1학년 아이들을 가르치지 못하게 됐던 것만큼은 분명해요.

말리가 허리를 숙여서 보온병을 집어 들고 흔들었어요. 달그락거리는 소리가 들리더군요. 그 애는 '안이 다 깨졌잖아.' 하고는 울음을 터뜨렸어요. 그러고는 도시락 가방을 주우려고 다시 허리를 숙였는데 그때 페컴 선생님의 액셀이 고장 났나 봐요. 엔진에서 부아앙 하는 소리가 나더니 뷰익이 도로를 *질주했거든요.* 토끼를 덮치는 늑대처럼. 말리는 도시락 가방을 한손으로 집어서 가슴에 끌어안고 다른 손으로는 깨진 보온병을 잡고 허리를 폈을 때 차가 달려오는 것을 보았고 그대로 얼어붙었어요.

어쩌면 제가 말리를 옆으로 밀쳐서 살릴 수도 있었겠죠. 도로로 뛰어들어서 저까지 차에 치었을 수도 있고요. 모르겠어요. 왜냐하면 저도 그 애처럼 그 자리에서 얼어붙었거든요. 그 자리에 가만히 서 있었거든요. 그 애가 차에 치인 순간에도 꼼짝하지 않았어요. 심지어 고개조차 움직이지 않았죠. 말리가 붕 날아서 머리부터 떨어지는 것을 눈으로 따라가기만 했죠. 곧바로 비명소리가 들렸어요. 페컴 선생님의 비명소리였어요. 선생님은 차에서 내리다 넘어져 무릎에서 피가 났는데, 그런 채로 머리에서 피를 흘리며 길 위에 쓰러져 있는 말리에게로 달려갔어요. 그래서 저도 달려갔죠. 조금 갔을 때 고개를 돌렸어요. 그쯤에서는 팽나무 뒤편이 보였거든요. 아무도 없더군요.

3

핼러스는 이야기를 멈추고 두 손에 얼굴을 묻었다. 그러다 손을 떨구었다.

"괜찮아요, 조지?"

브래들리가 물었다.

"목이 마른 거 말고는요. 이렇게 말을 많이 해 본 적이 없어서요. 대화를 나눌 일이 거의 없거든요."

브래들리는 맥그리거를 향해 손을 흔들었다. 그가 이어폰을 빼고 자리에서 일어났다.

"다 끝났나, 조지?"

핼러스는 고개를 저었다.

"아직 많이 남았어요."

브래들리가 말했다.

"제 의뢰인이 물을 마시고 싶다는데요, 맥그리거 씨. 혹시 가능할까요?"

맥그리거는 모니터실과 연결된 문 옆에 달린 인터컴 앞으로 가서 뭐라고 짤막하게 얘기했다. 브래들리는 그 틈에 메리 데이 그래머 스쿨의 규모가 얼마나 됐느냐고 핼러스에게 물었다.

그는 어깨를 으쓱했다.

"도시도 작고 학교도 작았어요. 1학년부터 6학년까지 전부 합해서 150명밖에 안 됐을 거예요."

모니터실과 연결된 문이 열렸다. 손 하나가 나와서 종이컵을 내밀었다. 맥그리거가 컵을 받아서 핼러스에게 들고 갔다. 그는 걸신들린 듯이 물을 마시고 고맙다고 인사했다.

"천만에."

맥그리거는 이렇게 대꾸하고 다시 의자가 있는 곳으로 돌아가서 이어폰을 꽂고 뭔지 모를 음악에 심취했다.

"그리고 이 아이…… 그 못된 꼬맹이는 빨강머리였다고요? *진짜 빨강머리요?*"

"네온등 같았어요."

"그러니까 그 아이가 같은 학교에 다녔다면 알아보았겠네요."

"네."

"그런데 알아보지 못했으니 그 아이는 같은 학교에 다니지 않은 거였군요."

"네. 그 전에도 본 적 없고 그 뒤로도 본 적 없어요."

"그런데 그 아이가 무슨 수로 말리의 도시락 가방을 슬쩍했을까요?"

"모르겠어요. 하지만 그보다 더 신기한 게 있어요."

"뭔데요, 조지?"

"팽나무 덤불에서 무슨 수로 사라졌느냐는 거죠. 앞뒤로 잔디밭이었는데 흔적도 없이 자취를 감추었거든요."

"조지?"

"네?"

"정말로 그런 아이가 *있었던* 거 맞아요?"

"말리의 도시락 가방이 차도에 떨어져 있었다니까요, 브래들리 변호사님."

브래들리는 볼펜으로 메모장을 톡톡 두드리며 생각했다.

'그 부분에 대해서는 의심하지 않아. 그 말리라는 아이가 처음부터 들고 있었던 거라면 그럴 수 있지. 아니면……'

이때 못된 생각이 고개를 들었지만 아동 살해범의 말도 안 되는 이야기를 듣고 있다 보면 못된 생각이 들 수밖에 없었다.

'조지, 당신이 그녀의 도시락 가방을 들고 있었든가. 그 애를 놀리려고 도시락 가방을 빼앗아서 차도로 던진 거겠지.'

브래들리는 고개를 들었고 의뢰인의 표정을 본 순간 그가 무슨 생각을 했는지 텔레타이프로 이마에 찍은 거나 다름없었다는 알아차렸다. 그의 얼굴이 화끈 달아올랐다.

"나머지 이야기도 들으실래요? 아니면 이미 마음의 결정을 내리신 건가요?"

"천만에요. 이야기 계속 해 주십시오."

브래들리가 말했다.

핼러스는 물을 마저 마시고 이야기를 이었다.

4

빨간 머리에 모자를 쓴 그 못된 아이 꿈을 5년도 넘게 계속 꾸었지만 기억이 점점 희미해졌어요. 그러다 결국에는 변호사님과 같은 생각을 하기에 이르렀죠. 단순한 사고였다고, 페컴 선생님의 액셀이 정말로 고장 났던 거라고, 가끔 그럴 때가 있지 않으냐고, 실제로 어떤 아이가 거기서 말리를 놀렸다 한들…… 아이들이 가끔 남을 놀릴 때도 있지 않으냐고 말이에요.

아버지가 굿럭사에서 하던 일이 끝나서 켄터키 동부로 이사했지만 규모만 커졌을 뿐, 아버지는 거기에서도 앨라배마에서 했던 것도 비슷한 일을 하셨어요. 그 일대에는 탄광이 많거든요. 그래서 제가 고등학교를 졸업할 때까지 한참 동안 아이언빌이라는 마을에서 살았죠. 고등학교 2학년 때 장난삼아 연극반에 들었거든요. 사람들이 들으면 웃겠죠. 소기업과 미망인들 소득세 신고나 도와주며 사는 왜소하고 소심한 사람이 「출구 없는 방」과 같은 작품에 출연하다니! 월터 미티(제임스 서버가 쓴 『월터 미티의 은밀

194

한 생활』의 주인공. 해 본 일도 가 본 곳도 없으며 유일한 취미는 상상인 직장인으로 묘사된다 — 옮긴이)야 뭐야! 하지만 저는 무대에 올랐고 재능도 있었어요. 다들 그렇다고 했어요. 배우가 될까 생각한 적도 있었죠. 주인공은 못 되겠지만 대통령의 경제고문이나 악당의 부사령관이나 영화가 시작되자마자 살해되는 정비공, 이런 역할도 필요하지 않겠어요? 그런 역할은 할 수 있을 테고 실제로 절 써 줄 것도 같았어요. 아버지한테 대학교에서 연기를 전공하고 싶다고 말씀드렸죠. 아버지는 좋다고, 어디 한번 해 보라고 하면서 먹고 살 대비책은 마련해 놓으라고 하시더군요. 피츠버그대학교에서 무대예술을 전공하고 부전공으로 경영학을 공부했어요.

맨 처음 캐스팅된 작품이 「지는 게 이기는 거다」였고 거기서 비키 애빙턴을 만났죠. 전 토니 럼프킨이었고 그녀는 콘스턴스 네빌이었어요. 숱이 많은 금색의 고수머리가 굽이치고 비쩍 마른 데다 성격이 예민한 미인이었죠. 저에게는 과분할 정도로 예뻤지만 그래도 용기를 내서 커피 한 잔 하자고 말을 건넸어요. 우리 사이는 그렇게 시작됐죠. 노디스(피츠버그대학교의 학생회관에 있는 햄버거 가게예요.)에 몇 시간 앉아 있는 동안 그녀는 대부분 간섭이 심한 어머니 때문에 생긴 온갖 고민거리와 뉴욕의 유명한 극장에 진출하고 싶다는 앞으로의 꿈을 털어놓았어요. 25년 전에도 뉴욕의 유명한 극장, 그런 게 있었어요.

그녀가 노던버그 건강 센터에서 처방받은 약(불안장애 아니면 우울증 아니면 둘 다였어요.)을 먹고 있다는 걸 알았지만 저는 포부가 크고 창의적이라 그런 거라고, 훌륭한 배우들은 대부분 그런 약을 먹을 거라고 생각했어요. 메릴 스트립도 그런 약을 먹을 걸요? 「디어 헌터」로 유명해지기 전에 먹었던지. 그런데 그거 아세요? 미인들은, 특히 신경질환이 있는 미인들은 그러기가 쉽지 않은데 비키는 유머감각이 엄청났어요. 사소한 실수는 웃어넘길 줄 알았고 종종 그랬어요. 덕분에 제정신을 유지할 수 있는 거라고 그러더군요.

우리는 「누가 버지니아 울프를 두려워하랴」에서 닉과 허니 역을 맡았고 조지와 마사 역을 맡았던 친구들보다 더 좋은 평가를 받았어요. 그 뒤로 우리는 단순히 커피를 같이 마시는 친구가 아니라 커플이 되었죠. 학생회관의 어두컴컴한 구석에서 가끔 스킨십을 하기도 했었는데 그럴 때마다 그녀는 울음을 터뜨리며 자기는 소질이 없다고, 어머니가 말한 것처럼 배우로 성공하지 못할 거라고 얘기하곤 했어요. 어느 날 밤(3학년 때 「쥐덫」 출연진 회식이 끝난 다음이었죠.) 우리는 사랑을 나누었어요. 그때가 처음이자 마지막이었죠. 그녀는 좋았다고, 근사했다고 했지만 아니었던 것 같아요. 두 번 다시 하자고 하지 않았던 걸 보면요.

2000년 여름방학 때도 우리는 학교에 남았어요. 프릭 파크에서 「뮤직 맨」이 제작될 예정이었거든요. 맨디 패틴킨이 감독을 맡는 작품이라 엄청난 기회였죠. 비키하고 전 둘 다 오디션에 참가했어요. 저는 아무 기대감이 없어서 조금도 불안하지 않았는데 비키에게는 그것이 그녀의 인생에 있어서 가장 큰 사건이었죠. 농담인 척 스타가 될 수 있는 첫 단추라고 했지만 농담이 아니라는 걸 알수 있었어요. 가장 관심 있는 배역의 대사가 적힌 카드를 들고 여섯 명씩 들어가기로 되어 있었는데 리허설룸 밖에서 기다리는 동안 비키는 사시나무처럼 떨었어요. 제가 어깨를 감싸안아 주자 진정이 됐지만 조금뿐이었어요. 화장한 얼굴이 어찌나 하얀지 가면을 쓴 것처럼 보일 정도였어요.

저는 들어가면서 *신 시장*이라고 적힌 카드를 제출했죠. 그게 비중이 적은 역할이어서 그런 거였는데 맙소사, 제가 주인공, 해럴드 힐이라는 매력적인 사기꾼을 맡게 됐지 뭐예요. 비키가 지원한 역할은 피아노를 가르치는 메리언 패루였어요. 여주인공이었죠. 대사 처리는 괜찮았어요. 훌륭하지는 않았고 그녀의 능력을 100퍼센트 발휘하지도 못했지만 괜찮았어요. 그러고 나서 이제 노래를 부르는 부분이 등장했죠.

메리언의 대표곡이었어요. 혹시 모르실까 봐 설명하자면 아주 달콤하면서도 간단한 「잘 자요, 언젠가 만날 누군가*Goodnight, My Someone*」이었어요. 그녀가 내게 무반주로 대여섯 번 불러 준 적이 있었는데 완벽했거든요. 달콤하고 서글프면서도 희망에 어린 느낌을 잘 살렸어요. 그런데 그날 리허설 실에서는 폭망했지 뭡니까. 주먹을 쥐고 눈을 감게 만들 정도로 끔찍했어요. 음을 잡지 못해서 한 번이 아니라 두 번이나 다시 시작해야 했죠. 패티킨이 점점 짜증을 내는 게 보이더군요. 그 뒤로 여학생들이 대여섯 명 더 기다리고 있었거든요. 반주자는 눈을 부라렸죠. 그 말처럼 생긴 얼굴에 주먹을 한 방 날리고 싶었어요.

노래를 마쳤을 무렵 비키는 온몸을 부들부들 떨고 있었죠. 패티킨 씨가 고맙다고 인사하자 그녀도 아주 깍듯하게 고맙다고 인사하고는 뛰쳐나갔어요. 전 그녀가 건물 밖으로 나가기 전에 붙잡아서 잘했다고 얘기했어요. 그녀는 웃으며 말은 고맙지만 우리 둘

다 아닌 걸 알지 않으냐고 했죠. 저는 패틴킨 씨가 모두들 얘기하는 것처럼 뛰어난 감독이라면 그녀의 불안했던 모습 안에 배우로서 얼마나 뛰어난 자질이 숨겨져 있는지 알 거라고 했어요. 그녀는 저를 끌어안으며 저처럼 좋은 친구는 없다고 했죠. 게다가 다른 작품도 있지 않겠느냐고 했고요. 다음번에는 오디션을 보기 전에 바륨을 먹어야겠다고, 어떤 약은 먹으면 목소리가 달라진다기에 겁이 나서 이번에는 못 먹었다고 하더군요. 그러더니 웃으며 오늘보다 더 안 좋아질 수는 없지 않겠느냐고 했어요. 제가 노디스에서 아이스크림을 사 주겠다고 하자 그녀는 좋다고 했고, 그렇게 우리는 밖으로 나갔죠.

손을 잡고 걸어가자 메리 데이 시절에 말리 제이콥스와 손을 잡고 걸어 다녔을 때가 생각이 나더군요. 그런 생각이 그 녀석을 불러낸 거라고 하지는 않겠어요. 그게 아니라고 하지도 않겠고요. 모르겠어요. 가끔 독방에서 뜬눈으로 밤을 지새울 때면 궁금해져요.

그녀가 걸어가며 제가 힐 교수 역을 맡으면 정말 잘할 거라는 이야기를 꺼내기에 기분이 조금 좋아졌나 보다 생각했을 때 건너편에서 누군가가 우리한테 고함을 지르는 소리가 들렸어요. 사람 목소리라기보다 당나귀 울음소리에 더 가까웠죠.

조지하고 비키가 나무 위에서 떡을 친대요!

그 녀석이었어요. 그 못된 꼬맹이. 똑같은 반바지에 똑같은 스웨터를 입었고 플라스틱 프로펠러가 달린 모자 밑으로 주황색 머리가 삐져나왔더군요. 10년이 넘게 지났는데 달라진 게 하나도 없었어요. 말리 제이콥스가 비키 애빙턴으로 바뀌고, 앨러배마 주 탤벗의 스쿨 대로가 피츠버그의 레이놀즈 대로로 바뀌었을 뿐 시간을 거슬러 올라간 느낌이었죠.

저게 도대체 무슨 소리야? 비키가 물었죠. 아는 아이야, 조지?

제가 뭐라고 했게요? 아무 말도 못했어요. 너무 놀라서 입도 열 수가 없었거든요.

연기는 개떡 같고 노래는 더 못하더라! 그놈이 외쳤어요. 까마 귀도 너보다는 노래를 더 잘하겠다! 그리고 너 **못생겼어!** 너는 **못 난이 비키야!**

그녀는 손으로 입을 막았고 그녀의 눈이 얼마나 컸는지, 그 눈 에 어떤 식으로 다시 눈물이 고였는지 기억이 나요.

그 남자 자지를 빨아 주지 그래? 놈이 외쳤어요. 너처럼 못생기 고 재주도 없는 년이 배역을 따내려면 그 방법밖에 없거든!

놈을 향해 걸음을 뗐지만 실감이 나지 않았어요. 꿈속에서 벌 어지는 일 같았죠. 늦은 오후였고 레이놀즈 대로는 오가는 차량들 로 가득했지만 아랑곳하지 않았어요. 하지만 비키는 아니었죠. 그 녀가 제 팔을 잡아서 당겨 준 덕분에 전 목숨을 구했어요. 1초인 가 2초 뒤에 대형버스가 경적을 울리면서 지나갔거든요.

그러지 마. 그녀가 말했어요. 누구인지 몰라도 그럴 만한 가치도 없는 아이야.

트럭 한 대가 버스의 바로 뒤에서 달려왔고 그 두 대가 우리 앞 을 지나가자 아이가 그 큼지막한 궁둥이를 흔들며 저쪽으로 달려 가는 게 보이더군요. 모퉁이를 지나서 사라지기 전에 바지를 내려 서 허리를 숙이고 우리한테 엉덩이를 내밀었어요.

비키가 벤치에 앉았고 저도 그 옆에 앉았죠. 그녀는 아까 그 아 이가 누구냐고 다시 한 번 물었고 저는 모른다고 했어요.

그런데 어떻게 우리 이름을 알아? 그녀가 물었어요.

나도 모르겠어. 저는 똑같은 대답을 반복했죠.

뭐, 한 가지만큼은 옳은 소리를 했네. 그녀가 말했죠. 내가 「뮤직 맨」의 배역을 원한다면 다시 가서 맨디 패틴킨의 거시기를 빨아야 한다는 거 말이야. 그러더니 웃음을 터뜨렸는데 이번에는 뱃속에서부터 터져 나오는 진짜 웃음이었어요. 고개를 뒤로 젖혀서 들썩이며 깔깔대고 웃었죠. 그 못생긴 엉덩이 봤어? 그녀가 물었어요. 오븐에 넣으려는 머핀처럼 생겼더라.

그 소리에 이번에는 *제가* 빵 터졌죠. 우리는 서로 팔짱을 끼고 뺨과 뺨을 맞대고 정말이지 배꼽을 잡고 웃었어요. 우리는 아무렇지 않아 보였지만 사실은(그런 건 그 당시에는 모르는 법이잖아요.) 둘 다 히스테리 상태였어요. 전 오래 전의 그 *아이*가 등장한 것 때문에, 비키는 그 아이가 한 말을 믿었기 때문에. 자기는 소질이 없고, 소질이 있다 한들 울렁증을 이기고 그걸 드러낼 수 없을 거라고 생각한 거죠.

제가 여학생들만 받는 퍼지 에이커스라는 큼지막하고 오래된 아파트까지 바래다 주자 그녀는 저를 끌어안고 제가 해럴드 힐을 맡으면 잘할 거라고 다시 한 번 얘기했어요. 말투가 왠지 불안해서 괜찮으냐고 물었죠. 그녀는 '당연하지, 이 바보야.'라고 하고는 달려 올라갔어요. 그게 제가 마지막으로 본 그녀의 모습이었죠.

장례식이 끝난 뒤에 칼라 윈스턴에게 커피 한 잔 하자고 했어요. 퍼지 에이커스에서 비키가 유일하게 친하게 지낸 친구였거든요. 제가 그녀의 커피를 유리잔으로 옮겨 줬어요. 손을 너무 심하게 떨어서 그러다 화상을 입겠지 싶더라고요. 칼라는 그냥 상심한 정도가 아니었어요. 자기 때문에 그렇게 됐다고 생각하더라고요. 페컴 선생님도 말리가 자기 때문에 그렇게 됐다고 생각했겠죠.

칼라는 그날 오후에 1층 라운지에서 비키를 만났는데 텔레비전을 쳐다보고 있더래요. 켜지도 않은 텔레비전을요. 그런 채로 멍하니 다른 데 정신을 팔고 있더래요. 전에도 잘못 세서 약을 너무 많이 먹거나 순서를 바꿔서 먹으면 그런 적이 있었기에 건강 센터에 가서 진찰을 받아보겠느냐고 물었대요. 비키는 아니라고, 괜찮다고, 힘든 하루를 보내서 그렇지, 금세 괜찮아질 거라고 그랬대요.

못된 꼬맹이를 만났거든. 비키가 칼라한테 얘기했대요. 오디션을 망쳤는데 그 아이가 날 놀리는 거야.

못됐다. 칼라가 말했죠.

조지가 아는 애였어. 비키가 말했죠. 모르는 아이라고 했지만 보니까 아는 눈치였어. 내가 어떤 생각을 하는지 얘기해 줄까?

칼라는 그러라고 했죠. 속으로는 약을 잘못 먹었거나 마약을 한 게 분명하다고 생각하면서요.

조지가 시킨 거라고 생각해. 나를 놀리려고. 그런데 내가 너무 속상해하는 걸 보고 미안해져서 그만하게 하려 그랬는데 그 아이가 말을 듣지 않은 거지.

칼라는 말했죠. 말도 안 돼, 비키. 조지가 배역 문제로 너를 놀릴 리 없잖아. 너를 좋아하는데.

비키가 말했죠. 아무튼 그 아이 말이 맞았어. 나 그냥 포기할까 봐.

이 지점에 이르렀을 때 저는 그녀에게 그 아이하고 전 아무 상관없다고 얘기했어요. 그러자 칼라는 말하지 않아도 안다고, 제가 착한 사람이고 비키를 얼마나 좋아하는지 안다고 했어요. 그러고 는 울음을 터뜨렸죠.

네가 아니라 나 때문에 생긴 일이야. 그녀가 말했어요. 걔가 얼마나 심란해하는지 알면서 그냥 손을 놓고 있었잖아. 그 바람에 이런 일이 벌어졌어. 일이 이렇게 된 것도 내 잘못이야. 왜냐하면 걔는 정말로 그럴 생각은 없었거든. 나는 알아.

칼라는 비키를 두고 자기 방으로 올라가서 공부를 했어요. 그러 고는 두세 시간 뒤에 비키의 방으로 내려갔죠.

나가서 뭐 좀 먹고 싶지 않을까 싶었거든. 그녀가 말했어요. 약 이 다 떨어져서 그런 거라면 와인 한 잔 마셔도 좋겠다 싶었고. 그런데 방에 없는 거야. 그래서 라운지에 가 봤는데 거기에도 없었 어. 몇 명이 텔레비전을 보고 있었는데 그중 한 명이 조금 전에 비키가 빨래를 하려는지 지하로 내려가는 걸 봤다고 했어.

시트를 들고 내려갔거든, 그러더라고.

그 소리를 듣고 칼라는 이유는 생각하고 싶지 않았지만 심장이 철렁했대요. 그래서 지하로 내려갔지만 세탁실에 아무도 없었고 돌아가는 세탁기도 없었죠. 그 옆방이 학생들 짐을 보관하는 창고 였어요. 거기서 무슨 소리가 들리기에 들어가 봤더니 비키가 그녀 를 등지고 서 있었어요. 쌓아 놓은 여행 가방을 딛고 시트 두 장을 연결해서 밧줄을 만들었더래요. 한쪽 끝은 올가미처럼 그녀의 목 을 감싸고 있었고 다른 쪽 끝은 천장 배관에 묶여 있었죠.

그런데 사실 말이야, 쌓아 놓은 여행 가방이 겨우 세 개였고 올 가미는 아주 느슨했어. 칼라는 이렇게 말했어요. 정말로 죽을 생

202

각이었으면 시트를 한 장만 쓰고 트렁크를 세워서 딛고 섰겠지. 그건 소위 말하는 드레스 리허설이었어.

그야 아무도 모르는 거잖아. 제가 말했죠. 약을 얼마나 먹었을지, 얼마나 정신이 몽롱했을지 아무도 모르는 거잖아.

나는 봐서 알아. 칼라가 말했어요. 비키가 여행 가방 위에 서 있다가 바닥으로 뛰어내렸어도 올가미는 조여지지 않았을 거야. 그런데 그때는 그런 줄 몰랐어. 너무 충격을 받아서 큰 소리로 비키의 이름을 불렀지.

뒤에서 큰 소리가 들리니까 화들짝 놀라는 바람에 비키의 몸이 움찔하며 앞으로 쏠렸고 여행 가방들은 뒤로 미끄러졌어. 콘크리트 바닥에 배를 부딪치면서 넘어졌을 텐데 밧줄이 그 정도로 느슨하지가 않았어. 시트 두 개를 연결한 매듭이 풀렸더라면 죽지 않았을 텐데. 비키의 체중 때문에 올가미가 꽉 조여지는 바람에 머리가 뒤로 홱 잡아당겨졌거든.

딱 하고 목이 부러지는 소리가 들렸어. 칼라가 말했어요. 그 소리가 얼마나 컸는지 몰라. 다 내 잘못이야.

그러고는 펑펑 울었죠.

저는 그녀를 끌고 나와서 길모퉁이에 있는 버스 정류장으로 데려갔어요. 그녀의 잘못이 아니라고 몇 번을 반복해서 얘기했더니 마침내 울음을 그치더군요. 심지어 살짝 미소까지 지었어요.

그녀가 말했죠. 너 참 설득력 있게 말을 잘한다, 조지.

제가 말은 하지 않았지만(안 믿을 테니까요.) 그녀의 잘못이 아니라는 확신이 있었기에 설득력이 있었던 거예요.

5

"그 못된 꼬맹이는 제가 좋아하는 사람들을 따라다녔어요."

핼러스의 말에 브래들리는 고개를 끄덕였다. 핼러스는 그렇게 믿는 눈치였다. 만약 그가 법정에서 이런 말을 했더라면 독극물 사형이 종신형으로 바뀔 수도 있었다. 배심원들이 완전히 넘어오지는 않았겠지만 사형을 선택지에서 지우는 핑계는 될 수 있었다. 어쩌면 지금은 너무 늦었을지 모른다. 못된 꼬맹이를 운운하는 핼러스의 이야기를 근거로 집행 정지를 요구하는 탄원서를 제출한들 지푸라기라도 잡으려는 것처럼 보일 것이다. 100퍼센트 확신하는 그의 표정을 보아야 믿을 수 있었다. 100퍼센트 확신하는 그의 목소리를 들어야 믿을 수 있었다.

한편 사형수는 살짝 부연 플렉시 글라스 너머로 그를 쳐다보며 살풋 미소를 짓고 있었다.

"그 아이는 못되기만 한 게 아니라 욕심도 많았어요. 그 아이에게는 항상 원 플러스 원이라야 했죠. 한 명은 죽고, 나머지 한 명은 죄책감이라는 따끈따끈한 소스 속에서 허우적거려야 하고."

"그래도 칼라 씨를 설득한 모양이네요. 그분이랑 결혼을 했으니 말이죠."

브래들리가 말했다.

"완전히 설득하지는 못했고 그녀는 못된 녀석의 존재를 절대 믿지 않았어요. 믿었다면 법정에 나왔을 테고 저와 이혼을 하지도 않았겠죠."

그는 전혀 흔들림 없는 눈빛으로 가림판을 넘어 브래들리를 물끄러미 바라보았다.

"그걸 믿었다면 내가 그 녀석을 죽였다는 데 기뻐했겠죠."

구석에 앉아 있던 교도관 맥그리거가 손목시계를 확인하더니 이어폰을 빼고 자리에서 일어났다.

"변호사님, 재촉하고 싶지는 않지만 벌써 11시 30분이네요. 좀 있으면 정오 인원 점검이 있어서 의뢰인이 감방으로 돌아가야 합니다."

"여기서 그냥 하면 안 되나요?"

브래들리는 조심스럽게 물었다. 교도관을 자극해 봐야 좋을 게 없었다. 맥그리거는 괜찮은 교도관에 속했지만 그래도 성깔이 있을 게 분명했다. 흉악범을 다루는 사람들에게는 그것이 필수 조건이었다.

"지금 이렇게 보고 있는데요."

"원칙은 원칙이니까요."

맥그리거는 이렇게 말하고 브래들리의 항의를 사전에 차단하려는 듯 손을 들었다.

"형기가 이 정도로 얼마 안 남았을 때는 면회 시간에 제한이 없다는 거 저도 압니다. 그러니까 기다릴 생각이 있으시면 인원 점검 후에 다시 데리고 올게요. 하지만 그러면 이 친구는 점심을 걸러야 합니다. 변호사님도 그렇고요."

그들은 맥그리거가 다시 자리에 앉아서 이어폰을 꽂는 것을 지켜보았다. 플렉시 파티션 쪽으로 다시 고개를 돌렸을 때 핼러스는 입가에 선명하게 미소를 짓고 있었다.

"나머지 부분은 익히 짐작이 되실 텐데요?"

브래들리는 익히 짐작이 됐지만 메모장 위로 손깍지를 끼고 이렇게 말했다.

"그래도 듣고 싶은데요."

6

저는 해럴드 힐 역할을 사양하고 연극 동아리에서 탈퇴했어요. 연기에 흥미를 잃었거든요. 피츠버그대학교에서 보낸 마지막 해에는 경영학 수업, 그중에서도 특히 회계학과 칼라 윈스턴에 집중했죠. 제가 졸업한 해에 우리는 결혼식을 올렸어요. 아버지가 제 들러리를 맡아주셨어요. 그러고 나서 3년 뒤에 돌아가셨죠.

아버지가 맡은 탄광 중에 루이자라는 마을에 위치한 탄광이 있었어요. 아버지는 노나 매카시(노니 엄마)라는 '가정부'와 함께 죽 아이언빌에서 살았는데 루이자는 그보다 조금 남쪽에 있는 마을이었죠. 광산 이름은 페어 딥이었고요. 어느 날 약 60미터 깊이의 제이 실에서 낙석 사고가 벌어졌어요. 심각한 건 아니었고 다친 사람은 아무도 없었는데 아버지가 두세 명의 본사 직원들과 함께 피해 상황을 점검하고, 주변을 정리한 다음 작업을 재개하려면 얼마나 걸릴지 알아보러 내려갔거든요. 아버지는 거기서 나오지 못했어요. 다른 직원들도 모두요.

그 아이가 계속 전화를 한다. 나중에 노니가 그러더라고요. 그녀는 원래 미인이라는 소리를 들었는데 아버지가 돌아가신 해에 주름살과 턱살이 갑자기 늘었어요. 발을 질질 끌면서 걸어 다녔고, 누가 방 안에 들어오기라도 하면 얻어맞을 준비라도 하는 듯이 어깨를 구부렸고요. 우리 아버지가 돌아가셔서 그런 게 아니었어요. 그 못된 꼬맹이 때문이었죠.

그 아이가 계속 전화를 한다. 전화해서 나더러 깜둥이년이라고 해. 그건 상관없어. 그보다 더 심한 욕도 들어봤는걸. 그 정도는 한 귀로 듣고 한 귀로 흘릴 수 있지. 하지만 내가 준 선물 때문에 그렇게 됐다는 말은 한 귀로 듣고 한 귀로 흘리질 못하겠다. 그 부츠 때문이었다고 그러는 건 말이다. 그럴 리 없겠지, 조지? 다른 이유 때문이겠지? 너희 아버지가 펠트를 신으셨겠지. 탄광에서 사고가 났을 때는 아무리 사소한 사고라도 꼭 펠트를 신고 들어가셨으니까.

저는 맞장구를 쳤지만 의구심이 그녀를 각다귀처럼 갉아먹고 있다는 것을 알 수 있었죠.

트레일맨 스페셜 부츠를 얘기하는 거였어요. 페어 딥 폭발 사고가 벌어지기 두 달 전, 아버지 생신 때 그녀가 선물한 거였죠. 못해도 300달러는 줬을 텐데 그 만한 값어치가 있었어요. 무릎까지 오고 가죽이 실크처럼 부드러우면서도 질겼죠. 평생 신다가 아들한테 물려줄 수 있는 그런 부츠였어요. 밑창에 징이 박혀 있어서 지면과 제대로 부딪치면 부싯돌처럼 불똥이 튀었고요.

메탄이나 폭발성 가스가 있을지 모르는 탄광에 우리 아버지가 징이 박힌 부츠를 신고 들어갔을 리 없어요. 깜빡하셨을지 모르지 않으냐고 하지 마세요. 아버지와 다른 두 직원은 엉덩이에 마스크를 매고 산소통을 짊어지고 들어갔으니까요. 설령 스페셜을 신고 들어가셨더라도 노니 엄마의 말이 맞아요. 그 위에다 펠트를 덧신으셨을 거예요. 제가 굳이 얘기할 필요도 없었어요. 그녀는 아버지가 얼마나 조심스러운 분인지 알았으니까요. 그런데 외롭고 슬픈데 옆에서 계속 부추기는 사람이 있으면 말도 안 되는 생각이 머릿속에 자리를 잡을 수 있잖아요. 그런 생각이 지렁이처럼 꿈틀거리며 알을 낳으면 머지않아 머릿속이 구더기로 가득 차게 되죠.

저는 그녀에게 전화번호를 바꾸라고 했고 그녀는 제가 시킨 대로 했지만, 그 아이는 새 번호를 알아내서 계속 전화했고 아버지가 뭘 신고 있는지 깜빡하는 바람에 불똥이 튄 거라고, 그 뒤는 빤한 이야기 아니냐고 계속 지껄였어요.

네가 그 부츠를 선물하지 않았으면 그런 사고는 없었을 거다, 이 멍청한 깜둥이년아. 그런 소리를 했다던데 아마 그녀가 얘길 안 해서 그렇지 더 심한 말을 퍼부었을 거예요.

결국 그녀는 전화를 없애 버렸죠. 혼자 사는데 전화가 없으면 안 된다고 해도 듣질 않았어요. 이러더군요. 가끔 그 아이가 한밤중에 전화할 때도 있거든. 자다 깨서 전화벨 소리를 들으며 그 아이로구나 하고 생각하는 심정이 어떤지 너는 모를 거다. 자식이 그런 짓을 하는데 그냥 내버려두는 부모는 뭔지 이해가 되지 않는다.

밤에는 코드를 뽑아 놓으면 되잖아요. 제가 말했죠.

뽑아 놓지. 그래도 가끔 벨이 울려.

저는 환청 아니냐고 했고 환청이라고 믿으려고 했지만 절대 믿은 적이 없었답니다, 브래들리 변호사님. 그 못된 꼬맹이가 말리의 스티브 오스틴 도시락 가방을 슬쩍하고 비키가 오디션을 얼마나 망쳤는지 알고 트레일맨 스페셜에 대해서 알 정도면(*그리고 몇 해가 지나도 나이를 먹지 않을 정도면*) 코드를 뽑아 놓은 전화벨을 울리는 것쯤 일도 아니었겠죠. 성서에서도 악마가 풀려나 대지를 배회하는데 하느님은 그를 붙잡아 놓지 않는다는 구절이 있잖아요. 그 못된 꼬맹이가 거기서 말하는 그 악마는 아닐지는 몰라도 악마인 것만큼은 분명해요.

구급차를 불렀던들 노니 엄마가 목숨을 구할 수 있었을지 그건 모르겠어요. 심장마비가 왔을 때 전화를 없앴기 때문에 구급차를 부를 수 없었다는 것만 알 수 있을 따름이죠. 그녀는 부엌에서 혼자 눈을 감았어요. 이웃집 아주머니가 다음 날 그녀를 발견했죠.

칼라와 저는 장례식에 참석했고 노니를 땅에 묻은 뒤에 우리 아버지가 함께 살았던 집에서 하룻밤 묵었어요. 동이 트기 직전에 악몽을 꾸고 일어났는데 다시 잠이 오지 않더군요. 현관문 앞에서 신문이 펄럭이는 소리가 들리기에 가지러 나갔더니 우편함에 깃발이 올라가 있었어요. 가운에 슬리퍼 차림으로 대문까지 걸어가서 우편함을 열었죠. 안에 플라스틱 프로펠러가 달린 모자가 들어 있었어요. 꺼내 보니 방금 전까지 그걸 쓰고 있었던 사람이 열로 온몸이 끓기라도 했던 것처럼 뜨거웠어요. 그걸 만지면 오염이 될 것 같은 기분이 들었지만 그래도 뒤집어서 안을 들여다보았죠. 요즘은 거의 쓰는 사람이 없는 옛날 머릿기름 같은 게 묻어서 번들거리더군요. 주황색 머리카락이 몇 가닥 들러붙어 있었어요. 쪽지도 한 장 있었는데 비뚤배뚤하고 점점 아래로 기우는 어린아이 글씨체였어요. **가져. 나는 하나 더 있어.**

그 빌어먹을 물건을 안으로 들고 들어가서(엄지와 검지로 집게처럼 집었죠. 그 이상은 건드리고 싶지 않았으니까요.) 장작을 땔 때는 부엌 난로 안에 집어넣었어요. 성냥을 그어서 넣자 단박에 화르륵 하고 불이 붙더군요. 불꽃이 초록색이었어요. 30분 뒤에 내려온 칼라가 코를 킁킁거리며 물었죠. 이 고약한 냄새 뭐야? 꼭 썰물 냄새 같아!

집 뒤편에 있는 정화조가 꽉 차서 퍼내야 하는 모양이라고 얘기 했지만 그게 아니라는 건 알았죠. 그건 어딘가에서 불똥이 튀어서 우리 아버지와 다른 두 직원이 천국으로 떠나기 직전에 마지막으 로 맡았을지 모르는 메탄 냄새였어요.

그 무렵 저는 회계사무소에 취직해서(중서부에서 손꼽히는 독자 적인 사무소였죠.) 상당히 빠르게 승진을 거듭하고 있었어요. 일찍 출근해서 늦게 퇴근하고, 회사에서 정신을 바짝 차리고 일을 하면 그렇게 되더군요. 칼라와 저는 아이를 낳고 싶어 했고 아이를 키울 만한 능력도 됐지만 생각처럼 되지 않았어요. 매달 시계처럼 정확 하게 칼라의 달거리가 시작됐죠. 토피카에 있는 산부인과에 가서 일반적인 검사도 모두 받았어요. 의사 말로는 아무 문제없다고, 난 임 시술을 고민하기에는 너무 이르다고 하더군요. 집에 가서 마음 을 비우고 부부생활을 즐기라고요.

병원에서 시키는 대로 했더니 11개월 뒤에 아내의 달거리가 멈 추었어요. 그녀는 가톨릭 집안에서 자랐지만 대학교 때 발길을 끊 었는데 아이가 생긴 게 분명해지자 저까지 끌고서 다시 성당에 다 니기 시작했어요. 성안드레아 성당으로요. 저는 상관없었어요. 그 녀가 하느님 덕분에 임신이 된 거라고 믿고 싶으면 그러면 되는 거죠.

아이는 7개월째에 유산이 됐어요. 사고가 아닌 사고 때문에요. 아이는 몇 시간 동안 버티다 숨을 거두었어요. 딸이었어요. 이름이 필요했기에 칼라의 할머니 이름을 따서 헬렌이라고 지었죠.

성당을 다녀오는 길에 벌어진 사고였죠. 미사가 끝났을 때 우리는 시내로 가서 근사한 점심을 먹고 집으로 돌아갈 생각이었어요. 저는 미식축구를 보고, 칼라는 누워서 쉬며 임산부의 생활을 만끽할 수 있게요. 그녀는 그 생활을 정말 좋아했답니다, 브래들리 변호사님. 심지어 입덧을 하던 초기에도 매일매일 그랬어요.

성당에서 나오는데 그 못된 꼬맹이가 보이더군요. 예전처럼 헐렁한 반바지에 스웨터를 입었고 동그란 가슴과 툭 튀어나온 배를 내밀고 있었어요. 우편함에 들어 있던 모자는 파란색이었는데 이번에 쓰고 있는 모자는 초록색이었지만 똑같이 플라스틱 프로펠러가 달려 있었죠. 나는 어린아이에서 흰머리가 나기 시작한 어른으로 자랐는데 그 못된 꼬맹이는 여전히 여섯 살이었어요. 여섯 살 아니면 기껏해야 일곱 살이었어요.

그 꼬맹이는 살짝 뒤로 물러나서 서 있었어요. 그 앞에 다른 아이가 있었죠. 남들처럼 나이를 먹을 평범한 아이가요. 겁에 질려서 멍한 표정이었어요. 손에는 뭔가를 들고 있었고요. 수십 년 전에 노니 엄마가 제게 선물한 볼로 바운서에 매달려 있던 공 비슷하게 생긴 물건이었어요.

가. 못된 꼬맹이가 말했죠. 안 그러면 내가 준 5달러 다시 달라고 할 거야.

안 할래. 평범한 아이가 말했어요. 생각이 바뀌었어.

칼라는 이 광경을 보지 못했어요. 계단 꼭대기에서 패트릭 신부님에게 설교 잘 들었다고, 덕분에 생각할 거리가 많아졌다고 얘기하고 있었거든요. 가파른 대리석 계단이었죠.

제가 그녀의 팔을 잡아 주려고 갔던 것 같은데 잘 모르겠어요.

비키가 「뮤직 맨」 오디션을 망치고 난 다음에 그 꼬맹이와 맞닥뜨렸을 때처럼 그 자리에서 얼어붙었을 수도 있어요. 얼어붙었던 제 몸이 풀리지도 않았을 때, 제가 아무 말도 하지 못했을 때 못된 꼬맹이가 앞으로 걸어 나왔어요. 반바지 주머니 속에서 라이터를 꺼내더군요. 녀석이 켠 라이터에서 불똥이 튀자 그날 페어 딥 광산에서 무슨 일이 벌어졌을지 알 수 있겠더군요. 우리 아버지의 부츠에 달린 징하고는 아무 상관 없었던 겁니다. 평범한 아이가 들고 있던 빨간 공 꼭대기에서 치지직거리며 불똥이 튀기 시작했어요. 아이가 불똥을 피하려고 공을 던지자 그 못된 꼬맹이가 웃음을 터뜨렸죠. 칵 칵 칵 이런 식으로 몸 속 깊은 곳에서 터져 나온, 콧물이 섞인 웃음이었어요.

공은 철제 난간 아래쪽의 계단 옆면을 때리고 튀어 오르더니 귀청을 때리는 쾅 소리와 함께 노란색 불꽃을 터뜨리며 터졌죠. 폭죽이나 체리 폭탄이 아니라 M-80이었어요. 칼라가 어느 정도로 놀랐는가 하면 예전에 퍼지 에이커스의 창고에서 칼라가 소리를 질렀을 때 비키가 그만큼 놀랐을 거예요. 제가 붙잡으려고 했지만 그녀가 두 손으로 패트릭 신부님의 손을 잡고 있었기 때문에 저는 그녀의 팔꿈치를 스치고 그만이었어요. 두 사람이 함께 계단을 굴렀죠. 신부님은 오른쪽 팔과 왼쪽 다리가 부러졌어요. 칼라는 발목이 부러졌고 뇌진탕을 일으켰고요. 그리고 우리 아이를 잃었죠. 헬렌을.

M-80을 실제로 던진 아이가 다음 날 어머니와 함께 경찰서를 찾아가서 자수했어요. 아이는 엄청난 충격에 빠져 있었고 뭔가가 잘못됐을 때 아이들이 늘 하는 말을 했죠. 실수였다고, 누굴 다치

게 할 생각은 없었다고요. 어떤 아이가 도화선에 불을 붙이는 바람에 손가락이 잘릴까 봐 겁이 나서 던진 거라고 했어요. 한 번도 본 적 없는 아이였고 이름도 모른다고 했고요. 그러고는 그 못된 꼬맹이한테 받은 5달러를 경찰관에게 건넸어요.

칼라는 그 뒤로 저와의 잠자리를 멀리했고 더 이상 성당에도 다니지 않았어요. 하지만 저는 계속 다녔고 그러다 콩퀘스트를 알게 됐죠. 브래들리 변호사님도 그게 뭔지 아시죠? 카톨릭교도라서가 아니라 그걸 통해서 이 사건과 연결이 됐으니까요. 저는 종교적인 부분은 관여하지 않았어요. 그 부분에 대해서라면 패트릭 신부님이 있었으니까요. 저는 그저 아이들에게 야구를 가르치고 미식축구 팀을 건사하는 데 만족했죠. 야외 파티나 캠핑이 있을 때마다 빠짐없이 참석했어요. 수영대회나 놀이공원에 아이들을 데려가고 청소년 피정 때 성당 버스로 실어 나를 수 있게 대형면허를 땄고요. 그리고 늘 총을 들고 다녔어요. 와이즈 전당포에서 산 45구경을요. 검사 측에서 증거물 1호로 제시한 그거 아시죠? 그 총을 제 차 사물함 아니면 콩퀘스트 버스 공구함에 5년 동안 넣어 가지고 다녔어요. 아이들을 가르칠 때는 운동용 가방에 챙겼고요.

칼라는 제 콩퀘스트 활동을 싫어하게 됐어요. 워낙 많은 시간을 잡아먹었거든요. 패트릭 신부님이 자원봉사자를 모집할 때마다 제가 항상 제일 먼저 손을 들었죠. 그녀는 질투가 났던 것 같아요. 이제는 주말에 거의 집에 붙어 있질 않네? 그러더군요. 그 남자아이들한테 다른 속셈이 있는 건 아닌지 의심스러울 지경이야.

어쩌면 그랬을지도 모르죠. 습관적으로 특별한 아이들을 몇 명 선발해서 특별한 관심을 기울였으니까요. 가깝게 지내고, 도움을 주고. 어렵지 않았어요. 가정형편이 어려운 애들이 많았거든요. 대개 엄마 혼자서 최저 임금밖에 못 받는 일을 어떨 때는 두세 개씩 해 가며 식비를 마련하는 그런 집이요. 차가 있더라도 엄마가 써야 했기에 목요일 저녁 때 콩퀘스트 모임이 있을 때마다 제가 선발한 특별한 아이를 기꺼이 태워 가고 태워 오고 그랬죠. 그러지 못하는 날에는 버스 토큰을 주었고요. 돈은 절대 주지 않았어요. 그 아이들에게 돈을 쥐어 주는 건 좋지 못한 발상이라는 것을 일찌감치 깨달았으니까요.

그러는 와중에 몇 가지 성과도 거두었죠. 수학 천재인 아이(맨 처음 만났을 때 옷이 아마 바지 두 벌, 셔츠 세 벌뿐이었을 거예요.)가 있었거든요. 제가 사립학교에서 장학금을 받을 수 있게 주선해서 지금 캔자스주립대학교 1학년으로 잘나가고 있어요. 마약에 손을 댔던 아이도 두세 명 있었는데 그중에서 최소 한 명은 손을 떼게 만들었어요. 제 착각일 수도 있지만. 그런 건 아무도 장담할 수 없는 일이잖아요. 엄마와 싸우고 집을 뛰쳐나가서 한 달 뒤에 오마하에서 저한테 전화를 한 아이도 있었어요. 그 즈음 아이 엄마는 자기 아들이 죽었거나 영영 자취를 감추었다고 결론을 내리려던 참이었는데 제가 가서 데려왔어요.

그런 콩퀘스트 아이들과 함께 부대끼다 보면 소득 신고서를 작성하거나 델라웨어에 탈세용 회사를 차릴 때보다 좋은 일을 훨씬 많이 할 수 있었어요. 하지만 그런 이유에서 그런 일을 한 건 아니었어요. 그건 부수적인 효과였죠. 가끔 특별 관심 대상을 데리고 다리 남쪽의 딕슨 크리크나 좀 더 넓은 강가로 낚시를 갈 때도 있었거든요, 브래들리 변호사님. 저도 낚싯대를 던져 놓고 있었지만 송어나 잉어를 잡으려는 건 아니었어요. 그래도 아주 오랫동안 입질이 단 한 번도 느껴지지 않는데 그때 로널드 깁슨이 등장했죠.

로니는 열다섯 살이었지만 그보다 어려 보였어요. 한쪽 눈이 안 보여서 야구나 미식축구는 할 수 없었어도 비 오는 날에 하는 보드게임이나 체스에서는 선수였죠. 그 애를 괴롭히는 아이는 없었어요. 그 그룹의 마스코트 같은 존재였거든요. 아홉 살쯤 됐을 때 아버지가 집을 나갔기 때문에 그 녀석은 남자어른의 관심에 목이 말라 있었어요. 그래서 이내 무슨 문제만 생겼다 하면 저를 찾아왔어요. 가장 심각한 고민거리는 물론 안 보이는 눈이었죠. 원추각막이라는 선천성 각막 기형이 원인이었어요. 병원에서는 각막 이식을 하면 고칠 수 있다고 했지만 돈이 많이 드는 수술이라 어머니가 감당할 수 없는 금액이었죠.

저는 패트릭 신부님을 찾아갔고 둘이서 '로니에게 새 눈을'이라는 모금 행사를 대여섯 번 주관했어요. 심지어 텔레비전에까지 나왔어요. 4번 채널에서 하는 지역 뉴스 시간에 제가 로니의 가녀린 어깨를 감싸 안고 바넘 파크를 같이 걷는 모습이 소개가 됐죠. 그걸 보고 칼라는 콧방귀를 뀌었어요. 당신이 그 아이들한테 다른 속셈이 없다 해도 그걸 본 사람들 생각은 다를 거야.

사람들이 뭐라 하든 상관없었어요. 왜냐하면 뉴스에 보도되고 얼마 안 있어서 첫 번째 입질이 왔거든요. 제 머릿속 한복판에서요. 그 못된 꼬맹이였어요. 제가 드디어 그 녀석의 시선을 끄는 데 성공한 거죠. 그 녀석을 느낄 수 있었어요.

로니는 수술을 받았어요. 덕분에 시력을 완전히는 아니더라도 대부분 회복할 수 있었죠. 그 뒤로 1년 동안 밝은 햇빛을 받으면 어두워지는 특수 안경을 써야 했는데 상관없다고 했어요. 그 안경을 쓰면 멋져 보인다면서요.

수술을 받고 며칠 안 됐을 때 어느 날 오후에 그들 모자가 성안 드레아스 성당 지하에 있는 손바닥만 한 콩퀘스트 사무실로 저를 찾아왔어요. 로니의 어머니가 그러더군요. 저희가 보답할 방법이 있으면 뭐든 말씀만 하세요, 헬러스 씨.

저는 그러지 마시라고, 제가 좋아서 한 일이라고 했죠. 그런 다음 생각이 난 척했어요.

부탁드릴 만한 게 있을 것도 같네요. 제가 말했어요. 별 것 아닌데요.

뭔데요, 헬러스 아저씨? 로니가 물었죠.

제가 말했어요. 지난달에 교회 뒤편에 차를 주차하고 계단을 반쯤 내려왔을 때 차 문을 잠그지 않은 게 생각이 나더라고. 그래서 다시 올라갔더니 어떤 아이가 차 안을 마구 뒤지고 있지 뭐냐. 내가 소리를 질렀더니 아이가 통행요금을 낼 때 쓰려고 사물함에 넣어 두었던 잔돈 상자를 들고 총알같이 튀어나가더라. 뒤쫓아 갔는데 너무 빨라서 못 잡았어.

그 아이를 찾아서 나한테 알려 줬으면 좋겠다. 내가 너희들한테 하는 얘기 있잖아. 도둑질로 인생의 첫 단추를 잘못 꿰면 안 된다는 거.

로니가 아이의 생김새를 묻더군요.

키가 작고 통통한 편이야. 제가 알려주었죠. 머리는 밝은 주황색이고. 내가 봤을 때는 회색 반바지에 머리색이랑 똑같은 색의 줄무늬가 그려진 초록색 스웨터를 입고 있었어.

깁슨 부인이 말했죠. 어머나. 꼭대기에 프로펠러가 달린 모자를 쓰고 있지 않았어요?

아, 맞네요. 저는 서글서글하고 차분한 목소리로 대답했어요. 그러고 보니 그랬던 것 같네요.

길 건너편에 서 있는 걸 본 적 있어요. 부인이 그러더군요. 그쪽 주택단지로 이사 온 아이인가 했죠.

너는 어떠냐, 로니? 제가 물었어요.

아뇨. 그 애가 대답했어요. 저는 본 적 없어요.

그럼 만나더라도 아무 소리하지 마라. 조용히 나한테 와서 알려 줘. 알았지?

그 애는 알았다고 했고 저는 흡족해졌죠. 못된 꼬맹이가 돌아왔다는 걸 알았으니까요. 녀석이 행동을 개시할 때 옆에 있을 수 있게 됐으니까요. 녀석은 제가 옆에 있어 주길 *바랄* 게 분명했어요. 그게 핵심이었으니까요. 녀석이 상처를 주고 싶은 사람은 저였어요. 다른 사람들…… 말리, 비키, 아버지, 노니 엄마는 단순히 부수적인 피해였죠.

1주가 지나고 2주가 지났어요. 제가 무슨 꿍꿍이인지 녀석이 알아차렸나 싶은 생각이 들기 시작하더군요. 그러던 어느 날, 바로 그날요, 브래들리 변호사님…… 성당 뒤편 놀이터에서 아이들이 배구 네트 설치하는 걸 도와주고 있는데 한 아이가 달려 들어왔어요.

어떤 아이가 로니를 때려눕히고 안경을 빼앗았어요! 아이가 외치더군요. 그러더니 공원으로 도망쳤어요! 로니가 쫓아가고 있어요!

지체 없이 운동 가방을 들고(몇몇 아이들에게 특별히 관심을 기울인 몇 년 동안 어딜 가든 그 가방을 들고 다녔어요.) 바넘 파크로 달려갔죠. 로니의 안경을 빼앗아간 범인은 그 못된 꼬맹이가 아니었어요. 그건 그 녀석의 스타일이 아니었어요. 안경을 빼앗아간 범인은 M-80을 던진 그 아이처럼 평범한 아이일 테고, 못된 꼬맹이의 계획대로 되면 그 아이만 불쌍해질 테죠. 못된 꼬맹이의 계획대로 되도록 제가 *내버려둔다면* 말이에요.

로니는 운동을 잘하는 아이가 아니라서 빨리 달리지 못했어요. 안경을 빼앗아간 아이는 그걸 알고 있었는지 공원 저편에서 갑자기 달리기를 멈추더니 머리 위로 안경을 흔들며 소리를 질렀죠. 와서 가져가 보시지, 레이 찰스! 와서 가져가 보시지, 스티비 원더!(두 사람 다 앞을 보지 못하는 가수다 — 옮긴이)

바넘 대로를 오가는 차량들의 소리가 들렸고 그 못된 꼬맹이의 꿍꿍이가 뭔지 정확하게 알 수 있었어요. 한 번 성공했으니 또 될 거라 이거였죠. 스티브 오스틴 도시락 가방이 눈부심을 줄여 주는 특수 안경으로 바뀌었을 뿐 기본적인 발상은 같았어요. 로니의 안경을 가져간 아이는 나중에 이렇게 될 줄 몰랐다고, 장난인 줄 알았다고, 아니면 로니가 인도에서 땅딸막한 빨간 머리를 밀친 것에 대한 복수인 줄 알았다고 울부짖겠죠.

저는 쉽게 로니를 따라잡을 수 있었지만 그러지 않았어요. 로니가 미끼인데 너무 빨리 얼레를 감아 버리면 안 되잖아요. 로니가 가까워지자 못된 꼬맹이의 수법을 그대로 따라하던 아이는 로니의 안경을 머리 위로 흔들며 공원과 바넘 대로 사이에 놓인 석조 아치문 사이로 쏜살같이 달려가더군요. 로니가 녀석의 뒤를 따라갔고 제가 세 번째로 달려갔어요. 천천히 달리면서 운동 가방의 지퍼를 열었고 일단 권총을 손에 쥔 다음에는 가방을 버리고 전속력으로 돌진했죠.

가만히 있어! 저는 로니의 옆을 지나면서 외쳤죠. 한 발짝도 움직이지 말고 여기 있어!

고맙게도 로니는 제 말대로 해 주었어요. 그 아이한테 무슨 일이 벌어졌다면 저는 지금 여기서 처형일을 기다리는 게 아니라 스스로 목숨을 끊었을 겁니다.

아치문을 지나자 인도에서 기다리는 못된 꼬맹이가 보이더군요. 예전하고 똑같았어요. 범인이 로니의 안경을 건네자 못된 꼬맹이가 지폐를 건넸어요. 다가오는 저를 보았을 때 섬뜩하게 빨간 입술로 기분 나쁘게 히죽거리던 녀석의 표정이 처음으로 달라졌죠. 자기가 계획한 대로 되지 않았으니까요. 먼저 로니가 달려오고 그 다음에 제가 달려왔어야 하는 거였거든요. 로니가 그 못된 꼬맹이를 쫓아가다 트럭이나 버스에 치여야 하는 거였거든요. 저는 맨 마지막으로 등장해서 그 광경을 보았어야 하는 거였고요.

빨간 머리가 바넘 대로로 뛰어들었죠. 공원 바깥 쪽이 어떻게 생겼는지 변호사님도 아시죠? 검사가 법정에서 비디오로 세 번이나 보여 주었으니 아실 수밖에 없겠죠. 편도 3차선으로 직진 차로가 두 개, 좌회전 차로가 한 개이고 가운데에 콘크리트로 된 분리대가 있죠. 못된 꼬맹이는 분리대에 다다랐을 때 뒤를 돌아보았는데 그때쯤에는 그냥 놀란 정도가 아니었어요. 표정이 공포 그 자체였죠. 그 표정을 보았을 때 저는 칼라가 성당 계단에서 구른 이래 처음으로 행복해지더군요.

그렇게 얼핏 본 게 전부였어요. 녀석이 뭐가 달려오는지 확인하지도 않고 하행선으로 뛰어들었거든요. 저도 상행선으로 똑같이 뛰어들었죠. 차에 치일 수 있다는 걸 알았지만 상관없었어요. 그렇더라도 최소한 액셀이 아무 이유 없이 고장 났다거나 뭐 그런 게 아니라 진짜 사고일 테니까요. 자살 행위 아니냐고 할 수도 있겠지만 그건 아니었어요. 그 녀석을 그대로 놓칠 수는 없었거든요. 앞으로 20년 뒤에나 만날 수 있을지 모르는데 그때쯤이면 제가 할아버지가 되어 있을 테니까요.

제가 얼마나 아슬아슬하게 피했는지 몰라도 여기저기서 끼이익 하고 브레이크 밟는 소리와 타이어 미끄러지는 소리가 수없이 들리더군요. 어떤 차는 꼬맹이를 피하느라 핸들을 옆으로 트는 바람에 소형 밴의 옆구리를 들이받았죠. 누가 저더러 미친 새끼라고 했어요. 또 다른 누군가는 뭐 하는 짓거리냐고 했고요. 그건 다 잡음에 불과했죠. 제 온 신경은 못된 꼬맹이에게 집중되어 있었으니까요. 사냥감을 노리는 사냥꾼처럼.

녀석은 최대한 열심히 달렸지만 속은 괴물일지 몰라도 겉은 짧은 다리에 뚱뚱한 엉덩이가 달렸으니 가망이 없었어요. 제가 차에 치이길 바라는 수밖에 없었는데 그것도 실패로 돌아갔고요.

녀석은 반대편에 다다랐을 때 갓돌에 발이 걸려서 넘어졌어요. 어떤 여자가, 머리를 금발로 염색한 통통한 아주머니였는데, 비명을 지르는 소리가 들렸어요. 저 사람, 총을 들고 있어요! 제인 헐리 부인. 재판에서 증언을 했죠.

녀석이 일어나려고 했지만 제가 '이건 말리 못이다, 이 개새끼야.' 하고는 녀석의 등에 대고 총을 쏘았어요. 그게 첫 발이었죠.

녀석이 네 발로 기어가려고 하더군요. 인도 위로 피가 뚝뚝 떨어졌어요. 저는 '이건 비키 몫이다.' 하고는 녀석의 등을 한 번 더 쏘았어요. 그게 두 번째 발이었죠. 그러고는 '이건 아버지와 노니 엄마 몫이다.' 하고는 회색의 헐렁한 반바지가 끝나는 양쪽 무릎에 총알을 한 방씩 박았어요. 그게 세 번째와 네 번째 발이었죠.

그때쯤 되자 여기저기서 사람들이 비명을 질렀어요. 어떤 남자가 '총을 빼앗아요, 저 사람을 쓰러뜨려요!' 했지만 나서는 사람은 아무도 없었죠.

그 못된 꼬맹이는 몸을 돌려서 저를 쳐다봤어요. 녀석의 얼굴을 봤을 때 저는 하마터면 멈출 뻔했어요. 이제는 일곱 살이나 여덟 살로 보이지도 않더라고요. 어리둥절해하면서 아파하는 모습이 기껏해야 다섯 살짜리였어요. 모자가 떨어져서 옆으로 누웠는데 플라스틱 날개 중 하나가 구부러졌더군요. 맙소사. 저는 이런 생각이 들었어요. 내가 죄 없는 아이를 쏘았구나, 죄 없는 아이가 치명상을 입고 내 발치에 이렇게 쓰러져 있구나.

네, 하마터면 속아 넘어갈 뻔했어요. 연기가 정말 훌륭했거든요, 브래들리 변호사님. 아카데미상 수상감이었어요. 하지만 그때 가면이 벗겨졌죠. 녀석이 다른 곳은 상처를 받고 아파하는 표정을 지을 수 있었을지 몰라도 눈빛만큼은 아니었거든요. 눈빛에서는 그게 번쩍였죠. 너는 나를 막을 수 없어. 그 눈빛은 이렇게 얘기하고 있었어요. 너는 나를 막지 못해, 내 쪽에서 끝내기 전에는. 그런데 나는 아직 끝낼 생각이 없거든.

누가 총을 좀 빼앗아요! 어떤 여자가 소리를 질렀죠. 저러다 저애, 죽겠어요!

덩치 큰 남자가 저를 향해 달려왔지만(그 남자도 아마 증언을 했을 거예요.) 제가 그를 향해 총을 겨누자 두 손을 들고 얼른 옆으로 물러났죠.

저는 못된 꼬맹이 쪽으로 고개를 돌려서 가슴을 쏘며 말했어요. 이건 우리 아이 헬렌 몫이다. 그게 다섯 번째 발이었어요. 그러자 녀석의 입에서 쏟아져 나온 피가 턱을 타고 흘러내렸죠. 제 45 구경은 구식 6연발이라 이제 총알이 하나밖에 남지 않았어요. 저는 녀석이 흘린 피 웅덩이 속에 한쪽 무릎을 꿇고 앉았어요. 피가 빨간색이더군요. 사실은 검은색이었어야 하는데. 독벌레를 밟으면 나오는 찐득찐득한 액체 같은 색이어야 하는데. 저는 총구로 녀석의 눈 사이를 겨누었죠.

이건 내 몫이다. 어떤 지옥에서 왔는지 모르겠지만 이제 거기로 돌아가. 저는 이 말과 함께 방아쇠를 당겼고 그게 여섯 번째 발이었어요. 하지만 제가 방아쇠를 당기기 직전에 녀석이 초록색 눈으로 제 눈을 쳐다보았어요.

내 쪽에서는 아직 끝낼 생각이 없어. 그 눈은 그렇게 얘기하고 있더군요. 네 숨이 끊기는 순간까지 아니야. 어쩌면 그 이후에도 아닐지 모르지. 어쩌면 저세상에서 내가 널 기다리고 있을지 모르지.

그의 고개가 뒤로 꺾였어요. 한쪽 발이 움찔거리더니 잠잠해졌죠. 저는 녀석의 시신 옆에 총을 내려놓고 양손을 들고 일어나려고 했어요. 하지만 미처 일어나지도 못하고 두어 명의 남자에게 붙잡혔죠. 한 명은 무릎으로 제 사타구니를 쳤어요. 다른 한 명은 제 얼굴을 향해 주먹을 날렸고요. 몇 명이 더 달려들었어요. 그중 한 명이 헐리 부인이었죠. 저를 최소 두 대는 있는 힘껏 때렸을 거예요. 하지만 재판에서 *그 얘기*는 하지 않았죠?

부인을 비난하는 건 아니에요, 변호사님. 그들 중 어느 누구도 비난하지 않아요. 그날 그 사람들이 본 것은 총에 맞아서 친엄마도 못 알아볼 정도로 엉망인 상태로 인도에 누워 있는 어린아이였을 테니까요.

그 녀석에게 친엄마가 있었을지 모르겠지만요.

7

맥그리거가 정오 인원 점검을 위해 브래들리의 의뢰인을 바늘의 집 안으로 데려가며 다시 데리고 나오겠다고 약속했다. 그가 브래들리에게 물었다.

"수프하고 샌드위치 좀 갖다 드릴까요? 배가 고프실 텐데."

브래들리는 배가 고프지 않았다. 그런 얘기를 들은 뒤에 배가 고플 리 없었다. 그는 아무것도 적지 않은 메모장 위에 깍지 낀 손을 올려놓고 플렉시 글라스로 만든 파티션 이쪽에 앉아서 기다렸다. 그 동안 생명의 소멸에 대해 묵상했다. 현재 도마에 오른 두 경우 중에서 핼러스 쪽이 더 받아들이기 쉬운 이유는 제정신이 아닌 게 분명하기 때문이었다. 핼러스가 만약 증인석에 서서 이 이야기를 했다면(좀 전처럼 논리적이고 어떻게 이걸 못 믿을 수 있느냐는 말투로) 지금쯤 티오펜탈 나트륨, 브롬화 판크로늄, 염화칼륨이 차례대로 주입되는 날을 기다릴 게 아니라(바늘의 집 수감자들이 '잘 자요, 엄마'라고 부르는 죽음의 칵테일이었다.) 이 주에서 경비가

223

가장 삼엄한 두 군데 정신병원 가운데 한 곳에 입원했을 것이다.

하지만 핼러스는 아이를 잃고 이성의 끈을 놓았을 가능성이 클 지언정 그래도 인생의 절반은 살았다. 피해망상적인 상상과 핍박을 당하고 있다는 착각으로 인해 불행하긴 했어도 오래된 격언을 살짝 비틀자면 절반이라도 산 게 전혀 살지 못한 것보다는 나은 법이었다. 그 꼬마아이가 훨씬 가엾은 케이스였다. 검시관에 따르면 하필 그 시간에 바넘 대로에 있는 바람에 그런 운명을 맞은 아이는 많아야 아홉 살이었고 일곱 살에 가까울 가능성이 크다고 했다. 그건 인생이라고 할 수도 없고 프롤로그에 불과했다.

맥그리거가 핼러스를 다시 데려와 의자에 쇠사슬을 연결하고 얼마나 더 있을 거냐고 물었다.

"이 친구는 점심 생각이 없다고 했지만 저는 먹고 싶거든요."

"금방 끝낼게요."

브래들리가 말했다. 사실 그에게 남은 질문은 하나뿐이었고 핼러스가 다시 자리에 앉자 그는 준비해 놓은 질문을 꺼냈다.

"왜 하필 당신이었을까요?"

핼러스는 눈썹을 추켜세웠다.

"네?"

"이 악마…… 당신은 그 아이를 악마로 생각하는 것 같은데, 그 악마가 당신을 선택한 이유가 뭐였을까요?"

핼러스는 미소를 지었지만 입 꼬리를 양옆으로 늘린 것에 불과한 미소였다.

"다소 순진한 질문을 하시네요, 변호사님. 차라리 로니 깁슨처럼 어떤 아이는 각막 기형으로 태어나고 똑같은 병원에서 그 뒤로

50명은 멀쩡하게 태어나는 이유는 뭐냐고 묻는 쪽이 낫지 않을까요. 아니면 착하게 산 사람은 서른 살에 뇌종양에 걸리고 다하우 가스실 감독관을 거든 괴물은 백 살까지 사는 이유는 뭐냐고 묻든지요. 착한 사람들에게 나쁜 일이 벌어지는 이유를 물으시는 거라면 번지수를 잘못 찾으셨네요."

'당신은 도망치는 아이를 여섯 번이나 쏘았잖아. 그것도 마지막 서너 번은 직격탄으로. 그런데 어떻게 자기를 착한 사람이라고 생각할 수 있지?'

브래들리는 생각했다.

"헤어지기 전에 *제가* 묻고 싶은 게 하나 있는데요."

핼러스가 말했다.

브래들리는 기다렸다.

"경찰에서 아이의 신원을 알아냈나요?"

핼러스는 독방으로 돌아가기 싫어서 이야깃거리를 만들어내는 죄수처럼 한가한 투로 물었지만 이 오랜 면회가 시작된 이래 처음으로 관심을 보이며 초롱초롱하게 눈을 반짝였다.

"아닌 것 같던데요."

브래들리는 조심스럽게 대답했다. 사실 그는 알아내지 못했다는 것을 알고 있었다. 그는 검사실에 인맥이 있어서 아이의 이름과 배경이 밝혀지면 혈안이 된 신문사에서 입수해 공표하기 전에 알려 주기로 되어 있었다. 신원을 알 수 없는 소년 피해자는 전국을 강타한 사회면 기사였다. 지난 넉 달 동안 잠잠해지기는 했지만 핼러스가 처형되면 다시 기세 좋게 타오를 게 분명했다.

"그 부분에 대해서 생각해 보시라고 말씀드리고 싶지만 그럴 필요는 없겠죠? 이미 생각해 보고 *계실* 테니까요. 밤에 잠을 못 잘 정도는 아닐지 몰라도 생각하고 계시겠죠."

핼러스의 말에 브래들리는 아무 대꾸도 하지 않았다.

이번에는 핼러스가 진짜로 환한 미소를 지었다.

"제가 한 이야기를 한 마디도 믿지 않으신다는 거 알아요. 누가 뭐라고 할 수 있겠어요? 하지만 머리를 굴려서 잠깐만 생각해 보세요. 백인 남자아이였잖아요. 백인 남자아이를 누구보다 소중하게 여기는 이 사회에서는 그런 아이가 실종되면 가장 열심히 수색에 나서죠. 요즘은 아이들이 학교에 들어가면 당연한 수순으로 지문을 등록해요. 길을 잃거나 살해되거나 유괴를 당했을 때 신원을 확인할 수 있게. 이 주에서는 심지어 그렇게 하도록 법으로 정해졌을 거예요. 제 말이 틀렸나요?"

브래들리는 마지못해 시인했다.

"아뇨. 하지만 확대해석하면 안 되죠. 어쩌다 보니 이 아이가 누락됐을 수도 있으니까요. 그럴 수 있잖아요. 시스템 오류라는 게 있으니까요."

핼러스의 미소가 함박웃음으로 바뀌었다.

"계속 그렇게 생각하세요, 브래들리 변호사님. 계속 그렇게 생각하세요."

그가 몸을 돌려서 손을 흔들자 맥그리거가 이어폰을 빼고 자리에서 일어났다.

"다 끝났나?"

"네."

핼러스가 대답했다. 맥그리거가 허리를 숙이고 쇠사슬을 푸는 동안 그는 다시 브래들리 쪽을 돌아보았다. 함박웃음(브래들리가 본 처음이자 마지막 함박웃음이었다.)은 기미도 없이 사라지고 보이지 않았다.

"오실 건가요? 그때가 되면?"

"올게요."

브래들리가 말했다.

8

그로부터 6일 뒤 오전 11시 52분, 참관실의 커튼이 젖혀지고 흰색 타일과 Y자 모양의 테이블로 이루어진 처형실이 드러났을 때 그는 그 자리에 있었다. 증인은 그 말고 두 명뿐이었다. 한 명은 성 안드레아 성당의 패트릭 신부였다. 브래들리는 그와 함께 뒷줄에 앉았다. 팔짱을 끼고 맨 앞줄에 앉은 지방검사의 시선은 창문 너머로 보이는 방을 떠날 줄 몰랐다.

처형 집행단(브래들리는 실제로 이렇게 불린다면 섬뜩하겠다는 생각을 했다.)이 자리를 잡았다. 전부 합해서 여섯 명이었다. 투미 교도소장, 맥그리거와 다른 교도관 두 명, 하얀 가운을 입은 의료진 한 쌍이었다. 주인공은 벌린 두 팔을 벨크로에 묶인 채 테이블에 누워 있었는데, 커튼이 젖혀졌을 때 브래들리의 시선이 맨 처음 향한 곳은 골프장에나 어울림직한 파란색의 오픈넥 셔츠를 입은 교도소장이었다.

조지 핼러스는 허리에 안전벨트를 두르고 어깨에 3점식 멜빵을 메고 있어서 독극물 사형 집행을 기다리기보다 우주 캡슐을 타고 날아갈 준비를 하는 사람처럼 보였다. 본인의 요청 아래 사제가 배석하지 않았지만 브래들리와 패트릭 신부가 보이자 그는 손목에 묶인 벨크로가 허락하는 한도 내에서 최대한 손을 들어 알은 체했다.

패트릭 신부는 한 손을 들어 화답하고 브래들리를 돌아보았다. 얼굴이 백짓장처럼 하얬다.

"이런 자리에 참석하신 적 있나요?"

브래들리는 고개를 저었다. 입 안이 말라서 평소와 같은 목소리로 말을 할 수 있을지 자신이 없었다.

"저도 처음이에요. 내가 추태를 보이지 말아야 할 텐데. 그는……."

패트릭 신부는 침을 꿀꺽 삼켰다.

"그는 아이들에게 아주 잘해 주었어요. 다들 그를 사랑했죠. 믿기지가 않네요…… 심지어 이 순간에조차 믿기지가 않네요……."

브래들리도 마찬가지였다. 하지만 그는 믿었다. 믿어야 했다.

팔짱을 낀 지방검사가 모세처럼 미간을 잔뜩 찌푸리고 그들을 돌아보았다.

"조용히 합시다."

핼러스는 이승에서의 마지막 공간을 둘러보았다. 거기가 어디인지, 무슨 일이 벌어지고 있는지 모르는 사람처럼 어리둥절한 표정이었다. 맥그리거가 걱정 말라는 듯이 한 손을 그의 가슴에 얹었다. 이제 11시 58분이었다.

하얀 가운 한 명(브래들리가 짐작컨대 정맥주사 담당인 듯했다.)

이 고무 튜브를 핼러스의 오른쪽 팔뚝에 동여매더니 주사바늘을 꽂고 테이프로 붙였다. 주사바늘은 주사 줄에 연결되어 있었다. 주사 줄은 다시 벽에 걸린 제어장치와 연결이 됐는데, 제어장치에서는 세 개의 빨간 램프가 세 개의 스위치 위에서 이글거리고 있었다. 두 번째 하얀 가운이 제어장치 쪽으로 다가가더니 앞으로 손을 뻗어서 손뼉을 쳤다. 이제 처형실 안에서 움직이는 사람은 빠른 속도로 눈을 깜빡이는 조지 핼러스뿐이었다.

패트릭 신부가 속삭였다.

"지금 하고 있는 건가요? 잘 모르겠어요."

브래들리도 마주 속삭였다.

"저도요. 그런 것 같긴 한데……."

확성장치를 통해 딸깍 하는 소리가 들리자 두 사람은 움찔했다.(주 정부의 법정 대리인은 동상처럼 옴짝달싹하지 않았다.) 교도소장이 물었다.

"여러분, 제 목소리 잘 들립니까?"

지방검사가 엄지손가락을 들어보이고는 다시 팔짱을 꼈다.

교도소장이 핼러스를 돌아보았다.

"조지 피터 핼러스, 당신은 배심원단에게 사형 선고를 받았고, 우리 주의 대법원과 미합중국 대법원에서 형을 확정받았다."

'남들이 들으면 사형 선고를 놓고 한바탕 설전이라도 벌어진 줄 알겠네.'

브래들리는 생각했다.

"사형이 집행되기 전에 마지막으로 하고 싶은 말이 있나?"

핼러스는 고개를 저으려다 생각이 바뀐 듯한 표정을 지었다. 그는 유리창 너머로 참관실을 빤히 쳐다보았다.

"안녕하세요, 브래들리 변호사님. 와 주셔서 감사합니다. 제 말 잘 들으세요, 알았죠? 제가 변호사님이라면 조심하겠어요. *그건 아이의 모습으로 온다는 걸 명심하세요.*"

"그걸로 끝인가?"

교도소장이 명랑하달 수 있는 목소리로 물었다.

핼러스는 교도소장을 쳐다보았다.

"하나 더요. 그 셔츠는 *도대체* 어디서 사셨어요?"

투미 교도소장은 누가 그의 얼굴에 찬물을 끼얹기라도 한 것처럼 눈을 깜빡이더니 의료진 쪽으로 고개를 돌렸다.

"준비됐습니까?"

제어장치 옆에 서 있던 하얀 가운이 고개를 끄덕였다. 교도소장은 길고 장황한 법률 용어를 한바탕 늘어놓더니 시계를 확인하고 미간을 찌푸렸다. 12시 1분이라 1분이 늦어 버린 것이었다. 그가 배우에게 큐 사인을 보내는 연출가처럼 하얀 가운을 손가락으로 가리켰다. 하얀 가운이 스위치를 켜자 세 개의 빨간 불이 초록색으로 바뀌었다.

인터컴이 계속 켜져 있어서 패트릭 신부가 한 말을 살짝 다른 말로 바꾸어서 묻는 핼러스의 목소리가 들렸다.

"지금 시작된 건가요?"

아무도 대답하지 않았다. 상관없었다. 그의 눈이 감겼다. 그가 코 고는 소리를 냈다. 1분이 지났다. 그가 다시 길고 거칠게 코 고는 소리를 냈다. 2분이 지났다. 4분이 지났다. 코 고는 소리도 움직임도 멈추었다. 브래들리는 주변을 둘러보았다. 패트릭 신부는 가고 없었다.

9

대초원에서 불어온 차가운 바람이 바늘의 집을 나서는 브래들
리를 맞았다. 그는 외투 지퍼를 잠그고 서서 길게 숨을 들이마셨
다. 바깥 공기를 최대한 빨리, 최대한 많이 안으로 담으려 했다. 처
형 그 자체는 괜찮았다. 교도소장이 입은 파란색의 희한한 셔츠
말고는 파상풍이나 대상포진 주사를 맞는 것처럼 평범했다. 사실
그래서 끔찍했다.

사형수들이 운동을 하는 닭장에서 누군가 움직이는 것이 그의
곁눈으로 포착됐다. 하지만 그곳에는 아무도 있을 수가 없었다. 처
형일에는 운동이 생략됐다. 맥그리거가 그렇다고 얘기해 주었다.

고개를 돌려보니 과연 닭장에 아무도 없었다.

브래들리는 생각했다.

'그건 아이의 모습으로 온다고.'

그는 웃음을 터뜨렸다. 억지로 웃음을 터뜨렸다. 신경이 예민해
져서 착각할 만도 했다. 그렇다는 것을 증명이라도 하듯이 몸서리
가 쳐졌다.

패트릭 신부가 타고 온 낡은 볼보는 떠나고 없었다. 바늘의 집
에 딸린 조그마한 방문객용 주차장에는 그의 차밖에 없었다. 브래
들리는 그쪽 방향으로 몇 걸음 걸어가다가 무릎 위로 외투 자락을
휘날리며 휙 하니 닭장 쪽으로 몸을 돌렸다. 아무도 없었다. 당연

히 그렇겠지, 젠장. 조지 핼러스는 제정신이 아니었고 그가 얘기한 못된 꼬맹이가 *진짜* 있었다 한들 이제는 죽었잖아. 45구경 권총으로 여섯 발을 맞았으면 죽고도 남았지.

브래들리는 발걸음을 재촉했지만 그의 차 보닛을 돌아가다 말고 다시 한 번 걸음을 멈추었다. 그의 포드 차 앞 범퍼에서 왼쪽 미등까지 보기 흉하게 긁힌 자국이 있었다. 누군가가 열쇠로 그의 차를 긁어 놓았다. 세 개의 담과 똑같은 숫자의 검문소를 지나야 할 만큼 경비가 삼엄한 교도소에서 누군가가 열쇠로 그의 차를 긁어 놓았다.

처음에 브래들리는 탈무드에 나오는 독불장군의 상징인 척 팔짱을 끼고 앉아 있던 지방검사의 소행인가 생각했다. 하지만 그걸 뒷받침할 만한 근거가 부족했다. 지방검사는 어쨌거나 원하던 것을 얻었다. 그는 조지 핼러스가 죽는 것을 지켜보았다.

브래들리는 굳이 잠그지 않은(여기는 다른 데도 아닌 *교도소*였다.) 차문을 열고 몇 초 동안 꼼짝도 하지 않고 서 있었다. 잠시 후 다른 누군가에게 조종을 당하기라도 하는 것처럼 천천히 올라간 그의 손이 입을 가렸다. 꼭대기에 프로펠러가 달린 모자가 운전석에 놓여 있었다. 두 개의 플라스틱 날개 가운데 하나가 구부러져 있었다.

그는 한참 만에 허리를 숙이고 핼러스가 그랬던 것처럼 두 손가락으로 집게처럼 모자를 집어서 들었다. 모자를 뒤집었다. 비뚤배뚤하고 한데 뭉쳐졌고 점점 아래로 기우는 어린아이 글씨체로 써진 쪽지가 안에 꽂혀 있었다.

가져. 나는 하나 더 있어.

그의 귀에 높고 명랑한 어린아이의 웃음소리가 들렸다. 닭장 쪽을 돌아보았지만 여전히 아무도 없었다.

쪽지를 뒤집어 보니 그보다 더 짧은 선언이 적혀 있었다.

곧 만나자.

러스 도어에게 바친다

죽음

어쩌면 글쓰기에 대해 이야기한 소설 중에서 최고로 꼽힐 수도 있는 「해럴드 륙의 머리칼」에서 토머스 윌리엄스는 인상적인 은유 내지는 비유를 들어서 이야기가 어떤 식으로 탄생하는지 설명한 바 있다. 그는 조그만 모닥불이 있는 시커먼 들판을 상정한다. 몸을 녹이려는 사람들이 어둠 속에서 하나둘씩 등장한다. 다들 연료를 조금씩 들고 온 덕분에 모닥불이 활활 타오르는 거대한 불길로 발전하고, 그 불길을 둘러싼 등장인물들의 얼굴은 저마다 밝고 아름답게 빛난다.

어느 날 밤에 나는 잠 속으로 빠져들다 아주 조그만 모닥불(사실상 호롱불에 가까운 것)을 보았는데 어떤 남자가 그 옆에서 신문을 읽으려고 하고 있었다. 다른 사람들이 저마다 호롱불을 들고 등장해 황량한 풍경을 비추자 그곳이 다코타 준주가 되었다.

솔직히 고백하려니 불안하지만 나는 이런 환시를 자주 경험한다. 거기에 어울리는 이야기가 늘 생각나는 것은 아니다. 가끔 불이 꺼져 버릴 때도 있다. 하지만 이 이야기는 글로 옮겨야만 했다. 어떤 문장을 쓰고 싶은지(내 평소 스타일과 전혀 다르게 건조하고 간결한 문장을) 정확하게 알 수 있었다. 이야기가 어디로 흘러갈지 알 수 없었지만 문장이 나를 그곳으로 데려갈 거라고 100퍼센트 확신할 수 있었다. 그리고 내 예상은 맞아떨어졌다.

짐 트러스데일은 쓰러져 가는 아버지의 목장 서쪽에 판잣집을 짓고 살았고 바클레이 보안관과 대여섯 명의 직무 대리인들이 찾아왔을 때 그는 지저분한 헛간용 외투를 입고 차가운 난로 옆 의자에 앉아서 등불을 켜 놓고 묵은 《블랙 힐스 파이오니어》를 읽고 있었다. 적어도 그걸 들여다보고 있었다.

바클레이 보안관이 문 앞에 서자 입구가 거의 꽉 찼다. 그는 가지고 온 등불을 들고 있었다.

"이리 나와라, 짐. 두 손 들고. 내가 아직 권총을 꺼내지 않았는데 끝까지 꺼낼 일이 없었으면 한다."

트러스데일이 밖으로 나왔다. 치켜든 한쪽 손에 계속 신문을 들고 있었다. 그는 생기 없는 회색 눈으로 보안관을 쳐다보며 그 자리에 가만히 서 있었다. 보안관도 그를 쳐다보았다. 말을 타고 온

239

네 명과, 희미해져 가는 노란색으로 옆면에 **하인스 장의사**라고 적힌 오래된 사륜 짐마차를 타고 온 두 명도 마찬가지였다.

"우리가 찾아온 이유를 묻지 않는군."

바클레이 보안관이 말했다.

"어쩐 일로 오셨습니까, 보안관님?"

"모자는 어디 있나, 짐?"

트러스데일은 모자를 만지려는 듯 신문을 들지 않은 쪽 손을 머리 쪽으로 가져갔지만, 갈색의 납작한 카우보이 모자는 거기 없었다.

"자네 집에 있겠지?"

보안관이 물었다. 차가운 산들바람이 불어오자 말갈기가 날렸고, 풀밭이 물결을 일으키며 남쪽으로 납작하게 누웠다.

"아뇨. 아닌 것 같은데요."

트레스데일이 대답했다.

"그럼 어디 있나?"

"잃어버린 모양이에요."

"짐마차 뒤 칸에 타 줘야겠는데."

보안관이 말했다.

"장의차는 타고 싶지 않은데요. 마가 낄 수도 있어서요."

트러스데일의 말에 한 남자가 말했다.

"자네는 이미 마가 낄 대로 꼈어. 끼다못해 이미 범벅이 됐다고. 어서 타."

트러스데일은 짐마차 뒤 칸으로 가서 올라탔다. 아까보다 좀 더 센 바람이 불어오자 그는 헛간용 외투의 옷깃을 세웠다.

짐마차에 타고 있던 두 남자가 내려서 마차 양옆으로 섰다. 한 명은 총을 꺼냈고 다른 한 명은 꺼내지 않았다. 트러스데일은 그들의 얼굴은 알지만 이름은 몰랐다. 읍내에 사는 사람들이었다. 보안관과 나머지 네 명은 그의 판잣집으로 들어갔다. 그중 한 명이 장의사 하인스였다. 그들은 그 안에서 한참 동안 있었다. 추운 저녁인데도 불구하고 불을 지피지 않은 난로까지 열어서 재를 뒤적였다. 마침내 그들이 밖으로 나왔다.

바클레이 보안관이 말했다.

"모자가 없군. 우라지게 큰 모자라 우리가 못 보고 지나칠 수가 없었을 텐데. 거기에 대해서 할 말 없나?"

"잃어버려서 아쉽네요. 아버지가 아직 정신이 멀쩡하셨을 때 주신 건데."

"그럼 어디 있나?"

"말씀드렸잖습니까, 잃어버린 것 같다고요. 아니면 누가 훔쳐갔겠죠. 그랬을 수도 있겠네요. 저기, 저 조만간 자려고 누울 시간인데요."

"누울 생각은 하지도 말게. 오늘 오후에 읍내에 갔었지?"

한 남자가 다시 마차에 올라타며 말했다.

"당연히 갔었겠죠. 내가 직접 봤는걸요. 그 모자도 쓰고 있었고요."

"조용히 해, 데이브."

바클레이 보안관이 말했다.

"읍내에 갔었나, 짐?"

"네, 보안관님. 갔어요."

트러스데일이 말했다.

"처커럭에?"

"네, 보안관님. 맞습니다. 걸어가서 술을 두 잔 마시고 다시 걸어 왔죠. 아마 처커럭에서 모자를 잃어버린 것 같아요."

"그게 자네 주장인가?"

트러스데일은 시커먼 11월의 하늘을 올려다보았다.

"제가 알기로는 그렇습니다."

"나를 봐, 젊은 친구."

트러스데일은 그를 쳐다보았다.

"그게 자네 주장인가?"

"말씀드렸잖습니까, 제가 알기로는 그렇다고요."

트러스데일은 그를 쳐다보며 말했다.

바클레이 보안관은 한숨을 쉬었다.

"알았네, 읍내로 가지."

"왜요?"

"체포됐으니까."

"염병할 머릿속에 생각이라는 게 없네. 제 아비가 똑똑해 보일 지경이야."

한 남자가 말했다.

그들은 읍내로 돌아갔다. 6킬로미터 거리였다. 트러스데일은 장의차 뒤 칸에 올라타 외투 옷깃을 세웠다. 고삐를 쥔 남자가 뒤도 돌아보지 않고 물었다.

"이 개 같은 놈아, 그 아이의 돈을 훔치고 몹쓸 짓까지 했냐?"

"그게 무슨 소리인지 모르겠는데요."

트러스데일이 말했다.

바람소리만 들릴 뿐 이후로 읍내까지 가는 내내 그들은 침묵을 지켰다. 읍내에 도착해 보니 사람들이 길가에 줄지어 서 있었다. 처음에 그들은 잠잠했다. 그러다 갈색 숄을 두른 노파가 절뚝거리며 장의차를 향해 달려들어 트러스데일에게 침을 뱉었다. 그녀가 뱉은 침은 빗나갔지만 여기저기서 박수갈채가 쏟아졌다.

유치장에 도착하자 바클레이 보안관이 짐마차에서 내리는 트러스데일을 부축했다. 이제는 바람이 사납게 불었고 눈 냄새를 풍겼다. 바람에 날린 회전초가 급수탑을 향해 큰길을 직선으로 내달렸다. 사람들이 긴 널빤지로 만든 급수탑 울타리 앞에서 와글거리고 있었다.

"어린아이를 죽인 살인마의 목을 매달아라!"

한 남자가 고함을 질렀고 누군가가 돌을 던졌다. 돌은 트러스데일의 머리와 오른쪽 어깨 사이로 날아가 덜거덕 하는 소리와 함께 인도에 세워진 입간판을 때렸다.

바클레이 보안관은 몸을 돌려서 등불을 들고 가게 앞에 모인 사람들의 면모를 살폈다.

"그러지 마십시오. 어리석은 행동은 하지 마십시오. 조사 중인 사건입니다."

보안관은 트러스데일의 위팔을 잡고 그의 사무실을 지나 유치장으로 데려갔다. 감방은 모두 두 개였다. 바클레이는 트러스데일을 왼쪽 방에 넣었다. 침대와 등받이 없는 의자와 양동이가 있었다. 트러스데일이 의자에 앉으려고 하자 바클레이가 말했다.

"아니. 그냥 거기 서 있게."

보안관은 주위를 살피다 떼 지어 들어온 일당을 발견했다.

"다들 나가 있게."

데이브라고 불린 남자가 말했다.

"오티스 보안관님, 저자가 공격하면 어쩌려고요?"

"그럼 진압하면 되지. 임무를 충실히 수행해 주어서 고맙네만 이제는 나가 주게."

그들이 사라지자 그가 말했다.

"그 외투 벗어서 나한테 주겠나?"

트러스데일은 헛간용 외투를 벗은 순간 몸을 부들부들 떨기 시작했다. 아래에 입은 옷이 러닝셔츠와 골이 거의 지워지고 한쪽 무릎이 튀어나올 정도로 낡은 코듀로이 바지뿐이었다. 바클레이 보안관은 외투 주머니에서 J. W. 시어스 카탈로그로 싸 놓은 담배 뭉치와 페소로 당첨금을 준다는 오래된 복권을 꺼냈다.

"그건 내 행운의 부적이에요. 어렸을 때부터 넣고 다녔어요."

트러스데일이 말했다.

"바지 주머니를 뒤집어 보게."

트러스데일이 바지 주머니를 뒤집었다. 1센트짜리 동전 한 개와 5센트짜리 동전 세 개, 멕시코 복권만큼이나 오래돼 보이는, 네바다 실버 러시를 다룬 신문 기사가 나왔다.

"부츠 벗어 보게."

트러스데일은 부츠를 벗었다.

바클레이가 부츠를 집어서 안을 더듬었다. 한쪽 밑창에 10센트 짜리 동전만 한 구멍이 뚫려 있었다.

"이제 양말."

바클레이는 양말을 뒤집어서 옆으로 던졌다.

"바지 벗게."

"싫은데요."

"나도 자네 바지 안에 뭐가 들었는지 보고 싶지 않지만 벗어 주어야겠네."

트러스데일은 바지를 벗었다. 속옷을 안 입고 있었다.

"돌아서 볼기짝을 벌리게."

트러스데일은 돌아서 엉덩이를 잡고 좌우로 벌렸다. 바클레이 보안관은 움찔하고 한숨을 쉬더니 트러스데일의 항문 속으로 손가락을 집어넣었다. 트러스데일은 신음 소리를 냈다. 바클레이는 손가락을 꺼낼 때 뽁 하는 소리가 나자 다시 움찔했고 손가락을 트러스데일의 러닝셔츠에 대고 닦았다.

"어디 있나, 짐?"

"제 모자요?"

"내가 자네 모자를 찾으려고 똥구멍까지 찔러 봤겠나? 그걸 찾겠다고 자네 집 난로 재를 뒤졌겠냐고? 자네 지금 혹시 꼼수를 부리는 건가?"

트러스데일은 바지를 입고 단추를 채웠다. 그러고는 맨발로 서서 부들부들 떨었다. 방금 전까지만 해도 집에서 신문을 읽으며 난로에 불을 땔까 고민했는데 그때가 머나먼 과거처럼 느껴졌다.

"자네 모자는 내 사무실에 있네."

"그럼 모자 어디 있느냐고 왜 물어보셨습니까?"

"자네가 뭐라고 대답할지 듣고 싶어서. 그 모자 문제는 해결됐어. 내가 정말로 알고 싶은 건 그 아이의 은화를 어디 숨겼느냐는 거야. 자네 집 안에도 없고 주머니에도 없고 똥구멍에도 없고. 죄 책감에 던져 버렸나?"

"은화라니 무슨 말씀인지 모르겠는데요. 모자는 돌려받을 수 있는 겁니까?"

"아니. 그건 증거물일세. 짐 트러스데일, 자네를 레베카 클라인 살해 혐의로 체포하네. 거기에 대해서 할 말 있나?"

"네, 보안관님. 저는 레베카 클라인이 누군지 모르는데요."

보안관은 감방을 나가서 문을 닫고 벽에 걸린 열쇠를 꺼내 문을 잠갔다. 자물쇠 안의 쇠붙이가 돌아가며 끼이익 하는 소리를 냈다. 주로 주취자를 가두던 곳이라 문을 잠근 적이 거의 없었다. 그는 트러스데일을 쳐다보며 말했다.

"유감스럽게 됐네, 짐. 그런 짓을 한 인간에게는 지옥불도 모자라겠지."

"그런 짓이라뇨?"

보안관은 아무 대꾸 없이 무거운 걸음으로 멀어졌다.

트러스데일은 마더스 베스트에서 공수된 음식을 먹고 침대에서 자고 이틀마다 비우는 양동이에 볼일을 보며 1주일 동안 감방에서 지냈다. 아버지는 면회를 오지 않았다. 아버지는 80대에 반푼이 되었고 90대인 지금은 두 명의 북아메리카 원주민 여자들에게 보살핌을 받았다. 두 여자 가운데 한 명은 수족, 다른 한 명은 라코타족이었다. 가끔 그들이 버려진 일꾼 숙소 현관에 서서 화음을 넣어 가며 노래를 부를 때도 있었다. 형은 네바다에서 은을 찾아 헤매고 있었다.

어떤 때는 아이들이 그의 독방 앞 복도에 서서 *사형 집행관님,*

사형 집행관님, 어서 내려오세요 하고 노래를 불렀다. 또 어떨 때는 남자들이 거기 서서 그의 거시기를 잘라 버리겠다고 협박했다. 한번은 레베카 클라인의 어머니가 와서 그럴 수만 있다면 자기가 직접 그의 교수형을 집행하겠다고 했다. 그녀가 철창이 달린 창문 사이로 물었다.

"어떻게 우리 아이를 죽일 수가 있어? 열 살밖에 안 된 애를. 그날은 그 아이의 생일이었는데."

트레스데일은 그를 올려다보는 그녀의 새하얀 얼굴을 내려다볼 수 있도록 침대에 서서 말했다.

"부인, 저는 부인의 아이는 물론이고 어느 누구도 죽인 적이 없습니다."

"이런 거짓말쟁이 깜둥이 같으니라고."

그녀는 이렇게 말하고 가 버렸다.

마을 주민 거의 모두가 아이의 장례식에 참석했다. 북아메리카 원주민 여자들도 참석했다. 심지어 처커럭에서 손님을 기다리는 창녀들까지 갔다. 트러스데일은 한쪽 구석에 놓인 양동이 위에 쪼그리고 앉아서 노랫소리를 들었다.

바클레이 보안관이 포트 피어에 전보를 보내자 순회 재판소 판사가 찾아왔다. 그는 신참 판사라 이런 일을 맡기에는 젊었고 와일드 빌 히콕(미국 서부 개척 시대의 총잡이이자 북군 소속 군인 — 옮긴이)처럼 금발을 등 뒤로 길게 늘어뜨린 멋쟁이였다. 이름은 로저 미젤이었다. 작고 동그란 안경을 썼고, 결혼반지를 꼈음에도 불구하고 처커럭과 마더스 베스트에서 여색을 밝히는 남자라는 것을 입증해 보였다.

그 마을에는 트러스데일을 대변할 변호사가 없었기에 미젤은 가게와 술집과 굿레스트 호텔 주인인 조지 앤드루스에게 그 임무를 맡겼다. 앤드루스는 오마하의 실업학교에서 2년 동안 고등교육을 받은 이력이 있었다. 그는 클라인 부부에게 동의를 받은 다음에야 트러스데일의 변호를 맡겠다고 했다.

"그럼 가서 두 분을 만나 보시죠. 지체하지 마시고요."

미젤이 말했다. 그는 이발소 의자에 앉아서 고개를 뒤로 젖히고 면도를 받고 있었다.

앤드루스가 용건을 설명하자 클라인 씨는 이렇게 말했다.

"흠. 궁금한 게 하나 있는데요. 변호인이 없어도 그자를 처형할 수 있습니까?"

조지 앤드루스가 대답했다.

"미합중국법상 그건 안 될 거예요. 우리가 아직은 아니지만 조만간 미합중국의 일원이 될 거 아닙니까."

"그자가 빠져나올 가능성이 있을까요?"

클라인 부인이 물었다.

"아뇨, 부인. 내가 보기에는 방법이 없어요."

앤드루스가 말했다.

"그럼 주어진 소임을 다하세요. 주님의 축복이 함께 하시길 빌게요."

클라인 부인이 말했다.

11월의 어느 날 오전에 열린 재판은 오후 중반까지 이어졌다. 재판정은 공회당이었고 그날에는 웨딩 레이스처럼 고운 눈송이가 날렸다. 마을을 향해 몰려드는 청회색 구름이 폭풍을 예고했다.

사건의 개요를 익힌 로저 미젤이 판사 겸 지방 검사를 맡았다.

"자기 은행에서 대출을 받고 자기 은행에 이자를 내는 은행업자하고 비슷하구먼."

점심 휴식 시간 때 마더스 베스트에서 한 배심원이 이렇게 얘기하자 반박하고 나선 사람은 없었지만 어처구니없는 발상이라고 문제를 제기한 사람도 없었다. 확실히 경제적인 방법이기는 했다.

미젤 검사는 증인을 대여섯 명 소환했고, 미젤 판사는 그의 심문에 한 번도 이의를 제기하지 않았다. 맨 첫 번째 증인은 클라인 씨였고 맨 마지막 증인은 바클레이 보안관이었다. 이야기는 간단했다. 레베카 클라인이 살해되던 날 정오에 케이크와 아이스크림이 준비된 생일파티가 열렸다. 레베카의 친구 몇 명이 파티에 참석했다. 2시경 아이들이 당나귀 꼬리 달기와 의자 뺏기 놀이를 하고 있었을 때 짐 트러스데일이 처커럭에 들어와서 위스키를 한 잔 주문했다. 그는 카우보이 모자를 쓰고 있었다. 그는 뜸을 들여가며 위스키를 마셨고 잔이 비자 한 잔 더 주문했다.

그가 중간에 모자를 벗은 적이 있었습니까? 문 옆 고리에 걸어두었다든지. 기억하는 사람이 아무도 없었다.

"저는 그가 모자를 벗은 걸 본 적이 없어요. 그 모자를 정말 좋아했거든요. 벗었다면 자기 옆에 두었을 거예요. 그는 두 번째 잔을 비우고 나갔어요."

바텐더 데일 제러드가 말했다.

"그가 나갔을 때 모자가 바에 놓여 있었나요?"

미젤이 물었다.

"아뇨."

"그날 밤에 가게 문을 닫았을 때 고리에 걸려 있었나요?"

"아뇨."

그날 3시 무렵에 레베카 클라인은 메인 대로에 있는 약제상에 가려고 마을의 남쪽 끝에 있는 집을 나섰다. 어머니는 그녀에게 생일 용돈으로 사탕을 사도 좋지만 오늘은 단 걸 이미 많이 먹었기 때문에 먹지는 말라고 했다. 5시가 돼도 아이가 돌아오지 않자 클라인 씨와 몇 명의 남자들이 아이를 찾으러 나섰다. 아이는 바커스 앨리의 역마차 차고와 굿레스트 사이에서 발견됐다. 목이 졸린 상태였다. 은화는 보이지 않았다. 억장이 무너진 아버지가 그녀를 품에 안았을 때 다른 남자들이 트러스데일의 챙 넓은 가죽 모자를 발견했다. 아이의 파티 드레스 자락으로 덮여 있었다.

배심원들이 점심을 먹는 동안 사건현장에서 90걸음도 안 되는 역마차 차고 뒤편에서 망치질 소리가 들렸다. 교수대가 설치되는 소리였다. 그 마을에서 가장 솜씨가 좋기로 유명하고 이름마저 마침 알맞은 존 하우스 씨의 감독 아래 작업이 진행되고 있었다. 큰 눈이 내리고 있어서 포트 피어로 가는 길이 어쩌면 일주일 동안, 어쩌면 겨울 내내 막힐 수 있었다. 그들은 봄이 올 때까지 트러스데일을 유치장에 가두어 놓을 생각이 없었다. 그건 전혀 경제적이지 못했다.

"교수대쯤이야 일도 아니죠. 이런 건 어린애도 만들 수 있어요."

하우스는 구경하러 온 주민들에게 말했다. 그는 뚜껑 문 밑에 레버로 움직일 수 있는 도리가 설치될 테고 막판에 차질이 빚어지지 않게 차축에 바르는 기름을 칠할 거라고 설명했다.

"이런 일은 첫판에 제대로 해치워야 하잖아요."

오후에 조지 앤드루스가 트러스데일을 증인석에 세웠다. 방청객들이 야유를 보내자 미젤 판사가 법봉을 내리치며 정숙하지 않으면 전원 퇴장 명령을 내리겠다고 했다.

"문제의 그날, 처커럭 살롱에 갔습니까?"

소란이 진정되자 앤드루스가 물었다.

"아마도요. 그랬으니까 이 자리에 서 있는 거겠죠."

트러스데일이 말했다.

그 말에 몇몇이 웃음을 터뜨리자 법봉을 내리치기는 했지만 미젤도 미소를 지었고 이번에는 방청객들을 나무라지 않았다.

"술을 두 잔 주문했습니까?"

"네, 맞습니다. 두 잔 살 돈밖에 없어서요."

"하지만 금세 은화가 생겼잖아, 이 개 같은 놈아!"

에이블 하인스가 고함을 질렀다.

미젤이 법봉으로 먼저 하인스를, 그 다음에는 맨 앞줄에 앉아 있던 바클레이 보안관을 가리켰다.

"보안관, 저분을 모시고 나가고 풍기 문란죄로 기소해 주세요."

바클레이는 하인스를 데리고 나갔지만 풍기 문란죄로 기소하지는 않았다. 대신 도대체 왜 그랬느냐고 물었다.

"죄송합니다, 오티스 보안관님. 맨발을 대롱거리면서 앉아 있는 녀석을 보았더니 그만."

하인스가 말했다.

"밖으로 나가서 존 하우스한테 일손이 필요하지는 않은지 알아보게. 이 난리통이 정리될 때까지 이 근처에 얼씬도 하지 마."

바클레이가 말했다.

"여기저기서 녀석을 돕고 있네요. 이제 폭설마저 내리고 있으니."

"폭설에 자네가 날릴 일은 없겠지. 나가 보게."

그동안 트러스데일은 증언을 계속했다. 그는 처커럭에 모자를 벗어 두고 나왔지만 집에 도착할 때까지 몰랐다고 했다. 알아차렸을 때는 너무 피곤해서 그걸 찾으러 시내까지 걸어갔다 올 기운이 없었다. 게다가 날이 저물었다.

미젤이 끼어들었다.

"그 망할 모자를 쓰지 않는데 6킬로미터를 걸어가는 동안 몰랐다는 말을 지금 믿어 달라는 겁니까?"

"계속 쓰고 다녔기 때문에 그냥 쓰고 있겠거니 생각했던 것 같습니다."

트러스데일이 대답했다. 이 말에 또 여기저기서 폭소가 터졌다.

바클레이가 돌아와서 데이브 피셔 옆에 앉았다.

"뭣 때문에 웃고들 있나?"

"저 바보한테는 사형 집행관이 필요 없겠어요. 제 손으로 올가미를 묶고 있어요. 웃을 일이 아닐 텐데 그래도 우습네요."

피셔가 말했다.

"그 골목길에서 레베카 클라인과 마주쳤나요?"

조지 앤드루스가 큰소리로 물었다. 모든 이의 시선이 자신에게 쏠리자 지금까지 숨겨져 있었던 연극배우 기질이 그의 안에서 고개를 들었다.

"레베카 클라인과 마주쳤고 그 아이에게서 생일 용돈을 빼앗았나요?"

"아뇨."

트러스데일이 대답했다.

"그 아이를 죽였나요?"

"아뇨. 저는 그 아이가 누구인지도 모릅니다."

클라인 씨가 자리에서 일어나 고함을 질렀다.

"이 거짓말쟁이 새끼야!"

"거짓말 아닙니다."

트러스데일이 말했고 바로 그 순간 바클레이 보안관은 그의 말을 믿게 됐다.

"이상입니다."

조지 앤드루스는 이렇게 말하고 자기 자리로 돌아갔다.

트러스데일이 자리에서 일어나려고 하자 미첼이 그대로 앉아서 몇 가지 추가 질문에 답변하라고 했다.

"피고가 처커럭에서 술을 마시는 동안 누군가가 피고의 모자를 훔쳐갔고 그 누군가가 피고의 모자를 쓰고 골목길로 들어가서 레베카 클라인을 살해하고 피고에게 누명을 씌우기 위해 모자를 현장에 두고 간 거라는 주장을 철회하지 않을 생각입니까, 트러스데일 씨?"

트러스데일은 말이 없었다.

"대답하시죠, 트러스데일 씨."

"누명이 무슨 뜻인지 모르겠습니다."

"누군가가 피고에게 이 끔찍한 살인 사건의 죄를 뒤집어씌우려 하는 거라고 우리가 믿어 주길 바라는 겁니까?"

트러스데일은 손을 맞잡고 비틀며 고민에 잠겼다. 이윽고 그가 말했다.

"누군가가 실수로 모자를 들고 가서 버린 걸 수도 있겠습니다."

미젤은 넋을 잃은 방청객들을 바라보았다.

"혹시 이곳에 실수로 트러스데일 씨의 모자를 들고 간 분 계신가요?"

정적이 흐르는 가운데 바람소리만 들렸다. 바람소리가 점점 거세어지고 있었다. 이제는 눈발이 가느다랗지 않았다. 올 겨울 들어 처음으로 대규모 폭풍이 들이닥쳤다. 블랙 힐스에서 떼로 몰려 내려온 쓰레기를 뒤지기 때문에 마을 주민들은 이 계절을 늑대의 겨울이라고 불렀다.

"이상입니다. 일기로 인해 최종 변론은 생략하겠습니다. 배심원단은 퇴정하셔서 판결을 결정해 주시기 바랍니다. 여러분에게는 세 가지 선택지가 있습니다. 무죄, 고살, 일급 살인."

미젤이 말했다.

"고살이 아니라 교살이 더 맞겠네."

누군가가 말했다.

바클레이 보안관과 데이브 피셔는 처커럭으로 퇴장했다. 에이블 하인스도 외투 어깨에 묻은 눈을 털며 합류했다. 데일 제러드가 서비스로 기다란 잔에 맥주를 따라서 대접했다.

"미젤은 궁금한 게 더 없을지 몰라도 나는 있는데 말이지. 모자는 됐다 치고 트러스데일이 그 아이를 죽였다면 은화는 대체 어디 갔을까?"

바클레이가 말했다.

"겁이 나서 어디 버렸겠죠."

하인스가 말했다.

"그건 아니라고 보네. 머리가 모자라서 그럴 위인이 못 되거든. 돈이 생겼으면 다시 처커럭에 가서 술을 마시는 데 다 써 버리지 않았을까?"

"지금 무슨 말씀을 하시는 거예요? 그러니까 그 녀석이 무죄라는 겁니까?"

데이브가 물었다.

"그 은화를 찾았으면 좋았겠다는 얘길 하는 걸세."

"주머니에 구멍이 뚫려 있어서 잃어버린 모양이죠."

"주머니에 구멍은 없었어. 구멍이 뚫린 곳은 부츠뿐이었는데 1달러짜리 동전이 빠져나갈 만큼 크지 않았지."

바클레이가 말했다. 그는 맥주를 조금 마셨다. 돌풍이 불자 메인 대로를 따라 날리는 회전초가 눈보라 속을 날아다니는 유령의 뇌처럼 보였다.

배심원단이 판결을 내리기까지 한 시간 반이 걸렸다.

"일차 무기명 투표에서 교수형으로 결정이 내려졌지만 제대로 절차를 밟은 것처럼 보이고 싶어서."

켈턴 피셔가 나중에 밝힌 바로는 그랬다.

미젤은 형을 선고하기 전에 트러스데일에게 하고 싶은 말이 있느냐고 물었다.

"아무 말도 생각이 나지 않습니다. 저는 그 아이를 절대 죽이지 않았다는 것 말고는요."

트러스데일이 말했다.

3일 동안 폭풍이 불었다. 존 하우스가 바클레이에게 트러스데일

255

의 몸무게가 얼마나 될 것 같으냐고 묻자 바클레이는 63킬로그램 쯤 될 것 같다고 대답했다. 하우스는 마대로 인형을 만들어서 술 집 저울 위에 얹고 바늘이 정확히 63킬로그램을 가리킬 때까지 돌을 넣었다. 그런 다음 마을 주민 절반이 눈 더미 속에 서서 구경 하는 가운데 인형을 교수대에 매달았다. 시범 운행은 별 탈 없이 끝났다.

처형 전날 밤에 날이 개었다. 바클레이 보안관은 트러스데일에 게 저녁으로 뭐든 원하는 대로 먹을 수 있다고 말했다. 트러스데일 은 스테이크와 달걀, 그리고 그레이비소스에 적신 감자튀김을 달 라고 했다. 바클레이는 사비로 그걸 사다 주었고 트러스데일의 나 이프와 포크가 쨍그랑거리며 사기 접시와 일정하게 부딪치는 소리 를 들으며 그의 자리에서 손톱을 정리했다. 그 소리가 멈추자 그는 안으로 들어갔다. 트러스데일은 침대에 앉아 있었다. 접시가 어찌 나 깨끗한지 남은 그레이비소스를 개처럼 핥아먹은 모양이라고 짐 작할 수 있을 정도였다. 그는 울고 있었다.

"방금 전에 생각난 게 있어서요."

트러스데일이 말했다.

"무슨 생각이 났는데, 짐?"

"내일 아침에 교수형을 당하면 저는 스테이크와 달걀을 뱃속에 담은 채로 땅에 묻힐 거 아니에요. 그 아이들은 소화될 겨를이 없 겠죠."

바클레이는 잠깐 동안 아무 말도 하지 않았다. 그 이미지 자체 가 아니라 트러스데일이 그런 생각을 했다는 사실이 경악스러웠다. 이윽고 그가 말했다.

"코 닦게."

트러스데일은 코를 닦았다.

"이제 내 말 잘 듣게, 짐. 이번이 마지막 기회니까. 자네는 대낮에 그 술집에 갔어. 그러니까 손님이 많지 않았을 거야. 그렇지 않았나?"

"그랬던 것 같아요."

"그럼 누가 자네 모자를 가져갔을까? 눈을 감고 기억을 더듬어 봐. 당시 광경을 떠올려 봐."

트러스데일은 눈을 감았다. 바클레이는 기다렸다. 마침내 트러스데일이 울어서 빨개진 눈을 떴다.

"모자를 쓰고 있었는지조차 기억이 나지 않아요."

바클레이는 한숨을 쉬었다.

"접시 이리 주게. 나이프 조심하고."

트러스데일은 나이프와 포크를 접시에 얹어서 철창 사이로 건네고 맥주를 마시고 싶다고 말했다. 바클레이는 고민 끝에 묵직한 외투와 스텟슨 모자를 걸치고 처커럭까지 걸어가서 데일 제러드에게 맥주를 한 통 샀다. 장의사 하인스가 와인 잔을 막 비운 참이었다. 그가 바클레이를 따라서 바람이 불고 추운 밖으로 나왔다.

바클레이가 말했다.

"내일은 중요한 날이야. 이 마을에서는 지난 10년 동안 교수형이 집행된 적이 없었고 운이 따라준다면 앞으로 10년 동안에도 그럴 일이 없겠지. 그때쯤이면 나는 은퇴를 했을 테고. 내가 지금 은퇴한 상태라면 얼마나 좋을까."

하인스가 그를 쳐다보았다.

"그 녀석이 범인이 아니라고 생각하시는군요."

"그가 범인이 아니라면 진범이 계속 활개를 치고 다니고 있다는 뜻이 되지."

바클레이가 말했다.

교수형은 다음 날 오전 9시에 집행됐다. 바람이 불고 코가 떨어져 나갈 듯이 추웠지만 대부분의 마을 사람들이 구경하러 나왔다. 레이 롤스 목사가 교수대 위로 올라가서 존 하우스 옆에 섰다. 둘다 외투를 입고 목도리를 둘렀음에도 부들부들 떨었다. 롤스 목사의 성서가 낱장으로 펄럭였다. 까맣게 염색한 홈스펀으로 만든 두건도 하우스의 허리춤에 꽂힌 채로 펄럭였다.

바클레이가 두 손을 뒤로 묶은 트러스데일을 교수대로 데려갔다. 침착했던 트러스데일은 계단 앞에 다다르자 발버둥을 치며 울었다.

"이러지 마세요. 제발 저한테 이러지 마세요. 저를 해치지 마세요. 죽이지 마세요."

그는 체구가 작은 남자치고 힘이 세서 바클레이가 데이브 피셔에게 와서 도와 달라고 신호를 보냈다. 두 사람은 몸을 비틀고 수그리고 밀치는 트러스데일을 완력으로 끌고서 열두 개의 나무 계단을 올라갔다. 한번은 그가 하도 세게 몸부림을 치는 바람에 세 사람 모두 하마터면 떨어질 뻔한 적도 있었다. 떨어지면 받으려고 여기저기서 팔을 내밀었다.

"그만하고 남자답게 죽어라!"

누군가가 외쳤다.

단상에 다다르자 트러스데일은 잠깐 잠잠해졌지만 롤스 목사가 시편 51장을 낭송하자 비명을 지르기 시작했다.

"탈수기에 젖이 걸린 여자 같더군."

누군가가 나중에 처커럭에서 말했다.

롤스가 처형을 앞둔 사형수의 비명 소리 위로 목청을 높여서 낭송했다.

"오, 주여, 나를 긍휼히 여기시고 주의 크신 은혜를 베푸소서. 주의 많으신 긍휼로 저의 죄를 사하여 주소서."

하우스가 허리춤에서 까만 두건을 꺼내자 트러스데일은 개처럼 헐떡이기 시작했다. 두건을 피하려고 고개를 좌우로 저었다. 그의 머리칼이 흩날렸다. 하우스는 겁이 많은 말에게 굴레를 씌우려는 사람처럼 그가 고개를 돌릴 때마다 끈질기게 따라갔다.

"산을 보게 해 주세요! 산을 한 번만 더 보게 해 주시면 말 잘 들을게요!"

트러스데일이 고래고래 소리를 질렀다. 코에서 콧물이 줄줄 흘렀다.

하지만 하우스는 트러스데일의 머리에 두건을 씌우고 부들부들 떨고 있는 그의 어깨까지 잡아당기고는 그만이었다. 롤스 목사는 계속 중얼거렸고 트러스데일은 뚜껑문을 피해서 도망치려고 했다. 바클레이와 데이브 피셔가 그를 다시 그 위로 밀었다. 밑에서 누군가가 외쳤다.

"올라타라, 카우보이!"

"아멘이라고 하세요. 얼른 아멘이라고 하세요."

바클레이가 롤스 목사에게 말했다.

"아멘."

목사는 말하고 성서를 탁 소리 나게 닫으며 뒤로 물러섰다.

바클레이가 하우스를 향해 고개를 끄덕였다. 하우스가 레버를 당겼다. 기름칠을 한 도리가 뒤로 물러나자 뚜껑 문이 밑으로 열렸다. 트러스데일도 밑으로 떨어졌다. 그의 목이 부러지면서 딱 하는 소리가 났다. 그의 다리가 거의 턱까지 올라갔다가 힘없이 떨어졌다. 노란 물방울이 그의 발치에 쌓인 눈을 적셨다.

"꼴 좋다, 이놈아. 소화전에 대고 오줌을 싸는 개처럼 죽었구나. 지옥으로 떨어진 걸 환영한다."

레베카 클라인의 아버지가 외쳤다. 몇 사람이 박수를 쳤다.

구경꾼들은 트러스데일의 시신이 까만 두건을 쓴 채 읍내로 오는 동안 탔던 그 비상용 짐마차에 실리는 것까지 보고 난 다음에서야 뿔뿔이 흩어졌다.

바클레이는 유치장으로 돌아가서 트러스데일이 썼던 독방에 앉았다. 그곳에 10분 동안 앉아 있었다. 입김이 보일 정도로 추웠다. 그는 자신이 뭘 기다리는지 알았다. 마침내 기다리던 것이 찾아오자 그는 트러스데일이 마지막 순간에 마셨던 맥주가 담긴 통을 들어서 토악질을 했다. 그런 다음 그의 사무실로 들어가 난로를 지폈다.

여덟 시간 뒤에도 거기서 그가 책을 읽어 보려고 하고 있었을 때 에이블 하인스가 들어와서 말했다.

"안치소로 와 주셔야겠어요, 오티스 보안관님. 보여 드리고 싶은 게 있어요."

"뭔데?"

"직접 확인하세요."

그들은 하인스 장의사의 안치소로 걸어갔다. 트러스데일이 알몸으로 뒷방의 칠성판 위에 누워 있었다. 화학약품과 똥냄새가 났다. 하인스가 말했다.

"그런 식으로 죽으면 바지에 실례를 하게 되어 있어요. 의연하게 받아들인 사람들도 그래요. 어쩔 수가 없어요. 괄약근이 풀려 버리거든요."

"그런데?"

"이쪽으로 와 보세요. 보안관님 같은 일을 하는 분은 똥 묻은 속바지보다 더 심한 것도 보셨을 테죠."

속바지는 거의 뒤집힌 채 바닥에 놓여 있었다. 그 사이에서 뭔가가 반짝였다. 바클레이가 허리를 숙여서 보니 은화였다. 그는 손을 내밀어 똥 덩어리 사이에서 은화를 끄집어냈다.

"이해가 안 돼서요. 그 새낀 거의 한 달 동안 갇혀 있었잖아요."

하인스가 말했다.

한쪽 구석에 의자가 있었다. 바클레이가 세게 주저앉는 바람에 의자에서 개 짖는 소리가 났다.

"우리 등불을 보자마자 삼킨 게 분명해. 그러고는 똥으로 나올 때마다 씻어서 다시 삼킨 거지."

두 남자는 서로 바라보았다.

"보안관님은 그 녀석을 믿으셨잖아요."

마침내 하인스가 말했다.

"내가 바보였지."

"그 녀석이 어떤 인간인가보다 보안관님이 어떤 분인지를 알 수 있는 대목이네요."

"끝까지 자기는 결백하다고 했잖은가. 하느님의 보좌 앞에서도 아마 똑같은 소릴 할 거야."

"맞아요."

하인스가 말했다.

"이해가 안 돼. 어차피 교수형을 당할 것 아니었나. 자백을 하건 안 하건 교수형을 당할 거였어. 자네는 이해가 되나?"

"저는 해가 뜨는 이유조차 이해를 못하는 사람인걸요. 저 동전은 어쩔 생각이세요? 그 아이 엄마, 아빠한테 돌려주실 거예요? 안 그러시는 게 좋을지 몰라요. 왜냐하면……."

하인스는 어깨를 으쓱했다.

왜냐하면 클라인 부부는 처음부터 알고 있었다. 온 마을 사람들이 처음부터 알고 있었다. 그만 몰랐다. 그가 바보였다.

"그걸 어떻게 하면 좋을지 모르겠네."

그가 말했다.

돌풍에 노랫소리가 실려 왔다. 교회에서 흘러나온 노랫소리였다. 송영이었다.

엘모어 레너드를 추억하며

나는 열두 살 때부터 시를 썼고 중학교 1학년 때 처음으로 시와 사랑에 빠졌다. 그 뒤로 대개 이면지나 쓰다 만 공책에 수백 편의 시를 끼적였지만 발표한 것은 대여섯 편밖에 안 된다. 대부분은 하늘도 모르고 나도 모를 곳곳의 서랍에서 잠을 자고 있다. 거기에는 이유가 있으니 내가 시에는 별 재주가 없기 때문이다. 겸손의 표현이 아니라 사실이 그렇다. 어쩌다 마음에 드는 작품을 한 편 건지더라도 소 뒷걸음질 치다 쥐 잡는 격일 때가 많다.

이 작품을 여기에 실은 이유는 (여기 실린 다른 작품들도 마찬가지지만) 시라기보다 내레이션에 가깝기 때문이다. 대학생 때 쓴 초고는 「130킬로미터」의 경우처럼 오래 전에 잃어버렸는데 로버트 브라우닝의 인상적인 독백, 그중에서도 특히 「내 전처 공작부인」의 영향을 많이 받았다.(내 작품을 꾸준히 찾아주는 독자들은 익히 알 테지만 브라우닝의 또 다른 시 「롤랜드 공자, 암흑의 탑에 오르다」는 내 여러 작품의 모티브가 되었다.) 브라우닝을 아는 독자라면 내 목소리보다 그의 목소리가 더 많이

265

들릴 수도 있다. 그렇지 않더라도 상관없다. 이 작품은 기본적으로 단편 소설이다. 따라서 해체하기보다 즐겁게 읽어야 한다.

잃어버린 초고는 1968년인가 1969년의 어느 화요일 오후, 메인대학교 시 수업 시간에 내 친구 지미 스미스가 낭송했고 좋은 평가를 받았다. 그럴 수밖에 없었다. 그가 혼신의 힘을 다해서 워낙 쩌렁쩌렁한 목소리로 읽었다. 운문이 됐건 산문이 됐건 훌륭한 이야기에는 누구든 매료되기 마련이다. 산문적인 해설을 모두 제거한 형식을 놓고 보았을 때 이 작품은 상당히 훌륭한 이야기다. 2008년 가을에 문득 지미의 낭송이 생각났고 마침 한 프로젝트를 끝내고 다음 프로젝트를 시작하기 전이었기에 당시 작품을 재현해 보기로 했다. 이것이 그 결과물이다. 초고와 어느 정도 비슷할지는 나도 모른다.

지미, 네가 어딘가에서 이 작품을 볼 수 있으면 좋겠다. 그날 정말이지 끝내 줬거든.

내 이야기를 듣고 싶거든 술을 한 잔 더 사시길.

(아, 감상적인 대사라는 건 알지만 신경 쓰지 마시게. 뭔들 안 그렇겠나?)

그 초록색 지옥 속으로 뛰어든 인원은 서른두 명이었지만

그 안에서 삼십 일이 지났을 때 살아남은 사람은 세 명뿐이었지.

매닝, 르부아 그리고 나. 그런데 그 책에서 뭐라고 하던가?

그 유명한 책에서 말이지. "이야기를 전할 사람은 나밖에 없다."고 하지 않던가.(『모비딕』에서 이슈메일이 한 말을 가리키는 것이다 ─ 옮긴이)

나는 술에 취해서 자다가 죽을 테지. 망상에 들린 놈들이 그러하듯이.

내가 매닝의 죽음을 슬퍼하느냐고? 무슨 헛소리를! 우리를 그곳

으로 데려간 것이 그의 돈이었고 한 명씩 죽어나가도 우리를 다그친 것이 그의 의지였는걸.

하지만 그도 자다가 죽었을까? 천만에! 내가 조치를 취했지!

이제 그는 그 납골당에서 영원히 예배를 드려야 하지. 찬란한 인생이여!

(이건 또 무슨 감상적인 대사냐고? 그래도— 한 잔 더 부탁하네, 제발. 아니 두 잔!

위스키를 사 주면 얘기를 하겠네.

내가 입을 다물어 주길 바라면 샴페인으로 바꾸시게.

말은 은이고 침묵은 금이라지 않은가.

그나저나 내가 무슨 말을 하고 있었지?)

행군 중에 스물아홉 명이 죽었고 그중 한 명은 여자였다네.

젖가슴이 보암직하고 엉덩이는 영국식 안장처럼 생긴 여자였지!

어느 날 아침에 엎드리고 누워 있는 것을 발견했을 때

그녀는 베고 누운 모닥불처럼 싸늘하게 죽었고

뺨과 목에는 탄 잿가루의 흔적이.

화상이 없었던 걸 보면 이미 꺼진 모닥불 위로 쓰러진 게지.

행군 내내 그렇게 말이 많더니 죽을 때는 찍 소리도 없더군.

인간으로 사는 것보다 더 좋은 게 뭐가 있느냐고? 그렇게 생각하나?

아니라고? 흥, 개소리를 하시는구먼!

그녀는 불알이 달렸다면 우라질 왕이 되고도 남을 위인이었어!

인류학자라고 그녀는 말했지. 하지만
뺨에는 검댕이 묻고 흰자위는 회색 잿가루로 덮인 그녀를
잿더미에서 끄집어냈을 때는 전혀 그렇게 보이지 않았지.
그것 말고 다른 흔적은 없었어.
도런스 말로는 뇌졸중이었을지 모른다고 했어.
그 쓰레기 같은 놈이 우리 중에서는
그나마 의사에 제일 가까웠는데. 제발 위스키를 주게,
그게 없으면 이 힘든 인생을 어찌 버티나!

정글은 그들을 한 명씩 집어삼켰지. 카슨은 부츠에 꽂힌
나뭇가지 때문에 죽었어. 발이 퉁퉁 부어서 가죽 부츠를 잘라
보니
발가락이 오징어 먹물처럼 새까맣더군. 그걸 보고 매닝의
심장이 철렁 내려앉았지.
레스턴과 폴고이는 주먹만 한 거미에 물려 죽었고
애커먼은 마나님의 숄처럼 나뭇가지에 매달려 있다
떨어진 뱀에게 코를 뜯겨 죽었고.
고통이 얼마나 심했느냐고? 설명해 주지!
자기 코를 생으로 잡아 찢을 정도였어! 그렇다니까! 그걸
나뭇가지에 매달린 썩은 복숭아처럼 떼어 내고
죽어가는 자기 얼굴을 쥐어뜯어 가며 죽었어! 모진 목숨이지.
웃음이 나오지 않더라도 웃는 게 좋아.
그게 내 우라질 좌우명인데 나는 그걸 철저하게 지키면서 살아.
미친놈처럼 살면 슬픈 세상도 아니거든.

내가 어디까지 얘기했더라?

하비에르는 널빤지로 만든 다리에서 떨어졌는데
밖으로 끌어냈을 때 숨을 쉬지 못하기에
도런스가 인공호흡을 했더니
온실 재배한 토마토만큼 커다란 거머리가
목구멍에서 빨려 나왔지. 녀석은 코르크 마개처럼
뻑 하는 소리와 함께 둘로 갈라졌고
두 녀석 모두에게 우리의 일용할 양식이었던 클라레(보르도산
적포도주 ― 옮긴이)를 뿌렸지만
(날 보면 알겠지만 다들 그렇게 술에 절어 지냈거든)
그 스페인 녀석이 악을 쓰며 죽어 가자 매닝이 말하길
거머리들이 머릿속을 파먹고 있어서 그런 거라더군.
나는 아무 소리도 하지 않았지만
하비의 몸이 싸늘하게 식은 지 한 시간이 지나도
감기려 하지 않고 불룩 튀어나왔던 두 눈은 아직도 생생해.
굶주린 눈빛이었어, 아, 그랬다니까!
마코앵무들은 원숭이들을 향해 시종 깍깍거렸고
원숭이들은 마코앵무들을 향해 깍깍거렸고
양쪽 다 우라질 초록색으로 덮여
보이지 않는 파란 하늘을 향해 깍깍거렸지.
이 잔에 든 거 위스키인가 설사인가?
거머리 한 마리가 프랑스 녀석의 팬티 속으로 들어갔는데 ―
내가 얘기했던가? 그 녀석이 뭘 먹었는지 알지?

그 다음 차례는 도런스였지. 그때 우리는
산을 올라가고 있었는데 수풀은 여전했고 그가
골짜기로 추락하자 딱 하는 소리가 들렸지. 목이 부러져서
약혼녀도 있었는데 스물여섯의 나이에 즉사한 거야.
아아, 찬란한 인생이여! 인생은 목구멍에 박힌 거머리와도 같고
우리 모두가 추락하는 골짜기와도 같고 수프와도 같고
우리는 결국 모두 식물인간으로 전락하지. 철학적이지 않은가?
신경 쓸 것 없네. 죽은 자의 숫자를 세기에는 너무 늦었고
나는 너무 취했으니. 결국에 우리는 도착했다.
그렇게만 말해두지.

우리는 로스토이, 티먼스,
텍사스 녀석 —이름을 까먹었네 —, 도런스, 다른 몇 명을 묻고
이글거리는 수풀을 넘어 높은 곳으로 올라갔지만
결국에는 피부를 시퍼렇게 삶아 버리는 열병에 걸려서
대부분 쓰러지고 말았지.
끝까지 남은 건 매닝, 르부아 그리고 나뿐이었어.
우리도 전염됐지만 열병이 우리를 쓰러뜨리기 전에 우리가 먼저
쓰러뜨렸지.
하지만 나아도 나은 게 아니라 이제는 위스키가
나의 키니네(말라리아 특효약 —옮긴이)라 그걸 마셔야 떨림을
멈출 수 있으니 부디
내가 망나니로 변해서 자네의 그 우라질 목을 따버리기 전에
한 잔 더 사주겠나. 심지어 내가

271

그 목에서 나오는 걸 마실 수도 있으니 잘 생각해서
냉큼 들고 오라고, 이 새끼야.

어떤 길에 다다르자 심지어 매닝도 거기가
맞는다고 했는데 기름이 헐값이었던 시절에
상아 사냥꾼들이 정글과 그 너머의 평야를 깨끗이 치웠는지
코끼리들이 지나갈 수 있을 만큼 넓은 길이었지.
그 길은 오르막길이었고 대지에서 풀려난 지 백만 년이 지나
햇볕을 쬔 개구리처럼 서로를 타고 넘으며 덜거덕거리는
기울어진 석판을 밟으며 그 길을 올랐을 때
르부아는 열 때문에 몸이 아직 불덩이 같았지만 나는— 가벼
웠지!
산들바람에 날리는 박주가리 망사처럼.
나는 모두 보았어. 내 머릿속은 깨끗한 물처럼 맑았거든.
내가 지금은 진저리나지만 그 당시에는 젊어서 — 그래,
자네가 어떤 식으로 쳐다보는지 알겠지만 그렇게 얼굴을 찡그릴
것까지야.
자네는 지금 테이블을 사이에 두고 미래를 마주보고 있는걸.
새들 위로 올라가자 끝이 나왔지.
혀처럼 하늘을 향해 수직으로 뻗은 바위가.

매닝이 달리기 시작하기에 우리도 뒤따라 달렸어.
르부아는 그 아픈 몸으로 잰걸음을 제법 잘 치더군.
(아픈 건 금세 끝났지만, 히히!)

아래를 내려다보았을 때 그게 보였지.
그걸 보고 매닝의 얼굴이 벌개졌는데 그럴 수밖에.
탐욕이라는 것도 열병과 같거든.
그가 한때는 셔츠였던 내 누더기를 잡고
이게 꿈이냐고 묻더군. 나도 그걸 보았다고 하자
그가 이번에는 르부아 쪽으로 고개를 돌렸지.
하지만 르부아가 보았다 못 보았다 대답도 하기 전에
폭풍이 아래에서 위로 들이닥치듯 아니면 온 대지가
우리를 괴롭힌 열병에 전염돼 뱃속에서 난리가 나기라도 한 듯
우리가 떠나온 초록 지붕을 거슬러 올라오는 천둥소리가 들
렸지.
내가 매닝에게 저 소리가 들리느냐고 물었지만 그는
아무 말도 하지 않았어. 그 골짜기에 넋을 잃어서
천 피트의 아주 오래된 공기를 지나 그 밑의 납골당을 내려다
보느라
백만 년 묵은 해골과 엄니, 백화된 영원의 무덤, 갈퀴의 구덩이,
다 타서 가마솥의 재만 남은 지옥 같은 풍경을 내려다보느라.

햇살이 비추는 그 무덤의 오래된 가시에 꽂힌
시신들도 보였겠다는 생각이 들지 몰라도 그런 건 없었지만
하늘에서 떨어지는 게 아니라 땅에서 솟구치는
천둥소리가 점점 다가오고 있었지. 우리 발밑에서
바위들이 흔들리며 정글에서 터져 나왔지.
구금을 불 줄 알았던 로스토이, 거기에 맞춰서 노래를 불렀던

도런스,

엉덩이가 영국식 안장을 닮았던 인류학자,

다른 스물여섯 명을 삼킨 정글에서.

수척한 그들의 넋이 들이닥쳐 발로 초록 지붕을 흔들자

오싹한 파동이 느껴졌지. 초록색 시간의 요람에서

코끼리들이 우르르 몰려나오듯.

(자네는 믿지 못하겠지만)

인간은 존재하지 않았던 죽은 시절에서 건너온 매머드들이

코르크 마개뽑이처럼 생긴 엄니를 내밀고

슬픔의 채찍처럼 벌건 눈을 번뜩이며 그 가운데 우뚝 서 있는데

정글의 덩굴 식물들이 쭈글쭈글한 그들의 다리를 감싸고 있

었지.

살가죽이 접힌 가슴팍에

부토니에르처럼 꽃 한 송이를 꽂은 한 녀석이 다가오더군.

르부아는 비명을 지르며 손으로 눈을 가렸어.

매닝은 자기 눈에는 안 보인다고 했고.

(꼭 교통경찰한테 설명하는 사람 같은 말투였어.)

내가 그들을 끌고서

낭떠러지 근처의 돌로 빚은 음부처럼 생긴 곳으로 휘청휘청 들

어갔지.

거기서 그들의 행진을 보았어. 앞을 볼 수 없음을 소망하고

앞을 볼 수 있음에 기뻐하게 만드는 현실 위로 들이닥친 밀물.

그들은 뒤에서 앞을 재촉하며

그 속도 그대로 우리 옆을 지나갔고

뿔피리 소리를 내며 자살의 행군을 이어나가

저 아래의 부연 망각의 해골 위로 몸을 던졌지.

그 끝없는 추락사의 행렬이 몇 시간에 걸쳐 계속되는 동안

금관악단의 연주 같은 뿔피리 소리는 점점 멀어져 가며 이어

졌고

먼지와 똥 냄새 때문에 숨이 막힐 듯하더니

결국에는 르부아가 발광하고 말았지.

벌떡 일어나더니 도망칠 작정이었는지 그 대열에 합류할 작정이

었는지

그건 잘 모르겠지만 아무튼 그 대열에 합류해

거꾸로 뛰어내리자 부츠에 박힌 징들이

하늘을 향해 윙크를 하더군.

한쪽 팔로는 손을 흔들었고 다른 쪽 팔은…… 그 거대하고 납

작한 발에 치여서

뜯겨 나오자 손가락을 흔들며 뒤따라 떨어졌지.

"안녕!" 그리고 "안녕!" 그리고 "또 만나자, 친구들!"

하!

나는 고개를 내밀고 그가 떠나는 광경을 지켜보았는데 장관이

었어.

떠난 그가 허공에 걸린 바람개비에 대자로 매달려 있다가

분홍색으로 변한 그 바람개비와 함께

썩은 카네이션 냄새를 풍기는 산들바람에 실려 갔거든.

이제 그의 유골은 다른 유골들과 함께 있는데 내 술 어디 있나?

하지만—들어봐, 이 바보 양반!— 그중에서 새것은 그의 유골
뿐이야.

내가 한 말 귀담아 들었나? 그럼 다시 한 번 들려주지, 이 망할
양반아.

그의 유골만 새것이라 이거야.

마지막 거인이 우리 옆을 지나간 뒤에 아무것도 남지 않았지만

예나 지금이나 변함없는 납골당에는

벌건 얼룩이 남았는데 그게 르부아의 흔적이란 말이지.

그것은 유령 아니면 기억의 질주였는데

유령과 기억은 다른 거라고 누가 감히 장담할 수 있겠나?

매닝이 부들부들 떨며 일어나

우리는 이제 떼돈을 벌었노라고 말했지.(이미 재산도 있는 놈이.)

"방금 전에 본 광경은 어쩔 셈이야?" 내가 물었지.

"다른 사람들도 데려 와서 성소를 보여 줄 거야?

교황이 직접 와서 그 옆에다

성스러운 용변을 볼 수도 있잖아!"

하지만 매닝은 그저 고개를 저으며 웃더니

먼지 한 톨 묻지 않은 두 손을 들더군.

불과 1분 전까지만 해도 먼지 폭풍에 숨이 막힐 뻔했고

머리끝에서부터 발끝까지 먼지를 뒤집어썼는데 말이지.

그는 우리가 열병과 오염된 물 때문에

헛것을 본 거라고 했어.

그러고는 우리는 이제 떼돈을 벌었다는 말을 반복하고는 웃음

을 터뜨렸지.

그 자식이 웃은 게 실수였어.

그 자식이 미쳤거나 아니면 내가 미쳤고 우리 둘 중 한 명은
죽을 수밖에 없다는 걸 알 수 있었거든. 둘 중 어느 쪽이 그렇
게 됐는지 알겠지.

내가 이렇게 자네 앞에 앉아서 한때는
까만색이었던 머리로 눈을 가리고 술을 마시고 있으니 말이지.

그가 말했지. "모르겠냐, 이 바보야……."

그가 한 말은 그것으로 끝이었어. 그 뒤로는 비명소리뿐이었
거든.

뒈져라, 이놈아!

웃고 있는 네 상판대기도 뒈져라!

무슨 수로 되돌아왔는지 기억이 나지 않아.

갈색 얼굴들이 있는 초록색 꿈을 꾸다

하얀 얼굴들이 있는 파란색 꿈을 꾸다

이제는 한밤중에 눈을 떠보면

열 명 중에 한 명도 이 세상 너머를 꿈꾸지 않는 이 도시인데

왜냐하면 꿈을 꾸었던 그들의 눈이 이제는

매닝의 눈처럼 끝끝내 감겨서

지옥 아니면 스위스(그 둘이 똑같은 것일지 모르겠지만)의 계
좌에

아무리 돈이 많아도 살릴 수가 없거든.

나는 간의 포효와 함께 깨어나고 어둠 속에서
그 거대한 유령들이 대지를 약탈하러 풀려난 폭풍처럼
요란한 천둥소리와 함께 초록 지붕에서 솟아나는 소리를 듣고
먼지 냄새와 똥 냄새를 맡고 그 무리가
파멸의 하늘 속으로 탈출하면 그 오래된
부채꼴 모양의 귀와 갈고리 모양의 엄니가 보이고
그들의 눈과 그들의 눈과 그들의 눈이 보이지.
이 세상은 보이는 게 다가 아니야. 지도 속에 지도가 있지.

납골당은 아직도 그곳에 있고 나는
돌아가서 다시 찾아가고 싶어. 그 위로
내 몸을 던져서 이 끔찍한 희극을 끝낼 수 있게. 이제 내가
돌려버리기 전에 양처럼 생긴 얼굴을 돌려주겠나.
아아, 현실은 종교라고는 없는 더러운 곳이야.
그러니까 술을 사, 이 새끼야!
있지도 않았던 코끼리들을 위해 건배를 하게.

지미 스미스를 추억하며

278

도덕성

도덕성은 난처한 문제다. 내가 어렸을 때는 그런 줄 몰랐을지 몰라도 대학교에 가서는 알았다. 나는 몇 푼 안 되는 몇 가지 장학금과 정부 보조금과 여름방학 아르바이트로 어설프게 쌓은 비계를 딛고 메인대학교에 다녔다. 학기 중에는 웨스트 커먼스 식당에서 설거지를 했다. 내 살림은 한 번도 넉넉해 본 적이 없었다. 파인랜드 수련원이라는 정신병원에서 수석 관리인으로 근무하며 홀몸으로 우리를 뒷바라지했던 어머니가 매주 보내 준 12달러도 조금 도움이 됐다. 어머니가 돌아가셨을 때 한 이모가 알려 주길 매주 가던 미용실을 포기하고 식비를 아껴가며 모은 돈이라고 했다. 어머니는 매주 화요일과 목요일에 점심을 굶었다.

기숙사를 탈출해 웨스트 커먼스와 멀어지자 동네 슈퍼에서 슬쩍한 스테이크나 햄버거로 끼니를 때웠다. 가게 안이 정말로 정신없는 금요일에만 가능한 이야기였다. 한번은 닭고기도 시도해 보았지만 우라지게 커서 코트 안에 숨길

281

수가 없었다.

내가 곤경에 처한 학생들을 대신해서 리포트를 써 준다는 소문이 돌았다. 나는 여기에 차등 요금제를 적용했다. 내가 써 준 리포트로 A를 받으면 요금이 20달러였다. B를 받으면 10달러였다. C를 받으면 수준 이하라는 뜻이었기에 돈을 받지 않았다. D나 F를 받으면 내 쪽에서 20달러를 주겠다고 약속했다. 나는 그럴 만한 여유가 없었기에 돈을 줄 일이 없도록 철저하게 단속했다. 그리고 얍삽한 수단을 동원했다.(이렇게 고백하려니 당황스럽지만 사실이다.) 의뢰인의 스타일을 흉내 낼 수 있도록 예전에 썼던 리포트를 한 개 이상 보여 주는 경우에만 일을 맡았다. 다행히 이 일을 자주 하지는 않았지만 해야 될 때가 되면(수중에 돈이 한 푼도 없는데 메모리얼 유니언에 있는 베어스 덴의 햄버거를 먹지 않고는 못 배길 것 같으면) 했다.

그러다 3학년 때 내 혈액형이 인구의 약 6퍼센트밖에 안 될 정도로 희귀한 RH-A형이라는 사실을 알게 됐다. 뱅고어에는 RH-A형 혈액 500cc당 25달러를 주는 병원이 있었다. 내 입장에서는 환상적인 거래였다. 나는 두 달 정도에 한 번씩 오로노에서 낡은 스테이션왜건을 몰고 (시도 때도 없이 차가 퍼지면 히치하이킹으로) 2번 도로를 타고 가서 소매를 걷어 올렸다. 에이즈를 몰랐던 그 시절에는 서류 작성 절차가 간단했고 헌혈 주머니가 채워지면 오렌지주스 한 잔과 위스키 한 모금의 선택권이 주어졌다. 나는 그 당시에 이미 알코올중독자가 되는 훈련 중이었기에 언제나 위스키를 선택했다.

헌혈을 하고 학교로 돌아가는데 돈을 벌기 위해 몸을 파는 것이 매춘이라면 나는 매춘부라는 생각이 들었다. 영문학과 사회학 리포트를 대신 써 주는 것도 매춘이었다. 나는 정통 감리교 신자로 자라서 옳고 그름에 대한 기준이 분명했지만 엉덩이 대신 피와 글재주를 판다는 게 다를 뿐 매춘을 일삼고 있었다.

그 깨달음에서 비롯된 궁금증이 오늘날까지 내 머릿속을 떠날 줄 모른다. 도덕성이라는 것은 질긴 고무줄과도 같다. 한정 없이 늘어난다. 하지만 뭐든 너무 심하게 잡아당기면 찢어지기 마련이다. 요즘 나는 무료로 헌혈을 하지만 그때 했던 생각이 지금도 유효하게 느껴진다. 인간은 누구나 뭐든 팔 수 있다.

그러고 나서 나중에 그걸 후회한다.

1

채드는 집에 들어서자마자 무슨 일이 생겼음을 알아차렸다. 노라가 벌써 퇴근을 했다. 그녀는 매주 6일 동안 11시부터 5시까지 일을 했다. 보통은 4시에 학교에서 퇴근한 그가 저녁을 차려놓으면 그녀가 6시쯤에 왔다.

그녀는 서류를 손에 들고 그가 흡연 구역으로 쓰는 비상계단에 앉아 있었다. 그가 냉장고를 쳐다보니 출력해서 거의 4개월 동안 자석으로 붙여 놓은 이메일이 보이지 않았다.

"여보, 여기로 나와 봐."

그녀가 그를 부른 후 잠깐 말을 멈추었다.

"피우고 싶으면 담배 들고 와도 돼."

채드는 1주일에 한 갑으로 줄였지만 그래도 그녀는 여전히 그의 습관을 못마땅하게 여겼다. 건강 때문이기도 했지만 비용 때문인

게 더 컸다. 담배를 한 대 피울 때마다 40센트를 연기로 날리는 셈이었다.

그는 밖에서라도 그녀 옆에서는 담배를 피우고 싶지 않았지만 그래도 식기 건조기 아래 서랍에서 담배를 꺼내 주머니에 넣었다. 그녀의 엄숙한 표정으로 보건대 피우고 싶어질 것 같았다.

그는 창문 밖으로 빠져나가 그녀의 옆에 앉았다. 청바지와 예전에 입던 블라우스로 갈아입은 것을 보면 그녀는 한참 전에 퇴근한 모양이었다. 점점 더 수상하기 짝이 없었다.

그들은 잠깐 동안 주변 동네를 아무 말 없이 바라보았다. 그가 입을 맞추자 그녀는 멍하니 미소를 지었다. 그녀는 에이전트의 이메일과 대문자로 큼지막하게 **적과 흑**이라고 적힌 서류철을 들고 있었다. 그가 장난으로 쓴 거였지만 재미있지는 않았다. 그 안에 든 것은 재무 관련 서류(은행 입출금 내역서와 신용카드 사용 명세서, 공과금, 보험료)였고 정산 결과는 적자였다. 이게 요즘 미국인의 생활 아닐까 그는 생각했다. 늘 살림이 쪼들렸다. 2년 전까지만 해도 그들은 아이를 낳을까 고민했다. 지금은 아니었다. 요즘은 빚에서 벗어나 떼거리로 달려드는 채권자 없이 이 도시를 뜰 수 있을 만큼 돈을 모으는 방법에 대해 고민했다. 북쪽의 뉴잉글랜드로 이사하는 거다. 하지만 아직은 아니었다. 적어도 여기에서는 일자리가 있었다.

"학교 일은 어때?"

그녀가 물었다.

"좋아."

사실 학교는 꿀보직이었다. 하지만 애니타 비더먼이 출산휴가를 끝내고 복귀하면 어떻게 될지 알 수 없는 일이었다. PS321에서 짐을 싸야 할 수도 있었다. 그는 대체교사 중에서도 손꼽히는 인력이었지만 정교사들이 전부 자리를 채우고 있으면 그런 건 아무 의미 없었다.

"오늘 일찍 퇴근했네. 설마 위니가 죽은 건 아니겠지?"

그가 말했다.

그녀는 놀란 표정을 지었다가 다시 미소를 지었다. 하지만 그들은 만난 지 10년이 지났고 결혼한 지 6년이 지난 부부였다. 채드는 전에도 그 미소를 본 적 있었다. 문제가 생겼음을 암시하는 미소였다.

"노라?"

"나더러 일찌감치 퇴근해서 생각해 보라고 하더라. 생각할 거리가 많거든. 내가……."

그녀는 고개를 저었다.

그는 그녀의 어깨를 잡고 그의 쪽으로 돌렸다.

"당신이 뭐? 위니는 별일 없는 거지?"

"좋은 질문이네. 자, 불 붙여. 흡연등이 켜졌어."

"무슨 일인지 얘기해 봐."

그녀는 2년 전 '조직 개편' 때 콩그레스 메모리얼 병원에서 잘렸다. 하지만 다행히 쓰러지지 않았다. 가정 요양보호사로 취직이 된 것은 대박이었다. 뇌졸중에서 회복 중인 퇴직 목사 한 명을 1주일에 36시간 간병하고 제법 괜찮은 보수를 받았다. 그녀의 월급이 그보다 훨씬 많았다. 둘의 수입을 합하면 거의 먹고살 만했다. 적어도 애니타 비더먼이 복귀하기 전까지는 그랬다.

그녀가 에이전트의 이메일을 들어 보이며 말했다.

"먼저 이것부터 얘기하자. 당신, 얼마나 자신 있어?"

"뭐, 할 수 있겠느냐고? 자신 있지. 거의 100퍼센트. 그러니까 시간만 되면. 그 나머지 부분에 대해서는……."

그는 어깨를 으쓱했다.

"거기 쓰여 있잖아. 장담할 수 없다고."

이 도시 학교의 채용 계획이 동결되자 채드가 할 수 있는 일은 대체교사밖에 없었다. 그는 교육계 내부의 모든 명단에 이름을 올려놓았지만, 4학년이나 5학년 정교사로 조만간 채용될 가능성은 없었다. 채용이 되더라도 좀 더 안정적일 뿐 월급에는 별 차이가 없었다. 그는 대체교사로서 몇 주 동안 벤치 신세를 면하지 못할 때도 있었다.

2년 전에는 석 달 동안 일거리를 구하지 못하는 바람에 하마터면 아파트를 뺏길 뻔했다. 신용카드 문제가 시작된 게 그때부터였다.

채드는 절박하기도 했고 노라가 윈스턴 목사를 돌보는 동안 남는 시간을 때우려는 마음에 『동물들과 함께 생활하기: 네 군데 공립교사 소속 대체교사의 삶』이라는 책을 쓰기 시작했다. 진도는 잘 나가지 않았고 아예 한 줄도 못 쓴 날도 있었지만 2학년 담임으로 세인트세이비어의 부름을 받았을 때(카델리 씨가 교통사고로 다리가 부러졌다고 했다.) 3장을 완성한 상태였다. 노라는 원고를 건네받았을 때 심란한 미소를 지었다. 평생의 반려자에게 시간 낭비하고 있었다고 말하는 역할을 좋아할 여자는 세상에 없었다.

그런데 시간 낭비가 아니었다. 그가 쓴 대체교사 이야기는 유쾌하고 재미있고 종종 감동적이었다. 저녁을 먹으면서 또는 같이 침대에 누웠을 때 들은 그 어떤 이야기보다 재미있었다.

그가 여러 에이전트에게 보낸 문의 메일은 대부분 답장을 받지 못했다. 몇 명은 "죄송하지만 바빠서 어쩌고" 하는 공손한 답장을 보내 왔다. 그는 오래돼서 기어가는 델 노트북을 쥐어짜다시피 해서 쓴 80쪽의 원고를 한번 읽어 봐 주겠다고 하는 에이전트를 마침내 찾아냈다.

에이전트는 이름에서 서커스단의 분위기를 풍겼다. 이름이 에드워드 링링이었다. 그는 채드의 원고에 대해서 장황하게 칭찬을 늘어놓았지만 약속에는 인색했다.

"이 원고와 나머지 부분의 개요를 가지고 출간 계약을 맺을 수 있을지 몰라요."

링링은 이렇게 밝혔다.

"하지만 현재 교사로 버는 수입보다 계약금이 훨씬 적어서 금전적으로 지금보다 어려워질 수 있어요. 말도 안 되는 소리인 건 나도 알지만 요즘 시장 상황이 아주 안 좋거든요.

그래서 앞으로 7~8장 정도를 더 쓰던지 가능하면 완성된 원고를 보여 달라고 얘기하고 싶네요. 그러면 입찰에 붙여서 훨씬 나은 조건의 계약을 따낼 수 있을지 모르거든요."

'맨해튼의 편안한 사무실에 앉아서 문단을 내려다보는 사람에게는 그게 말이 되겠지. 하지만 청구서를 감당하려고 온 도시를 사방치기로 돌아다니며 여기서 1주, 저기서 3일 가르치는 사람에게는 그렇지가 않아.'

채드는 생각했다. 링링의 메일을 받은 때가 5월이었다. 지금은

9월이었고 채드는 비교적 괜찮은 여름을 보냈지만 ('신이시여, 저능아들을 축복하소서.' 그는 가끔 이렇게 생각했다.) 원고는 한 줄도 쓰지 못했다. 게을러서 그런 건 아니었다. 비록 대체교사일지라도 아이들을 가르친다는 것은 점프 케이블 한 쌍을 뇌의 중요한 부분에 연결하고 있는 것과 같았다. 그런 식으로 아이들에게 전력을 공급할 수 있어서 좋았지만 그러고 나면 남는 게 없었다. 창의적인 활동이라고 해 봐야 밤에 린우드 바클레이의 신작 몇 장을 읽는 게 고작이었다.

일을 하지 않고 두세 달 더 지내면 달라질지 모르지만…… 아내의 월급으로 몇 달 동안 버티려들었다가는 무너질 것이었다. 불안감이 글을 쓰는 데 도움이 되지도 않았다.

"다 끝내려면 얼마나 걸릴 것 같아? 하루 종일 매달리면?"

노라가 물었다.

그는 담배를 꺼내서 불을 붙였다. 아주 낙관적으로 대답하고 싶은 강렬한 충동이 느껴졌지만 참았다. 왜 그러는지 영문을 알 수 없었지만 그녀는 진실을 알 권리가 있었다.

"최소 8개월. 어쩌면 1년쯤 걸릴 수도 있어."

"링링 씨가 입찰에 붙여서 사람들이 정말로 관심을 보이면 얼마나 벌 수 있을 것 같아?"

링링은 액수를 밝히지 않았지만 채드는 조사를 해 놓았다.

"선인세로 10만 달러 정도 받을 수 있을 거야."

버몬트 주에서 새롭게 시작하자는 게 그들의 계획이었다. 그게 그들이 침대에 누워서 하는 이야기였다. 북동부의 작은 도시에서. 그녀는 동네 병원이나 가정 요양 보호사로 취직을 하고, 그는 정교사로 취직을 하고. 아니면 책을 한 권 더 쓰고.

"노라, 왜 그래?"

"겁이 나지만 얘기할게. 미쳤느냐는 소리를 들을지 몰라도. 왜냐하면 위니가 얘기한 액수가 10만 달러보다 많거든. 다만 내가 일을 그만두지는 않아. 위니 말로는 어느 쪽으로 결정하든 일을 계속해도 된댔어. 우리한테는 그 일자리가 필요하잖아."

그녀가 말했다.

그는 창턱 밑에 두는 알루미늄 재떨이 쪽으로 손을 뻗어서 담배를 껐다. 그런 다음 그녀의 손을 잡았다.

"얘기해 봐."

그는 놀라워하며 이야기를 들었지만 진위를 의심하지는 않았다. 진위를 의심할 수 있길 바랐지만 그렇게 되지 않았다.

*　*　*

그전에 누군가가 물었다면 노라는 조지 윈스턴 목사에 대해서 아는 게 거의 없다고, 그도 그녀에 대해서 아는 게 아무것도 없는 거나 다름없다고 대답했을 것이다. 하지만 그의 제안을 듣고 보니 그녀가 그에게 한 이야기가 사실은 제법 많았음을 알 수 있었다. 예를 들면 그들이 겪고 있는 경제적인 어려움이라든지, 채드가 책을 쓰면 거기에서 벗어날 수 있을지 모른다든지, 그런 이야기들을 말이다.

그녀는 위니에 대해서 아는 게 뭐가 있었을까? 평생 독신으로 지냈다는 것, 파크 슬로프의 제2장로교회에서 퇴직한 지 3년이 됐다는 것(지금도 명예목사로 명판에 이름이 적혀 있었다.), 뇌졸중으로 몸의 오른편이 일부분 마비가 됐다는 것. 그녀가 그의 삶에 등장한 때가 바로 그 시점이었다.

그는 이제 마비된 쪽 무릎이 꺾이지 않도록 플라스틱 보조기를 달면 화장실까지 걸어갈 수 있었다.(컨디션이 좋은 날에는 현관에 놓인 흔들의자까지 갈 수 있었다.) 노라가 "졸린 혀"라고 표현하는 증상이 가끔 나타나기는 했지만 이제는 그가 말을 하면 무슨 소리인지 알아들을 수 있었다. 노라는 전에도 뇌졸중 환자를 돌본 적이 있었기에 (이 일을 맡게 된 것도 그 덕분이었다.) 그가 단시간에 이만큼 좋아진 데 감사하는 마음이 컸다.

그녀는 그날 황당한 제안을 듣기 전까지만 해도 그가 부자일 거라는 생각을 해 본 적이 없었다. 그가 사는 저택이 힌트가 될 수 있었겠지만…… 그녀는 교구 신도들의 선물일 거라고, 그녀가 받는 월급도 마찬가지일 거라고 넘겨짚었다.

그녀는 20세기에 '실질적인 간병'이라고 불리던 일을 했다. 약을 챙기고 혈압을 재는 간호 업무 외에 물리 치료도 실시했다. 그런가 하면 언어 치료사이자 마사지사였고 어쩌다 한 번씩 써야 할 편지가 있으면 비서이기도 했다. 자질구레한 일들을 처리하는가 하면 가끔 책도 읽어 주었다. 그레인저 부인이 오지 않는 날에는 간단한 집안일도 했다. 점심으로 샌드위치나 오믈렛을 만드는 수준이었는데, 아마 그런 날 점심을 같이 먹으면서 그가 그녀의 소소한 부분들을 파악한 모양이었다. 하지만 그의 접근 방식이 워낙 신중하고 스스럼없었기에 노라는 그런 줄도 몰랐다.

그녀는 채드에게 말했다.

"내가 한 말 중에 기억나는 게 딱 하나 있는데. 어쩌면 그분이 오늘 얘기해서 기억이 난 거겠지만 우리가 찢어지게 가난하지도 않고 심지어 불편하게 살지도 않지만…… 거기에 대한 두려움 때문에 우울해지는 거라고 한 적이 있었거든."

채드는 그 말을 듣고 미소를 지었다.

"당신이랑 나랑 둘 다 그렇지."

그날 아침에 위니는 스펀지 목욕과 마사지를 둘 다 거부했다. 그 대신 보조기를 채우고 서재까지 부축해 달라고 했다. 서재가 현관 흔들의자보다 멀어서 그에게는 제법 먼 길이었다. 그는 거기까지 걸어가기는 했지만 책상 앞 의자에 주저앉았을 무렵에는 시뻘게진 얼굴로 숨을 헐떡였다. 그녀는 그가 숨을 돌릴 수 있게 일부러 천천히 오렌지주스를 가져다주었다. 그는 단숨에 잔을 반이나 비웠다.

"고마워요, 노라. 이제 내가 노라한테 할 얘기가 있어요. 아주 진지하게."

위니는 불안해하는 그녀의 표정을 읽었는지 웃으며 손사래를 쳤다.

"일에 대한 문제는 아니에요. 일은 계속할 수 있어요. 노라가 원하면. 그만두고 싶다고 하면 어느 누구도 명함을 내밀 수 없을 만큼 훌륭한 추천서를 써 줄게요."

고마운 얘기였지만 주변에서 이런 일자리는 많지 않았다.

"그런 얘기를 들으니까 불안해지는데요."

그녀가 말했다.

"노라, 20만 달러를 벌 수 있다면 어떻겠어요?"

그녀는 그를 멍하니 바라보았다. 멀끔한 책들이 꽂힌 우뚝한 책꽂이가 양쪽에서 그녀를 향해 눈살을 찌푸렸다. 거리의 소음이 죽었다. 다른 나라에서 들리는 소음 같았다. 브루클린보다 조용한 나라에서 들리는 소음 같았다.

"혹시 성관계를 요구하는 건가 생각한다면 아니라고 딱 잘라서 말할 수 있어요. 적어도 내 생각에는 그래요. 프로이트를 읽은 사람들 같은 경우에는 모든 일탈 행동의 속을 들여다보면 성적인 이유가 도사리고 있다고 하겠죠. 나는 잘 모르겠어요. 신학대학교를 졸업한 이후로 프로이트에 대해서는 공부한 적이 없고 그때도 피상적인 수준에 그쳤으니까요. 나는 프로이트가 불쾌했어요. 인간의 본성에 심오한 측면도 있다는 발상을 착각으로 간주하는 것처럼 보였거든요. '당신은 아르투아식 우물(수압으로 물이 솟아나도록 깊게 판 우물 — 옮긴이)이라고 생각할지 몰라도 사실은 웅덩이에 불과해.' 이렇게 말하는 것 같았단 말이죠. 인간의 본성에는 바닥이 없어요. 하느님의 마음속만큼 깊고 신비롭죠."

노라는 자리에서 일어났다.

"지당하신 말씀이지만 저는 하느님을 믿는다고 볼 수 없어요. 목사님의 제안을 듣고 싶은지도 잘 모르겠고요."

"하지만 듣지 않으면 알 수가 없잖아요. 게다가 앞으로 계속 궁금할 텐데."

그녀는 선 채로 그를 가만히 쳐다보았다. 어떻게 하면 좋을지, 뭐라고 하면 좋을지 알 수가 없었다. *앉아 있는 저 책상이 수천 달러는 되겠다*는 생각이 들었다. 그와 돈을 연결해서 생각한 적은 이번이 처음이었다.

"내가 제시하려는 액수는 20만 달러예요. 그 정도면 밀린 청구서를 해결하고, 남편이 원고를 마저 쓰고 그리고 어쩌면…… 버몬트라고 했던가? 거기서 새 출발을 하기에도 충분하겠죠."

"네."

'그걸 알고 있다니 내가 한 이야기를 아주 열심히 귀담아 들은 모양이시네요.'

"세금을 낼 필요도 없어요."

그는 얼굴이 길었고 머리칼은 하얀 양털 같았다. 이전에는 그 얼굴을 보면 늘 양을 닮았다는 생각이 들었다.

"현금이 그런 면에서 간편하죠. 계좌에 조금씩 입금하면 아무 문제도 일으키지 않으니까. 게다가 남편의 원고 계약이 성사되고 뉴잉글랜드에서 자리를 잡으면 우리는 앞으로 두 번 다시 볼일이 없어요."

그는 하던 이야기를 잠깐 멈추었다.

"노라가 그만두겠다고 하면 그 절반만큼이라도 유능한 간호사를 찾을 수 있을지 모르겠지만. 제발 앉아요. 이러다 내 목에 담이 오겠네."

그녀는 그가 시킨 대로 했다. 20만 달러에 달하는 현금에 대한 상상이 그녀의 발목을 붙잡았다. 돈이 실제로 눈앞에 보이는 듯했다. 갈색의 쿠션 봉투에 넣은 지폐 다발. 그 정도 액수면 봉투가 두 개 필요할 수도 있겠다.

'몇 달러짜리 지폐인가에 따라 달라지겠지만.'

그녀는 생각했다.

"내가 이야기를 좀 할게요. 내가 내 이야기는 많이 하지 않았죠? 주로 듣는 쪽이었지. 이번에는 노라가 들어줄 차례예요. 그래 줄 수 있겠어요?"

그가 말했다.

"아마도요."

그녀는 궁금했다. 누구라도 그렇지 않을까 싶었다.

"누굴 죽여 드릴까요?"

농담이었지만 그녀는 그 말을 내뱉자마자 진짜로 원하는 게 그 거면 어쩌나 싶어서 덜컥 겁이 났다. 그가 하는 말이 농담 같지 않았다. 양을 닮은 길쭉한 얼굴에 달린 눈이 이제는 더 이상 양의 눈처럼 보이지 않았다.

다행스럽게도 위니는 웃음을 터뜨렸다.

"살인은 아니에요. 그렇게까지 할 필요는 없어요."

* * *

그러고 나서 그는 이야기를 시작했다. 어쩌면 누구한테도 하지 않았을 이야기였다.

"나는 롱아일랜드의 부유한 집안에서 자랐어요. 아버지가 주식 으로 떼돈을 버셨거든요. 독실한 집안이었고 내가 성직자로 부름 을 받은 것 같다고 말씀드렸을 때 우리 부모님은 가업을 운운하며 펄쩍 뛰지 않았어요. 오히려 기뻐하셨죠. 특히 어머니가. 아들이 특별한 소명을 발견하면 대부분의 어머니들이 기뻐하잖아요.

나는 뉴욕 주 북부의 신학교에 진학했고 졸업 후에 아이다호 에 있는 어느 교회에 부목사로 부임했어요. 거기서 부족한 것 없이 지냈죠. 장로교회에서는 청빈서원을 하지 않고 우리 부모님이 청빈서원을 한 것처럼 지낼 필요 없도록 확실하게 지원을 해 주셨거든요. 어머니가 돌아가시고 겨우 몇 년 만에 아버지가 돌아가시자 내가 대부분 채권과 탄탄한 주식으로 이루어진 거금의 재산을 물려받았죠. 그 뒤로 그걸 조금씩 현금으로 전환했어요. 비상금은 아니에요. 비상금은 필요 없으니까. *희망자금*이라고 할까. 그게 맨해튼의 대여금고에 들어 있는데 내가 지금 그 돈을 주겠다는 거예요, 노라. 실제로는 24만 달러에 가까울 텐데 시시콜콜하게 따지지는 말기로 해요, 알았죠?

나는 지방을 전전하다 브루클린의 제2장로교회로 돌아왔어요. 부목사로 5년을 근무한 뒤에 담임목사가 됐죠. 2006년까지 오점 없이 담임목사로 근무했는데 일말의 자랑스러움도 부끄러움도 없이 얘기하자면 나는 특별할 것 없는 사역자의 인생을 보냈어요. 교인들을 이끌고 우리 주변과 먼 나라, 양쪽 모두의 가난한 사람들을 도왔죠. 이 동네 알코올중독자 상담 센터가 내 아이디어였고 거기서 약물과 알코올중독으로 괴로워하던 수백 명의 사람들에게 도움을 주었어요. 나는 환자를 위로하고 망자를 땅에 묻었어요. 좀 더 유쾌한 이야기를 하자면 1000건이 넘는 결혼식을 집전했고, 장학기금을 만들어서 형편이 안 되는 여러 학생들에게 대학 교육을 시켰죠. 우리 장학생 중에 1999년에 전미도서상을 수상한 여학생도 있어요.

그런데 내가 딱 한 가지 후회하는 일이 있다면 평생 각양각색의 신도들에게 하지 말라고 경고했던 죄를 한 번도 저지른 적 없다는 거예요. 나는 색을 밝히는 사람도 아니고 결혼을 한 적이 없으니 간음을 저지를 일이 없었죠. 천성적으로 식탐이 없고 멋진 걸 좋아하긴 하지만 욕심이 많거나 탐욕스럽지는 않아요. 아버지에게 1500만 달러를 물려받았는데 그럴 이유가 없잖아요? 나는 열심히 살았고 노여움을 참았고 어느 누구도 질투하지 않고(테레사 수녀님은 예외일지 모르겠지만) 재산이 많고 지위가 높다고 잘난 체하지 않아요.

내가 죄를 지은 적이 *한 번도* 없다는 건 아니에요. 천만에요. 말이나 행동으로 죄를 지은 적이 없다고 말할 수 있는 사람들은 아마 몇 명 있겠지만, 생각으로도 죄를 지은 적이 없다고 말하지는 못할 거예요. 교회는 빠져나갈 구멍을 모조리 차단해요. 천국을 보여준 다음 우리의 도움 없이는 거기에 다다를 가망이 없다는 걸 사람들에게 이해시키죠. 왜냐하면 죄가 없는 인간은 없고 죄의 대가는 죽음이니까요.

이런 소리를 하면 내가 불신자 같겠지만 자라온 환경상 나에게 불신은 공중부양만큼이나 있을 수 없는 일이에요. 하지만 나는 협상의 기만적인 측면과 신자들이 믿음을 전파할 때 동원하는 심리적인 수법들을 알아요. 교황의 근사한 모자는 하느님이 아니라 교회에 협박금을 바친 남녀 신도들의 선물이에요.

안절부절못하는 거 알겠으니까 본론으로 들어갈게요. 나는 죽기 전에 큰 죄를 저지르고 싶어요. 생각이나 말이 아니라 행동으로요. 뇌졸중을 일으키기 전에 날이 갈수록 점점 더 유혹을 느꼈는데 언젠가는 지나갈 발작인 줄 알았어요. 하지만 이제는 아니라는 걸 알겠어요. 지난 3년 동안 그 어느 때보다 간절해졌거든요. 하지만 휠체어에서 갇혀 지내는 노인이 얼마나 대단한 죄를 저지를 수 있을까요? 잡히지 않으려면 대단한 죄는 저지르지 못할 텐데 잡히고 싶지는 않거든요. 죄와 죄 사함이라는 중대한 문제는 신과 인간 사이에서 해결할 일이 되어야 하니까요.

노라에게 남편이 썼다는 원고와 경제적인 어려움에 대해 들었을 때 대리인을 통해 죄를 저지를 수 있겠다는 생각이 들었어요. 사실 노라를 내 종범으로 만들면 죄의 몫이 두 배로 커지겠죠."

그녀는 마른 침을 삼키며 말했다.

"저는 범죄는 믿지만 죄는 믿지 않아요."

그는 미소를 지었다. 자애로운 미소였다. 그리고 불쾌한 미소이기도 했다. 양의 입술에 늑대의 이빨이 달려 있었다.

"괜찮아요. 하지만 죄는 노라를 믿을 거예요."

"그렇게 생각하신다면야…… 하지만 왜 그런 생각을 하세요? *변태* 같잖아요!"

그의 미소가 좀 더 커졌다.

"맞아요! 그게 이유예요! 내 천성과 180도 다른 일을 하면 어떤 기분일지 궁금하거든요. 행동과 행동 그 *이상*에 대해서 용서를 구하면 어떤 기분일지. 이중의 죄가 뭔지 알아요, 노라?"

"아뇨. 저는 교회에 다니지 않아요."

"'저지를 거야. 저지르고 나서 용서해 달라고 기도하면 되니까.' 이렇게 생각하는 게 이중의 죄예요. 케이크를 가지고 있는 것과 먹는 것, 둘 다 할 수 있다고 생각하는 게 이중의 죄예요. 그 정도로 죄의 구렁텅이에 깊숙이 빠진다는 게 어떤 건지 알고 싶어요. 그냥 그 안에서 뒹구는 정도로는 싫어요. 머리에서부터 풍덩 뛰어들고 싶어요."

"저를 끌고서 말이죠!"

그녀는 진심으로 분개한 목소리로 말했다.

"아, 하지만 당신은 죄를 믿지 않잖아요, 노라. 방금 전에 그렇게 말했잖아요. 당신의 관점에서 얘기하자면 손을 살짝 더럽혀 달라는 것뿐이에요. 그리고 체포될지 모르는 위험을 감수해 달라는 거. 많지는 않아도 체포될 가능성이 있긴 하니까요. 그 대가로 내가 20만 달러를 주겠다는 거예요. 20만하고 플러스알파를."

그녀는 추운 데서 한참을 걸은 것처럼 얼굴과 손에 감각이 없었다. 두말하면 잔소리지만 그런 짓은 하지 않을 것이다. 집 밖으로 나가서 시원한 공기나 마실 것이다. 지금 당장은 일을 그만두지도 않을 것이다. 그녀에게는 이 일이 필요했다. 하지만 집 밖으로 나갈 필요는 있었다. 근무지를 이탈했다고 해고할 테면 하라지. 하지만 먼저 나머지 이야기를 들어야 했다. 혹했다고는 절대 인정하지 않겠지만 호기심을 느꼈다? 그 정도까지는 인정할 용의가 있었다.

"제가 어떤 일을 해 주길 바라시는데요?"

* * *

채드가 또 한 대의 담배에 불을 붙였다. 그녀는 손가락을 까닥였다.

"나도 그거 한 모금만."

"노리, 담배 끊은 지 5년……."

"한 모금만 달라고."

그는 담배를 건넸다. 그녀는 깊이 한 모금 빨았다가 기침과 함께 연기를 내뱉었다. 그러고는 이야기를 들려주었다.

* * *

그날 밤에 그녀는 새벽까지 뜬눈으로 지새웠지만 그는 자고 있을 거라고 확신했다. 그러지 않을 거라고 생각할 이유가 없었다. 결정은 내려졌다. 그녀는 위니에게 싫다고, 두 번 다시 그 이야기를 꺼내지 말라고 할 것이다. 그렇게 결정을 내렸으니 잠을 자는 거다.

하지만 그가 돌아보며 "계속 그 생각이 나네."라고 했을 때 그녀는 별로 놀라지 않았다.

노라도 마찬가지였다.

"웬만하면 하겠다고 했을 거야. 우리 둘을 위해서. 하지만……."

이제 그들은 몇 센티미터 간격을 두고 마주보고 있었다. 서로의 입 냄새를 맡을 수 있을 만큼 가까웠다. 시각은 새벽 2시였다.

'음모의 시각이지, 만약 그런 게 있다면.'

그녀는 이런 생각이 들었다.

"하지만 뭐?"

"하지만 그 일이 우리 생활을 오염시킬 거라는 생각이 들었어. 지워지지 않는 얼룩도 있잖아."

"고민할 가치도 없는 문제야, 노라. 이미 결정했잖아. 세라 페일린(미국의 정치인. 공화당의 존 매케인 대통령 후보의 부통령 러닝메이트로 2008년 대선에 출마했다가 낙선했다 — 옮긴이)처럼 말해. 생각해 줘서 고맙지만 갈 곳 없는 다리는 사양하겠다고. 그에게 해괴한 보조금을 받지 않아도 원고를 끝낼 수 있는 방법을 내가

300

생각해 볼게."

"언제? 다음 번에 또 무급 휴가를 받을 때? 설마."

"결정했잖아. 그 사람은 노망난 노인이야. 이상 끝."

그는 등을 돌렸다.

정적이 내려앉았다. 위층에서 레스턴 부인(사전의 불면증 항목 옆에 그녀의 사진이 붙어 있을 것이다.)이 왔다 갔다 걸었다. 어디에선가, 아마도 고와너스의 가장 깊고 가장 어두운 곳에서 사이렌이 울렸다.

15분이 지났을 때 채드가 2:17A라고 뜬 겉 테이블 디지털시계에 대고 말했다.

"게다가 돈을 받을 수 있을 거라는 믿음이 있어야 하는데 죽기 전에 죄를 저질러 보는 게 유일한 소원이라는 사람을 믿을 수 있겠어?"

"하지만 나는 *위니*는 믿어. 나를 못 믿는 거지. 어서 자, 채드. 이 문제는 상황 종료야."

그녀가 말했다.

"그래. 알았어."

그가 말했다.

시계가 2:26A일 때 그녀가 말했다.

"*가능*은 할 거야. 그건 분명해. 머리색을 바꾸면 되잖아. 모자를 쓰고. 당연히 선글라스도 쓰고. 그러자면 화창한 날이라야 해. 도주로도 있어야 하고."

"당신 진심으로……."

"모르겠어! 20만 달러라잖아! 거의 3년을 일해야 그 정도 액수를 벌 수 있는데 정부랑 은행에 삥을 뜯기고 나면 남는 것도 거의 없어. 어떤 식인지 알잖아."

그녀는 레스턴 부인이 천천히 걷는 소리가 들리는 천장을 잠깐 동안 아무 말 없이 바라보았다.

그녀가 불쑥 내뱉었다.

"그리고 *보험*은 또 어떻고! 우리가 들어놓은 보험이 있는 줄 알아? 없잖아!"

"보험 들어놓은 거 있잖아."

"그래, 거의 없는 거나 다름없는 거. 당신이 차에 치이면 어떡해? 내 난소에 물혹이 생겼다고 하면 어떡해?"

"우리가 들어 놓은 보험으로도 충분해."

"다들 그렇게 얘기하지만 다들 알다시피 드라이브스루에서도 엿을 먹이고 그러잖아. 그것만큼은 분명해. 계속 그 생각이 나. 그것만큼은…… *분명*……*하다고!*"

"하지만 20만 달러를 운운하니까 내 책으로 돈을 벌어 보겠다는 꿈이 보잘것없게 느껴지는 것 같지 않아? 대체 책은 써서 뭐하겠어?"

"한 번으로 끝날 테니까. 그러고 나면 *개운하게* 책을 쓸 수 있을 거야."

"개운하게? 그러고 나면 *개운하게* 책을 쓸 수 있을 거라고?"

그는 몸을 돌려서 그녀를 마주보았다. 그의 몸 어딘가가 단단해진 것을 보면 여기에 성적인 측면도 있었다. 적어도 그들의 입장에서는 그랬다.

"이런 일자리를 다시 얻을 수 있을 것 같아? 12월이면 나는 서

른여섯 살이 돼. 당신은 나를 데리고 나가서 저녁을 사 줄 테고 그러고 나면 일주일 뒤에 진짜 생일선물이 도착하겠지. 자동차 할부금이 연체됐다는 통지서."

그녀는 화가 났지만 그에게 화가 나는 건지 그녀 자신에게 화가 나는 건지 알 수 없었다. 상관도 없었다.

"지금 나를 탓하려는……?"

"*아니야.* 우리랑 우리 같은 사람들을 허우적거리게 만드는 시스템을 탓하려는 것도 아니야. 그래봐야 비생산적이니까. 그리고 나는 위니한테 진실을 말했어. 나는 죄를 믿지 않는다고. 하지만 감옥에 가긴 싫어. 누굴 해치는 것도 싫어. 특히……."

그녀의 눈에 눈물이 고이는 게 느껴졌다.

"그럴 일 없을 거야."

그가 다시 몸을 돌리려고 하자 그녀가 그의 어깨를 붙잡았다.

"우리가 실행에 옮기더라도…… *내가* 실행에 옮기더라도 죽을 때까지 그 이야기를 절대 꺼내지 않을 수 있을까?"

"응."

그녀가 손을 뻗었다. 결혼한 부부 사이에서는 거래가 끝나면 악수를 하지 않았다. 그건 그들도 알았다.

* * *

시계에는 **2:58A**라고 떠 있고 그가 막 잠이 들려는 찰나 그녀가 말했다.

"비디오카메라 가지고 있는 사람 알아? 왜냐하면 위니가……."

그가 대답했다.

"응. 찰리 그린."

그 뒤로 정적이 이어졌다. 머리 위에서 레스턴 부인이 천천히 왔다 갔다 하는 소리 말고는 아무 소리도 들리지 않았다. 노라는 잠옷 바지 허리춤에 만보기를 달고 있는 레스턴 부인을 잠결에 상상했다. 레스턴 부인은 그녀와 새벽 사이에 놓인 먼 길을 끈기 있게 걸어갔다.

노라는 잠이 들었다.

* * *

다음 날, 위니의 서재.

"자?"

그가 물었다.

그녀의 어머니는 교회에 다닌 적이 없었지만 노라는 해마다 여름 성경학교에서 재미있게 놀았다. 게임도 하고 노래도 부르고 펠트지로 꾸민 이야기도 들었다. 그때 들었던 이야기가 이제 와서 생각났다. 몇 년 동안 까맣게 잊고 지낸 이야기였다.

그녀가 물었다.

"누굴…… 해쳐야…… 돈을 받을 수 있는 건 아니죠? 그 부분에 대해서 분명히 짚고 넘어갔으면 하는데요."

"아니에요. 하지만 피가 나는 건 보고 싶어요. 내 쪽에서는 그부분에 대해서 분명하게 짚고 넘어갈게요. 당신이 주먹을 쓰는 걸 봤으면 좋겠지만 입술이 찢어지거나 코피가 나는 정도로도 충분할 거예요."

여름 성경학교 선생님이 펠트보드에 산을 붙였다. 그런 다음 예수님과 뿔이 난 남자를 붙였다. 선생님은 악마가 예수님을 산꼭대기로 데려가서 이 세상의 모든 도시를 보여 주었다고 했다. *이 도시 안의 모든 걸 네가 가질 수 있다.* 악마는 그렇게 말했다. *모든 보물을. 엎드려서 나를 경배하기만 하면 된다.* 하지만 예수는 무릎을 꿇을 줄 모르는 사나이였다. 그는 *사탄아, 내 뒤로 물러가라*라고 했다.

"자?"

그가 다시 물었다.

그녀는 중얼거렸다.

"죄. 목사님의 의도는 그거죠?"

"죄를 위한 죄. 의도적으로 계획하고 실행에 옮긴 죄. 당신도 그 발상에 흥분이 되나요?"

"아뇨."

그녀는 눈살을 찌푸리고 있는 책꽂이들을 올려다보며 말했다.

위니는 어느 정도 시간이 지나길 기다렸다가 세 번째로 질문했다.

"자?"

"체포돼도 돈을 받을 수 있나요?"

"계약 조건을 지키면…… 그리고 두말하면 잔소리지만 나를 끌어들이지 않으면…… 받을 수 있어요. 그리고 체포되더라도 기껏해야 보호 관찰형일 거예요."

"거기다 정신 감정이 추가되겠죠. 이런 제안을 고민하고 있다는 것 자체만으로도 이미 정신 감정을 받을 필요가 있는 건지도 모르겠지만."

그녀의 말에 위니가 말했다.

"지금 상태가 계속된다면 결혼상담소를 찾아가야 할 거예요. 내가 성직자 생활을 하는 동안 수많은 커플을 상담했는데 돈 걱정이 100퍼센트 가장 근본적인 문제는 아니었을지 몰라도 대부분은 그랬어요. 대부분 그 문제가 전부였고요."

"경험에서 우러난 충고 감사합니다, 목사님."

그는 그 말에 아무 대꾸도 하지 않았다.

"목사님은 미쳤어요, 아시겠지만."

그는 여전히 아무 말이 없었다.

그녀는 책들을 좀 더 쳐다보았다. 대부분 종교에 관한 책이었다. 마침내 그녀는 그에게로 시선을 돌려서 눈을 쳐다보았다.

"만약 내가 약속대로 했는데 엿 먹이면 후회하게 만들어 드릴 거예요."

그는 그녀의 과격한 표현에도 전혀 당황스러워하지 않았다.

"나는 내 약속을 지킬 거예요. 그건 확신해도 돼요."

"이제는 거의 완벽하게 말씀을 하시네요. 피곤할 텐데 혀 짧은 소리도 내지 않고."

그는 어깨를 으쓱했다.

"나랑 같이 지내면서 귀가 단련이 된 거 아닐까요. 새로운 언어를 이해하는 것과 비슷한 거겠죠."

그녀는 다시 책들 쪽으로 시선을 돌렸다. 그중에 『선과 악의 문제』라는 책이 있었다. 『도덕성의 기반』이라는 책도 있었다. 두툼했다. 오래된 괘종시계가 복도에서 규칙적으로 째깍거렸다. 마침내 그가 다시 물었다.

"자?"

"저를 이런 고민에 빠뜨린 죄로는 만족이 안 되시나요? 목사님은 우리 둘 모두를 유혹에 빠뜨렸고 그 유혹 때문에 우리 둘 다 고민하게 됐잖아요. 그걸로는 부족한가요?"

"그건 생각과 말로 저지른 죄에 불과하잖아요. 그걸로는 내 호기심이 충족되지 않을 거예요."

괘종시계가 째깍거렸다. 그녀는 그를 쳐다보지 않고 말했다.

"다시 한 번만 '자?'라고 하면 바로 이 방에서 나가 버릴 거예요."

그는 "자?"는 물론 아무 말도 하지 않았다. 그녀는 무릎 위에서 맞잡아 비튼 자기 손을 내려다보았다. 가장 소름이 끼치는 부분은 그녀도 궁금한 마음이 있다는 것이었다. 그가 원하는 게 무엇인지가 아니라(그건 이미 공개됐다.) 그녀가 원하는 게 무엇인지 궁금했다.

마침내 그녀는 고개를 들고 대답했다.

"잘 생각했어요."

그가 말했다.

* * *

결정이 내려지자 두 사람 모두 실질적인 부분에 대해 전전긍긍하며 고민하지 않으려고 애써 노력했다. 그들이 선택한 곳은 퀸스의 포레스트 공원이었다. 채드가 찰리 그린에게 비디오카메라를 빌려서 사용법을 익혔다. 그들은 (인적이 거의 없다시피 한 비 오는 날에) 두 번 사전 답사를 했고 골라놓은 장소를 채드가 비디오에 담았다. 그 기간 동안 수도 없이 섹스를 했다. 10대들이 자동차 뒷자리에서 함직한 겁먹은 섹스, 어설픈 섹스도 있었지만 대부분 기분 좋은 섹스였다. 적어도 화끈한 섹스였다. 노라는 다른 욕구들이 점점 줄었다. 합의를 하고, 그녀 측의 계약 조건을 실행에 옮기기로 한 날 아침까지 10일 동안 살이 4킬로그램 빠졌다. 채드는 그녀에게 다시 대학생처럼 보인다고 말했다.

* * *

10월 초의 어느 화창한 날에 채드는 쥬얼 가에 낡은 포드를 주차했다. 그의 옆에 앉은 노라는 빨갛게 염색한 머리를 어깨까지 늘어뜨렸고, 전혀 그녀답지 않은 긴치마에 칙칙한 갈색의 길고 헐렁한 셔츠를 입고 있었다. 거기에 선글라스와 메츠 야구모자를 썼다. 그녀는 침착해 보였지만 그가 손을 내밀자 옆으로 피했다.

"노라, 왜 그……."

"택시비 챙겼어?"

"응."

"비디오카메라 담은 가방도?"

"응, 당연하지."

"그럼 자동차 열쇠 줘. 이따 집에서 보자."

"운전할 수 있겠어? 이런 일을 저지르고 나면 충격으로……."

"괜찮을 거야. 열쇠 줘. 여기서 15분 동안 기다려. 뭐가 잘못되면…… 이상한 *예감*이라도 들면…… 돌아올게. 내가 소식이 없으면 우리가 골라 놓은 곳으로 가. 알겠지?"

"당연하지!"

그녀는 이와 보조개까지 보여 가며 미소를 지었다.

"그런 자세 좋아."

그녀는 이 말을 남기고 떠났다.

고문에 가까울 정도로 긴 15분이었지만 채드는 끝까지 기다렸다. 조개처럼 생긴 헬멧을 쓴 아이들이 자전거를 타고 쌩쌩 지나갔다. 쌍쌍이 걷는 여자들은 대부분 장바구니를 들고 있었다. 힘겹게 길을 건너는 할머니가 보이자 레스턴 부인일지 모른다는 황당한 생각이 얼핏 들었지만 지나가는 노파의 얼굴을 확인해 보니 아니었다. 레스턴 부인보다 훨씬 나이가 많았다.

15분이 거의 다 지났을 무렵, 그가 차를 몰고 떠나 버리면 이 사태를 막을 수 있다는 냉정하고 이성적인 생각이 들었다. 노라는 공원에서 주위를 두리번거리다 그가 보이지 않으면 택시를 타고 브루클린으로 돌아갈 것이다. 브루클린에 도착하면 그에게 고마워할 것이다. '당신이 나를 살렸어.'라고 할 것이다.

그런 다음에는? 한 달 동안 휴가를 내는 거다. 대체교사 일도 그만두고 책을 마저 쓰는 데 전력을 다하는 거다. 미친 척해 보는 거다.

하지만 그는 차에서 내려 찰리 그린에게 빌린 비디오카메라를 들고 공원으로 걸어갔다. 촬영이 끝났을 때 카메라를 담을 종이가방은 그의 점퍼 주머니에 들어 있었다. 그는 카메라의 초록색 전원 램프가 켜져 있는지 세 번 확인했다. 일을 다 마쳤는데 카메라

가 꺼져 있다면 얼마나 끔찍할까? 렌즈뚜껑이 닫혀 있다면 얼마나
끔찍할까?

그는 렌즈뚜껑도 다시 한 번 확인했다.

노라는 공원 벤치에 앉아 있었다. 그가 보이자 그녀가 머리카락
을 얼굴 왼쪽으로 쓸어 넘겼다. 시작한다는 신호였다.

그녀의 뒤편은 그네, 빵빵이, 시소, 스프링 달린 말, 그런 것들이
갖추어진 놀이터였다. 시간이 이래서 노는 아이들이 몇 명 안 됐
다. 엄마들은 저쪽에 모여서 웃고 수다를 떠느라 아이들을 제대로
살피지 않았다.

노라가 벤치에서 일어났다.

'20만 달러.'

그는 생각하며 카메라를 눈앞에 갖다 댔다. 시작되자 차분해지
는 게 느껴졌다.

그는 프로처럼 촬영에 임했다.

2

집으로 돌아온 채드는 계단을 달려 올라갔다. 그녀는 없을 게
분명했다. 그가 마지막으로 보았을 때 그녀는 전력 질주하고 있었
고 엄마들은 그녀가 타깃으로 삼은 네 살쯤 되어 보이는 남자아이
를 에워싸느라 정신이 없어서 그녀를 거의 쳐다보지도 않았지만,
그래도 그녀는 집에 없을 게 분명했고 조만간 경찰서에서 그에게
연락해 체포된 아내가 무너져서 그가 맡은 역할을 비롯해 모든 걸

실토했다고 알릴 게 분명했다. 설상가상으로 위니의 역할까지 폭로하면 이 모든 게 헛수고로 돌아갈 것이었다.

손이 부들부들 떨려서 열쇠를 꽂을 수가 없었다. 열쇠가 구멍 근처에 가지도 못한 채 주변에서 미친 듯이 덜거덕거리기만 했다. 그가 비디오카메라가 담긴 종이가방(심하게 구깃구깃했다.)을 내려놓고 왼손으로 오른손을 잡으려던 찰나, 문이 열렸다.

노라는 무릎에서 자른 청바지와 셸톱을 입고 있었다. 긴치마와 헐렁한 셔츠 밑에 입고 있었던 옷이었다. 도망치기 전에 차 안에서 옷을 갈아입겠다는 것이 그녀의 계획이었다. 번갯불에 콩 구워 먹듯이 할 수 있다더니 허튼 장담이 아니었던 모양이다.

그는 그녀를 두 팔로 감싸고 그녀의 두근거리는 심장이 느껴질 정도로 꼭 끌어안았다. 로맨틱한 포옹이라고 볼 수는 없었다.

노라는 잠깐 그대로 있다가 말했다.

"들어와. 복도에 있지 말고."

문을 닫고 바깥세상을 차단하자마자 그녀가 말했다.

"잘 찍혔어? 잘 찍힌 거 맞지? 거의 30분 동안 한밤중의 레스턴 부인처럼 왔다 갔다 걷고 있었어. 궁금해서 각성제를 먹은 레스턴 부인처럼……."

그는 열이 나는 것처럼 뜨끈한 이마를 덮고 있던 머리칼을 쓸어 넘기며 말했다.

"나도 걱정되긴 마찬가지였어. 노라, 무서워서 죽는 줄 알았어."

그녀는 그의 손에서 종이가방을 낚아채 안을 들여다보더니 그를 노려보았다. 선글라스를 쓰지 않은 파란 눈이 이글거렸다.

"잘 찍힌 거 맞지?"

"응. 아마도. 잘 찍혔겠지. 나도 아직 확인은 못했어."

눈빛이 더 뜨거워졌다. 그는 생각했다.

'조심해, 노라. 계속 그러다가는 눈에서 불이 나겠어.'

"잘 찍혔어야 해. 잘 찍혔어야 해. 왔다 갔다 하지 않는 동안에는 변기 위에 앉아 있었다고. *배가 아파서……*"

그녀는 창가로 가서 밖을 내다보았다. 그는 그녀가 자신은 모르는 뭔가를 알고 있나 싶어서 같이 내다보았다. 하지만 평소처럼 거리를 오가는 행인들 말고는 아무것도 없었다.

그녀는 다시 그를 돌아보았고 이번에는 양팔을 붙잡았다. 손바닥이 시체처럼 차가웠다.

"괜찮아? 그 애 말이야. 괜찮은지 확인했어?"

"멀쩡해."

채드가 말했다. 그녀는 그의 얼굴에 대고 고함을 질렀다.

"거짓말이지? 사실대로 말해. *그 아이 괜찮아?*"

"멀쩡해. 심지어 엄마들이 달려오기도 전에 일어났어. 귀청이 떨어져라 울긴 했지만 나는 그 나이 때 그네에 뒤통수를 얻어맞았을 때 그보다 더 심하게 울었어. 응급실에 가서 다섯 바늘을……"

"생각보다 너무 세게 때렸어. 내가 힘을 빼면…… 내가 힘을 뺐다는 걸 위니가 알면…… 돈을 주지 않겠다고 할까 봐 겁이 났어. 게다가 흥분이 돼서…… 젠장! 하마터면 그 가엾은 아이의 머리를 박살낼 뻔했다니까? 도대체 내가 왜 그런 짓을 하겠다고 그랬을까?"

하지만 그녀는 울지 않았고 후회하는 것처럼 보이지도 않았다. 화가 난 것처럼 보였다.

312

"왜 나를 *말리지* 않았어?"

"나는 절대……."

"그 아이 멀쩡한 거 맞아? 일어나는 거 확실히 봤어? 왜냐하면 내가 생각보다 너무 세게 때려서……."

그녀는 몸을 돌려서 벽 쪽으로 걸어가 이마를 부딪쳤다가 돌아보았다.

"내가 놀이터에 들어가서 네 살짜리 아이의 입을 주먹으로 때렸어! 돈 때문에!"

그는 퍼뜩 생각이 났다.

"녹화됐을 거야. 그 아이가 일어나는 게. 당신이 직접 확인하면 되잖아."

그녀는 잽싸게 방을 가로질렀다.

"텔레비전에 연결해! 확인하고 싶어!"

채드는 찰리에게 받은 VSS 케이블을 연결했다. 잠깐 어설프게 만지작거리자 테이프가 재생됐다. 그가 녹화를 끊고 도망치기 직전에 아이가 다시 일어나는 모습이 화면에 담겼다. 아이는 어리둥절한 표정이었고 당연히 울고 있었지만 그것 말고는 멀쩡했다. 입술에서는 피가 많이 났지만 코피는 별로 나지 않았다. 채드는 넘어지면서 코피가 터진 걸지 모르겠다는 생각을 했다.

'놀이터에서 놀다가 그냥 다친 수준이잖아. 날마다 저런 사고가 수도 없이 벌어지는걸.'

그는 그녀에게 물었다.

"봤지? 멀쩡……."

"다시 돌려 봐."

그는 그녀가 시킨 대로 했다. 그녀가 세 번, 네 번, 다섯 번째로 똑같은 말을 반복했을 때도 시킨 대로 했다. 어느 시점에 이르자 그녀가 아이가 일어나는 장면을 보고 있는 게 아니라는 사실을 깨달을 수 있었다. 그도 마찬가지였다. 그들은 아이가 쓰러지는 장면을 보고 있었다. 그리고 얻어맞는 장면을 보고 있었다. 주먹을 날린 장본인은 선글라스를 쓴 빨간 머리의 미친년이었다. 다가가서 볼일을 마치자마자 운동화를 날개 삼아 이륙한 여자였다.

그녀가 말했다.

"내가 아이 이를 하나 부러뜨린 것 같아."

그는 어깨를 으쓱했다.

"이를 가져가는 요정이 좋아하겠네."

다섯 번 보고 났을 때 그녀가 말했다.

"머리에서 빨간 물 빼고 싶다. 보기 싫어."

"그래……"

"하지만 그 전에 먼저 침대로 데려가 줘. 아무 소리하지 말고. 그냥 해 줘."

*　*　*

그녀는 그를 떨어뜨리기라도 하려는 것처럼 들어 올린 엉덩이로 그를 때리다시피 하며 계속 더 세게 해 달라고 했다. 그런데도 절정에 다다르지 못했다.

"때려 줘."

그녀가 말했다. 그는 그녀를 때렸다. 제정신이 아니었다.

"그 정도밖에 안 돼? 씨발, *때리*라니까!"

그는 그녀를 더 세게 때렸다. 그녀의 아랫입술이 찢어졌다. 그녀는 손끝으로 피가 나는 곳을 토닥였다. 그러는 와중에 절정에 다다랐다.

* * *

"보여 줘요."

위니가 말했다. 다음 날이었다. 두 사람은 그의 서재에 있었다.

"돈을 보여 주시죠."

유명한 대사였다. 어디에 나온 대사였는지는 기억이 나지 않았다.(영화 「제리 맥과이어」에 나온 대사다 — 옮긴이)

"비디오를 본 다음에."

카메라는 계속 그 구깃구깃한 종이가방에 들어 있었다. 그녀는 케이블과 함께 카메라를 꺼냈다. 서재에 소형 텔레비전이 있었기에 거기에 케이블을 연결했다. 재생 버튼을 누르자 메츠 야구모자를 쓰고 공원 벤치에 앉아 있는 여자가 보였다. 그녀의 뒤에서 아이들 몇 명이 놀고 있었다. *아이들* 뒤에서는 엄마들이 보디 랩(미용 효과가 있는 성분을 몸에 바르고, 그 위를 온습포 찜질을 하듯 감싸는 체중 감량법 — 옮긴이), 본 연극 아니면 볼 연극, 새 차, 다음 번 휴가, 어쩌고저쩌고 하며 폭풍 수다를 떨고 있었다.

여자가 벤치에서 일어났다. 비디오가 그녀를 황급히 줌으로 당겼다. 화면이 살짝 흔들리다 진정됐다.

그 지점에서 노라가 잠시 멈춤 버튼을 눌렀다. 이것은 채드의 아이디어였고 그녀도 동의했다. 그녀는 위니를 믿었지만 거기까지였다.

"돈을 보았으면 하는데요."

위니는 입고 있던 카디건 주머니에서 열쇠를 꺼냈다. 그걸로 책상 가운데 서랍을 열려다 부분적으로 마비된 오른손이 말을 듣지 않자 왼손으로 바꾸었다.

봉투가 아니었다. 중간 크기의 페더럴 익스프레스 택배 상자였다. 안을 들여다보니 고무줄로 단단히 묶인 100달러짜리 지폐 다발이 여러 묶음이었다.

그가 말했다.

"다 그 안에 들어 있어요. 플러스알파와 함께."

"알았어요. 돈 주고 산 화면을 감상하세요. 재생 버튼만 누르시면 돼요. 저는 주방에 있을게요."

"같이 보지 않을래요?"

"네."

"노라? 당신도 작은 사고가 있었던 같은데."

그는 아직도 살짝 처진 쪽 입가를 손끝으로 톡톡 두드렸다.

그의 얼굴을 보며 양을 닮았다고 생각했다니. 그렇게 바보 같을 수가 있을까. 그렇게 보는 눈이 없을 수가 있을까. 하지만 정확히 말해서 늑대의 얼굴도 아니었다. 그 중간이었다. 개의 얼굴이랄까. 물고 달아나는 그런 개 말이다. 그녀가 말했다.

"문에 부딪쳤어요."

"그렇군요."

"알았어요. 같이 볼게요."

그녀는 말하고 자리에 앉았다. 직접 재생 버튼까지 눌렀다.

그들은 완벽한 침묵 속에서 비디오를 두 번 보았다. 상영 시간은 약 30초였다. 계산하면 1초당 대략 6600달러인 셈이었다. 노라는 채드와 비디오를 보는 동안 암산을 했다.

두 번째로 보고 났을 때 그가 정지 버튼을 눌렀다. 그녀는 테이프를 어떤 식으로 꺼내면 되는지 알려주었다.

"이거 가지세요. 카메라는 남편이 빌린 거라 돌려 줘야 해요."

"알았어요."

위니의 눈빛이 환했다. 마침내 돈을 주고 소기의 목적을 달성한 듯한 표정이었다. 원하던 것을 손에 넣은 듯한 표정이었다. 놀라웠다.

"나중에 또 볼 수 있게 그레인저 부인에게 카메라를 한 대 사다 달라고 해야겠군요. 아니면 당신에게 부탁하는 게 나을까요?"

"저는 싫어요. 우리 계약은 끝났어요."

그녀의 말에도 그는 놀란 표정을 짓지 않았다.

"아, 알았어요. 하지만…… 내가 제안을 하고 싶은데…… 하는 일을 하나 더 늘리면 어떨까요? 전보다 금세 청구서를 처리해도 아무도 의심하지 않게. 당신을 생각해서 하는 얘기예요."

"그러시겠죠."

그녀는 케이블을 뽑아서 카메라와 함께 다시 가방에 넣었다.

"그리고 나라면 너무 일찍 버몬트로 떠나지는 않겠어요."

"목사님의 충고는 듣고 싶지 않아요. 이렇게 더럽혀진 기분을 느끼는 이유가 목사님 때문이니까요."

"그렇겠죠. 하지만 체포될 일은 없을 거예요. 아무도 모를 테고요."

그의 오른쪽 입은 내려갔고 왼쪽 입은 미소 비슷한 것을 짓느라 올라갔다. 그 결과 그의 매부리코 밑으로 뱀 같은 S자가 탄생됐다. 그는 그날따라 발음이 아주 또렷했다. 그녀는 나중에 그 생각을 하며 궁금해 할 것이다. 그가 죄라고 부른 것이 치료제라도 되는 것처럼 그랬던 것이다.

"그리고 노라…… 더럽혀진 기분을 느끼는 게 늘 나쁘기만 한 걸까요?"

그녀는 그 질문에 뭐라고 대답하면 좋을지 알 길이 없었다. 어쩌면 그렇다는 것 자체가 대답일 수 있었다.

"그냥 물어본 거예요. 두 번째로 테이프를 들었을 때 화면이 아니라 당신 얼굴을 봤거든요."

그녀는 찰리 그린의 비디오카메라가 든 가방을 휙 집어서 문 쪽으로 걸어갔다.

"잘 지내세요, 목사님. 다음 번에는 간호사뿐 아니라 전문 치료사도 같이 구하세요. 아버지가 남겨 주신 유산 덕분에 그럴 만한 여유가 되잖아요. 그리고 그 테이프 보관 잘 하세요. 저희 둘 모두를 위해서."

그는 어깨를 으쓱했다.

"얼굴을 알아볼 수 없을 정도니까 걱정 마요. 그리고 알아볼 수 있다 한들 누가 신경이나 쓰겠어요? 성폭행이나 살인 현장이 담긴 것도 아닌데요."

그녀는 문 앞에서 걸음을 멈추었다. 이제 그만 사라지고 싶었지만 궁금했다. 여전히 궁금했다.

"목사님, 하느님 앞에서 이 문제를 어떻게 하실 작정이에요? 얼마나 기도해야 이 죄를 씻을 수 있을까요?"

그는 빙그레 웃었다.

"시몬 베드로처럼 엄청난 죄인도 가톨릭교회를 설립했는데 이 정도는 괜찮을 거예요."

"네. 하지만 시몬 베드로도 추운 겨울 저녁에 볼 비디오테이프를 쟁여 놓고 있었을까요?"

이 말에 드디어 그의 말문이 막혔고 노라는 그가 다시 할 말을 찾기 전에 나와 버렸다. 소소한 승리였지만 그녀는 덥석 움켜쥐었다.

1주일 뒤에 그가 집으로 전화해서 채드와 함께 버몬트로 떠나기 전까지만이라도 같이 있어 주면 안 되겠느냐고 물었다. 아직 후임을 뽑지 않았다며, 그녀의 생각이 바뀔 가능성이 있으면 계속 빈자리로 남겨 두겠다고 했다.

"보고 싶어요, 노라."

그녀는 아무 말도 하지 않았다.

그가 목소리를 죽였다.

"테이프를 다시 볼 수 있어요. 보고 싶지 않아요? 한 번만이라도 더 보고 싶지 않아요?"

"아뇨."

그녀는 대답하고 전화를 끊었다. 차를 끓이려고 주방으로 향하는데 현기증이 파도처럼 그녀를 덮쳤다. 그녀는 거실 한쪽 구석에 주저앉아서 세운 무릎 위로 고개를 숙였다. 현기증이 지나갈 때까지 기다렸다. 마침내 현기증은 지나갔다.

　　　　　　　*　　*　　*

　　그녀는 레스턴 부인의 간병을 맡았다. 근무시간이 1주일에 겨우 12시간에 불과했고 윈스턴 목사에게 받았던 금액에 비하면 수입이 턱도 없었지만 이제는 돈이 중요한 문제가 아닌데다 출퇴근이 간편했다. 계단 하나만 올라가면 끝이었다. 무엇보다 좋았던 것은 당뇨와 가벼운 심장병을 앓고 있는 레스턴 부인이 머리에 든 게 없는 수다쟁이라는 사실이었다. 하지만 가끔 그녀가 먼저 세상을 떠난 남편을 두고 끝도 없이 혼자 종알거리면 노라는 뺨을 한 대 때려 주고 싶어서 손이 근질거렸다.

　　채드는 대체교사 명단에 계속 이름을 올려 놓았지만 일하는 시간을 줄였다. 주말마다 따로 빼놓은 6시간을 작업에 할애하자 『동물들과 함께 생활하기』 원고가 점점 두툼해지기 시작했다.

　　그는 주말에 쓴 원고가 그 비디오카메라 사건 이전에 쓴 원고만큼 훌륭하고 생생한지 한두 번 자문해 보다가 천벌이라는 구닥다리 엉뚱한 개념이 어금니 사이에 낀 팝콘 알맹이처럼 그의 머릿속에 박혀 있어서 그런 궁금증이 생기는 거라고 마음을 다잡았다.

　　　　　　　*　　*　　*

　　공원에서 그 일이 있고 12일이 지났을 때 누군가가 아파트 문을 두드렸다. 노라가 문을 열자 문 앞에 경찰관이 서 있었다.
　　"네, 경관님?"
　　그녀가 물었다.

"노라 캘러핸 씨 되십니까?"

그녀는 침착하게 생각했다.

'전부 실토할 거야. 관계당국의 처벌을 받고 나면 아이 엄마를 찾아가서 얼굴을 내밀고 이렇게 얘기할 거야. *세게 때리세요, 어머니. 그러면 저희 둘 다 속이 후련할 거예요.*'

"네, 제가 캘러핸 부인인데요."

"부인, 브루클린 도서관 월트 휘트먼 분관의 요청으로 찾아왔습니다. 도서관에서 대출하신 네 권의 책이 거의 두 달째 연체 중인데요, 그중 한 권이 상당히 고가라고 합니다. 미술책이라던데요. 한정판이고요."

그녀는 그를 멍하니 쳐다보다 웃음을 터뜨렸다.

"도서관 경찰이세요?"

그는 계속 정색하려고 했지만 결국 따라서 웃음을 터뜨리고 말했다.

"오늘은 그렇게 됐네요. 그 책들 가지고 계신가요?"

"네. 완전히 잊어버리고 있었어요. 숙녀와 함께 도서관까지 같이 가 주시겠어요……."

그녀는 그의 명찰을 확인했다.

"……애브로모비츠 경관님?"

"기꺼이요. 수표책 챙겨 가지고 오세요."

"비자카드도 받겠죠."

그녀가 말했다.

그는 미소를 지었다.

"아마도요."

* * *

그날 밤 침대.

"때려 줘!"

사랑을 나누는 게 아니라 공포의 블랙잭 게임이라도 하는 듯한 분위기였다.

"싫어."

그녀가 위로 올라가 있었기에 손을 뻗어서 그의 뺨을 쉽게 때릴 수 있었다. 그녀의 손바닥이 그의 얼굴 옆면을 때리는 소리가 공기총 소리 비슷했다.

"때려 달라니까! 때려 달라……."

채드가 자기도 모르게 그녀의 등을 찰싹 때렸다. 그녀는 울음을 터뜨렸지만 그가 그녀의 밑에서 단단해졌다. 잘됐다.

"이제 해 줘."

그는 해 주었다. 밖에서 어떤 차의 도난경보기가 작동됐다.

* * *

그들은 1월에 버몬트에 갔다. 기차를 타고 갔다. 그림엽서처럼 아름다웠다. 몬트필리어를 벗어나서 30킬로미터쯤 가면 나오는 곳에 두 사람 모두의 마음에 든 집이 있었다. 겨우 세 번째로 본 집이었다.

부동산 중개업자의 이름은 조이 엔더스였다. 그녀는 아주 상냥했지만 노라의 오른쪽 눈을 계속 쳐다봤다. 결국 노라가 살짝 어

322

색하게 웃으며 이야기를 꺼냈다.

"택시에 타려다 빙판에 미끄러졌어요. 지난주에 보셨어야 하는 건데. 지난주에는 가정 폭력 피해자 모델 같았거든요."

"그렇게 안 보여요."

조디 엔더스는 이렇게 말하고 수줍은 듯 덧붙였다.

"아주 미인이신데요."

채드가 노라의 어깨를 팔로 감쌌다.

"저도 그렇게 생각해요."

"어떤 일을 하세요, 캘러핸 씨?"

"작가예요."

그가 말했다.

그들은 그 집을 계약했다. 노라는 대출신청서를 작성하면서 '매수 대금 자체 조달'이라고 적힌 난에 체크했다. 상세 내역을 적는 칸에는 *저축*이라고 단 두 글자를 적었다.

* * *

이사 준비가 한창이던 2월의 어느 날, 채드가 앤젤리카에서 영화를 보고 에이전트와 저녁을 먹으러 맨해튼에 간 적이 있었다. 노라는 애브로모비츠 경관에게 받은 명함을 가지고 있었다. 그녀는 그에게 전화를 걸었다. 그가 찾아왔고 두 사람은 거의 비다시피한 침실에서 떡을 쳤다. 좋았지만 그녀는 그에게 맞지 못한 것이 아쉬웠다. 그녀가 때려 달라고 했지만 그가 말을 듣지 않았다.

"아니 어쩌다 이렇게 비정상적인 숙녀가 됐어요?"

323

그는 사람들이 농담처럼 얘기하지만 사실은 아닐 때 쓰는 말투로 이렇게 물었다.

노라가 대답했다.

"그러게요. 나도 알아내려고 하는 중이에요."

＊　＊　＊

그들은 2월 29일에 버몬트로 이사하기로 했다. 그 전날, 평소 같으면 2월의 마지막이었을 그날에 전화벨이 울렸다. 윈스턴 명예목사의 가정부 그레인저 부인이었다. 노라는 나지막한 목소리의 주인공이 누구인지 파악한 순간 그녀가 전화한 이유를 알아차렸고, 그때 맨 처음에 든 생각은 '그 테이프는 어쨌어, 이 나쁜 놈아?'였다.

그레인저 부인은 누군가의 죽음을 알리는 사람 특유의 나지막한 목소리로 이렇게 얘기했다.

"부고에는 신부전이라고 적힐 거예요. 하지만 그분의 욕실에 들어가 봤거든요. 약병이 죄다 나와 있고 없어진 알약이 너무 많았어요. 아무래도 자살을 하신 것 같아요."

노라는 가장 침착하고 확신 있고 간호사다운 말투로 이렇게 얘기했다.

"아닐 거예요. 약을 얼마나 먹었는지 헷갈리셨을 가능성이 더 커요. 아니면 뇌졸중을 또 일으켰을 수도 있고요. 가볍게요."

"정말 그랬을까요?"

"그럼요."

노라는 대답하고, 그레인저 부인에게 새로 산 비디오카메라 돌아다니는 것 본 적 없느냐고 묻고 싶은 것을 참았다. 위니의 텔레비전에 연결되어 있을 가능성이 가장 컸고 그건 정신 나간 질문이었다. 그런데도 그녀는 하마터면 물어볼 뻔했다.

"그렇다면 정말 안심이네요."

그레인저 부인이 말했다.

"다행이에요."

노라가 말했다.

* * *

그날 밤, 침대. 그들이 브루클린에서 보내는 마지막 밤이었다.

채드가 말했다.

"걱정 그만해. 그 테이프를 발견한 사람이 있더라도 확인해 보지도 않을 거야. 확인한다 한들 당신과 연결시킬 가능성은 미미할 정도로 낮고. 게다가 그 아이도 지금쯤은 잊어버렸을 거야. 아이 엄마도."

"미친 여자가 자기 아들을 폭행하고 달아났을 때 엄마도 옆에 있었어. 장담하는데 아이 엄마는 잊지 않았을 거야."

노라가 말했다.

"알았어."

그의 차분한 말투에 그녀는 그의 불알을 향해 니킥을 날리고 싶었다.

"가서 그레인저 부인이 유품 정리하는 걸 도와줄까 봐."

그는 제정신이냐고 묻는 듯한 눈빛으로 그녀를 쳐다보았다.

"어쩌면 나는 용의자가 되고 싶은 걸지 몰라."

그녀는 이렇게 말하고 그에게 희미한 미소를 지어 보였다. 스스로 도발적이라고 생각하는 미소였다.

그는 그녀를 보더니 등을 돌렸다.

"그러지 마. 응? 채드."

그녀가 말했다.

"싫어."

그가 말했다.

"싫다니? 왜?"

"할 때 당신이 무슨 생각을 하는지 알거든."

그녀는 그를 때렸다. 그의 뒷덜미에서 제법 크게 탁 하는 소리가 났다.

"개뿔 알지도 못하면서."

그는 몸을 돌려서 주먹을 들었다.

"그러지 마, 노라."

그녀는 얼굴을 내밀었다.

"쳐 봐. 당신도 뭘 원하는지 알잖아."

그는 하마터면 넘어갈 뻔했다. 그녀의 눈에 씰룩거림이 보였다. 하지만 그는 손을 내리고 주먹을 풀었다.

"더는 싫어."

그녀는 아무 말도 하지 않고 속으로 생각했다.

'그건 당신 생각이고.'

326

      *   *   *

노라는 뜬눈으로 누워서 디지털시계를 쳐다보았다. **1:41A**가 될 때까지 그녀가 한 생각은 '이 결혼생활은 문제가 있어.'였다. 하지만 **1:41**이 **1:42**가 되자 생각이 바뀌었다.

'아니야, 그게 아니야. 이 결혼생활은 끝났어.'

하지만 이 결혼의 상영기간은 아직 7개월이 남았다.

      *   *   *

노라는 조지 윈스턴 목사와의 연결 고리가 정말로 끊기는 날이 올 줄 몰랐는데 새 집을 단장하는 작업에 돌입하고 보니(하나는 꽃밭으로 또 하나는 텃밭으로, 이렇게 정원을 두 개 꾸밀 계획이었다.) 위니를 전혀 생각하지 않고 보내는 날들이 생겼다. 침대 위에서의 구타도 멈추었다. 거의 멈추었다.

그러던 4월의 어느 날, 위니에게서 엽서가 날아 왔다. 충격적이었다.

엽서에 새 주소를 더 이상 적을 공간이 없어서 우체국 봉투에 담겨서 배달됐다. 브루클린, 메인, 아이다호 주와 인디애나 주의 몬트필리어를 비롯해 전국 방방곡곡을 누빈 엽서였다. 그녀와 채드가 뉴욕을 떠나기 전에 배달되지 않은 이유를 알 수가 없었고 그녀 앞으로 배달된 것 자체가 기적이었다. 엽서에 적힌 날짜는 그가 죽기 하루 전이었다. 그녀는 확인 차 인터넷으로 그의 부고를 검색해 보았다.

엽서에는 이렇게 적혀 있었다.

어쩌면 프로이트의 주장에도 일리가 있었나 봐요. 어떻게 지내요?

'잘 지내지. 나야 잘 지내지.'
노라는 생각했다.
주방에 장작을 때는 난로가 있었다. 그녀는 엽서를 구겨서 안에 던지고 성냥을 그었다.
'이걸로 끝이야.'

* * *

채드는 9일 동안 마지막 50쪽을 몰아 쓰며 7월에 『동물들과 함께 생활하기』를 탈고했다. 원고를 에이전트에게 보냈다. 이메일과 전화 통화가 이어졌다. 채드 말로는 링링이 아주 열띤 반응을 보인다고 했다. 노라는 그게 사실이라면 전화 통화를 위해서 대부분의 열의를 아껴두는 모양이라고 생각했다. 그녀가 읽은 두 통의 이메일에서는 기껏해야 조심스러운 낙관이 느껴지고 그만이었다.

채드는 8월에 링링의 요청에 따라 원고를 고쳤다. 이 과정에 대해서 별 말이 없는 것을 보면 잘 되고 있지 않다는 증거였다. 그래도 포기하지는 않았다.

그러거나 말거나 노라는 거의 신경 쓰지 않았다. 그녀는 정원에

푹 빠져서 지냈다.

9월이 되자 채드가 뉴욕으로 가서 링링이 원고를 보낸 일곱 군데 출판사에 전화를 돌려 작가를 만나 볼 의향이 있는지 타진하는 동안 그의 사무실을 지켜야겠다고 주장했다. 노라는 몬트필리어의 술집에 가서 상대를 물색할까 고민하다가(모텔 6에 가면 됐다.) 포기했다. 얻는 소득에 비해 수고가 너무 컸다. 그녀는 대신 정원 일을 했다.

오히려 다행이었다. 채드가 계획을 바꿔서 뉴욕에서 자지 않고 그날 저녁에 비행기를 타고 돌아온 것이었다. 그는 술에 취해 있었다. 그런 얼굴로 행복하다고 선언했다. 훌륭한 출판사와 계약을 맺었다며 그가 출판사 이름을 알려 주었다. 그녀는 들어본 적 없는 출판사였다.

"얼마에?"

그녀는 물었다.

"자기야, 그런 건 중요한 문제가 아니야.('중요한'이 '쥬요한'이 됐고 그는 술에 취했을 때만 그녀를 '자기야'라고 불렀다.) 그 사람들이 원고를 정말 마음에 들어 했다는 게 중요한 거지."

정말. 그녀는 채드가 술에 취하면 뇌졸중에 걸리고 처음 몇 개월 동안 위니가 쓰던 말투와 살짝 비슷해진다는 것을 깨달았다.

"얼마에 했는데?"

"4만 달러."

달여.

그녀는 웃었다.

"내가 벤치에서 일어나서 놀이터로 가기도 전에 번 금액이 그 정도였겠다. 맨 처음 봤을 때 계산해 봤는데……."

그녀는 날아오는 주먹을 보지도 못했고 맞았을 때 제대로 느끼지도 못했다. 머릿속에서 커다랗게 딸깍 하는 소리가 들리고 그만이었다. 정신을 차리고 보니 그녀가 주방 바닥에 누워서 입으로 숨을 쉬고 있었다. 입으로 숨을 쉴 수밖에 없었다. 그가 그녀의 코를 부러뜨린 것이었다.

"나쁜 년!"

그는 울음을 터뜨렸다.

노라는 일어나 앉았다. 주방이 휘청하고 커다랗게 한 바퀴 돈 다음에서야 흔들림이 멈추었다. 리놀륨 바닥에 후두둑 핏방울이 떨어졌다. 그녀는 놀랐고 아팠고 짜릿했고 부끄러웠고 유쾌했다.

'방금 전에 날아온 주먹은 정말 보지 못했는데.'

그녀는 생각했다.

"그래, 나를 원망해."

그녀는 말했다. 탁한 코맹맹이 소리가 났다.

"나를 원망하면서 그 한심한 눈깔이 빠지도록 울어 보시지."

그는 그녀의 말을 듣지 못한 사람처럼(아니면 듣고도 안 믿기는 사람처럼) 고개를 모로 꼬더니 주먹을 쥐고 뒤로 당겼다.

그녀는 비뚤어진 코를 앞장세우고 얼굴을 내밀었다. 턱에 피 한 방울이 묻어 있었다.

"쳐 봐. 당신이 남들 반만큼이라도 할 줄 아는 게 그거 하나밖에 없잖아."

"그날 이후로 몇 명이랑 같이 잤어? 말해!"

"아무하고도 안 잤어. 대여섯 명이랑 떡을 쳤지."

거짓말이었다. 경찰관과 채드가 시내에 간 날 찾아온 전기기사 밖에 없었다.

"덤벼라, 맥더프.(「맥베스」에서 맥베스가 하는 대사 — 옮긴이)"

그는 덤비는 대신 주먹을 풀고 옆구리로 손을 떨어뜨렸다.

"당신만 아니었으면 원고가 괜찮았을 텐데. 꼭 그런 건 아니지만 무슨 뜻에서 한 말인지 알겠지?"

그는 정신을 차리려는 듯이 고개를 저었다.

"당신 취했어."

"당신이랑 헤어져서 한 권 더 쓸 거야. 더 잘 쓸 거야."

"돼지들이 휘파람을 불겠네."

"두고 봐. 두고 보라고."

그는 학교 뒷마당에서 방금 전에 벌인 싸움에서 진 아이처럼 유치하게 울먹였다.

"당신 취했어. 가서 잠이나 자."

"너는 독약 같은 년이야."

그는 이런 결론을 내리더니 고개를 숙이고 발을 질질 끌며 침대 쪽으로 사라졌다. 심지어 걸음걸이마저 뇌졸중에 걸린 이후의 위니와 비슷했다.

노라는 응급실에 갈까 했지만 너무 피곤해서 그럴 듯하게 둘러댈 핑계가 생각나지 않았다. 그런 핑계는 없다는 것을 속으로는 간호사답게 알고 있었다. 그녀가 아무리 근사하게 둘러대도 병원에서는 빤히 알아차릴 것이다. 이런 환자가 오면 응급실 직원들은 늘 그랬다.

그녀는 솜으로 코를 틀어막고 코데인이 든 타이레놀을 두 알 먹었다. 그런 다음 밖으로 나가서 너무 컴컴해서 아무것도 안 보일 때까지 정원의 잡초를 뽑았다. 안으로 들어가 보니 채드가 침대에서 코를 골고 있었다. 그가 바보처럼 보였다. 이런 생각이 들자 울고 싶어졌지만 그녀는 울지 않았다.

*　*　*

그는 그녀를 떠나 뉴욕으로 돌아갔다. 가끔 그가 이메일을 보내면 그녀도 가끔 답장을 했다. 그가 남은 돈의 절반을 요구하지 않아서 다행이었다. 그녀는 줄 생각도 없었다. 그녀가 일을 해서 번 돈이었고, 지금도 은행에 조금씩 입금해 가며 그녀가 관리하고 있었다.

그는 이메일에서 대체교사 일을 다시 시작했고 주말에 글을 쓴다고 했다. 그녀는 대체교사 일을 다시 시작했다는 말은 믿었지만 글을 쓴다는 말은 믿지 않았다. 무기력하고 힘없는 이메일의 분위기로 보았을 때 그럴 만한 여력이 남지 않은 듯했다. 그녀는 원래부터 그를 책 한 권이면 밑천이 드러날 남자라고 생각했었다.

그녀는 이혼 문제를 직접 처리했다. 인터넷에 필요한 모든 정보가 있었다. 그에게 서명을 받아야 할 서류는 그가 서명을 해서 보내 주었다. 돌아온 서류에는 아무 쪽지도 없었다.

그 해 여름(좋은 계절이었다. 그녀는 인근 병원에서 정규직으로 근무했고 정원은 쑥대밭이 되었다.)의 어느 날, 그녀는 중고서점을 훑어보다 위니의 서재에서 보았던 책을 발견했다. 『도덕성의 기반』. 상당히 손때가 묻은 상태라 2달러에 세금을 얹어서 내고 집으로 업어올 수 있었다.

　남은 여름이 지나고 가을이 거의 저물 무렵에서야 그 책을 완독할 수 있었다. 마지막 책장을 덮는데 실망스러웠다. 그녀가 모르는 내용은 거의 없었다.

　　　　　　　　　짐 스프라우즈에게 바친다

사후 세계

내가 보기에 대부분의 사람들은 나이를 먹을수록 사후에 대해 고민하는 성향이 강한데 내 나이가 이제 60대 후반이니 나도 그 범주에 든다고 볼 수 있을 것이다. 내가 쓴 몇 편의 단편과 최소 한 편의 장편(『리바이벌』)이 그 문제를 다루고 있다. 고민을 "해결했다"고 볼 수는 없을 것이다. 그러면 결론을 내렸다는 뜻이 될 텐데 그건 어느 누구도 결론을 내릴 수 있는 문제가 아니지 않은가. 죽음의 땅에서 휴대전화로 동영상을 보낸 사람은 아무도 없다. 물론 믿음은 있지만 (그리고 "천국이 실제로 있음"을 증언하는 책들도 쇄도하지만) 믿음은 말 그대로 증거가 없는 신념일 뿐이다.

요컨대 둘 중 하나다. 뭔가가 있거나 아무것도 없거나. 만약 후자라면 이야기는 거기서 끝이다. 만약 전자라면 무궁무진한 가능성이 존재한다. 천국, 지옥, 연옥 그리고 사후 세계 히트 퍼레이드 중에서 가장 인기가 많은 환생까지. 아니면 믿는 대로 될지도 모른다. 다른 모든 게 멈추면 작동을 시작하는 탈출 프로그램이 우리 머릿속 깊숙이 내장돼 있어서 마지막 열차를 탈 준비를 하게 만드는 것일 수도 있다. 임사 체험담을 들어보면 그런 것 같기도 하다.

나는 폴임형 영화처럼 지나온 삶을 반추할 수 있는 기회가 주어진다고, 그래서 아내와의 결혼이나 셋째를 낳기로 결심했던 것 등 좋았던 시절과 잘 내린 판단들을 곱씹을 수 있다고 생각하고 싶다. 잘못 내린 판단들(내 몫이 만만치 않다.)을 후회해야 하겠지만, 첫 키스를 다시 경험하거나 긴장해서 정신없이 지나가 버린 결혼식을 느긋한 마음으로 다시 즐기고 싶지 않은 사람이 어디 있을까?

이 작품에서 그런 식의 재방송을 다루지는 않지만 그럴 수도 있지 않을까 상상하다 보니 한 남자의 사후 세계에 대해 쓰게 됐다. 판타지가 없어서는 안 될 필수 장르로 남아 있는 이유도 사실주의 문학에서는 불가능한 관점에서 그런 이야기를 할 수 있기 때문이다.

골드먼 삭스에서 투자 전문가로 근무하던 윌리엄 앤드루스가 2012년 9월 23일 오후에 세상을 떠난다. 예견된 죽음이라 아내와 성인이 된 아이들이 침대 맡을 지키고 있다. 그날 저녁에 꾸준히 찾아오는 친척과 조문객들을 맞이하다 드디어 혼자 있을 짬이 생기자 린 앤드루스는 아직 밀워키에서 살고 있는 가장 오래 된 친구에게 연락한다. 그녀를 빌에게 소개한 사람이 샐리 프리먼이었으니 30년 결혼생활의 마지막 60초에 대해 알 자격이 있는 사람이 있다면 바로 샐리다.

"그이는 약물 때문에 지난주 내내 거의 의식이 없었지만 막판에는 정신이 또렷했어. 눈을 뜨고서는 나를 보고 미소를 지었어. 내가 손을 잡으니까 내 손을 살짝 누르더라. 내가 허리를 숙여서 뺨에 입을 맞추고 다시 허리를 폈더니 숨이 끊겼지 뭐야."

그녀는 몇 시간 동안 참아왔던 이 말을 내뱉고는 울음을 터뜨린다.

* * *

그녀는 그가 그녀를 보며 미소를 지은 거라고 생각할 만도 했지만 그건 착각이다. 빌은 아내와 장성한 세 아이(하나같이 어마무지하게 키가 크고, 그가 떠나려는 이 세상을 건강하게 살아가고 있는 듯이 보인다.)를 올려다본 순간, 지난 18개월 동안 더불어 지냈던 통증이 몸에서 빠져나가는 것을 느낀다. 통증이 양동이에 담겨 있던 음식물 찌꺼기처럼 쏟아져 나온 것이다. 그래서 그는 미소를 짓는다.

고통이 사라지자 남은 게 거의 없다. 그의 몸이 솜털처럼 가볍게 느껴진다. 아내가 높다랗고 건강한 세상에서 몸을 숙여 그의 손을 잡는다. 그는 비축해 두었던 얼마 안 되는 기운을 이제 그녀의 손을 살짝 누르는 데 쓴다. 그녀가 허리를 숙인다. 그에게 입을 맞추려는 것이다.

그녀의 입술이 그의 살갗에 닿기 전에 눈 앞 한복판에 구멍이 등장한다. 까만 구멍이 아니라 하얀 구멍이다. 1956년에 네브래스카의 헤밍퍼드 카운티 병원에서 태어난 이래 그가 아는 단 하나뿐이었던 세상이 점점 넓어진 구멍에 의해 지워진다. 빌은 지난 1년 동안 삶에서 죽음으로 건너가는 과정을 다룬 글들을 대거 읽었는데(항상 컴퓨터로 보고, 비현실적으로 줄기차게 낙관적인 린이 심란해하지 않도록 히스토리를 지웠다.) 대다수가 공감 같았던 반면에 이른바 흰 빛 현상은 그럴 듯하게 느껴졌다. 다른 건 둘째치더라도 모든 문화권에서 보고됐고 과학적인 근거도 미미하게나마 있다. 그가 읽은 어떤 가설에 따르면 뇌로의 혈액 공급이 갑자기 중단되면서 흰 빛이 보이는 거라고 했다. 그보다 좀 더 멋들어진 가설에서는 죽음과 유사한 경험을 찾으려고 뇌가 마지막으로 머릿속을 전반적으로 스캔하는 거라고 했다.

아니면 마지막 불꽃놀이일 수도 있었다.

이유가 뭐가 됐건 빌 앤드루스는 현재 그걸 경험하고 있다. 흰 빛이 그의 가족과 바람이 잘 통하는 방을 지운다. 조만간 장례식장 직원들이 시트로 덮인 그의 시신을 그 방에서 옮길 것이다. 그는 연구를 하는 동안 임사 체험을 가리키는 NDE라는 약자에 익숙해졌다. 수많은 체험자들의 증언에 따르면 흰 빛이 터널이 되고 그 끝에 이미 세상을 떠난 가족이나 친구나 천사나 예수나 기타 인정 넘치는 신이 손짓하며 서 있다고 했다.

빌은 환영 인파가 없을 거라고 생각한다. 마지막 불꽃놀이가 스러지면 망각의 어둠이 시작될 거라고 생각한다. 그런데 그렇지가 않다. 환한 빛이 침침해졌을 때 그는 천국에 있지도 않고 지옥에 있지도 않다. 어느 복도에 있다. 벽은 칙칙한 초록색으로 칠해져 있고 바닥에는 흠집투성이 지저분한 타일이 깔려 있어서 연옥일 수도 있겠는데 연옥이라면 끝없이 이어져야 하는 것 아닐까. 이 복도는 18미터를 가면 나오는 문과 함께 끝나고 그 문에는 **공장장 아이작 해리스**라고 적힌 팻말이 걸려 있다.

빌은 그 자리에 잠시 서서 자신을 점검한다. 그는 죽었을 때 입고 있었던(적어도 죽은 건 분명하지 싶다.) 파자마를 입고 있고 맨

발인데, 맨 처음 그의 몸을 한입 먹어 보더니 거죽과 뼈만 남겨두고 게걸스럽게 해치운 암의 흔적은 온데간데없다. 암에 걸리기 전, 평소 체중이 86킬로그램이었던 시절(살짝 배가 나왔던 건 인정하는 바다.)로 돌아간 듯해 보인다. 그는 엉덩이와 등의 잘록한 부분을 더듬어 본다. 욕창도 없어졌다. 좋다. 숨을 깊이 들이쉬고 내뱉어 보지만 기침이 나지 않는다. 더 좋다.

그는 복도를 따라 조금 걷는다. 왼쪽에 소화기가 있는데 그 위에 특이한 낙서가 적혀 있다. *늦었다고 생각할 때가 가장 빠를 때다!* 오른쪽에는 게시판이 있다. 가장자리가 울퉁불퉁한 옛날식 사진이 몇 장 꽂혀 있다. 그 위에 달린 현수막에는 손 글씨로 **1956년 회사 야유회! 정말 재미있었던 시간!**이라고 적혀 있다.

빌은 회사 중역, 비서, 직원, 아이스크림으로 범벅이 된 채 시끌벅적 즐겁게 뛰어노는 아이들이 담긴 사진들을 들여다본다. 바비큐를 맡은 남자들(한 명이 의무적으로 셰프의 모자를 쓰고 있다.), 편자를 던지는 남자와 여자들, 배구를 하는 남자와 여자들, 호수에서 수영을 하는 남자와 여자들. 남자들은 21세기에 몸담았던 그가 보기에 외설적이다 싶을 만큼 짧고 몸에 꼭 끼는 수영복을 입었지만 배가 나온 경우는 거의 없다. '50년대 체형이로군.' 빌은 생각한다. 여자들은 그 옛날 에스터 윌리엄스 원피스 수영복을 입고 있어서 허벅지 위에 엉덩이가 아니라 매끈하고 골이 없는 살이 달려 있는 것처럼 보인다. 여기저기서 핫도그를 먹고 있다. 맥주를 마시고 있다. 모두들 재미있게 놀고 있는 것처럼 보인다.

그 가운데 리치 블랭크모어의 아버지가 앤마리 윙클러에게 구운 마시멜로를 건네는 사진도 있다. 말도 안 되는 것이, 리치의 아버지는 트럭 운전사였고 회사 야유회에 참석한 적이 없었다. 앤마리는 그가 대학생 때 사귀었던 여학생이다. 1970년대 초에 대학교에서 같은 수업을 들었던 바비 티스데일의 사진도 있다. 자칭 티즈더 위즈라고 했던 그는 30대에 심장마비로 세상을 떠났다. 1956년에는 살아 있었겠지만 유치원생이었거나 초등학교 1학년이라 어딘지 모를 호숫가에서 맥주를 마실 수 없었다. 사진 속의 위즈는 스무 살 정도로 보인다. 빌과 알고 지내던 시절에 그 나이였을 것이다. 세 번째 사진에서는 에디 스카포니의 엄마가 배구공을 높이 쳐 올리고 있다. 그가 가족들과 함께 네브래스카에서 뉴저지 주 퍼래머스로 이사 왔을 때 에디는 빌의 가장 친한 친구가 되었고 지나 스카포니(흰색의 얇은 팬티만 입고 테라스에서 일광욕을 하는 것을 한 번 언뜻 본 적이 있었다.)는 딸딸이 초보자 시절에 빌의 상상 속에 가장 자주 등장하던 인물이었다.

셰프의 모자를 쓰고 있는 사람은 로널드 레이건이다.

빌은 흑백 사진을 코가 거의 닿을 정도로 가까이서 들여다보지만 분명하다. 미국의 40대 대통령이 회사 야유회에서 햄버거를 뒤집고 있다.

그런데 무슨 회사일까?

그리고 빌은 지금 어디에 있는 걸까?

통증이 사라지고 다시 온전한 몸이 되었다는 희열이 점점 희미해진다. 그 대신 혼란스러움과 불안감이 차츰 엄습한다. 사진 속에 담긴 낯익은 얼굴들은 앞뒤가 안 맞고, 대부분 그가 모르는 사람들이라는 사실은 위로가 될까 말까 하다. 뒤를 돌아보니 또 다른 문으로 향하는 계단이 있다. 그 문에는 빨간색의 큼지막한 대문자로 **휴업**이라고 적혀 있다. 그렇다면 아이작 해리스 씨의 사무실만 남는다. 빌은 거기로 가서 머뭇거리다 문을 두드린다.

"열려 있습니다."

빌은 안으로 들어간다. 어수선한 책상 옆에 헐렁한 하이웨이스트 양복바지에 멜빵을 멘 친구가 서 있다. 가운데로 가르마를 탄 갈색 머리는 두피에 들러붙었다. 무테안경을 쓰고 있다. 송장과 진부한 각선미 사진들로 뒤덮인 벽을 보고 빌은 리치 블랭크모어의 아버지가 근무했던 트럭 회사를 떠올린다. 리치와 함께 몇 번 가본 적 있는 송달실이 이렇게 생겼었다.

벽에 걸린 달력에 따르면 지금이 1911년 3월이라는데 1956년만큼이나 말이 안 되는 이야기다. 빌의 오른편으로는 문이 달려 있다. 왼편에도 문이 하나 더 있다. 창문은 없지만 천장에서 나온 유리관이 두꺼운 천으로 된 빨래 바구니 위에서 대롱거린다. 송장처럼 보이는 노란 종이들이 바구니 가득 들어 있다. 아니면 메모지일 수도 있다. 책상 앞 의자에는 서류철이 60센티미터 높이로 쌓여 있다.

"빌 앤더슨 씨죠?"

남자가 책상 뒤로 가서 앉는다. 악수를 청하지도 않는다.

"앤드루스인데요."

"그렇죠. 난 해리스입니다. 또 만났네요, 앤드루스 씨."

빌이 죽음에 대해 조사한 바에 따르면 이 말에는 일리가 있다. 게다가 안심도 된다. 쇠똥구리나 뭐 그런 걸로 환생하지 않는 한 말이다.

"그러니까 환생을 하는 건가요? 그렇게 되는 건가요?"

아이작 해리스는 한숨을 쉰다.

"만날 때마다 똑같은 질문을 하네요. 나는 그런 건 아니라고 똑같은 대답을 하고요."

"내가 죽은 건 맞죠?"

"죽은 느낌이 드나요?"

"아뇨. 하지만 흰 빛을 봤거든요."

"아, 그 유명한 흰 빛. 저번에도 그러더니 이번에도 또 그러네요. 잠깐만 기다려 보세요."

해리스는 책상 위의 서류를 뒤지다 찾는 것이 보이지 않자 이 서랍, 저 서랍을 열기 시작한다. 그중 한 서랍에서 서류철을 몇 개 꺼내 하나를 고른다. 서류철을 열고 서류를 한두 장 넘기더니 고개를 끄덕인다.

"기억을 되살리느라고요. 투자은행에서 근무하셨죠?"

"네."

"부인과 세 아이가 있었고요? 2남 1녀."

"맞습니다."

"죄송합니다. 나그네가 이삼백 명이라 일일이 파악하기가 쉽지 않아요. 서류철을 정리해야겠다는 생각은 있는데 그건 비서들이 할 일이잖아요. 그런데 위에서 비서를 붙여 주지 않으니……."

"*위*에 누가 있는데요?"

"나도 몰라요. 모든 커뮤니케이션은 이 관을 통해 이루어지거든요. 압축공기로 작동해요. 최신식이죠."

그는 관을 톡톡 두드린다. 관이 흔들리다 멈춘다.

빌은 고객용 의자에 놓인 서류철들을 집어서 눈썹을 추켜세우고, 책상 뒤에 앉아 있는 남자를 쳐다본다.

해리스가 말한다.

"그냥 바닥에 두세요. 당분간은 거기 두면 됩니다. 언젠가는 정리를 하고 말겠어요. 그런 날이 올지 모르겠지만. 오겠지만 아무도 모를 일이죠. 알아차리셨겠지만 이 방에는 창문이 없어요. 시계도 없고요."

빌은 의자에 앉는다.

"환생하는 것도 아니라면서 나를 나그네라고 부르는 이유가 뭡니까?"

해리스는 뒤로 기대고 앉아서 뒷목에 대고 손깍지를 낀다. 그 자세로 언젠가는 최신식이었을 모를 기송관을 쳐다본다. 아마도 1911년 무렵에는 최신식이었을지 모르지만 빌이 추측컨대 1956년 무렵에도 이런 관이 쓰이기는 했을 것이다.

해리스는 고개를 젓고 빙그레 웃지만 재미있어서 짓는 미소가 아니다.

"댁들이 얼마나 *지긋지긋한지* 아세요? 기록에 따르면 이번이 우리의 다섯 번째 만남이에요."

"내 생에 여긴 와 본 적이 없는데요."

빌은 이렇게 말하고 곰곰이 생각해본다.

"그런데 이건 내 *생*이 아니겠네요. 그렇죠? 사후 세계니까요."

"사실 이건 나의 사후 세계예요. 내가 아니라 당신이 나그네고요. 당신을 비롯해서 이곳을 들락거리는 다른 인간들요. 당신들은 저 문들 중 하나를 열고 떠나요. 나는 남고요. 여긴 화장실이 없어요. 나는 더 이상 볼일을 볼 필요가 없거든요. 여긴 침실도 없어요. 나는 더 이상 잠을 잘 필요도 없거든요. 내가 하는 일은 여기 앉아서 당신들처럼 이동하는 인간들을 만나는 게 전부예요. 당신들은 와서 똑같은 질문을 하고 나는 똑같은 대답을 하죠. 그게 *나의* 사후 세계예요. 들어보니 재미있을 것 같아요?"

최후의 연구를 진행하는 동안 온갖 신학적인 논리를 접했던 빌은 복도에서 그가 한 생각이 맞았다는 결론을 내린다.

"연옥에 대해서 말씀하시는 거로군요."

"아, 그럼요. 이제 나의 유일한 궁금증은 언제까지 여기 있어야 하느냐는 거예요. 여기 계속 있다가는 미쳐 버릴 거라고 말하고 싶지만 똥도 못 싸고 잠도 못 자는 마당에 그럴 수 있을까 싶어요. 내 이름이 당신에게는 아무 의미가 없다는 걸 알지만 그래도 전에 이 문제에 대해서 의논한 적이 있어요. 당신들이 나타날 때마다 그런 건 아니지만 가끔요."

그가 팔을 세차게 흔들자 벽에 붙어 있는 송장이 펄럭인다.

"여기는 내 속세 사무실이에요. 아니, 속세 사무실*이었다*고 해야 하나? 뭐가 맞는지 모르겠네."

"1911년에요?"

"그쯤 될 거예요. 빌, 당신한테 셔츠웨이스트가 뭔지 아느냐고 물을 수도 있지만 모른다는 걸 아니까 그냥 알려 줄게요. 여자들이 입는 블라우스를 그렇게 불렀어요. 20세기 초반에 나와 내 파트너 맥스 블랭크는 트라이앵글 셔츠웨이스트 공장을 설립했죠. 장사가 잘됐지만 여직공들이 얼마나 골칫덩어리였는지 몰라요. 몰래 나가서 담배를 피우질 않나, 더 심각하게는 핸드백이나 치마 속에 숨겨서 뭘 훔쳐가질 않나. 그래서 근무 시간에는 밖에서 문을 잠그고 퇴근할 때 몸수색을 했죠. 긴 이야기를 몇 마디로 줄이자면 어느 날 그 망할 공장에 불이 났어요. 맥스와 나는 지붕으로 올라가서 비상계단으로 탈출했죠. 여자들 대다수는 그렇게 운이 좋지 못했어요. 하지만 솔직히 인정할 건 인정합시다. 우리 탓만은 아니라고. 공장 안에서 흡연은 절대 금지였는데 여럿이 피워 댔고 화재의 원인도 담배였어요. 소방대장이 그랬다고요. 우리는 과실치사로 재판을 받았지만 무죄로 석방됐어요."

빌은 위에 늦었다고 *생각할 때가 가장 빠를 때다!*라고 적혀 있었던 복도의 소화기를 떠올리며 생각한다.

'재심에서 유죄 선고를 받으셨군, 해리스 씨. 그렇지 않으면 여기 있을 이유가 없지.'

"사망자가 몇 명이었는데요?"

"146명요. 그리고 나는 한 명도 빠짐없이 유감스럽게 생각합니다, 앤더슨 씨."

빌은 해리슨에게 이름이 틀렸다고 알려 주지 않는다. 20분 전만 해도 그는 침대에서 죽어 가고 있었는데 지금은 한 번도 들은 적 없는 이 옛날이야기에 넋이 팔려 있다. 적어도 그가 기억하기로는 한 번도 들은 적 없는 이야기다.

"맥스와 내가 비상계단으로 탈출하고 얼마 안 있어서 여자들이 거기로 달려들었어요. 그 망할 게 무게를 견디지 못하고 무너지는 바람에 스물댓 명이 30미터 아래 자갈길로 추락했어요. 전부 죽었죠. 마흔 몇 명은 9층과 10층 창 밖으로 뛰어내렸어요. 몇 명은 몸에 불이 붙은 채로. 그들도 전부 죽었죠. 소방대가 구명망을 들고 출동했지만 그걸 찢고 떨어진 여자들이 피가 가득 든 주머니처럼

보도에 부딪쳐서 터졌어요. 처참한 광경이었죠, 앤더슨 씨, 처참했
어요. 승강기통 안으로 뛰어내린 여자들도 있었지만 대부분……
그냥…… 불에 탔어요."

"사상자 수만 적었을 뿐 9·11 사태하고 다를 바 없었네요."

"늘 그렇게 얘기하시네요."

"그래서 해리스 씨는 여기 있고요."

"네, 맞습니다. 가끔 이런 사무실에 앉아 있는 남자들이 몇 명
이나 될지 궁금할 때가 있어요. 여자들도요. 여자들도 있을 게 분
명하거든요. 나는 전부터 선견지명이 있어서 여자들도 말단 중역
의 역할을 훌륭하게 해내지 못할 이유가 없다고 생각했어요. 당신
들 중 한 명이라도 저 문 대신(손가락으로 왼쪽 문을 가리킨다.) 오
른쪽 문을 선택하면 짐이 가벼워지겠다고 생각할지 모르겠지만 천
만의 말씀, 천만의 말씀. 새로운 통이 슈-우-욱 하고 관을 타고 내려
오고 나에게는 새로운 인간이 배정되죠. 어떨 때는 두 명이 추가되
기도 하고요."

그는 몸을 앞으로 내밀고 힘을 주어서 말한다.

"이건 엿 같은 일이에요, 앤더슨 씨!"

"앤드루스예요. 그리고 저기, 그런 기분을 느끼는 건 안타깝지
만 당신이 한 행동에 일말의 책임을 져야죠! 146명이 죽었잖아요!
당신이 문을 잠근 건 맞고요."

해리스는 책상을 내리친다.

"그 여자들이 공장 물건을 몽땅 훔쳐갔다니까요!"

그는 서류철을 집어서 빌을 향해 흔든다.

"사돈 남 말 하시네! 하! 뭐 묻은 개가 뭐 묻은 개 나무란다더

니! 골드만 삭스! 증권 사기꾼! 수익은 수십 억 달러, 세금은 수백만 달러! 그것도 백만 달러를 *살짝* 넘는 수준! *부동산 거품*이라는 단어를 들으면 뭐 생각나는 거 없어요? 당신들이 얼마나 많은 고객들의 신뢰를 남용했어요? 당신들의 탐욕과 근시안적인 발상 때문에 평생 모은 돈을 날린 사람들이 얼마나 많으냐고요!"

빌도 해리스가 무슨 말을 하는 건지 알지만 교묘한 속임수들은 모두 (음…… 대부분은) 그보다 훨씬 높은 직급에서 이루어졌다. 난리가 났을 때 그도 남들 못지않게 놀랐다. 그는 빈털터리가 되는 것과 불에 타서 죽는 것은 차원이 다른 문제 아니냐고 반박하고 싶은 유혹을 느끼지만 상처에 소금을 뿌려서 무엇 하겠는가. 게다가 독선적으로 들릴 수도 있다. 그가 말했다.

"그만합시다. 나한테 필요한 정보를 알고 있으면 알려 주지 그래요. 어떻게 하면 되는지 알려 줘요. 사라져 드릴 수 있게."

해리스는 음울한 목소리로 나지막이 중얼거린다.

"*내가* 담배를 피운 게 아니었어요. *내가* 성냥을 떨어뜨린 게 아니었다고요."

"해리스 씨?"

빌은 벽이 점점 다가오는 것을 느낄 수 있다.

'나는 평생 여기 갇혀 지내야 한다면 차라리 권총으로 자살을 하겠어.'

하지만 해리스 씨가 한 말이 사실이라면 그는 배설욕을 느끼지 않는 것처럼 그런 욕구도 느끼지 않을 것이다.

"네, 좋습니다."

해리스는 투레질을 하지만 야유하는 뜻에서 그러는 건 아니다.

"설명하자면 이렇습니다. 왼쪽 문으로 나가면 당신은 다시 한 번 살 수 있어요. 1부터 100까지. 처음부터 끝까지. 오른쪽 문을 선택하면 사라지는 거예요. 휙 하고. 바람에 꺼진 촛불처럼."

처음에 빌은 아무 대꾸도 하지 않는다. 아무 말도 할 수가 없고 귀가 의심스럽다. 너무 좋아서 믿기지가 않는다. 맨 먼저 그의 동생 마이크와 마이크가 여덟 살 때 당한 사고가 생각난다. 그 다음은 그가 열일곱 살 때 저질렀던 바보 같은 좀도둑질이 생각난다. 그냥 장난삼아 저지른 짓이었는데 아버지가 나서서 제대로 처리해 주었기 망정이지 하마터면 대학 진학에 차질을 빚을 뻔했다. 남학생 클럽 회관에서 앤마리에게 저지른 짓은…… 그 오랜 시간이 흐른 지금까지도 불쑥 떠오른다. 그리고 두말하면 잔소리지만 가장 큰 사건은…….

해리스가 미소를 짓고 있지만 절대 기분 좋은 미소가 아니다.

"무슨 생각하고 있는지 압니다. 전에 다 들었거든요. 어렸을 때 남동생과 함께 손전등 술래잡기 놀이를 하다가 동생이 들어오지 못하게 막으려고 문을 세게 닫는 바람에 동생의 새끼손가락 끝이 잘렸던 걸 생각하고 있죠? 그리고 충동적으로 가게에서 손목시계를 슬쩍했을 때 아버지가 연줄을 동원해서 무마해 줬던 거랑……"

"맞아요, 덕분에 전과가 남지 않았죠. 하지만 아버지한테는 아니었어요. 아버지는 끝까지 그 기억을 잊지 못하게 하셨죠."

해리스는 서류철을 든다.

"그리고 남학생 클럽 회관에서 어떤 여학생에게 저지른 짓. 그 여학생의 이름이 여기 어딘가에 적혀 있을 거예요. 내가 최선을 다해서 업데이트를 하니까. 업데이트할 정보가 있을 때는요. 하지만 그냥 알려 주시죠."

빌은 뺨이 달아오르는 걸 느낀다.

"앤마리 윙클러였죠. 데이트 성폭행은 아니었으니까 오해는 하지 마세요. 내가 위로 올라갔을 때 그녀가 다리로 나를 감쌌어요. 그게 허락의 뜻이 아니면 뭐가 허락의 뜻이겠어요?"

"뒤이어 등장한 두 친구도 그녀가 다리로 감쌌나요?"

아뇨. 그래도 우리가 그녀의 몸에 불을 지르진 않았잖아요.

빌은 이렇게 말하고 싶은 유혹을 느낀다.

그럼에도 불구하고.

그는 7번 홀에서 퍼팅을 준비하거나 목공방에서 작품을 만들거나 (이제 대학생이 된) 딸아이와 졸업 논문에 대해서 이야기할 때 앤마리는 어디서 살고 있을지, 어떤 일을 하고 있을지, 그날 밤을 어떤 식으로 기억할지 궁금해 하곤 했다.

해리스의 미소가 야비한 선웃음으로 번진다. 이게 엿 같은 일일지 몰라도 어떤 부분들은 마음에 드는 모양이다.

"그 질문에는 대답을 하고 싶지 않은 모양이니 다음 단계로 넘어갈까요? 다음 번에 우주의 회전목마에 올라타면 어떤 것들을 바꾸고 싶은지 생각하고 있겠죠. 남동생의 손가락이 낀 채로 문을 닫지 않을 테고, 퍼래머스 몰에서 손목시계를 슬쩍하지 않을 테고……."

"뉴저지에 있는 몰이었어요. 서류 어딘가에 적혀 있을 텐데요."

해리스는 파리를 쫓는 것처럼 빌의 서류철을 펄럭이고 하던 말을 잇는다.

"다음 번에는 남학생 클럽 회관 지하실 소파에 반혼수상태로 누워 있는 여자친구를 따먹지 않을 테고, 그리고 가장 중요하게는 대장내시경 검사를 연기하지 않고 제때 받을 테죠. 왜냐하면 이제는(내 짐작이 틀렸으면 얘기해 줘요.) 대장암으로 죽는 것보다는 똥꼬로 카메라를 밀어 넣는 굴욕을 견디는 편이 눈곱만큼 낫다는 결론을 내렸을 테니까요."

빌이 말한다.

"린에게 남학생 클럽 회관에서 있었던 일을 고백하려고 몇 번을 시도했는지 몰라요. 번번이 용기가 나질 않더군요."

"하지만 기회가 주어지면 고칠 테죠."

"당연하죠. 기회가 주어지면 해리스 씨도 공장 문을 안 잠그지 않겠어요?"

"그러겠지만 두 번째 기회가 없네요. 실망시켜서 미안하지만."

해리스는 미안한 얼굴이 아니다. 피곤한 얼굴이다. 지루해진 얼굴이다. 그런가 하면 비열하게 의기양양한 얼굴이기도 하다. 그는 빌의 쪽에서 왼쪽 문을 가리킨다.

"지금까지 늘 그랬던 것처럼 저 문을 선택하면 어머니의 배 속에서 태어난 3.2킬로그램짜리 아기로 돌아가 처음부터 다시 시작할 수 있어요. 포대기로 둘둘 말려서 네브래스카 중부의 어느 농장으로 퇴원할 거예요. 1964년에 아버지가 농장을 팔면 뉴저지로 이사하겠죠. 거기서 손전등 술래잡기 놀이를 하다 남동생의 손끝을 잘라먹을 거예요. 예전과 같은 고등학교로 진학해서 같은 수업을 듣고 같은 학점을 받을 거예요. 보스턴대학에 진학할 테고 남학생 클럽 회관 지하에서 성폭행에 가까운 짓을 똑같이 저지를 거예요.

같은 남학생 클럽 친구 둘이 앤마리 윙클러와 하는 걸 보면서 말려야 한다고 생각하지만 그럴 만한 용기가 없을 테고요. 그로부터 3년 뒤에 린 디샐보를 만날 테고 그로부터 2년 뒤에 그녀와 결혼을 하겠죠. 같은 직장에 다니고, 같은 친구들을 사귀고, 회사의 몇몇 사업 관행에 몹시 불안해하겠지만…… 예전처럼 침묵할 거예요. 쉰 살이 되면 같은 의사가 대장내시경을 종용할 테고 그러면 당신은 늘 그랬던 것처럼 나중에 하겠다고 약속할 거예요. 하지만 약속을 지키지 않아서 그 결과 똑같은 암으로 죽을 거예요."

해리스는 어수선한 책상 위로 서류철을 떨어뜨리며 입 꼬리가 거의 귓불에 닿을 만큼 활짝 미소를 짓는다.

"그러면 다시 이 방을 찾을 테고 우리는 똑같은 얘기를 하겠죠. 나는 다른 쪽 문을 선택해서 끝내 버리라고 충고하고 싶지만 물론 선택은 당신의 몫이에요."

이 짧은 설교를 듣는 동안 빌은 점점 경악스러워진다.

"내가 아무것도 기억하지 못하나요? *아무것도?*"

해리스가 말한다.

"아무것도는 아니에요. 복도에 걸린 사진들 보셨죠?"

"회사 야유회 사진요?"

"네. 나를 찾아오는 의뢰인은 모두 자기가 태어난 해의 사진을 보고 그 안에서 낯익은 얼굴들을 발견하죠. 다시 태어나면 말이죠, 앤더스 씨, 그러기로 마음을 먹었다고 가정했을 때, 맨 처음 그들을 본 순간 전에도 이 모든 걸 경험한 적 있는 듯한 일종의 *데자뷔*를 느낄 겁니다. 물론 그건 사실이죠. 당신의 삶과 존재 전반이 이를 테면…… 지금까지 당신이 생각해 왔던 것보다 더 *심오하다*

는 확신에 가까운 느낌이 퍼뜩 들 거예요. 하지만 그 느낌은 금세 지나가겠죠."

"개선의 여지없이 똑같이 반복된다면 우리가 여기 있는 이유가 뭡니까?"

해리스가 주먹을 쥐고 빨래 바구니 위에서 대롱거리는 유리관을 때리자 유리관이 흔들거린다.

"의뢰인이 우리가 여기에 있는 이유를 알고 싶답니다! 이러는 목적이 뭔지 알고 싶대요!"

그는 기다린다. 아무 일도 벌어지지 않는다. 그는 책상 위에서 손깍지를 낀다.

"앤더스 씨, 욥이 그걸 궁금해 했을 때 하느님은 욥에게 자기가 이 세상을 창조했을 때 그 자리에 있었느냐고 물었죠. 당신은 그 정도의 대답도 들을 자격이 없는 것 같은데요. 그러니까 그 문제는 일단락된 걸로 치고. 어떻게 하시겠습니까? 문을 선택하세요."

빌은 암에 대해 생각한다. 암의 고통에 대해 생각한다. 그걸 다시 거쳐야 하다니…… 하지만 그는 이미 거쳐 왔던 길이라는 것을 기억하지 못할 것이다. 아이작 해리스의 말이 사실이라면 그럴 거라지 않은가.

"전혀 아무것도 기억하지 못하고 아무것도 달라지지 않는다고요? 장담할 수 있어요? 당신이 무슨 수로요?"

"늘 똑같은 대화가 반복되거든요, 앤더슨 씨. 매번, 당신네들이 올 때마다."

"앤드루스라니까요!"

그가 지른 고함에 두 사람 다 깜짝 놀란다. 그는 언성을 낮추고 이야기한다.

"내가 노력하면, 정말 열심히 노력하면 뭐라도 간직할 수 있겠죠. 하다못해 마이크의 손가락에 얽힌 기억만이라도. 그리고 하나가 달라지면 그걸 계기로…… 잘은 모르겠지만……."

'앤마리를 데리고 그 우라질 맥주 파티가 아니라 영화관에 가게 될까? 그거 어때?'

해리스가 말한다.

"전해 내려오는 이야기에 따르면 모든 인간은 태어나기 전에 삶과 죽음과 우주의 모든 비밀을 알고 있다고 하죠. 그런데 태어나기 직전에 천사가 아이의 입술에 대고 '쉬이잇' 하고 속삭이면 (해리스는 자기 인중을 건드린다.) 그 이야기에 따르면 이게 천사의 손가락이 남긴 자국이랍니다. 모든 인간에게는 이게 있죠."

"천사를 본 적 있나요, 해리스 씨?"

"아뇨, 하지만 낙타는 한 번 본 적 있습니다. 브롱크스 동물원에서. 이제 문을 선택하세요."

빌은 고민에 잠기는데, 문득 중학교에서 숙제로 읽었던 책이 생각난다. 「여인이냐 호랑이냐(프랭크 R. 스톡턴의 단편. 옛날에 어떤 왕이 원형 경기장으로 죄수를 들여보내 두 개의 문 중에서 하나를 선택하게 했는데 한쪽 문 뒤에는 아름다운 여인이, 다른 쪽 문 뒤에는 호랑이가 있었다는 이야기다 — 옮긴이)」. 물론 그의 선택은 그에 비하면 간단하다.

'딱 하나만이라도 간직해야지. 딱 하나만이라도.'

그는 속으로 중얼거리며 다시 태어나는 쪽 문을 연다.

귀환을 뜻하는 흰 빛이 그를 감싼다.

*　*　*

가을에 공화당을 버리고 애들레이 스티븐슨을 뽑을(아내는 절대 모르게 해야 한다.) 의사가 쟁반을 내려놓는 웨이터처럼 허리를 숙이고 벌거벗은 갓난아이의 발꿈치를 잡고 올린다. 그가 엉덩이를 찰싹 때리자 아이가 악을 쓰며 운다.

"건강한 아들입니다, 앤드루스 부인. 3.2킬로그램쯤 되어 보이네요. 축하합니다."

앤드루스 부인은 아이를 받는다. 아이의 축축한 뺨과 이마에 입을 맞춘다. 그녀의 친할아버지 이름을 따서 윌리엄이라고 부를 아이다. 21세기가 되어도 그는 여전히 40대일 것이다. 그 생각을 하면 현기증이 난다. 그녀는 단순히 새 생명이 아니라 가능성의 우주를 품에 안고 있다. 그보다 더 근사한 일은 없을 거라고 그녀는 생각한다.

수렌드라 파텔을 추억하며

우르

절친한 친구이자 내 책의 판권을 해외 여러 나라에 판매한 랠프 비시넌자는 마침 알맞은 때(그러니까 한 작품을 마치고 다음 작품을 시작하기 전에) 흥미진진한 아이디어를 들고 나를 찾아오는 재주가 있었다. 어떤 작품을 쓰고 있는지 사람들에게 거의 공개하지 않는 내 평소 습성을 감안했을 때 그에게 특별한 레이더가 달려 있는 게 분명했다. 찰스 디킨스 식으로 연작소설을 집필해 보면 어떻겠느냐고 내게 제안한 사람도 그 친구였고 그가 뿌린 씨앗은 결국 『그린 마일』로 결실을 맺었다.

나는 『리시 이야기』 초고를 끝내고 그 원고가 조금 틈이 갖추어지길 기다리고 있었을 때(해석하자면: 아무 일도 하지 않고 있었을 때) 랠프의 전화를 받았다. 아마존에서 2세대 킨들을 출시하는데 홍보팀에서 킨들을 소재로 단편을 써 줄 기똥찬 베스트셀러 작가를 찾는다고 했다.(이런 종류의 분량이 조금 많은 소설과 비소설은 나중에 킨들 싱글이라고 통칭됐다.) 나는 랠프에게 제안은 고맙지만 두 가지 이유에서 관심이 없다고 했다. 첫 번째 이유는 내가 주문 제작 소설을 쓸 만한 깜냥이 못 된다는 것이었고, 두 번째 이유는 예전에 아메리칸 익스프레스 광고에 출연한 이후로 내 이름을 영리 목적의 기업에 빌려 준 적이 없다는 것이었다. 맙소사, 그 광고가 얼마나 해괴망측했던가? 턱시도를 입고 박제한 까마귀를 팔에 얹고 바람이 부는 성에서 포즈를 잡다니! 어떤 친구 말로는 내가 조류 페티시가 있는 블랙잭 딜러 같았다고 했다.

"랠프, 나도 킨들을 애용하긴 하지만 아마존의 앞잡이 역할에는 절대 관심 없어."

나는 말했다.

하지만 그 아이디어는 내 머릿속을 떠날 줄 몰랐으니 내가 예전부터 특히 읽기와 쓰기와 연관 있는 신기술이라면 워낙 사족을 쓰지 못하는 인물이었다. 랠프의 전화를 받고 얼마 지나지 않은 어느 날, 아침 산책을 하는데 이 작품의 아이디어가 떠올랐다. 그냥 썩히기에는 너무 근사한 아이디어였다. 랠프에게 알리지는 않았지만 이야기가 완성되자 그에게 보내서 마음에 들면 2세대 킨들 출시 홍보용으로 써도 된다고 전해 달라고 했다. 나는 심지어 행사장에 참석해 원고 일부를 낭독하기까지 했다.

이걸 변절로 여긴 문학계에서 욕을 좀 먹었지만 존 리 후커의 표현을 빌자면 "나는 전혀 아무렇지도 않다". 나에게 아마존은 또 다른 시장에 불과하다. 이 정도 길이의 단편을 출간해 주는 곳은 몇 군데 되지도 않는다. 선인세는 없었지만 한 권 팔릴 때마다 (또는 한 번 다운로드될 때마다) 인세를 받을 수 있다. 나는 받은 수표를 행복하게 은행에 저금했다. 일꾼이 그 삯을 받는 것은 마땅하다는 옛말도 있는데(디모데전서 5장 18절의 구절이다 ── 옮긴이) 나는 지당하신 말씀이라고 생각한다. 나는 좋아서 글을 쓰긴 하지만 좋아하는 마음이 생활비를 해결해 주지는 않는다.

하지만 나에게는 한 가지 특전이 주어졌다. 세상에 하나밖에 없는 분홍색 킨들이었다. 랠프는 그걸 보고 좋아서 어쩔 줄 몰라 했는데 다행이라고 생각한다. 그 특별한 거래를 끝으로 5년 전에 잠을 자다 그 길로 영영 눈을 뜨지 못했으니 말이다. 아, 그 친구가 얼마나 그리운지 모른다.

이후에 원고를 상당 부분 수정했지만 배경은 여전히 그런 단말기가 신식으로 여겨지던 시절이다. 까마득한 옛날처럼 느껴지는 그 시절 말이다. 그리고 다크 타워와 연관 있는 부분을 간파하는 길리어드의 롤랜드 팬들에게는 보너스 포인트도 부여된다.

I —신기술을 시험하다

　동료들이(개중 몇 명은 빈정거리는 뜻에서 눈썹을 추켜세워가며) 그 물건(그들은 항상 물건이라고 불렀다.)은 웬 거냐고 물으면 웨슬리 스미스는 신기술을 시험하는 중이라고 대답했다. 하지만 그건 거짓말이었다. 그가 킨들을 장만한 이유는 순전히 복수심 때문이었다.

　'구매 동기를 파악하는 아마존 시장 분석요원들의 제품 조사 장치에 이런 카테고리도 있나 모르겠네.'

　그는 생각했다. 아마 없을 것이다. 여기에서 일말의 만족감이 느껴졌지만 그가 새로 장만한 기기를 보고 놀라는 엘렌 실버먼의 얼굴을 대했을 때는 이보다 더 큰 만족감을 느낄 수 있길 바랄 따름이었다. 아직은 그녀가 보지 못했지만 언젠가는 볼 것이었다. 그곳은 좁은 캠퍼스였고 그는 새 장난감(최소한 처음에는 새 장난감이

364

라고 불렀다.)을 장만한 지 아직 1주일밖에 안 됐다.

웨슬리는 켄터키 주 무어에 있는 무어대학의 영문학과 강사였다. 영문학과 강사들은 누구나 그렇듯 그 역시 그의 안 어딘가에 소설이 있고 언젠가는 그걸 지면으로 옮길 수 있을 거라고 생각했다. 무어대학은 "상당히 괜찮은 학교"라는 평가를 받는 기관이었다. 영문학과에서 웨슬리와 유일하게 친하게 지내는 돈 올맨은 그게 무슨 뜻인지 설명했다.

"상당히 괜찮은 학교라 하면 반경 40킬로미터 너머에서는 아무도 들어본 적이 없는 학교를 말하지. 그런데 상당히 괜찮은 학교라는 평가를 받는 이유는 아니라는 증거가 없기 때문이고, 게다가 대부분의 사람들이 자기는 그렇지 않다고 우길지라도 사실은 낙천주의자거든. 자기는 현실주의자라고 주장하는 사람들이 가장 낙천주의자일 때가 많아."

한번은 웨슬리가 그에게 이렇게 물은 적이 있었다.

"그러면 자네는 현실주의자가 되는 건가?"

"내가 보기에 지구상의 모든 인구는 대부분 개 같은 종자들이야. 그러면 정답을 유추할 수 있겠지?"

돈 올맨이 대꾸했다.

무어는 좋은 학교는 아니었지만 나쁜 학교도 아니었다. 학업 성취도라는 잣대로 보면 평범한 수준에 살짝 못 미쳤다. 3000명의 학생들은 대부분 앞가림을 했고 졸업을 하면 대거 취직했지만, 대학원에 진학하는 경우는 거의 없었다.(심지어 시도조차 하지 않았다.) 다들 술을 많이 마셨고 당연히 파티도 자주 열렸지만 파티라는 잣대를 놓고 보았을 때 무어는 평범한 수준을 살짝 웃돌았다.

동문 중에 정치인이 있기는 해도 우물 안 개구리 부류였고 심지어 뇌물 수수와 권모술수에 있어서까지 그랬다. 1978년에 무어 졸업생이 상원의원으로 선출된 적이 있었지만 겨우 4개월 만에 심장마비로 급사했다. 그의 후임은 베일러 졸업생이었다.

이 학교에서 유일하게 이례적인 집단은 3부 리그 소속의 미식축구팀과 3부 리그 소속의 여자농구팀이었다. 미국에서 최약체로 꼽히는 미식축구팀(무어 미어캣츠)은 지난 10년 동안 거둔 승수가 7승에 불과했다. 해체하자는 얘기가 끊임없이 나왔다. 현재 감독은 「더 레슬러」 영화를 12번 보았는데 미키 루크가 소원해진 딸에게 자기는 망가진 고깃덩이에 불과하다고 말하는 장면을 볼 때마다 눈물이 난다고 떠벌이기를 좋아하는 약물중독자였다.

하지만 여자농구팀은 좋은 쪽으로 이례적이었다. 대부분의 선수들이 키가 168센티미터를 넘지 못했고 마케팅 담당자나 도매업자나 (운이 좋으면) 권력자의 개인 비서로 취직할 준비를 하고 있다는 점을 감안하면 더욱 대단한 일이었다. 레디 미어캣츠는 지난 10년 동안 컨퍼런스 우승을 8번 차지했다. 감독은 웨슬리의 예전 여자친구였다. 여기에서 *예전*이라 함은 한 달 전을 뜻했다. 웨슬리로 하여금 킨들을 사게 한 원흉이 엘렌 실버먼이었다. 음……엘렌과, 웨슬리가 가르치는 현대 미국 소설 입문 수업을 듣는 헨더슨이라는 아이였다.

* * *

돈 올맨은 무어의 교수진도 평범하다고 주장했다. 미식축구팀처럼 형편없지는 않지만(그랬더라면 최소한 재미있기라도 했을 텐데) 누가 봐도 평범하다고 했다.

"자네하고 나는 어떤데?"

웨슬리가 물었다. 그들은 함께 쓰는 사무실에 있었다. 학생이 상담을 받으러 오면 해당사항이 없는 쪽이 자리를 비켜 주어야 했다. 그래도 가을 학기와 봄 학기 거의 내내 별 문제가 없었다. 기말고사 직전이 아닌 이상 상담을 받으러 오는 학생은 없었다. 그 기간 동안에도 초등학교 때부터 주구장창 알랑방귀를 꿰며 성적을 구걸했던 베테랑들만 찾아오고는 그만이었다. 돈 올맨은 **A를 주면 대드릴게요**라고 적힌 티셔츠를 입고 다니는 상큼한 여학생을 가끔 상상한다고 했지만 그런 일은 절대 없었다.

돈이 반문했다.

"우리는 어떠냐고? 어이, 우릴 보면 알잖아."

"나는 아니야. 나는 나중에 소설을 쓸 거야."

웨슬리가 말했다. 그렇게 말만 해도 우울해졌다. 엘렌에게 이별을 통보받은 이후로 그는 거의 모든 일에 우울해졌다. 우울하지 않을 때는 복수심에 불탔다.

"그래! 그리고 나는 오바마 대통령에게 차세대 계관 시인이라는 소리를 들을 거야!"

돈 올맨은 이렇게 외치고 웨슬리의 지저분한 책상에 놓인 무언가를 가리켰다. 웨슬리가 미국 문학 입문 수업의 교재로 쓰고 있는 『아메리칸 드림스』 위에 킨들이 놓여 있었다.

"저 조그만 녀석은 쓰기 어때?"

"괜찮아."

"저게 종이책을 대체하게 될까?"

"그럴 일은 없겠지."

웨슬리는 이렇게 대답했지만 그도 궁금해지기 시작한 참이었다.

"흰색만 있는 줄 알았는데."

돈 올맨이 말했다.

웨슬리는 킨들의 데뷔 무대였던 학과 회의 때만큼이나 거만한 표정으로 돈을 쳐다보았다.

"흰색만 있는 상품이 어디 있어? 여긴 미국인데."

돈 올맨은 그의 말을 곱씹더니 이렇게 얘기했다.

"자네랑 엘렌이랑 헤어졌다고 하던데."

웨슬리는 한숨을 쉬었다.

* * *

4주 전까지만 해도 엘렌은 섹스 파트너를 겸한 친구였다. 두말 하면 잔소리지만 그녀는 영문학과 소속이 아니었다. 그나마 봐줄 만한 수전 몬태내로일지라도 영문학과 소속의 누군가와 동침을 한 다는 생각만 해도 그는 몸서리가 쳐졌다. 엘렌은 키가 155센티미터 였고(눈은 파란색이었다!) 호리호리했고 대걸레처럼 짧게 친 까만 색의 고수머리 때문에 개구쟁이 같아 보였다. 몸매는 다이너마이 트 급이었고 키스는 데르비시(극도로 금욕적인 생활을 하는 이슬람 교의 수도승. 예배 때 빠른 춤을 춘다 — 옮긴이)처럼 했다. (웨슬리 는 데르비시와 입을 맞추어 본 적이 없었지만 상상할 수 있었다.) 침 대에서도 그녀의 에너지는 식을 줄 몰랐다.

한번은 숨이 가빠진 그가 벌러덩 드러누우며 이렇게 말한 적이
있었다.

"나는 애인으로서 절대 너를 감당하지 못할 거야."

"계속 그런 식으로 너를 깎아내리면 내 애인생활 오래 못한다.
너도 괜찮아, 웨스."

하지만 그가 생각하기에는 그렇지 않았다. 그는 그냥…… 평범
했다.

그래도 운동선수에 못 미치는 그의 성적 능력 때문에 그들의
관계가 끝난 건 아니었다. 엘렌이 추수감사절에 칠면조 모양의 두
부 고기를 먹는 채식주의자라서 그런 것도 아니었다. 섹스가 끝난
뒤에 가끔 그녀가 침대에 누워서 픽앤드롤(농구에서 센터가 골밑
으로 파고들어가 가드가 건네주는 공을 바로 받아서 슛을 하는 플
레이 ― 옮긴이)과 기브앤드고(농구에서 패스로 수비를 따돌린 다
음 다시 패스를 받아서 슛을 하는 플레이 ― 옮긴이)를 운운하고,
쇼나 디슨이 뭔지 모를 기술을 터득하지 못한다고 종알거린 것 때
문도 아니었다.

솔직히 웨슬리는 이런 독백을 들으면서 잠이 들었을 때 종종 가
장 달콤하고 상쾌하게 단잠을 잘 수 있었다. 그가 생각하기에는
사랑을 나눌 때 터뜨리는 신성 모독적인 응원의 비명소리와 전혀
다르게 잔잔한 그녀의 목소리 덕분인 것 같았다. 그녀의 교성은 시
합 도중에 사이드라인을 토끼처럼 이리저리 달리며 선수들을 독
려할 때 쓰는 "패스해!"라든지 "돌파해!"라는 말들과 섬뜩하리만
치 비슷했다. 심지어 웨슬리는 슛을 날리라는 소리까지 침대에서
가끔 들은 적이 있었다.

짧은 기간 동안이나마 그들은 잘 어울렸다. 그녀는 용광로에서 방금 전에 꺼낸 이글거리는 쇳덩이였고 책으로 둘러싸인 아파트에서 사는 그는 그녀의 몸을 식히는 물이었다.

책이 화근이었다. 그것과, 그가 뚜껑이 열리는 바람에 그녀를 무식한 년이라고 부른 게 화근이었다. 그는 평생 단 한 번도 여자를 그런 식으로 부른 적이 없었는데 그녀는 점잖은 줄 알았던 그가 터뜨린 분노에 놀랐다. 그는 돈 올맨이 에둘러 얘기한 것처럼 평범한 강사이고 그의 안에 들어 있는 소설은 평생 세상의 빛을 볼 날이 없을지 몰라도(썩어서 비싼 돈을 줘 가며, 거기다 아픈 것까지 참아가며 뽑을 필요가 없도록 죽을 때까지 나지 않는 사랑니처럼) 책을 사랑했다. 책이 그의 아킬레스건이었다.

그녀는 씩씩대며 그를 찾아왔다. 그건 늘 있는 일이었지만, 또 한편으로는 속상해서 어쩔 줄 몰라 하고 있었는데 그런 적이 없었기 때문에 그 부분에 대해서는 그가 알아차리지 못했다. 게다가 그는 제임스 디키의 『구원』을 다시 읽으며 시적 감수성을 서술로 훌륭하게 갈무리한 디키의 능력에 다시금 감탄하고 있었고, 불운의 카누 여행객들이 그들이 저지른 일과 당한 일을 무마하려고 애를 쓰는 마지막 부분에 다다른 참이었다. 그는 엘렌이 방금 전에 쇼나 디슨을 어쩔 수 없이 팀에서 방출하고 모든 선수들(평범한 실력을 갈고 닦기 위해 차례를 기다리고 있던 남자농구팀 선수들까지)이 보는 앞에서 소리를 질러가며 그녀와 다툰 것이나, 밖으로 나간 쇼나 디슨이 엘렌의 볼보 앞 유리창에 큼지막한 돌을 던져서 정학을 당하게 생긴 것을 전혀 알지 못했다. 자기가 어른답게 굴지 못했다고 엘렌이 쓰라리게 자책하고 있었다는 것도 알지 못했다.

"내가 어른답게 굴었어야 하는데."라는 말을 들으며 그가 다섯
번째인가 여섯 번째로 "아하."라고 하자 엘렌 실버먼은 더 이상 참
을 수 없는 지경에 이르렀다. 그녀는 웨슬리의 손에서 『구원』을 낚
아채 거실 저쪽으로 던지고, 외로움에 사무친 다음 한 달 동안 웨
슬리의 머릿속에서 떠나지 않을 말을 했다.

"왜 너는 남들처럼 컴퓨터로 책을 읽지 못하니?"

"정말 그런 소리를 했단 말이야?"

돈 올맨이 묻자 웨슬리는 최면 비슷한 상태에서 깨어났다. 같은
사무실을 쓰는 친구에게 사건의 전말을 공개한 모양이었다. 그럴
생각은 없었는데 해 버리고 말았다. 이제 와서 주워 담을 방법은
없었다.

"응. 그래서 내가 말했지. '우리 아버지한테 받은 초판이란 말이
야, 이 무식한 년아.'"

돈 올맨은 할 말을 잃고 그를 빤히 쳐다보았다. 웨슬리는 비참
한 목소리로 말했다.

"엘렌은 그 길로 나가 버렸어. 그 뒤로 그녀를 만난 적도 이야기
를 나눈 적도 없어."

"미안하다고 전화도 안 했어?"

웨슬리는 전화해서 사과해 보려고 했지만 번번이 음성사서함
으로 넘어갔다. 대학에서 마련해 준 그녀의 집으로 찾아갈까 고
민도 해 보았지만 포크로 얼굴이나…… 아니면 신체의 다른 부
위를 찔리는 건 아닌지 걱정스러웠다. 그리고 그런 일이 벌어진 것
이 전적으로 그의 잘못이라고 생각하지도 않았다. 그녀는 그에게
사과할 *기회*조차 주지 않았다. 게다가 그녀는…… *실제로 무식했*

거나 아니면 무식에 가까웠다. 무어에 부임한 이래 재미삼아 읽은 책이 테네시대학교 여학생 농구단의 감독을 역임했던 팻 서밋이 쓴 『정상을 향하여: 무슨 일을 하든 성공할 수 있는 결정적인 12계명』밖에 없다고 침대에서 얘기한 적도 있었다. 그녀는 텔레비전을 보았고(주로 스포츠 채널을) 어떤 뉴스에 대해 심층적으로 알고 싶으면 드러지 리포트(미국의 뉴스 링크 취합 사이트 — 옮긴이)에 접속했다. 컴맹은 아니었다. 그녀는 무어대학의 와이파이를 칭찬했고(여기에 있어서만큼은 무어대학이 평범하지 않고 탁월했다.) 어딜 가든 어깨에 노트북을 짊어지고 다녔다. 노트북 앞면에는 눈썹이 찢어져서 피를 흘리는 타미카 캐칭스(미국의 프로농구선수 — 옮긴이)의 사진과 그 유명한 대사를 붙여 놓았다. **나는 여자답게 플레이한다.**

돈 올맨은 손끝으로 좁은 가슴을 두드리며 잠깐 동안 아무 말도 하지 않았다. 창밖에서는 11월의 낙엽이 바스락거리며 무어대학의 안뜰을 굴러다녔다. 잠시 후에 그가 새로 장만한 웨슬리의 전자기기 친구를 턱으로 가리키며 물었다.

"엘렌이 나가 버린 거랑 저거랑 관계가 있는 거지? 맞지? 남들처럼 컴퓨터로 책을 읽어 보기로 한 거지? 그런데…… 왜? 돌아와 달라고 설득하려고?"

"아니."

웨슬리는 진실을 공개하고 싶지 않았다. 그 뒤에 숨은 논리를 그도 아직 완전히 이해하지 못했지만 그가 그걸 장만한 이유는 그녀에게 복수하기 위해서였다. 아니면 그녀를 조롱하기 위해서였다.

"전혀 아니야. 그냥 신기술을 시험하고 있는 거야."

"그렇겠지. 그리고 나는 눈이 내리는 우라질 저녁에 숲가에서 걸음을 멈춘 로버트 프로스트고."

돈 올맨이 말했다.

* * *

웨슬리는 A주차장에 차를 세워 두었지만 아파트까지 3킬로미터 거리를 걸어가기로 했다. 생각하고 싶은 게 있는 날이면 종종 그렇게 걸어갔다. 그는 무어 가를 따라서 맨 처음에는 남학생 클럽 회관을, 그 다음에는 창문마다 록과 랩이 쩌렁쩌렁 울리는 아파트를, 그 다음에는 미국의 모든 소규모 대학의 생명 유지 장치나 다름없는 술집과 포장음식 전문점을 지났다. 중고 교재와 전년도 베스트셀러를 반값에 파는 서점도 있었다. 먼지를 뒤집어쓴 서점은 의기소침해 보였고 손님이 없을 때가 많았다.

다들 집에서 컴퓨터로 책을 읽고 있기 때문이겠지. 웨슬리는 미루어 짐작했다.

갈색 낙엽들이 그의 발치에서 굴러다녔다. 그의 서류가방이 한쪽 무릎을 때렸다. 그 안에는 교재와 그가 요즘 재미삼아 읽고 있는 책(로베르토 볼라뇨의 『2666』이었다.)과 예쁜 대리석 무늬의 표지가 달린 바인딩 공책이 들어 있었다. 공책은 엘렌에게 받은 생일 선물이었다.

"좋은 아이디어가 생각나면 써."

그녀는 말했다.

때는 그들 사이가 여전히 장밋빛이었고 캠퍼스를 둘이서 거의 독차지하다시피 한 7월이었다. 공책은 200쪽이 넘었지만 그가 큼지막하고 납작한 글씨체로 휘갈겨 놓은 곳은 맨 첫 장뿐이었다.

맨 위에는 (대문자로) 이렇게 적혀 있었다. **소설 아이디어!**

그 아래에는: *어린 소년이 아버지와 어머니 양쪽 모두 바람을 피우고 있다는 사실을 알게 된다*

그리고

태어날 때부터 앞을 보지 못한 소년이 정신병에 걸린 할아버지에게 납치되는데

그리고

가장 친한 친구의 어머니와 사랑에 빠진 10대

그 아래에는 엘렌이 『구원』을 거실 저쪽으로 집어던지고 그의 삶에서 퇴장한 직후에 쓴 마지막 아이디어가 적혀 있었다.

숫기가 없지만 헌신적인 소규모 대학 강사와 체구가 탄탄하지만 대체로 무식한 여자친구가 싸움을 벌이는데 이유는

어쩌면 가장 괜찮은 아이디어일지 모르지만(전문가들도 아는 것에 대해서 쓰라고 하지 않는가.) 더 이상 생각하기조차 싫었다. 돈에게 이야기하는 것만으로도 힘에 겨웠다. 모든 진실을 공개하지 않았는데도 그랬다. 예를 들어 그녀가 돌아오길 얼마나 간절하게 바라는지 얘기하지도 않았는데 말이다.

그가 집이라고 부르는 방 세 개짜리 아파트(돈 올맨은 가끔 "근사한 독신자용 아파트"라고 지칭했다.)에 가까워지자 다시 헨더슨이라는 아이가 생각났다. 이름이 리처드였든가 로버트였든가. 그는 그런 방면에 재주가 없었다. 조직의 강령처럼 단편적으로 적어놓은 소설 아이디어에 살을 붙이는 데 재주가 없는 것과 성격이 다르겠지만 어쩌면 연관성이 있을 수도 있었다. 그런 장애들이 기본적으로 히스테리 반응이 아닐까 싶었다. 뇌에서 내부의 끔찍한 짐승을 탐지하고 (또는 탐지했다고 생각하고) 철문이 달린 독방에 가두는 것이다. 가까이 다가가면 물릴 수도 있는 사나운 너구리처럼 그 짐승이 안에서 문을 두드리고 길길이 날뛰는 소리가 들리지만 모습은 보이지 않았다.

그 헨더슨이라는 아이는 미식축구 선수였고(노즈백인가 포인트 가드인가 뭐 그런 거였다.) 미식축구 실력은 다른 선수들처럼 형편없었지만 착하고 상당히 훌륭한 학생이었다. 웨슬리는 그가 마음에 들었다. 그래도 그가 수업도중에 PDA 아니면 최신형 휴대전화로 추정되는 물건을 들고 있는 것을 보았을 때 웨슬리는 그의 머리를 잡아 뜯고도 남을 듯한 반응을 보였다. 엘렌이 그의 집에서 나가버린 직후였다. 헤어진 초창기에 웨슬리는 새벽 3시에 일어나 책꽂이에서 글로 만들어진 영혼의 양식을 꺼냈다. 대개는 패트릭 오브라이언이 들려주는, 그의 오랜 친구 잭 오브리와 스티븐 머투린의 모험담이었다. 그걸로도 엘렌이 문을 쾅 닫고 그의 삶에서 사라지던 소리를 잊을 수 없다면 영영 잊을 수 없다는 뜻일 수도 있었다.

그래서 그는 헨더슨에게 다가갔을 때 기분이 더러웠고 버릇없는 말대꾸에 얼마든지 맞대응할 마음의 준비가 되어 있었다.

"그거 치워라. 여긴 인터넷 채팅방이 아니라 문학 수업을 듣는 교실이야."

헨더슨이라는 아이는 그를 올려다보며 귀여운 미소를 지어 보였다. 그런다고 웨슬리의 더러운 기분이 달라지지는 않았지만 분노는 사라졌다. 그가 기본적으로 화가 많은 성격이 아니기 때문이었다. 기본적으로 우울하거나 기분부전장애 환자일 수는 있었다. 엘렌 실버먼이 과분한 상대라는 것은 그도 이미 알고 있었다. 지루한 교직원 파티에서 그녀와 이야기를 나누었을 때부터 언젠가 그녀가 문을 쾅 닫고 나가는 날이 올 줄 마음속 깊은 곳에서는 알고 있었다. 엘렌은 여자답게 플레이했다. 그는 뱅충이답게 플레이했다. 그는 수업시간에 휴대용 컴퓨터(아니면 닌텐도 아니면 기타 등등)를 만지작거린 학생에게 화조차 제대로 내지 못했다.

"숙제 보는 중인데요, 스미스 선생님. 「폴의 이야기」요. 보세요."

헨더슨이라는 아이는 이렇게 말했다.(가장 최근에 미어캣의 파란 유니폼을 입고 나갔다가 얻은 자주색 멍이 이마에 큼지막하게 자리 잡고 있었다.)

그는 기기를 돌려서 웨슬리에게 보여 주었다. 직사각형 모양의 납작한 하얀색 판이었고 두께가 1센티미터를 조금 넘었다. 맨 꼭대기에 아마존-킨들이라는 문구와 웨슬리도 익히 아는 스마일 로고가 띄워져 있었다. 그도 컴맹은 아니었고 아마존에서 여러 번 책을 주문한 적이 있었다.(대개는 시내의 서점에 먼저 들렀다. 거의 한평생 창턱에서 꾸벅꾸벅 조는 고양이조차 영양실조인 것 같아서 측은지심이 생겼다.)

그 학생이 내민 전자기기에서 흥미로웠던 부분은 꼭대기에 뜬 로고나 맨 밑에 달린 깨알 같은 키보드가 아니었다. 기기의 거의 대부분이 화면으로 이루어져 있는데 그 화면 위에 근육이 울퉁불퉁한 남녀가 뉴욕의 폐허에서 좀비를 죽이는 비디오 게임이 아니라 윌라 캐서가 쓴 가엾은 소년의 이야기가 한 페이지 떠 있었다.

웨슬리는 기기를 향해 손을 내밀다 멈추었다.

"좀 봐도 될까?"

"그러세요. 상당히 깔끔해요. 다운로드 받으면 어디에선가 책이 짠하고 등장하고 글자 크기는 원하는 대로 키울 수 있어요. 종이나 제본이 필요 없으니까 책값도 더 저렴하고요."

이름이 리처드인지 로버트인지 모를 헨더슨이라는 아이가 말했다.

가벼운 냉기가 웨슬리의 몸을 훑고 지나갔다. 미국 문학 입문 수업을 듣는 학생들이 그를 대거 쳐다보고 있었다. 학생들은 서른다섯 살인 그가 (아주 나이가 많아서 쓰리피스 정장을 입은 악어처럼 보이는 웬스 박사처럼) 구식인지 (현대 연극 입문 수업 시간에 에이브릴 라빈의 「걸프렌드」를 종종 트는 수전 몬태내로처럼) 신식인지 가늠하기 어려웠을 것이다. 헨더슨의 킨들을 놓고 그가 어떤 반응을 보이는지에 따라 판가름이 날 것이었다.

"헨더슨 군. 책은 없어지지 않을 거다. 그러니까 종이와 제본도 없어지지 않겠지. 책은 *실물*이고 *친구*다."

"그렇죠. 하지만!"

헨더슨이 대꾸하는 순간 귀여운 미소가 다소 능글맞게 변했다.

"하지만?"

"아이디어이고 감정이기도 하죠. 첫 수업 시간에 선생님이 그렇게 말씀하셨잖아요."

"흠. 한 방 먹었네. 하지만 책이 오로지 아이디어기만 한 것은 아니지. 예를 들어 책에는 냄새가 있잖니. 세월이 지날수록 점점 더 근사해지고 향수를 자극하는 냄새가. 이 기기에도 그런 냄새가 있니?"

웨슬리의 말에 헨더슨이 대꾸했다.

"아뇨. 냄새는 없어요. 하지만 여기 이 버튼으로…… 책장을 넘기면…… 진짜 책처럼 펄럭이고 아무 쪽이든 원하는 대로 갈 수 있어요. 안 쓰는 동안에는 유명 작가들의 사진을 보여 주고 충전도 할 수 있고……."

"컴퓨터잖니. 컴퓨터로 책을 보는 거잖니."

헨더슨은 킨들을 다시 가져갔다.

"그래도 「폴의 이야기」는 맞잖아요."

"킨들이라고 못 들어보셨어요, 스미스 선생님?"

조시 퀸이 물었다. 파푸아뉴기니의 콤바이 부족에게 전기레인지나 키 높이 신발을 들어보았느냐고 다정하게 묻는 인류학자 같은 말투였다.

"응."

아마존에서 온라인으로 책을 주문했을 때 킨들 스토어에서 구입하기라고 된 항목을 본 적이 있었으니 들어본 적 없다고 할 수 없었지만 그는 학생들에게 구식으로 인식되고 싶었다. 신식은 왠지…… 평범했다.

"하나 사세요."

헨더슨이라는 아이가 이렇게 말했고, 웨슬리가 아무 생각 없이 "그래야 할지 모르겠다."라고 대답하자 학생들이 자발적으로 박수를 쳤다. 엘렌이 떠난 이래 처음으로 웨슬리의 기분이 아주 살짝 좋아졌다. 학생들이 그가 책 읽는 기기를 장만하길 바라다니 재미있기도 했고, 박수를 쳤다는 것은 그를 구식으로 간주한다는 뜻이기 때문이었다. 학생들을 *가르칠 수 있는* 구식으로 간주한다는 뜻이기 때문이었다.

그는 2~3주가 지났을 때까지 킨들을 살까 말까 진지하게 고민하지 않았다.(구식이라면 분명 종이책이 그가 나아가야 할 방향이었다.) 그러던 어느 날, 학교에서 퇴근하는 길에 킨들을 들고 손끝으로 조그만 '다음 페이지' 버튼을 누르며 안뜰을 걸어가는 그의 모습을 발견한 엘렌의 모습이 그려졌다.

지금 뭐하는 거야? 그녀는 이렇게 물을 것이다. 드디어 그에게 말을 걸 것이다.

컴퓨터로 책 보고 있잖아. 그는 이렇게 대답할 것이다. *다른 사람들처럼.*

뒤끝 작렬!

하지만 헨더슨이라는 아이는 그게 나쁜 거냐고 물을지 모른다. 그는 복수심이 헤어진 연인들에게는 메타돈(헤로인 중독 치료에 쓰이는 약물 — 옮긴이)과 같다는 생각이 들었다. 관계를 갑자기 끊는 것보다는 그게 나을지 모른다는 생각이 들었다.

그는 집에 도착하자 델 데스크톱을 켜고(노트북이 없다는 데서 자부심을 느꼈다.) 아마존 홈페이지로 들어갔다. 400달러 정도 할 테고 최고급 사양은 그보다 더 비쌀 줄 알았는데 놀랍게도 예상보다 상당히 저렴했다. (지금까지 용케 피해 왔던) 킨들 스토어에 들어가 보니 헨더슨이라는 아이 말마따나 책값이 어이없을 정도로 저렴했다. 하드커버 소설(무슨 *커버*가 있다고 하하하) 값이 그가 요즘 들어서 산 대부분의 페이퍼백보다 저렴했다. 그가 책에 들이는 비용을 감안했을 때 본전을 뽑을 수도 있었다. 동료들이 어떤 반응을 보일지(다들 눈썹을 추켜세울 것이다.) 상상하는 것도 재미있었다. 그러고 보니 인간의 본성, 아니면 적어도 학계에 몸담은 인간의 본성에 대해서 재미있는 깨달음이 얻어졌다. 학생들에게는 구식으로 평가받고 싶지만 동료들에게는 신식으로 평가받고 싶은 마음이랄까.

신기술을 시험하는 중이에요. 그는 이렇게 얘기하는 자신의 모습을 그려보았다.

마음에 들었다. 뼛속까지 신식 같았다.

두말하면 잔소리지만 엘렌의 반응을 상상하는 것도 재미있었다. 웨슬리는 더 이상 그녀의 휴대전화에 메시지를 남기지 않았고 그녀와 마주칠 수 있을 만한 공간들(핏스톱, 해리스 피자)을 피해 다니기 시작했지만 그거야 바꾸면 그만이었다. *컴퓨터로 책 보고 있잖아. 다른 사람들처럼.* 그냥 폐기처분하기에는 아까운 대사였다.

그는 컴퓨터 앞에 앉아서 킨들 사진을 쳐다보며 자신을 나무랐다.

'그 정도야 하찮은 수준이지. 그 정도로 하찮은 복수심으로는 갓 태어난 새끼고양이도 해치지 못하겠네.'

맞는 말이다! 하지만 이 정도 복수심밖에 품을 수 없다면 마음껏 해소하는 편이 어떨까?

그래서 그는 킨들 구입하기라고 된 박스를 클릭했고 다음 날 조그만 로고와 **익일 배송**이라는 단어가 찍힌 상자가 배달됐다. 웨슬리는 익일 배송을 선택하지 않았기에 마스터 카드 결제 내역서를 확인하고 요금이 청구됐으면 항의할 작정이었지만 일단은 아주 즐거운 마음으로 새로 산 물건이 담긴 상자를 열었다. 책 상자를 열

때와 기분이 비슷한데 그보다 더 짜릿했다. 미지의 세계로 향해 가고 있다는 느낌 때문인 듯했다. 킨들이 책을 대체하거나 신기한 아이템 이상의 수준으로 발전할 일은 없을 것이다. 몇 주 아니면 몇 달 동안 반짝 그의 관심을 누리다 그의 거실 장식장에서 루빅스 큐브와 함께 먼지를 뒤집어쓰며 방치될 것이다.

헨더슨이라는 아이의 킨들은 흰색이었는데 그의 킨들은 분홍색인 것을 보고 이상하다는 생각은 하지 않았다.

처음에는 그랬다.

II —우르의 기능

웨슬리가 돈 올맨과 고해 성사식 대화를 나누고 아파트로 돌아가 보니 자동응답기가 깜빡이고 있었다. 메시지가 두 개였다. 그는 재생 버튼을 누르며, 관절염에 대해서 투덜거리고 어느 집 아들은 한 달에 두 번이 아니라 더 자주 집으로 전화하더라며 아픈 데를 찌르는 어머니일 거라고 생각했다. 그 메시지를 확인하고 나면 구독기간이 끝났다고 열 몇 번째로 알려 주는 무어의 《에코》 신문사의 기계음이 이어질 게 빤했다. 그런데 그의 어머니도 아니었고 신문사도 아니었다. 엘렌의 목소리가 들리자 그는 맥주를 꺼내려다 말고, 냉기가 나오는 냉장고의 불빛 속으로 손을 뻗은 채 귀를 기울였다.

"안녕, 웨스."

그녀답지 않게 머뭇거리는 말투였다. 그 뒤로 한참 동안 정적이 이어졌다. 그걸로 끝인가 하는 생각이 들 만큼 오랜 정적이었다. 뒤에서 쩌렁쩌렁하게 울리는 고함소리와 공을 튀기는 소리가 들렸다. 그녀는 지금 체육관에 있거나 메시지를 남길 당시 체육관에 있었다.

"우리 둘에 대해서 생각해 봤어. 다시 한 번 노력해 봐야 하지 않나 하고. 보고 싶어."

그녀는 그러고 나서 문 쪽으로 달려가는 그를 보기라도 한 것처럼 이렇게 덧붙였다.

"하지만 지금 당장은 아니야. 네가 한 말에 대해서…… 좀 더 생각할 시간이 필요해."

다시 정적이 흘렀다.

"네가 보던 책을 그런 식으로 집어던진 건 내가 잘못했어. 하지만 속상했거든."

그녀가 "안녕"이라고 말한 다음과 비슷할 정도로 오랜 정적이 흘렀다.

"이번 주말에 렉싱턴에서 프리시즌 토너먼트가 열려. 사람들이 블루그래스라고 부르는 토너먼트 말이야. 큰 대회야. 그거 마치고 돌아가면 얘기하자. 그때까지는 전화하지 말아 줘. 아이들한테 집중해야 하거든. 수비가 엉망이고 외곽에서 슛을 쏠 수 있는 아이가 한 명밖에 안 돼. 그리고…… 모르겠다, 내가 지금 엄청난 실수를 하고 있는 걸지도."

"아니야. 내 말 믿어. 실수 아니야."

그는 자동응답기에 대고 말했다. 심장이 두근거렸다. 계속 냉장고 안으로 몸을 기울이고 있어서 화끈거리는 얼굴 위로 쏟아지는 냉기가 느껴졌다.

"요전 날에 수전 몬태내로하고 점심을 같이 먹었는데 네가 전자책 단말기를 들고 다닌다고 하더라. 그게 나한테는…… 다시 한번 노력해 봐야 한다는 징조처럼 느껴졌어."

그녀가 웃음을 터뜨리고 나서 버럭 고함을 지르는 바람에 웨슬리는 펄쩍 뛰었다.

"루스, 볼 쫓아가! 뛰지 않을 거면 벤치에 앉아 있든지!"

그러고는.

"미안. 이제 그만 끊어야겠다. 전화하지 마. 내가 연락할게. 어떻게 되든. 블루그래스 이후에. 네 전화 계속 안 받아서 미안하지만…… 웨스, 너 때문에 상처받았거든. 감독들도 감정이라는 게 있어. 영문학과……."

삑 하는 소리가 그녀의 말허리를 잘랐다. 녹음 가능한 시간이 끝나 버린 것이었다. 웨슬리는 출판사들이 노먼 메일러에게 『벌거벗은 자와 죽은 자』에서 쓰지 못하게 한 단어를 중얼거렸다.

그러고 나서 두 번째 메시지가 시작되자 다시 그녀의 목소리가 들렸다.

"영문학과 강사들에게도 감정이라는 게 있겠지. 수전 말로는 우리 둘이 안 어울린다고, 관심사가 서로 너무 다르다고 했지만…… 중간지점이라는 게 있지 않을까? 나는…… 나는 그 부분에 대해서 고민을 좀 해 봐야겠어. 전화하지 마. 나는 아직 마음의 준비가 되지 않았으니까. 안녕."

웨슬리는 맥주를 꺼냈다. 그는 미소를 짓고 있었다. 지난 한 달 동안 그의 가슴속에 자리 잡고 있었던 복수심에 대해 생각해 보다가 접었다. 벽에 걸린 달력 앞으로 가서 토요일과 일요일 위에 **프리시즌 토너먼트**라고 적었다. 잠깐 멈추었다가 그 뒤 월요일부터 일요일까지 선을 긋고 선 밑에다 다시 **엘렌???**이라고 적었다.

그런 다음 좋아하는 의자에 앉아 맥주를 마시며 『2666』을 읽었다. 황당한 작품이었지만 재미는 있었다.

킨들 스토어에서 이 작품도 판매할지 궁금해졌다.

*　*　*

그날 저녁에 웨슬리는 엘렌의 메시지를 세 번 반복해서 들은 다음 델 컴퓨터를 켜고 체육학과 홈페이지에 접속해 블루그래스 프리시즌 초청 토너먼트에 대해 알아보았다. 경기장으로 찾아가는 건 안 될 말씀이었고 그도 그럴 생각이 없었지만 어떤 선수들이 출전하고 엘렌이 언제쯤이면 돌아올지 체크하고 싶었다.

8팀이 출전하는데 7팀은 2부 리그 소속이었고 3부 리그 소속은 무어의 레이디 미어캣츠 한 팀뿐이었다. 웨슬리는 그 사실을 알았을 때 자기 일인 양 자부심을 느꼈다. 그동안 품었던 복수심이 다시 한 번 부끄러워졌다. 그녀는 전혀 모르는 일이라 다행이었다. 그녀는 그가 킨들을 산 목적이 *어쩌면 네 말이 맞을지 몰라, 나도 달라질 수 있을지 몰라* 이런 메시지를 보내기 위해서라고 생각하는 눈치였다. 만약 상황이 잘 풀리면 그는 결국 그런 목적에서 산 게 맞는다고 자신을 설득하게 될 것이다.

홈페이지를 보니 미어캣츠 팀이 오는 금요일 낮 12시에 버스를 타고 렉싱턴으로 출발한다고 되어 있었다. 그날 저녁에 럽 아레나에서 연습을 하고 토요일 오전에 인디애나 주 트루먼주립대학교의 불독스를 상대로 첫 경기를 치른다고 했다. 패자부활전이 있는 토너먼트라 어찌 되든 일요일 저녁은 되어야 귀향길에 오를 수 있었다. 그러니까 아무리 빨라도 다음 주 월요일은 되어야 그녀의 전화를 받을 수 있다는 뜻이었다.

긴 한 주가 될 예정이었다.

"그리고."

웨슬리는 컴퓨터에 대고(말을 얼마나 잘 들어주는지 모른다!) 말했다.

"그녀가 다시 한 번 노력해 보지 않겠다고 결론을 내릴 수도 있잖아. 그럴 경우에 대비해서 마음의 준비를 하고 있어야 해."

뭐, 그의 쪽에서 노력해 볼 수는 있었다. 그리고 수전 몬태내로 그 나쁜 년에게 전화해서 훼방 놓지 말라고 분명히 못을 박을 수도 있었다. 도대체 왜 그런 말을 했는지 모를 일이었다. 다른 사람도 아니고 동료가!

하지만 그랬다가는 수전이 친구(친구라니. 누가 상상이나 했을까? 누가 짐작이나 했을까?) 엘렌에게 곧장 고자질할 수 있었다. 그 부분은 그냥 내버려두는 게 상책일 수 있었다. 복수심이 그의 마음속에서 완전히 가시지 않았는지 이제는 그 화살이 몬태내로에게로 향했다.

그는 컴퓨터에 대고 말했다.

"상관없어. 조지 허버트의 말은 틀렸어. 잘 사는 게 최고의 복수가 아니라 잘 사랑하는 게 최고의 복수야."

그는 컴퓨터를 끄려다 돈 앨먼이 그의 킨들을 보고 했던 말을 떠올렸다. *흰색만 있는 줄 알았는데.* 헨더슨이라는 아이의 것은 분명 흰색이었지만 뭐라더라? 제비 한 마리가 왔다고 여름이 되는 건 아니라잖은가. 구글(정보로 가득하지만 포털로서는 기본적으로 바보 같은)이 몇 번의 실패 끝에 그를 킨들 팬 사이트로 안내했다. 킨들 캔들이라는 팬 사이트가 있었다. 퀘이커 교도의 옷을 입은 여자가 촛불에 비춰서 킨들을 읽고 있는 황당한 사진이 맨 꼭대기에 걸려 있었다. 여기에서 그는 몇 개의 포스팅(대부분 불만 토로였다.)을 통해 킨들이 어느 블로그의 표현에 따르면 "평범하고 손때 친화적인 흰색"으로만 출시된다는 사실을 알았다. 그 밑에 계속 지저분한 손으로 만질 생각이면 킨들용 토시를 장만하라는 댓글이 달려 있었다. "원하는 색으로 골라서 사세요." 그녀는 이렇게 덧붙였다. "어린애처럼 징징거리지 말고 창의력을 발휘해 보세요!"

웨슬리는 컴퓨터를 끄고 부엌으로 가서 맥주를 하나 더 챙기고 서류가방에서 킨들을 꺼냈다. 그의 분홍색 킨들을 꺼냈다. 색깔만 빼면 킨들 캔들 사이트의 다른 제품들과 100퍼센트 똑같아 보였다.

"킨들 캔들. 와글 디글. 플라스틱에 무슨 결함이 있는 거겠지."

그럴지도 모르지만 그가 요청하지도 않았는데 익일 특급으로 배달된 이유가 뭐였을까? 킨들 공장에서 분홍색 돌연변이를 최대한 빨리 없애고 싶었을까? 말도 안 되는 상상이었다. 품질 관리 차원에서 폐기처분하면 그만일 일이었다.

킨들로 인터넷 접속도 가능할까? 알 수 없었는데 문득 생각해 보니 이상했다. 사용설명서가 같이 딸려오지 않은 것이다. 그는 킨들 캔들에 다시 들어가서 인터넷 접속이 가능한지 알아볼까 하다가 관두기로 했다. 어차피 엘렌의 목소리를 다시 들을 수 있을지 모르는 다음 주 월요일까지 빈둥거리며 시간이나 때울 참이었다.

"야, 보고 싶다."

이렇게 말을 하는데 놀랍게도 그의 목소리가 떨렸다. 그는 그녀를 그리워하고 있었다. 그녀의 목소리를 듣기 전까지는 얼마나 그리워하는지 몰랐다. 상처받은 자존심을 핥느라 그랬다. 구리구리한 복수심은 두말할 나위도 없었다.

웨슬리의 킨들 화면이 켜졌다. 지금까지 그가 구입한 책들의 목록이 떴다. 리처드 예이츠의 『레볼루셔너리 로드』와 헤밍웨이의 『노인과 바다』. 이 안에는 『뉴 옥스퍼드 아메리칸 딕셔너리』가 탑재되어 있었다. 모르는 단어를 입력하기만 하면 킨들이 알아서 찾아줬다. 책벌레들을 위한 티보라고 할까.

하지만 너, 인터넷에 접속은 되니?

메뉴 버튼을 누르자 몇 가지 옵션이 떴다. 맨 첫 번째는 당연이 **킨들 스토어에서 구매하기**였다. 그런데 하단 근처에 **실험용**이라고 적힌 것이 있었다. 호기심이 동했다. 그는 커서를 그쪽으로 옮겨서 열고 화면 상단에 뜬 글을 읽었다. *여러 가지 실험용 프로토타입을 개발 중입니다. 유용하다고 보십니까?*

"글쎄, 잘 모르겠는데. 어떤 기능들이 있는데?"

첫 번째 기능은 **기본 웹**이었다. 그러니까 인터넷 접속이 된다는 뜻이었다. 킨들은 보기보다 훨씬 컴퓨터와 비슷했다. 그는 다른 실험용 옵션들을 훑어보았다. 음악 다운로드(오오오)와 텍스트를 음성으로 변환하는 기능(그가 시각 장애인이 되면 쓸모가 있을지 몰랐다.)이 있었다. 그는 또 다른 게 있나 싶어서 다음 페이지를 눌렀다. 하나 있었다. 우르 기능이었다.

이게 도대체 뭐지? 그가 알기로 우르에는 두 가지 뜻밖에 없었다. 구약성서에 나오는 도시와 '원시적인' 또는 '단순한'이라는 뜻의 접두사였다. 화면도 도움이 되지 않았다. 다른 실험용 기능에는 설명이 있었는데 이 기능에는 아무 설명도 없었다. 그렇다면 알아낼 방법이 하나 있었다. 그는 우르 기능이라고 된 부분을 드래그해서 선택 버튼을 눌렀다.

새로운 메뉴가 떴다. 세 가지 항목이 있었다. 우르 도서, 우르 뉴스 아카이브, 우르 로컬(공사 중)이었다.

"음. 뭔지 도대체 모르겠네."

그는 우르 도서라고 된 부분을 드래그해서 선택 버튼을 누르려다 멈칫했다. 맥주를 꺼내려고 냉장고 안으로 손을 넣었다가 녹음된 엘렌의 목소리를 듣고 그대로 멈추었을 때처럼 피부가 갑자기 싸늘해졌다. 그는 나중에 이런 생각을 할 것이었다. *그게 내 우르였던 거지. 내 안의 깊숙한 곳에 있는 단순하고 원시적인 뭔가가 그 버튼을 누르지 말라고 한 거였어.*

하지만 그는 현대인이었다. 이제는 컴퓨터로 책을 보는 현대인이었다.

그렇다. 그렇다.

그래서 그는 버튼을 눌렀다.

화면에서 모든 글자가 사라지더니 **우르 도서에 접속하신 것을 환영합니다!** 라는 문구가 화면 맨 꼭대기에······ 빨간색으로 떴다. 킨들 캔들 사이트 회원들도 최신 기술까지는 알지 못하는지, 킨들에도 여러 가지 색상이 쓰였다. 그 밑에 환영 인사 차원의 사진이 있었다. 찰스 디킨스나 유도라 웰티가 아니라 큼지막하고 시커먼 타워의 사진이었다. 거기에서 왠지 모르게 불길한 기운이 느껴졌다. 그 밑에 역시 이번에도 빨간색으로 초대의 문구가 적혀 있었다. *저자를 선택하세요.(선택하신 저자의 작품이 없을 수도 있습니다.)* 그리고 그 밑에서 커서가 깜빡였다.

"알게 뭐야."

웨슬리는 빈 방에 대고 말했다. 그는 갑자기 말라 버린 입술을 혀로 축이고 **어니스트 헤밍웨이**라고 입력했다.

화면이 깨끗하게 지워졌다. 어떤 기능인지 몰라도 제대로 작동하지 않는 듯했다. 10초 정도 지났을 때 웨슬리는 킨들을 끄려고 손을 뻗었다. 하지만 그가 슬라이드 스위치를 누르기 전에 화면 위로 드디어 새로운 메시지가 떴다.

10,438,721개의 우르에서
어니스트 헤밍웨이의 작품이 17,894편 검색되었습니다.
작품명을 모를 경우 우르를 선택하거나
우르 기능 메뉴로 돌아가시기 바랍니다.
현재 우르에서 선택하신 작품은
뜨지 않습니다.

"아니 이게 도대체 뭐야?"

웨슬리는 빈 방에 대고 물었다. 메시지 밑에서 커서가 깜빡했다. 그 위에 조그만 글씨로 (이번에는 빨간색이 아니라 까만색이었다.) 추가 설명이 적혀 있었다. **쉼표나 대시 없이 숫자만 입력해 주시기**

바랍니다. 고객님의 현재 우르는: 117586.

웨슬리는 분홍색 킨들을 꺼서 은그릇 서랍에 넣어 버리고 싶은 강한 충동(충동!)을 느꼈다. 아니면 아이스크림과 스투퍼스 냉동식품이 들어 있는 냉동실에 넣으면 더 좋을 수도 있었다. 하지만 그는 깨알만 한 키패드로 그의 생년월일을 입력했다. 7,191,974는 아무 의미 없는 숫자일 수 있다는 것이 그의 계산이었다. 그는 다시 머뭇거리다 집게손가락 끝으로 선택 버튼을 눌렀다. 이번에도 화면이 깨끗하게 지워지자 그는 식탁 의자에서 일어나 멀찌감치 피하고 싶은 싸워야 욕구와 싸워야 했다. 황당한 생각 하나가 그의 머릿속에 굳건하게 자리 잡았다. 손이나 발톱이 어슴푸레한 킨들의 화면에서 튀어나와 그의 목을 잡고 안으로 홱 당길 거라는 생각이었다. 그러면 그는 마이크로칩 사이를 떠다니고 우르의 수많은 세상을 이동하며 잿빛 컴퓨터 속에서 영원히 살아야 할 것이다.

바로 그때 구식의 평범한 활자가 화면 위로 뜨자 끔찍한 상상이 사라졌다. 그는 조그만 페이퍼백만 한 킨들의 화면을 열심히 들여다보았지만 뭣 때문에 그렇게 열심히 들여다보는지는 알 도리가 없었다.

맨 위에 어니스트 밀러 헤밍웨이라는 저자의 완벽한 이름과 생몰연도가 적혀 있었다. 그 밑으로 출간된 그의 작품들이 길게 이어졌는데…… 이상했다. 『태양은 다시 떠오른다』도 있고…… 『누구를 위하여 종은 울리나』도 있고…… 단편들도 있고…… 『노인과 바다』도 당연히 있었지만…… 사소한 수필 말고는 적지 않은 헤밍웨이의 작품들을 모두 읽었다고 자부하는 웨슬리가 모르는 작품명이 서너 개 더 있었다. 게다가…….

생몰연도를 살펴보니 사망일이 틀렸다. 헤밍웨이는 1961년 7월 2일에 권총으로 자살을 했다. 그런데 화면상으로는 그가 1964년 8월 19일에 천상의 그 멋진 도서관으로 떠났다고 되어 있었다.

"출생연도도 잘못됐잖아. 거의 확실해. 1897년이 아니라 1899년일 텐데."

웨슬리는 중얼거렸다. 그는 놀고 있는 손으로 머리를 쓸어넘겨 새롭고 이국적인 스타일로 만들었다.

그는 처음 들어보는 작품 쪽으로 커서를 옮겼다. 제목이 『코트랜드의 개들』이었다. 『코트랜드의 개들』이라니 헤밍웨이가 썼음직한 제목이라 정신 나간 컴퓨터 프로그래머가 장난이랍시고 쳐놓은 건가 싶었다. 웨슬리는 그 책을 선택했다.

화면이 지워졌다가 책 표지를 등장했다. 허수아비를 에워싸고 짖는 개들이 흑백의 표지 이미지였다. 그 뒤로 피곤해서 그런지 패배감 때문인지(어쩌면 둘 다일 수도 있었다.) 어깨를 축 늘어뜨린 채 총을 들고 있는 사냥꾼이 보였다. 제목에도 나오는 코트랜드인 모양이었다.

미시건 상류의 숲속에서 제임스 코트랜드는 아내의 불륜과 언젠가는 죽을 수밖에 없는 자신의 운명을 두고 고민한다. 세 명의 위험한 범죄자가 코트랜드 농장에 들이닥치자 파파(헤밍웨이의 별명이다 — 옮긴이)의 가장 유명한 영웅은 끔찍한 선택의 기로에 놓인다. 다채로운 사건과 상징을 자랑하는 어니스트 헤밍웨이의 마지막 소설은 그가 세상을 떠나기 직전에 퓰리처상을 수상했다. $7.50.

섬네일 밑에서 킨들이 물었다. **이 책을 구입하시겠습니까? 예 아니요.**

"말도 안 돼." 웨슬리는 속삭이며 **예**를 드래그하고 선택 버튼을 눌렀다.

화면이 다시 지워졌다가 새로운 메시지가 떴다. *우르의 소설은 역설의 법칙에 따라 유포가 불가할 수도 있습니다. 동의하십니까? 예 아니요.*

웨슬리는 농담을 간파했지만 장단을 맞추기로 한 사람답게 웃으며 **예**를 선택했다. 화면이 지워졌다가 새로운 정보를 내보냈다.

감사합니다, 웨슬리 고객님!

우르 소설이 주문됐습니다

계좌에서 $7.50이 인출됩니다

우르 소설은 다운로드에 더 많은 시간이 소요됩니다

2분에서 4분 정도 기다려주시기 바랍니다

웨슬리는 다시 웨슬리의 킨들 화면으로 돌아갔다. 거기에 나열된 품목에는 변함이 없었고(『레볼루셔너리 로드』, 『노인과 바다』, 『뉴 옥스퍼드 아메리칸 딕셔너리』) 앞으로도 계속 변함이 없을 거라고 그는 장담할 수 있었다. 이 세상에, 아니 다른 세상이라도 『코트랜드의 개들』이라는 헤밍웨이의 작품은 없었다. 그는 자리에서 일어나 전화기 앞으로 갔다. 상대방은 신호음이 한 번 떨어지자마자 전화를 받았다.

"돈 올맨입니다."

그와 사무실을 같이 쓰는 동료가 말했다.

"그리고 네, 맞아요. 내가 원래 횡설수설하죠."

이번에는 뒤에서 쩌렁쩌렁하게 울리는 체육관 소리가 들리지 않았다. 돈의 세 아들이 집을 한 널빤지씩 뜯어내는 야만인처럼 고함을 지르는 소리만 들렸다.

"돈, 나 웨슬리야."

"아, 웨슬리! 이게 얼마만이야. 마지막으로 만난 지…… 맙소사, 3시간쯤 됐나?"

돈이 가족들과 함께 살고 있는 정신병원 깊숙한 곳에서 죽음의 비명소리 비슷한 게 들렸다. 돈 올맨은 동요하지 않았다.

"제이슨, 그거 동생한테 던지지 마. 착한 트롤답게 가서 「스펀지 밥」이나 봐."

그러고는 웨슬리에게 말했다.

"내가 어떤 걸 도와줄까, 웨스? 애정 생활에 대한 조언? 잠자리 기술과 정력을 늘리는 법? 쓰고 있는 소설 제목?"

웨슬리는 쏘아붙였다.

"쓰고 있는 소설 없다는 거 자네도 알잖아. 하지만 소설 이야기를 하고 싶은 거긴 해. 자네, 헤밍웨이의 전작을 알지?"

"나는 자네가 그렇게 어려운 용어를 쓰면 흥분이 되더라."

"알아, 몰라?"

"당연히 알지. 하지만 자네만큼은 모를걸? 20세기 미국 문학은 자네 전문이잖아. 나야 작가들이 가발을 쓰고, 코담배를 피우고, 오호, 통재라, 이런 아름다운 단어를 쓰던 시절을 굳게 지키고 있고. 왜 그러는데?"

"혹시 헤밍웨이가 개가 나오는 소설을 썼다는 이야기 들어본 적 있나?"

돈이 기억을 더듬는 동안 또 다른 아이가 비명을 지르기 시작했다.

"웨스, 자네 괜찮은 거지? 목소리가 어째⋯⋯."

"대답이나 해 줘. 들어봤어, 못 들어봤어?"

'예 아니면 아니요를 드래그해.'

웨슬리는 생각했다.

돈이 말했다.

"알았어. 믿음직한 컴퓨터로 검색을 해 봐야겠지만 내가 알기로는 못 들어봤어. 바티스타 신봉자들이 그가 기르던 개를 몽둥이로 때려죽였다고 주장했던 기억은 나는데. 그건 어때? 쿠바에서 그랬거든. 그는 그걸 메리와 함께 플로리다로 돌아가야 한다는 징조로 해석하고 황급히 돌아갔지."

"그 개 이름 혹시 기억하나?"

"아마도. 인터넷으로 확인해 보아야겠지만 니그리타였던 걸로 기억해. 그 비슷했어. 약간 인종차별적인 느낌이 나긴 하지만 나야 모를 일이지."

그는 입술이 마비된 느낌이었다.

"고마워, 돈. 내일 보자고."

"웨스, 자네 정말⋯⋯ **프랭키, 그거 내려놔! 그러지⋯⋯.**"

와장창 하는 소리가 들렸다.

"젠장. 델프트 사기 그릇 같은데. 이제 그만 끊어야겠어, 웨스. 내일 보자고."

"응."

웨슬리는 식탁으로 돌아갔다. 킨들의 목차 페이지에 새로운 작품이 떠 있었다. 『코트랜드의 개들』이라는 소설(인지 뭔지 모를)의 다운이 완료됐다는데……. 어디서 다운을 받은 걸까? 우르 7,191,974라는 다른 현실 세계일까?

웨슬리는 이런 발상을 말도 안 되는 걸로 간주하고 머릿속에서 지워 버릴 기운이 없었다. 하지만 냉장고에 가서 맥주를 꺼낼 기운까지 없지는 않았다. 그는 뚜껑을 따서 절반을 길게 다섯 모금 만에 비운 뒤 트림을 했다. 기분이 좀 좋아진 것을 느끼며 의자에 앉았다. 새로 산 작품을 드래그하자(헤밍웨이의 미발굴 작품이라면 7달러 50센트가 어마어마하게 싼 거였다.) 속표지가 떴다. 다음 장에 헌사가 있었다. *사이 그리고 메리에게, 사랑을 담아서. 그리고.*

1장

한 남자의 일생은 개 다섯 마리를 합친 만큼이라고 코트랜드는 그렇게 믿었다. 첫 번째 개는 나를 가르친다. 두 번째 개는 내가 가르친다. 세 번째와 네 번째 개는 내가 부린다. 마지막 개는 나보다 오래 산다. 그 개가 겨울 개다. 코트랜드의 겨울 개는 니그리타였지만 그는 녀석을 단순히 허수아비 개로 여겼고…….

웨슬리의 식도를 타고 액체가 솟구쳤다. 그는 싱크대로 달려가 허리를 숙이고 구역질을 참으려고 애를 썼다. 속이 진정되자 물을 틀어서 토사물을 씻어 내리는 대신 두 손으로 물을 받아서 진땀이 난 얼굴에 끼얹었다. 좀 괜찮아졌다.

그는 다시 킨들 앞으로 돌아가서 화면을 내려다보았다.

한 남자의 일생은 개 다섯 마리를 합친 만큼이라고 코트랜드는 그렇게 믿었다.

어딘가(켄터키 주의 무어대학보다 훨씬 야심만만한 어느 대학)에 책을 읽고 지문이나 눈송이만큼 고유한 스타일상의 특징에 따라 작가를 판명하는 컴퓨터 프로그램이 있다고 했다. 웨슬리의 희미한 기억에 따르면 이 프로그램이 몇 시간인가 며칠 만에 수천 명의 작가를 샅샅이 뒤진 끝에 조 클라인이라는 시사 잡지의 칼럼니스트를 익명으로 출간된 『원색』의 저자로 지목한 적이 있었다. 그는 나중에 그 작품을 자기 자식으로 인정했다.

웨슬리는 그 컴퓨터에 『코트랜드의 개들』의 심사를 맡기면 어니스트 헤밍웨이의 이름을 뱉을 거라는 생각이 들었다. 사실 컴퓨터도 필요 없을 정도였다.

그는 부들부들 떨리는 손으로 킨들을 집어들었다.

"너 뭐니?"

그가 물었다.

III―웨슬리, 미치지 않겠다고 다짐하다

스코트 피츠제럴드는 이렇게 말했다. 영혼이 칠흑처럼 어두운 밤 같은 사람에게는 매일이 새벽 3시와도 같다고.

그 화요일 새벽 3시에 웨슬리는 열에 달뜬 몸을 느끼며 뜬눈으로 누워서 그가 미쳐 가고 있는 게 아닐까 하는 생각을 했다. 그는 1시간 전에 억지로 분홍색 킨들을 꺼서 다시 서류가방에 넣었지만 우르 북스 메뉴에 푹 빠져서 헤어 나오지 못하던 자정 무렵처럼 여전히 그 생각이 머릿속에서 떠날 줄 몰랐다. 거의 1050만 개에 달하는 우르 가운데 24군데에서 어니스트 헤밍웨이를 검색한 결과 지금까지 한 번도 들어본 적 없는 소설을 최소 20권 발견했다. 어느 우르에서는(마침 6,201,949이었는데 분해하면 그의 어머니의 생년월일이었다.) 헤밍웨이가 범죄소설 작가로 변신을 했는지 『그거 피야, 내 사랑』을 다운받아 보니 누가 봐도 삼류소설이었지만…… 스타카토 식의 간결한 문장은 어디에서건 알아차릴 수 있었다.

헤밍웨이의 문장이었다.

그런데 헤밍웨이는 범죄소설 작가가 되었어도 폭력배들 간의 전쟁과 사기극, 살인에 즐거워하는 초보들과 멀찌감치 거리를 두고 『누구를 위하여 종을 울리나』를 썼다. 다른 작품들은 있다가도 없고 했지만 『누구를 위하여 종은 울리나』는 항상 있었고 『노인과 바다』도 *대개* 있었다.

그는 포크너를 검색해 보았다.

포크너는 아예 어느 우르에도 없었다.

일반 메뉴에서 검색해 보니 포크너의 작품이 수도 없이 떴다. 하지만 이 현실세계에서만 그런 듯했다.

이 현실세계?

그는 속으로 움찔했다.

『2666』의 작가인 로베르토 볼라뇨를 검색해 보니 일반 킨들 메뉴에는 없지만 우르 북스의 서브메뉴로 들어가면 여러 군데에서 떴다. 『매릴린, 피델에게 입으로 해 주다』라는 흥미진진한 제목의 소설을 비롯해서(우르 101에 있었다.) 볼라뇨의 다른 작품들도 마찬가지였다. 그는 그 소설을 다운받으려고 하다가 생각을 바꿨다. 작가도 너무 많고 우르도 너무 많아서 그럴 시간이 없었다.

그의 머릿속 한구석에서는 정신 나간 컴퓨터 프로그래머가 상상력을 발휘해서 정교하게 꾸며놓은 장난일 거라고 주장하는 목소리(멀게 느껴졌지만 제대로 겁에 질려 있었다.)가 들렸다. 하지만 그가 기나긴 밤 동안 수집한 증거에 따르면 그렇지가 않았다.

예를 들어 제임스 케인만 해도 그랬다. 웨슬리가 체크한 어떤 우르에서는 어마어마하게 일찍 세상을 떠나서 남긴 책이 처음 듣는 『해질녘』과 익히 아는 『밀드레드 피어스』, 이렇게 두 권밖에 없었다. 『포스트맨은 벨을 두 번 울린다』가 어느 우르에든 있는 케인의 단골이 아닐까 했더니 그것도 아니었다. 10여 개의 우르에서 케인을 검색했지만 『포스트맨은 벨을 두 번 울린다』는 딱 한 번밖에 뜬 적이 없었다. 반면에 그가 별로 대단치 않게 생각하는 『밀드레드 피어스』는 어느 우르에나 있었다. 『누구를 위하여 종은 울리나』처럼 그랬다.

그의 이름을 검색해 보니 우려했던 결과가 나왔다. 우르마다 여러 웨슬리 스미스(한 명은 서부극 작가이고 다른 한 명은 『피츠버그 팬티 파티』와 같은 포르노 소설 작가인 듯했다.)로 넘쳐났지만 어느 것도 그는 아닌 듯했다. 물론 100퍼센트 장담할 수는 없었지만 1040만 개의 대체현실을 뒤진다 한들 그는 책 한 권 출간하지 못한 낙오자일 것 같았다.

저 멀리서 외로운 개 한 마리가 짖는 소리를 들으며 뜬눈으로 누워 있던 웨슬리의 몸이 떨리기 시작했다. 지금 이 순간만큼은 작가가 되고 싶다는 열망이 사소하게 느껴졌다. 중요한 것은 그의 삶과 정신 상태를 위협하는, 분홍색의 얄팍한 플라스틱 판 안에 숨겨져 있는 보물이었다. 노먼 메일러와 솔 벨로우에서부터 도널드 웨스트레이크와 에번 헌터(에드 맥베인이라는 필명으로 더 유명하다 — 옮긴이)에 이르기까지 그가 죽음을 애도한 작가들을 모두 떠올려보았다. 타나토스(고대 그리스에서 죽음을 의인화한 명칭 — 옮긴이)가 마법 같은 목소리를 하나씩 잠재우자 그들은 더 이상 아무 말도 하지 못했다.

그런데 이제는 아니었다.

그들이 그에게는 말을 할 수 있었다.

그는 이불을 젖혔다. 킨들이 그를 부르고 있었다. 인간의 음성은 아니었다. 마룻장 밑이 아니라 그의 서류가방 안에서 심장 박동 소리 같은 게 들렸다. 포가 고자질하는 심장이라고 한 그것이었다.

포!

맙소사, 포를 체크하지 않다니!

서류가방은 평소처럼 그가 가장 좋아하는 의자 옆에 두었다. 그는 달려가 서류가방을 열고 킨들을 꺼내서 전원을 연결했다.(배터리가 방전되는 위험을 감수할 생각은 없었다.) **우르 북스**에 얼른 접속해 포의 이름을 입력하자 포가 마흔 살의 나이로 1849년에 죽은 것이 아니라 1875년까지 살았다고 하는 우르 2,555,676이 검색되었다. 그리고 이 포는 소설을 썼다! 그것도 여섯 권씩이나! 제목을 훑어보는 동안 탐욕이 웨슬리의 심장을 채웠다.

『수치심으로 만든 집 또는 수모의 대가』라는 제목의 작품이 있었다. 웨슬리는 이 작품을 다운받고(가격이 4달러 95센트밖에 안 됐다.) 동이 틀 때까지 읽었다. 그런 다음 분홍색 킨들을 끄고 팔에 고개를 묻은 채 식탁에서 2시간 동안 잤다.

그는 꿈을 꾸었다. 이미지 없이 단어로만 이루어진 꿈이었다. 제목들로 이루어진 꿈이었다! 책 제목들이 줄줄이 이어지는데 대다수가 발견되지 않은 걸작들이었다. 제목들이 하늘의 별만큼이나 많았다.

* * *

그는 어찌어찌 화요일과 수요일을 버텼지만 목요일의 미국 문학 입문 시간에는 수면 부족과 지나친 자극에 발목을 잡히고 말았다. 현실감각을 점점 잃어가는 것도 문제였다. 헤밍웨이는 트웨인의 하류이고 20세기 미국 작가들은 모두 헤밍웨이의 하류라는 미시시피 강의(평소에는 매우 설득력 있게 진행하던 강의였다.)를 하던 도중에 정신을 차리고 보니 그가 파파가 개를 주제로 근사한 이야기를 쓴 적은 없지만 살아 있었다면 분명 썼을 거라는 이야기를 하고 있었다.

"『말리와 나』보다 더 영양가 높은 작품을 말이다."

그는 이렇게 말하고 껄껄대며 웃었다.

칠판에서 고개를 돌려 보니 서로 다른 수준으로 걱정하고 당황스러워하고 재미있어 하는 22쌍의 눈이 그를 쳐다보고 있었다. 나지막하지만, 포의 작품 속에서 미쳐 버린 내레이터의 귀에 들리던 노인의 심장소리(나로 설정된 인물이 노인을 살해한 후 노인의 심장소리를 듣는다는 것이 『고자질하는 심장』의 내용이다 ─ 옮긴이)처럼 또렷한 속삭임이 들렸다.

"스미스 선생님이 미쳐 가고 있나 봐."

아니었다. 아직은 아니었다. 하지만 그가 미쳐 버릴 가능성은 있었다.

'거부한다. 거부한다. 거부한다.'

그는 생각했다. 정신을 차리고 보니 경악스럽게도 그가 그 말을 실제로 나지막이 중얼거리고 있었다.

맨 앞줄에 앉아 있던 헨더슨이라는 아이가 그 말을 들었다.

"스미스 선생님?"

그는 잠시 머뭇거렸다.

"선생님? 괜찮으세요?"

"응. 아니. 벌레에 물린 모양이야."

'포의 황금벌레 말이지.'

이런 생각이 들자 하마터면 정신병자처럼 킬킬 웃음이 터질 뻔했다.

"이만 수업을 정리해야겠다. 자, 얼른들 나가라."

그래도 앞 다투어 문 쪽으로 달려가는 학생들을 향해 이렇게 외칠 정신은 남아 있었다.

"다음 주는 레이먼드 카버다! 잊어버리지 마! 『내가 전화하는 곳』이다!"

그러고는 생각했다.

'우르의 세계에는 레이먼드 카버의 작품이 또 뭐가 있을까? 그가 담배를 끊고 70살까지 살며 책을 대여섯 권 더 쓴 세계가 한 군데 아니면 열댓 군데 아니면 천 군데 있을까?'

그는 책상에 앉아서 분홍색 킨들이 담긴 서류가방 쪽으로 손을 내밀다가 거두었다. 다시 손을 내밀다가 멈추고는 신음 소리를 냈다. 꼭 마약 같았다. 섹스 중독증 같았다. 이런 생각이 들자 킨들의 숨겨진 메뉴를 발견한 이래 한 번도 떠올린 적 없는 엘렌 실버먼이 생각났다. 그녀가 걸어 나간 뒤 처음으로 그녀가 그의 머릿속에서 완전히 지워졌다.

아이러니하잖아, 안 그래? 내가 지금 컴퓨터로 책을 읽고 있는데 말이야, 엘렌. 멈출 수가 없어.

그는 말했다.

"오늘 하루 동안 저걸 들여다보지 않겠다고 다짐한다. 그리고 미치지도 않겠다고 다짐한다. 들여다보지 않겠다고 다짐하고, 미치지 않겠다고 다짐한다. 들여다보지도 미치지도 않겠다고 다짐한다. 나는……."

그런데 분홍색 킨들이 그의 수중에 있었다! 거기에 휘둘리지 않겠다고 다짐하면서 꺼내고 있었던 것이다. 도대체 언제 그랬을까? 게다가 아무도 없는 교실에 이렇게 앉아서 그 생각에 넋을 잃어가며 뭘 어쩔 생각이었을까?

"스미스 선생님?"

그는 이 소리에 화들짝 놀란 나머지 킨들을 책상에 떨어뜨리고 말았다. 깨졌을지 모른다는 공포심에 얼른 집어서 살펴보니 멀쩡했다. 다행이었다.

"저 때문에 놀라셨다면 죄송해요."

헨더슨이라는 아이가 걱정스러워 하는 표정으로 문 앞에 서 있었다. 그럴 만도 했다.

'내가 지금의 나를 봤다면 나도 아마 걱정스러워 했을 거야.'

"아, 너 때문에 놀란 거 아니다."

그는 이렇게 말해 놓고 빤한 거짓말이 너무 우습게 느껴져서 하마터면 키득거릴 뻔했다. 참느라 한손으로 입을 꾹 눌렀다. 헨더슨이라는 아이가 한 걸음 안으로 들어오며 물었다.

"왜 그러세요? 바이러스 때문이 아닌 것 같은데요. 어휴, 선생님 얼굴이 정말로 말이 아니에요. 안 좋은 소식이나 뭐 그런 거라도 들으셨어요?"

웨슬리는 하마터면 그에게 신경 끄라고, 네 보고서나 신경 쓰라고, 꺼지라고 말할 뻔했지만, 그의 머릿속 저쪽 구석에서 겁에 질려 벌벌 떨며 분홍색 킨들은 누군가의 장난이거나 정교한 사기극이라고 주장하던 목소리가 숨어 있던 곳을 박차고 나와서 행동을 취하기 시작했다. 그 목소리가 물었다.

진심으로 미치지 않을 작정이면 뭔가 조치를 취해야 하는 것 아닐까? 이렇게 하는 게 어때?

"헨더슨 군, 이름이 뭐였지? 전혀 기억이 안 나네."

그는 미소를 지었다. 서글서글한 미소였지만 눈빛에서는 여전히 걱정스러워 하는 기미가 느껴졌다.

"로버트예요, 선생님. 로비요."

"그래, 로비. 나는 웨스라고 부르면 된다. 너한테 보여 주고 싶은 게 있는데. 아무것도 안 보일 수도 있고(만약 그렇다면 내가 망상에

사로잡힌 거고 신경쇠약에 걸려 있을 가능성이 아주 큰 거겠지.) 뿅
갈 만한 게 보일 수도 있어. 내 사무실로 같이 가 주겠니?"

무어대학의 평범한 안뜰을 지나는 동안 헨더슨은 질문을 하려
고 했다. 웨슬리는 교묘하게 피했지만 로비 헨더슨이 돌아와서 기
뻤고, 겁에 질려 있던 목소리가 큰 소리로 전면에 나서 주어서 다
행이라는 생각이 들었다. 킨들의 숨겨진 메뉴를 발견한 이래 이보
다 더 기분이 좋았던 적이, 이보다 더 마음이 놓인 적이 없었다. 이
게 만약 소설이라면 로비 헨더슨의 눈에는 아무것도 보이지 않을
테고 주인공은 자기가 미쳐 가고 있는 게 분명하다고 결론을 내릴
것이다. 아니면 이미 미쳤다고 결론을 내릴 것이다. 웨슬리는 그런
결론이 내려졌으면 좋겠다는 마음도 있었다. 왜냐하면······.

왜냐하면 그게 망상이길 바라니까. 그게 망상이라면, 내가 이
젊은 친구의 도움으로 그게 망상이라는 걸 깨닫게 된다면 미쳐 버
리는 사태를 피할 수 있을 테니까. 나는 미치지 않을 거야.

"중얼중얼하시네요, 스미스 선생님. 아니, 웨스 선생님."

로비가 말했다.

"미안."

"선생님 때문에 살짝 겁이 나는데요."

"나도 나 때문에 살짝 겁이 난다."

사무실에서는 돈 올맨이 헤드폰을 쓰고 보고서를 첨삭하며 황
소개구리 제러마이어(스리 도그 나이트라는 록 밴드가 부른 「조이
투 더 월드*Joy to the World*」가 황소개구리 제러마이어는 내 친구였
다는 가사로 시작된다 — 옮긴이) 어쩌고 하는 노래를 부르고 있었
는데 음이 안 맞는 수준을 넘어 도저히 들어줄 수가 없는 전인미

답의 경지로 넘어가고 있었다. 그는 웨슬리를 보고 아이팟을 뺐다.

"수업 있는 줄 알았더니."

"취소했어. 이쪽은 로버트 헨더슨, 내 미국 문학 수업을 듣는 학생이야."

"로비라고 합니다."

헨더슨은 이렇게 말하며 손을 내밀었다.

"안녕, 로비. 나는 돈 올맨이다. 올맨 브러더스 중에서 덜 알려진 멤버지. 초라한 튜바 담당이야."

로비는 깍듯하게 웃어 주고는 돈 올맨과 악수했다. 그 순간까지만 해도 웨슬리는 그의 정신 이상을 입증할 증인이 한 명이면 충분하다는 생각에 돈에게 나가 달라고 할 참이었다. 하지만 증인이 많으면 많을수록 즐거워지는 드문 케이스일 수 있었다.

"자리 비켜 줄까?"

돈의 질문에 웨슬리가 말했다.

"아니. 있어 줘. 두 사람한테 보여 주고 싶은 게 있거든. 두 사람 눈에는 아무것도 안 보이는데 내 눈에만 뭔가가 보이면 센트럴 스테이트 정신병원에 내 발로 걸어 들어갈게."

그는 서류가방을 열었다.

"와우! 분홍색 킨들이네요? 짱이다! 분홍색은 한 번도 본 적 없는데!"

로비가 외쳤다.

"네가 한 번도 본 적 없는 또 다른 걸 보여 줄게. 아마도 보여 줄 수 있을 거라 생각한다만."

웨슬리가 말했다. 그는 전원을 연결하고 킨들을 켰다.

*　　*　　*

　돈 올맨을 설득한 것은 우르 17,000에 있는 『윌리엄 셰익스피어 작품집』이었다. 돈의 요청에 따라 이 책을 다운받고 보니(이 우르에서는 셰익스피어의 사망년도가 1616년이 아니라 1620년이었다.) 못 보던 희곡이 두 편 들어 있었다. 하나는 「율리우스 카이사르」 직후에 집필한 것처럼 보이는 「햄프셔의 두 여인」이라는 희극이었다. 다른 하나는 1619년에 집필한 「런던의 까만 친구」라는 비극이었다. 웨슬리는 이 작품을 열어서 (마지못해 하며) 돈에게 킨들을 건넸다.

　돈 올맨은 원래 혈색이 좋고 잘 웃는 성격이었는데 「런던의 까만 친구」 1막과 2막을 읽는 동안 미소와 혈색을 둘 다 잃었다. 웨슬리와 로비가 말없이 앉아서 그를 지켜본 지 20분이 지났을 때 그가 웨슬리 쪽으로 킨들을 밀었다. 건드리고 싶지 않은 사람처럼 손끝으로 밀었다.

　"어때? 판결이 뭐야?"

　웨슬리가 물었다.

　"모작일 수도 있지만 셰익스피어의 작품은 셰익스피어가 쓴 게 아니라고 주장하는 학자들이 예전부터 있었지. 크리스토퍼 말로라고 한 사람도 있었고…… 프랜시스 베이컨이라고 한 사람도 있었고…… 심지어 다비 백작이라는 설까지…….'

　돈이 말했다.

　"맞아. 그리고 「맥베스」는 제임스 프레이가 썼고. 자네 생각은 어떠냐고."

　웨슬리가 말했다.

"정말 윌리가 쓴 작품일지 모른다는 생각이야."

돈이 말했다. 울음을 참는 목소리처럼 들렸다. 아니면 웃음을 참는 목소리일 수도 있었다. 어쩌면 둘 다일 수도 있었다.

"장난이라고 하기에는 너무 정교해. 그리고 누군가의 농간이라고 한들 속셈이 뭔지 전혀 모르겠고. 참고할 만한 작품들을 옆에 놓고 두 희곡을 면밀히 살펴야 좀 더 분명하게 단언할 수 있겠지만…… 분명 그의 *가락*이 있어."

그는 한 손가락을 뻗어서 킨들을 살짝 건드렸다가 거두었다.

로비 헨더슨은 존 D. 맥도널드의 미스터리와 서스펜스 소설을 전부 읽었다고 했다. 그는 우르 2,171,753에서 열거된 맥도널드의 작품들 중에서 17편의 이른바 '데이브 히긴스 시리즈'를 발견했다. 모든 제목마다 색깔이 있었다. 로비가 말했다.

"그 부분은 맞아요. 하지만 제목이 전부 틀렸어요. 그리고 존 D. 시리즈의 주인공은 데이브 히긴스가 아니라 트래비스 맥기고요."

웨슬리는 신용카드로 다시 4달러 50센트를 결제하고『푸른 만가』라는 작품을 다운받았고, 점점 규모가 커져만 가는 웨슬리의 킨들이라는 서재로 다운이 완료되자 로비 쪽으로 킨들을 밀었다. 로비가 도입부부터 시작했다가 중간중간 건너 뛰어가며 읽는 동안 돈이 본관에 가서 블랙 커피를 세 잔 사 왔다. 그러고는 거의 쓰는 일이 없는 **회의 중 방해하지 마시오** 팻말을 문 앞에 걸고 자기 책상에 앉았다.

로비가 고개를 들었다. 쇠사슬에 묶여서 런던으로 끌려온 아프리카 왕자가 주인공인 셰익스피어의 희곡을 읽었을 때 돈이 그랬던 것처럼 얼굴이 하얬다. 그가 말했다.

"『죄책감에 바치는 짙은 회색』이라는 트래비스 맥기 소설하고 많이 비슷해요. 차이점이 있다면 트래비스 맥기는 포트로더데일에 살지만 이 히긴스라는 사람은 새러소타에 살아요. 맥기에게는 마이어라는 남자친구가 있다면 히긴스에게는 새라라는 친구가 있고요."

그는 킨들 위로 고개를 숙였다. 까만 동자에 비해서 흰자위가 너무 많이 보이는 눈으로 웨슬리를 쳐다보았다.

"새라 메이어요. 맙소사. 이런…… 이런 또 다른 세상이 *1000만 개*나 있다고요?"

"우르 북스 메뉴에 따르면 1000만 개 하고도 40만 개가 넘는데. 한 작가만 완벽하게 파헤치려 해도 로비, 네게 남은 생이 모자랄 것 같다."

웨슬리의 말에 로비 헨더슨은 나지막이 중얼거렸다.

"저는 오늘 죽을 수도 있겠어요. 저것 때문에 심장마비에 걸려서요."

그는 느닷없이 커피가 든 스티로폼 컵을 집더니 아직 김이 모락모락 나는 커피를 단숨에 거의 바닥까지 들이켰다.

반면에 웨슬리는 본연의 모습을 거의 되찾았다. 미쳤을지 모른다는 두려움이 사라지자 수많은 질문들이 그의 머릿속으로 쏟아져 들어왔다. 그 중에서 완벽하게 유의미한 질문은 하나뿐인 듯했다.

"이제 내가 어떻게 하면 좋을까?"

"일단 이건 우리 세 사람만 아는 철저한 비밀에 부쳐야 해."

돈이 이렇게 말하며 로비를 돌아보았다.

"비밀 지킬 수 있겠니? 못 지키겠다고 하면 내가 널 죽여야 하는데."

"저는 지킬 수 있어요. 하지만 이걸 선생님한테 보낸 사람들은요? 그 *사람들*도 비밀을 지킬 수 있을까요? 비밀을 *지킬까요?*"

"그 사람들이 누군지도 모르는데 내가 도대체 무슨 수로 알 수 있겠니?"

"여기 이 분홍색 꼬맹이를 주문할 때 무슨 신용카드를 쓰셨는데요?"

"마스터카드. 요즘은 그것밖에 안 써."

로비는 웨슬리와 돈이 함께 쓰는 영문학과 컴퓨터 단말기를 가리켰다.

"온라인으로 접속해서 명세서를 확인해 보세요. 이게…… 이 우르 책들이…… 아마존에서 판매된 거라면 제 손에 장을 지지겠어요."

웨슬리가 물었다.

"거기가 아니면 출처가 어디겠어? 거기서 만든 기기고 이걸로 볼 수 있는 책을 거기서 파는데. 그리고 아마존 상자에 담겨서 배송됐어. 스마일 로고도 붙어 있었고."

로비가 물었다.

"거기서 형광 분홍색 기기를 판다고요?"

"글쎄, 아니긴 하다만."

"선생님, 신용카드 명세서를 확인해 보세요."

* * *

웨슬리는 구닥다리 PC가 심사숙고하는 동안 돈의 마이티 마우
스 마우스패드를 손끝으로 두드렸다. 그러다 허리를 펴고 읽기 시
작했다. 돈이 물었다.

"뭐래? 읽어 줘."

웨슬리가 말했다.

"이 명세서에 따르면…… 가장 최근에 마스터카드로 산 게 멘
스 웨어하우스 블레이저래. 1주일 전에. 책을 다운로드 받은 내역
은 없어."

"정상적으로 주문한 책들도? 『노인과 바다』랑 『레볼루셔너리 로
드』 말이야."

"응."

로비가 물었다.

"킨들을 산 거예요?"

웨슬리는 스크롤을 올렸다.

"아니고…… 아니고…… 아니…… 잠깐, 여기 있는데……."

그는 코가 거의 닿을 정도로 화면 앞에 얼굴을 들이밀었다.

"허. 돌아버리겠네."

"왜?"

"왜요?"

돈과 로비가 동시에 물었다.

"이 명세서에 따르면 구매 승인이 떨어지지 않았대. '카드번호
입력 오류'로. 있을 수 있는 일이야. 내가 키보드 바로 옆에 카드를

410

놓고 치는데도 숫자 두 개를 늘 바꿔서 입력하거든. 살짝 난독증
이 있어서."

웨슬리는 생각에 잠겼다.

돈이 생각에 잠긴 투로 말했다.

"하지만 주문이 들어갔잖아. 어떤 식인지는 모르겠지만…… 어
딘가에 있는 누군가에게. 킨들에 따르면 우리가 있는 곳은 몇 번
우르라고 그랬지? 다시 한 번 얘기해 줘."

웨슬리는 알맞은 화면으로 돌아가서 117,586이라는 숫자를 읽
어 주었다.

"그걸 선택하려면 쉼표를 빼고 입력하면 돼."

돈이 말했다.

"이 킨들은 그 우르에서 왔겠네. 그 우르에서 존재하는 웨슬리
스미스의 마스터카드 번호를 자네가 입력한 거야."

"그렇게 맞아떨어질 가능성이 몇 퍼센트나 될까요?"

로비가 물었다.

"글쎄다. 1040만 대 1보다 더 낮지 싶은데."

돈이 말했다.

웨슬리는 무슨 말을 하려고 입을 열었다가 일제 사격처럼 이어
지는 문 두드리는 소리에 가로막혔다. 세 사람 모두 움찔했다. 돈
올맨은 나지막이 비명을 질렀다.

"누구세요?"

웨슬리가 킨들을 집어서 보호하듯 품에 안으며 물었다.

"수위요."

문 밖에서 누군가가 말했다.

"퇴근 안 하세요? 7시가 다 됐는데. 문단속을 해야 해서요."

IV —뉴스 아카이브

그들의 연구는 아직 끝나지 않았고 이렇게 끝낼 수도 없었다. 아직은 아니었다. 특히 웨슬리는 더욱 파고들고 싶어서 몸이 달았다. 그는 지난 며칠 동안 연속으로 3시간 이상 자 본 적이 없었지만 멀쩡하고 쌩쌩했다. 그와 로비는 그의 아파트로 가고 돈은 집에 가서 부인과 함께 아이들을 재우기로 했다. 아이들이 잠들면 웨슬리의 집으로 건너와서 전술 회의에 동참하기로 했다. 웨슬리는 음식을 좀 주문해 놓겠다고 했다.

"좋아. 하지만 조심해. 우르에서 파는 중국음식은 맛이 다를 거야. 독일식 중국음식을 두고 사람들이 뭐라 그러는지 알지? 먹고 한 시간만 지나면 권력에 굶주리게 된다고들 하잖아."

돈의 말에 놀랍게도 웨슬리는 웃음이 터졌다.

* * *

로비가 둘러보며 말했다.

"영문학과 강사님의 아파트는 이렇게 생겼군요. 책을 구경하고 싶어요."

웨슬리가 말했다.

"그래. 빌려주기도 하지만 돌려주는 사람들한테만 빌려준다. 그

거 명심해라."

"명심할게요. 저희 부모님은 책을 별로 안 좋아하셨어요. 잡지 몇 권, 다이어트 책 몇 권, 자기계발서 한두 권…… 그걸로 땡일 만큼. 선생님이 아니었다면 저도 비슷했을 거예요. 미식축구 경기장에서 헤딩이나 하고 나중에 자일스 카운티 체육선생님이나 됐겠죠. 자일스 카운티는 테네시 주에 있는 곳이에요. 이얏호."

어쩌면 최근 들어 하도 감정의 기복이 심해서 그런 것일 수도 있겠지만 웨슬리는 이 말에 감동을 받았다.

"고맙다. 하지만 이얏호라는 카우보이의 요란한 감탄사도 나쁠 건 없다는 걸 명심해라. 그것도 너의 일부분이야. 양쪽 모두 똑같이 타당하다고 볼 수 있어."

그의 손에 들려 있던 『구원』을 낚아채서 거실 저쪽으로 내동댕이쳤던 엘렌이 생각났다. 왜 그랬을까? 책을 싫어해서 그랬을까? 아니다. 그녀가 원했을 때 그가 그녀의 이야기에 귀를 기울이지 않았기 때문이었다. 위대한 판타지 겸 SF 작가 프리츠 라이버도 책을 가리켜 '학자의 정부'라고 하지 않았던가. 그리고 엘렌이 그를 필요로 했을 때 그는 (어휘력 말고는) 아무런 요구도 하지 않고 늘 그를 받아주는 다른 애인의 품에 안겨 있지 않았던가.

"웨스 선생님? 우르의 기능 메뉴에 또 어떤 것들이 있었어요?"

처음에 웨슬리는 그가 무슨 소리를 하는지 알아듣지 못했다. 그러다 다른 게 몇 가지 더 *있었다*는 사실을 떠올렸다. **북스**라는 서브메뉴에 집착한 나머지 두 개를 깜빡하고 있었던 것이다.

"그러게. 어디 보자."

그는 킨들을 켰다. 킨들을 켤 때마다 **실험** 메뉴나 **우르 기능** 메뉴가 더 이상 보이지 않을 수도 있다고 생각했는데(「환상특급」에서처럼 말이다.) 여전히 그 자리를 지키고 있었다.

"우르 뉴스 아카이브랑 우르 로컬이 있네요. 흠. 우르 로컬은 공사 중이네요. 조심하셔야겠어요. 공사 현장에서는 교통 범칙금이 두 배잖아요."

로비가 말했다.

"응?"

"아니에요. 그냥 썰렁한 농담한 거예요. 뉴스 아카이브 열어 보세요."

웨슬리가 뉴스 아카이브를 선택하자 화면이 지워졌다. 그러고 나서 몇 초 뒤에 메시지가 떴다.

뉴스 아카이브에 접속하신 것을 환영합니다!
현재는 《뉴욕 타임스》만 서비스가 가능합니다.
비용은 다음과 같습니다.
4건 다운로드: $1.00.
50건 다운로드: $10.
800건 다운로드: $100.
커서로 선택하시면 요금이 청구됩니다.

웨슬리가 쳐다보자 로비는 어깨를 으쓱했다.

"제가 이래라저래라 할 입장은 못 되지만 저라면 제 신용카드로 청구가 되지 않는다면(적어도 이 세상에서는 말이죠.) 100달러를 선택하겠어요."

그의 말에도 일리가 있었지만 웨슬리는 다른 세상에 사는 웨슬리(그런 존재가 있을지 모르겠지만)는 다음 번 마스터카드 청구서를 개봉했을 때 어떤 생각이 들지 궁금해졌다. 그는 800회 다운로드: $100을 드래그하고 선택 버튼을 눌렀다. 이번에는 역설의 법칙을 운운하는 문구가 뜨지 않았다. 그 대신 **날짜와 우르를 선택하세요. 알맞은 칸에 입력해 주시기 바랍니다.**라는 메시지가 떴다.

"네가 해라."

그는 이렇게 말하면서 킨들을 식탁 너머 로비에게로 밀었다. 킨들을 점점 수월하게 넘길 수 있어서 기뻤다. 킨들을 그의 손에서 놓지 않으려는 집착증은 이해가 되긴 해도 불필요한 증상이었다.

로비는 잠깐 고민하다 2009년 1월 21일이라고 입력했다. 우르를 입력하는 칸에는 1,000,000이라고 쳤다.

"우르 100만. 안 될 것 없잖아."

그러고는 버튼을 눌렀다.

화면이 지워졌다가 **선택하신 기사를 재미있게 읽으시기 바랍니다!**라는 메시지가 떴다. 잠시 후에 《뉴욕 타임스》 1면이 등장했다. 그들은 화면 위로 고개를 숙이고 문을 두드리는 소리가 들릴 때까지 말없이 읽었다.

"돈일 거야. 내가 가서 문을 열어 줄게."

웨슬리의 말에 로비 헨더슨은 아무 대꾸도 하지 않았다. 그 자리에 앉은 채로 꼼짝하지 않았다.

"날이 점점 쌀쌀해지고 있어. 바람 때문에 낙엽들이 다 떨어지고 있고……."

들어오면서 말하던 돈은 웨슬리의 안색을 살폈다.

"왜? 이번에는 또 뭔데?"

"들어와서 보면 알아."

웨슬리가 말했다

돈은 책으로 도배가 된 웨슬리의 거실 겸 서재로 들어갔다. 킨들 위로 계속 고개를 숙이고 있던 로비가 고개를 들더니 댄 쪽으로 화면을 돌려주었다. 사진이 실렸던 곳들마다 *이미지 사용 불가*라는 메시지와 함께 빈칸으로 남았지만 까만색의 큼지막한 헤드라인은 남았다. **이제 그녀의 차례가 왔다.** 그 밑에 부제가 달렸다. **힐러리 클린턴, 선서와 함께 제44대 대통령으로 취임하다.**

"결국에는 그녀가 성공한 모양이야. 최소한 우르 1,000,000에서는 말이지."

웨슬리가 말했다.

"전임이 누군지 보세요."

로비가 이름을 가리키며 말했다. 앨버트 아널드 고어였다.

* * *

한 시간 뒤에 초인종이 울렸을 때 그들은 움찔하기보다 꿈을 꾸다가 화들짝 깨어난 사람들처럼 두리번거렸다. 웨슬리가 1층으로 내려가서 해리스의 푸짐한 피자와 여섯 개들이 펩시를 들고 온 배달원에게 돈을 주었다. 그들은 식탁에서 킨들 위로 고개를 숙인 채 피자를 먹었다. 웨슬리는 세 조각으로 개인 최고 기록을 세웠지만 자기가 먹고 있는 줄도 몰랐다.

그들은 주문한 800건을 채우지 못했지만(어림도 없었다.) 이후 4시간 동안 이곳저곳의 우르에서 머리가 아플 때까지 기사들을 읽었다. 웨슬리는 정신이 아픈 것처럼 느껴질 정도였다. 상태가 거의 비슷한 다른 두 사람의 얼굴을 보니(핏기 없는 뺨, 핏발이 선 눈, 산발한 머리) 그 혼자만 그런 게 아니었다. 대체 현실을 하나만 들여다보아도 힘들 판국에 이곳에는 대개 비슷하지만 똑같지는 않은 대체현실이 1000만 개가 넘었다.

미국의 44대 대통령 취임기사는 하나의 사례에 불과했지만 충격적이었다. 그들은 이십여 개의 우르에서 질릴 때까지 확인한 다음에서야 다른 주제로 넘어갔다. 열일곱 군데의 2009년 1월 21일 자 신문 1면이 힐러리 클린턴의 대통령 취임 기사였다. 그중에서 열네 군데는 뉴멕시코의 빌 리처드슨을 부통령으로 소개했다. 두 군데에서는 조 바이든이었다. 한 군데에서는 들어 본 적 없는 뉴저지의 린우드 스펙이라는 상원의원이었다.

"그는 다른 누군가가 1등자리를 차지하고 부통령을 맡아 달라고 하면 싫다고 할 사람이지."

돈이 말했다.

"누구요? 오바마요?"

로비가 물었다.

"응. 누가 물어볼 때마다 싫다고 하잖아."

"그런 성격이지. 사건은 달라져도 성격은 그렇지 않나 봐."

웨슬리가 말했다.

"100퍼센트 장담할 수는 없지. 우리가 본 건 극소수의 샘플에 불과하잖아. 그 뭐냐……."

돈이 말하다 힘없이 웃음을 터뜨렸다.

"전체에 비하면, 모든 우르에 비하면 말이야."

버락 오바마는 여섯 개의 우르에서 대통령으로 선출됐다. 미트 롬니가 선출된 곳은 한 군데였고 존 매케인이 러닝메이트였다. 그 우르에서 롬니의 상대는 힐러리가 선거 운동 후반에 헬리콥터를 타고 가다 추락사하자 대타로 선임된 오바마였다.

새라 페일린이 언급된 곳은 한 군데도 없었다. 웨슬리가 보기에는 놀랄 만한 일이 아니었다. 만약 그들이 그녀의 이름을 발견했다 하더라도 확률보다는 우연의 소산이었고, 존 매케인보다 미트 롬니가 공화당 후보로 더욱 자주 거론돼서 그런 것도 아니었다. 페일린은 원래 아무도 예상하지 못했던 아웃사이더이자 도박이었다.

로비가 레드 삭스에 대해 찾아보고 싶다고 했다. 웨슬리는 시간 낭비라고 생각했지만 돈이 그의 편을 들었기에 그도 동의했다. 그 둘이 열 군데 우르에서 1918년에서부터 2009년까지 연도를 바꿔 가며 10월의 스포츠 면을 검색했다.

"우울하네요."

열 번째 검색이 끝났을 때 로비가 말했다. 돈 올맨도 맞장구를 쳤다.

웨슬리가 물었다.

"왜? 우승을 여러 번 하는구만."

"그 말은 곧, 저주(밤비노의 저주. 보스턴 레드 삭스가 1920년에 베이브 루스를 뉴욕 양키스로 트레이드 시킨 후 수십 년 동안 월드 시리즈에서 한 번도 우승하지 못하자 밤비노의 저주가 내렸다는 주장이 제기됐다 ─ 옮긴이) 같은 건 없다는 뜻이잖아. 그러니까 재미

없어지는 거지."

돈의 말에 웨슬리는 어안이 벙벙했다.

"무슨 저주?"

돈은 설명하려고 입을 열었다가 한숨을 쉬었다. 그가 말했다.

"됐어. 설명하려면 긴데 설명을 들어봐야 자네는 이해하지 못할 거야."

로비가 말했다.

"좋게 생각하세요. 상대가 계속 폭격기(뉴욕 양키스의 별명 — 옮긴이)인 걸 보면 뭐 그렇게 운이 좋다고 볼 수도 없잖아요."

돈이 우울한 목소리로 말했다.

"맞아. 망할 양키스. 스포츠 계의 군산복합체."

"죄송함돠아. 마지막으로 남은 한 조각 드실 분 계신가요?"

돈과 웨스는 고개를 저었다. 로비는 피자를 게걸스럽게 먹어치우며 말했다.

"한 번만 더 체크해 봐요. 우르 4,121,989에서 검색해 봐요. 제 생일이니까 운이 좋을 거예요."

운이 좋기는커녕 정반대였다. 웨슬리가 그 우르를 선택해서 나름 의미 있는 날짜(1973년 1월 20일)를 입력하자 **선택하신 기사를 재미있게 읽으시기 바랍니다!** 대신 이런 메시지가 떴다. **이 우르에서는 1962년 11월 19일 이후 《타임스》 기사는 존재하지 않습니다.**

웨슬리는 손으로 입을 막았다.

"오 이런 하느님 맙소사."

로비가 물었다.

"왜요? 왜 그러세요?"

"나는 이유를 알 것 같아."

돈이 이렇게 말하면서 분홍색 킨들을 차지하려고 했다.

웨슬리는 그의 얼굴이 새하얗게 질렸을 거라는 생각을 하며(하지만 속마음에 비하면 그 정도는 약과였다.) 돈의 손 위에 그의 손을 얹었다.

"안 돼. 감당할 자신이 없어."

"뭘요?"

로비가 거의 고함을 지르다시피 했다.

"20세기 미국 역사 수업 시간에 쿠바 미사일 위기에 대해서 안 배웠니? 진도가 아직 거기까지 안 나갔어?"

돈이 물었다.

"무슨 미사일 위기요? 카스트로하고 연관 있는 거예요?"

돈은 웨슬리를 쳐다보고 있었다.

"나도 보고 싶지 않지만 분명하게 확인하지 않으면 오늘밤에 잠을 못 잘 것 같아."

"알았어."

웨슬리는 대답하고, 인간의 진정한 골칫거리는 분노가 아니라 호기심이라는 생각을 다시금 했다.

"하지만 자네가 확인해 주어야겠어. 나는 손이 너무 떨려서."

돈이 검색창에 1962년 11월 19일이라고 입력했다. 킨들이 그에게 기사를 재미있게 읽으라고 했지만 그럴 수가 없었다. 세 사람 모두 그럴 수가 없었다. 헤드라인이 삭막하고 거대했다.

뉴욕 시의 인명피해가 600만 명을 상회

맨해튼은 방사능으로 섬멸

러시아는 말살되었다고

유럽과 아시아의 인명 피해는 '막대'

중국에서 40기의 대륙간 탄도 미사일 발사

"끄세요. 더 이상 보고 싶지 않다는 노래 가사가 생각나네요."

로비가 넌더리를 내며 조그맣게 말했다.

"그래도 긍정적인 측면을 생각해야지. 우리가 사는 이곳을 비롯해서 대부분의 우르에서는 총탄을 피한 것 같으니까."

하지만 그렇게 말하는 돈의 목소리도 떨리고 있었다.

"로비의 말이 맞아."

웨슬리가 말했다. 그는 우르 4,121,989의 《뉴욕 타임스》 마지막 호가 3면밖에 안 되고 모든 기사가 죽음으로 뒤덮여 있다는 것을 발견한 참이었다.

"끄자. 애초에 이 망할 킨들을 보지 말았어야 하는 건데."

"이젠 엎질러진 물이죠."

로비가 말했다. 두말하면 잔소리였다.

* * *

그들은 함께 1층으로 내려가서 웨슬리의 아파트 건물 앞 인도에 섰다. 메인 대로는 인적이 거의 없다시피 했다. 점점 거세어지는 바람이 이 건물, 저 건물을 감싸고돌며 신음소리를 냈고 11월 말

의 낙엽들이 인도를 따라서 바스락거렸다. 술 취한 학생 3인조가
「파라다이스 시티」임직한 노래를 부르며 프래터니티 거리 쪽으로
비틀비틀 걸어갔다.

"내가 자네한테 이래라저래라 할 권리는 없지만(자네 거니까.)
나라면 처분하겠어. 그게 자네의 뼛골까지 빨아먹을 거야."

돈의 말에 웨슬리는 이미 뼛골까지 빨렸다고 얘기할까 하다가
관두기로 했다.

"내일 다시 얘기하자고."

"안 돼. 집사람이랑 아이들이 주말 3일 동안 처가에서 신나는
시간을 보낼 수 있게 프랭크포트까지 태워다 줘야 하거든. 수지 몬
태내로가 나 대신 수업을 맡아 줄 거야. 그리고 오늘밤의 이 짤막
한 세미나를 끝으로 나는 손 떼고 싶어. 로비? 가다가 내려 줄까?"

돈이 말했다.

"말씀은 감사하지만 괜찮아요. 여기서 두 블록만 가면 나오는
아파트에서 다른 친구들이랑 같이 살고 있거든요. 수전 앤드 낸스
플레이스 윗집요."

"거기 좀 시끄럽지 않니?"

웨슬리가 물었다. 수전 앤드 낸스는 1주일에 7일 동안 오전 6시
에 문을 여는 카페였다. 로비는 씩 웃었다.

"평소에는 아무 소리도 못 듣고 자요. 게다가 월세가 적당하거
든요."

"좋아. 그럼 나는 이만."

돈 올맨은 자신의 터셀 승용차를 향해 걸음을 옮기다 뒤를 돌
아보았다.

"아이들한테 뽀뽀하고 침대에 누울 생각이야. 그래야 잠을 잘 수 있을 것 같아서. 그 마지막 기사는……."

그는 고개를 저었다.

"보지 않았어도 괜찮았을 텐데. 뭐, 로비, 내 말을 기분 나쁘게 듣지는 말아 주었으면 한다만 네 생일은 그냥 너 혼자 처발라먹었으면 좋겠다."

그들은 점점 멀어져가는 그의 미등을 바라보았다. 로비가 생각에 잠긴 투로 말했다.

"생일을 발라먹으라는 소리는 처음 듣네요."

"너 기분 나쁘라고 한 소리는 아닐 거다. 그리고 킨들을 두고 한 말도 맞을지 몰라. 환상적이기는 하지만(*너무* 환상적이지.) 사실 천하에 쓸모는 없지."

로비는 눈을 휘둥그레 뜨고 그를 쳐다보았다.

"위대한 대가들이 남긴 수천 편의 미공개작을 감상할 수 있는데 쓸모가 *없다*고요? 무슨 영문학 선생님이 그래요?"

웨슬리는 할 말이 없었다. 게다가 이미 엎질러진 물이건 뭐건 간에 그는 그 물건을 처분하기 전에 『코트랜드의 개들』을 좀 더 읽을 작정이었다.

"게다가 *아예* 쓸모없지도 않아요. 그중 한 권을 컴퓨터로 쳐서 출판사에 보낼 수도 있잖아요. 선생님의 이름으로요. 그 생각은 안 해 보셨어요? 그러면 차세대 거장이 될 수 있잖아요. 다들 선생님을 보니것이나 로스나 기타 등등의 후계자라고 할걸요?"

솔깃한 발상이었다. 웨슬리의 서류가방에 들어 있는 의미 없는 끼적임을 감안하면 더욱 그랬다. 하지만 그는 고개를 저었다.

"그러면 역설의 법칙을 위반하는 게 될 거야. 그게 뭔지는 모르겠지만. 그보다 더 심각하게는 그것이 나를 갉아먹을 거야. 안에서부터."

그는 괜히 도덕군자인 척하는 것처럼 들리고 싶지 않아서 잠깐 머뭇거렸지만 그런 짓을 하지 않는 진짜 이유를 확실하게 설명하고 싶었다.

"나는 수치심을 느낄 테고."

로비는 미소를 지었다.

"선생님은 좋은 분이세요."

그들은 로비의 아파트가 있는 쪽으로 걸어가고 있었다. 발치에서는 낙엽들이 바스락거렸고 머리 위에서는 초승달이 바람에 쫓긴 구름 사이를 날아다녔다.

"그래 보이니?"

"네. 실버먼 감독님도 그렇고요."

웨슬리는 깜짝 놀라서 걸음을 멈추었다.

"나하고 실버먼 감독에 대해서 뭘 얼마나 알고 있니?"

"개인적으로는 아무것도 몰라요. 하지만 조시가 그 팀 선수인 건 아시죠? 우리 수업을 같이 듣는 조시 말이에요."

"조시야 당연히 알지."

킨들을 두고 토론이 벌어졌을 때 다정한 인류학자 같은 말투를 썼던 학생이었다. 그도 그녀가 레이디 미어캣 선수라는 걸 알고 있었다. 엄청난 낙승이 예상되는 경우에만 경기에 투입되는 후보 선수이기는 했지만 말이다.

"조시 말로는 선생님이랑 헤어진 뒤에 감독님이 엄청 우울해했대요. 성질도 엄청 부렸고요. 노상 달리게 하고 한 명은 팀에서 내쫓았대요."

"디슨이라는 아이는 우리가 헤어지기 전에 쫓겨났는데."

그는 이렇게 말하며 생각했다.

'어떻게 보면 *그것 때문에* 우리가 헤어졌지.'

"음…… 모든 선수들이 우리에 대해서 아니?"

로비 헨더슨은 제정신이냐고 묻는 듯한 표정으로 그를 바라보았다.

"조시가 알면 다 아는 거죠."

"어떻게?"

엘렌이 말했을 리는 없었다. 선수들에게 연애사를 시시콜콜 알리는 것은 감독이 할 짓이 아니었다. 그 말에 로비가 되물었다.

"여자들은 어떻게 알아낼까요? 그냥 알던데."

"너하고 조시 퀸은 사귀는 사이니, 로비?"

"올바른 방향으로 가고 있는 사이예요. 안녕히 주무세요, 선생님. 저는 내일 늦게까지 잘 거예요. 금요일에는 수업이 없거든요. 만약 수전 앤드 낸스에서 점심을 드시면 올라와서 저를 깨워 주세요."

"그래. 잘 자라, 로비. 스리 스투지스(미국의 코미디 그룹 — 옮긴이)의 일원이 되어 줘서 고맙다."

"제가 오히려 즐거웠다고 말씀드려야 맞겠지만 고민해 봐야겠는데요?"

　　　　　＊　　＊　　＊

　웨슬리는 집으로 돌아갔을 때 우르-헤밍웨이의 작품을 읽지 않
고 킨들을 서류가방에 넣었다. 그런 다음 거의 아무것도 적혀 있
지 않은 바인딩 공책을 꺼내서 예쁜 표지를 어루만졌다. *좋은 아
이디어가 생각나면 써.* 엘렌은 그렇게 말했고 분명 비싼 선물이었
을 것이다. 그걸 허비하게 됐으니 안타까운 노릇이었다.

　'지금이라도 쓰면 되지. 다른 우르에 내 작품이 없다고 여기에서
도 그러라는 법은 없잖아.'

　그는 생각했다. 맞는 말이었다. 그는 미국 문학계의 새라 페일린
이 될 수 있었다. 가끔 도박이 통하는 경우도 있었다.

　좋든 싫든 간에.

　그는 옷을 갈아입고 이를 닦은 다음 영문학과 사무실에 전화해
오전 수업을 취소해 달라는 메시지를 남겼다.

　"고마워요, 매릴린. 이런 일 맡겨서 미안하지만 아무래도 감기
에 걸린 것 같아서요."

　그는 어설프게 기침을 하고 끊었다.

　다른 세계들에 대해 생각하느라 몇 시간 동안 잠을 이루지 못
할 것 같았지만 어두운 데서 기억을 더듬자 화면으로 만나는 영화
배우들처럼 실감이 나지 않았다. 화면 속의 배우들은 으리으리하
고 대개 아름다웠지만 그래도 빛이 만들어낸 그림자에 불과했다.
어쩌면 우르들도 그와 비슷할 수 있었다.

　자정이 지난 이 시각에 실감이 나게 느껴지는 것은 바람 소리였
다. 테네시에 얽힌 이야기와 오늘 저녁에 다녀온 곳들을 아름답게

426

속삭이는 바람 소리였다. 웨슬리는 그 소리를 자장가 삼아 잠의 세계로 빠져들었고 한참 동안 단잠을 잤다. 꿈도 꾸지 않았고 눈을 떠보니 햇살이 그의 방 안으로 쏟아져 들어오고 있었다. 대학교를 졸업한 이래 처음으로 거의 11시까지 늦잠을 잤다.

V—우르 로컬(공사 중)

그는 뜨거운 물로 한참 동안 샤워를 하고 면도하고 옷을 갈아입은 다음 수전 앤드 낸스에 가서 메뉴를 보고 늦은 아침과 이른 점심 중에 하나를 선택해서 먹기로 했다. 로비는 깨우지 않을 작정이었다. 운이 따라주지 않는 미식축구팀과 오늘 오후에 훈련을 해야 하는 만큼 늦잠을 잘 자격이 있었다. 창가 자리에 앉으면 130킬로미터 멀리서 열리는 블루그래스 토너먼트에 참가하는 선수들을 태운 버스가 지나가는 것을 볼 수 있을지 모른다는 생각이 들었다. 그러면 그는 손을 흔들 것이다. 엘렌은 보지 못할지 몰라도 그래도 손을 흔들 것이다.

그는 무의식적으로 서류가방을 챙겼다.

＊　＊　＊

베이컨을 따로 곁들인 수전의 섹시 스크램블(양파, 피망, 모차렐라 치즈)과 커피, 주스를 주문했다. 젊은 웨이트리스가 주문한 음식을 들고 왔을 무렵, 그는 킨들을 꺼내서 『코트랜드의 개들』을 읽고 있었다. 누가 봐도 헤밍웨이의 작품인데다 멋진 이야기였다. 웨이트리스가 물었다.

"그거 킨들이죠? 크리스마스 선물로 받았는데 정말 좋아요. 조디 피코의 작품을 몽땅 그걸로 읽고 있어요."

"아, 하지만 몽땅은 아닐 거예요."

"네?"

"이미 신작을 한 권 더 써 놓았을지 모른다고요."

"그리고 제임스 패터슨은 오늘 아침에 일어나서 신작을 완성했을지 모르고요!"

그녀는 이렇게 말하더니 깔깔대며 저쪽으로 걸어갔다.

웨슬리는 우르-헤밍웨이 소설을 감추고 싶어서 그녀와 애기하는 동안 메인 메뉴 버튼을 눌러 놓았다. 그가 그 작품을 읽고 있다는 데 죄책감을 느꼈기 때문일까? 웨이트리스가 그걸 보고 *그거 헤밍웨이가 쓴 거 아니잖아요*라며 비명을 지를 수도 있었기 때문일까? 말도 안 되는 발상이었다. 하지만 그는 분홍색 킨들을 소유하고 있다는 사실만으로도 살짝 사기꾼이 된 듯한 기분이 들었다. 따지고 보면 그가 비용을 지불하지 않았으니 그의 것이 아니었고 다운받은 파일들도 마찬가지였다.

'어쩌면 주인이 없을지도 모르지.'

그는 이렇게 생각했지만 진심으로 그렇게 믿지는 않았다. 그가 아는 삶의 보편적인 진실이 있다면 언젠가는 누군가가 비용을 지불하게 된다는 것이었다.

스크램블에 섹시한 구석은 전혀 없었지만 맛은 있었다. 그는 코트랜드와 그의 겨울 개 이야기로 돌아가지 않고 우르 메뉴에 접속했다. 그가 훔쳐보지 않은 한 가지 기능이 공사 중이라는 우르 로컬이었다. 그걸 두고 어젯밤에 로비가 뭐라고 했더라? *조심하셔야 겠어요. 교통 범칙금이 두 배잖아요.* 그 아이는 똑똑했다. 무의미한 3부 리그 소속 미식축구팀에서 헤딩을 하지 않으면 더 똑똑해질 수도 있었다. 웨슬리는 웃으며 우르 로컬을 드래그하고 선택 버튼을 눌렀다. 이런 메시지가 떴다.

현재 우르 로컬의 소스에 접속하시겠습니까? 예 아니요

웨슬리는 예를 선택했다. 킨들은 잠깐 생각을 하더니 다른 메시지를 내보냈다.

현재 우르 로컬의 소스는 무어 《에코》입니다. 접속하시겠습니까? 예 아니요

웨슬리는 베이컨을 먹으며 이 질문에 대해 생각했다. 《에코》는 개인 벼룩시장, 동네 스포츠 경기, 지역 정부의 정책을 전문적으로 소개하는 쓰레기 같은 신문이었다. 이 지역 사람들은 그런 기사들도 훑어보지만 대부분 부고와 경찰서 소식 때문에 그 신문을 구독했다. 다들 어느 이웃이 세상을 떠났고 유치장에 갇혔는지 궁금해 했다. 인구 1040만 명인 켄터키 주 무어를 검색하는 우르라니 상당히 재미없을 것 같았지만 뭐 어떠랴 싶었다. 어차피 그는 선수들을 태운 버스가 지나가길 기다리느라 최대한 아침을 천천히 먹으며 시간을 때우는 중이었다.

"슬프지만 정확한 현실이지."

그는 중얼거리며 예 버튼을 눌렀다. 전에도 본 적 있는 메시지가 떴다. *우르 로컬은 모든 역설의 법칙의 보호를 받습니다. 동의하십니까? 예 아니요.*

그건 이상했다. 그게 뭔지 몰라도 《뉴욕 타임스》 아카이브는 이 역설의 법칙의 보호를 받지 않았는데 싸구려 지방 일간지는 보호를 받는다니. 말이 안 됐지만 해가 될 건 없어 보였다. 웨슬리는 어깨를 으쓱하고 예를 선택했다.

《에코》 프리-아카이브에 접속하신 것을 환영합니다.
비용은 다음과 같습니다.
4건 다운로드: $40.00.
10건 다운로드: $350.00.
100건 다운로드: $2500.00

웨슬리는 접시에 포크를 내려놓고 미간을 찌푸리며 화면을 들여다보았다. 지방 일간지가 역설의 법칙의 보호만 받는 게 아니라 비용이 훨씬 더 비쌌다. 이유가 뭘까? 그리고 프리-아카이브라니 도대체 뭘까? 웨슬리가 보기에는 그 단어 자체가 역설이었다. 아니면 모순어법이었다. 그는 말했다.

"뭐, 공사 중이라잖아. 공사 현장 근처에서는 교통 범칙금도 두 배니까 다운로드 비용도 마찬가지인 모양이지. 그러면 설명이 되지 않겠어? 게다가 내가 돈을 내는 것도 아니고."

그렇긴 하지만 조만간(아주 조만간!) 청구서가 날아올 것 같은 예감이 끈질기게 그를 괴롭히자 그는 중간을 선택했다. 다음 화면은 《타임스》아카이브와 비슷했지만 똑같지는 않았다. 그에게 날짜를 입력하라고 하고는 그만이었다. 어째 도서관에 가면 마이크로필름으로 보관되어 있는 평범한 신문 아카이브와 비슷해 보였다. 그렇다면 왜 그렇게 비용이 어마어마한 걸까?

그는 어깨를 으쓱하고 2008년 7월 5일이라고 입력하고 선택 버튼을 눌렀다. 킨들이 당장 이런 메시지로 대응했다.

미래의 날짜만 선택 가능합니다.

오늘은 2009년 11월 20일입니다.

처음에 그는 이게 무슨 말인지 이해하지 못했다. 그러다 이해한 순간 햇빛을 조절하는 초자연적인 존재가 조광기를 돌리기라도 한 것처럼 세상이 갑자기 환하게 밝아졌다. 카페의 온갖 소음(포크들이 쨍그랑거리는 소리, 접시들이 달그락거리는 소리, 웅성웅성 끊임없이 이어지는 말소리)이 너무 시끄럽게 느껴졌다. 그는 속삭였다.

"맙소사. 그러니 비쌀 수밖에 없겠네."

* * *

이건 도가 지나쳤다. 지나쳐도 너무 지나쳤다. 그가 킨들을 끄려던 순간 밖에서 환호성과 고함소리가 들렸다. 고개를 들어보니 옆면에 **무어대학 체육학과**라고 적힌 노란 버스가 보였다. 치어리더와 선수들이 창문 밖으로 몸을 내민 채 손을 흔들고 웃으며 "고,

미어캣츠!" 아니면 *"위 아 더 넘버 원!"* 이런 구호를 외쳤다. 여학생 하나가 스티로폼을 큼지막하게 잘라서 만든 넘버 원 손가락을 흔들었다. 메인 도로를 걷고 있던 사람들이 씩 웃으며 마주보고 손을 흔들었다.

웨슬리도 손을 들어서 힘없이 흔들었다. 버스 기사가 경적을 울렸다. 스프레이로 **미어캣츠가 럽 아레나를 뒤흔들 것이다**라고 적힌 시트지가 버스 뒷면에서 펄럭였다. 웨슬리는 카페 안의 사람들이 박수를 치는 것을 느꼈다. 이 모든 게 다른 세상에서 벌어지는 일 같았다. 다른 우르에서 벌어지는 일 같았다.

버스가 사라지자 웨슬리는 분홍색 킨들을 다시 내려다보았다. 열 번의 다운로드 중에서 한 번이라도 활용해 보기로 마음먹었다. 이 지역 주민들은 학생들에게 별 도움이 되지 않았지만(전형적인 주민 대 학생의 대결 구도였다.) 그래도 레이디 미어캣츠를 좋아했다. 누구든 승자는 좋아하기 마련이었다. 프리시즌이건 아니건 토너먼트 결과가 월요일자 《에코》 1면에 떴을 것이다. 그들이 이겼다면 엘렌을 위해 승리의 선물을 마련하고 졌다면 위로의 선물을 마련할 수 있었다.

"어찌 되든 나는 승자가 되는 거지."

그는 중얼거리며 월요일 날짜를 입력했다. 2009년 11월 23일.

킨들은 한참 동안 생각을 하더니 신문 1면을 보여 주었다.

헤드라인이 큼지막하고 시커멨다.

웨슬리는 커피를 엎질렀고 미지근한 커피가 그의 사타구니를 적시는 와중에도 킨들을 낚아채서 보호했다.

＊　＊　＊

15분 뒤에 그가 로비 헨더슨의 아파트 거실을 왔다 갔다 걷는 동안 로비(웨슬리가 현관문을 부서져라 두드렸을 때 일어난 상태였지만 입고 잔 티셔츠와 농구용 반바지 차림이었다.)는 킨들 화면을 뚫어져라 쳐다보았다.

"아무한테라도 연락해야 해."

웨슬리가 말했다. 그가 주먹으로 손바닥을 어찌나 세게 때리고 있는지 손바닥이 빨개질 정도였다.

"경찰에 연락해야 해. 아니, 잠깐! 아레나! 럽에 연락해서 그녀한테 전화해 달라는 메시지를 남겨야 해! 최대한 빨리! 아냐, 틀렸어! 너무 늦잖아! 내가 지금 당장 전화를 해야겠어. 그래야……."

"진정하세요, 스미스…… 아니, 웨스 선생님."

"어떻게 진정할 수가 있겠니? 그거 못 봤어? 너, 눈이 멀었니?"

"아뇨. 하지만 진정하셔야 해요. 이런 표현 써서 죄송하지만 선생님 지금 맛이 갔어요. 그럴 때는 누구라도 생산적인 사고를 할 수 없잖아요."

"하지만……."

"심호흡하세요. 그리고 이 기사에 따르면 거의 60시간이 남았다는 사실을 기억하시고요."

"말이야 쉽지. 네 여자친구는 시합에 참가했다가 돌아오는 그 버스에 타고 있지 않을……." 그는 말을 하다 말고 멈추었다. 그게 아니기 때문이었다. 조시 퀸도 팀원이었고 로비의 말에 따르면 그와 조시 사이에서 뭔가가 진행 중이라고 했다.

"미안하다. 헤드라인을 보고 충격을 받아서. 심지어 계산도 하지 않고 여기로 달려 올라왔어. 내가 바지에다 실례한 것처럼 보일 텐데 거의 그럴 뻔했다니까? 네 룸메이트들이 없어서 얼마나 다행인지 모른다."

"저도 엄청 충격 받았어요."

로비는 실토했고 잠깐 동안 두 사람은 아무 말 없이 화면을 빤히 들여다보았다. 웨슬리의 킨들에 따르면 월요일자 《에코》는 1면 꼭대기에 까만색의 헤드라인이 실리고 가장자리에 검은 띠가 둘러질 예정이었다. 헤드라인은 다음과 같았다.

감독과 7명의 학생, 끔찍한 교통사고로 사망
다른 9명은 중태

사실 이것도 기사라기보다 일종의 아이템에 불과했다. 웨슬리는 괴로운 와중에도 이유를 알았다. 사고가 난 시각이(아니, 사고가 날 시각이) 일요일 밤 9시 조금 전이었다. 자세한 정황을 보고하기에는 시간적인 여유가 없었다. 하지만 로비의 컴퓨터를 켜고 인터넷에 접속해서…….

생각이 있는 걸까, 없는 걸까? 인터넷은 미래를 예측하지 못했다. 그건 분홍색 킨들만 할 수 있는 일이었다.

손이 너무 심하게 떨려서 11월 24일이라고 입력할 수가 없었다. 그는 킨들을 로비 쪽으로 밀었다.

"네가 해라."

로비도 두 번 만에 가까스로 성공했다. 24일자 《에코》의 기사는 좀 더 완성형에 가까워졌지만 헤드라인은 한층 끔찍했다.

사망자 수가 10명으로 증가
애도하는 주민과 학생들

"조시가……."
웨슬리가 말문을 열었다.
"네."
로비가 말했다.
"즉사는 면하지만 월요일에 죽네요. 맙소사."

     *   *   *

 일요일 밤에 벌어진 끔찍한 교통사고에서 경상만 입었을 뿐 극적으로 목숨을 건진 미어캣츠의 치어리더 안토니아 '토니' 버렐에 따르면 블루그래스 트로피를 서로 돌아가며 구경하는 등 자축의 분위기가 한창이었다고 한다. 「위 아 더 챔피언스」를 한 스무 번째 부르고 있었을 거예요." 그녀는 대부분의 부상자들이 입원한 볼링 그린 병원에서 이렇게 말했다. "감독님이 뒤를 돌아보면서 조용히 좀 하라고 소리를 질렀을 때 사고가 났어요."

 주립경찰서장 모지스 아든에 따르면 버스가 케이디즈에서 서쪽으로 약 3킬로미터 떨어진 프린스턴 대로, 즉 139번 도로를 달리고 있었을 때 몽고메리에 거주하는 캔디 라이머가 몰던 SUV가 버스를 들이받았다고 한다. "라이머 씨가 80번 고속도로를 타고 서

435

쪽을 향해 고속으로 달리다 교차로에서 버스를 들이받았죠."아
든 서장의 전언이다.

무어에 거주하는 올해 58세의 버스 기사 허버트 앨리슨은 충
돌 직전에 라이머 씨의 차를 보고 핸들을 틀었던 듯하다. 그 여파
와 충돌의 충격으로 인해 버스는 도랑으로 추락해 전복됐고 그
자리에서 폭발했다.

그 뒤로 기사가 계속 이어졌지만 두 사람 모두 더는 읽고 싶지
않았다.

"좋아요. 이제 고민해 봐요. 첫째, 이 기사가 사실이라고 확신할
수 있을까요?"

로비가 말했다.

"아닐 수도 있지. 하지만 로비…… 우리가 과연 운에 맡길 만한
여력이 될까?"

웨슬리가 말했다.

"아뇨. 아뇨, 아닌 것 같아요. 당연히 아니에요. 하지만 선생님,
경찰서에 연락한들 우리 말을 믿어 주지 않을 거예요. 그건 선생님
도 아시잖아요."

"킨들을 보여 주면 되잖아! 기사를 보여 주면 되잖아!"

하지만 그가 듣기에도 기가 꺾인 말투였다.

"좋아, 이렇게 하면 어떨까? 내가 엘렌한테 연락할게. 내 말을
안 믿더라도 버스를 15분 정도 늦게 출발시키거나 앨리슨이라는
기사한테 다른 길로 가자고 얘기하겠다고 할지는 몰라."

로비는 잠깐 고민했다.

"네. 그건 한번 시도해 볼 만하겠어요."

웨슬리는 서류가방에서 전화기를 꺼냈다. 로비는 다음 페이지 버튼을 눌러서 기사의 나머지 부분을 읽기 시작했다.

전화벨이 두 번…… 세 번…… 네 번 울렸다.

웨슬리가 음성 사서함에 메시지를 남길 준비를 하려는 찰나 엘렌이 전화를 받았다.

"웨슬리, 지금은 통화할 수 없어. 너도 이해한 줄 알았더니……."

"엘렌, 그게 아니라……."

"……내가 남긴 메시지를 들었다면 *나중에* 얘기할 기회가 있다는 걸 알았을 거 아냐."

뒤에서 신이 난 여학생들(조시도 그중 한 명이었다.)의 걸걸한 목소리와 요란한 음악소리가 들렸다.

"응, 메시지 들었어. 하지만 지금 당장 할 얘기가……."

"싫어! 지금은 *아니야*. 나는 이번 주말 내내 네 전화도 받지 않고 메시지도 듣지 않을 거야."

그녀의 목소리가 누그러졌다.

"자기가 메시지를 남길 때마다 힘들어진단 말이야. 우리 둘 다그래."

"엘렌, 그게 아니라……."

"끊을게, 웨스. 다음 주에 얘기하자. 행운 빌어 줄 거지?"

"엘렌, 안 돼!"

"빌어 주겠다는 뜻으로 받아들일게. 그리고 있잖아, 나는 너를 여전히 좋아하는 것 같아. 네가 비록 얼간이일지라도 말이야."

그 말을 끝으로 그녀는 전화를 끊었다.

* * *

그는 다시 걸기 버튼에 손가락을 얹었지만 누르지는 않았다. 그래봐야 소용없었다. 엘렌은 막가파로 나오고 있었다. 어처구니가 없었지만 어쩔 도리가 없었다.

"자기가 정한 스케줄에 따르지 않는 이상 대화를 거부할 거야. 일요일 밤 이후에는 스케줄 자체가 *없어질* 수도 있다는 걸 알지도 못하면서. 네가 퀸 양에게 연락해라."

상황이 이렇다 보니 그 여학생의 이름이 생각나지 않았다.

"조시한테 연락하면 제가 장난치는 줄 알 거예요. 그런 얘기를 하면 *어떤* 여자라도 제가 장난치는 줄 알 거예요."

그는 계속 킨들 화면을 들여다보고 있었다.

"뭐 하나 알려 드릴까요? 사고를 낸 여자(사고를 낼 여자)는 거의 다친 데가 없대요. 꼭지가 돌도록 취했을 거라는 데 선생님의 다음 학기 수업료를 걸게요."

웨슬리는 이 말을 듣지도 않았다.

"조시한테 연락해서 내 전화를 *받아야* 한다고 엘렌한테 전해 달라고 해. 우리 둘의 문제 때문이 아니라고. 비상사태라고……."

"선생님. 흥분 가라앉히고 제 얘기를 들어보세요. 듣고 계신 거예요?"

로비의 말에 웨슬리는 고개를 끄덕였지만 그의 심장이 두근거리는 소리가 가장 크게 들렸다.

"첫 번째 포인트, 그래도 조시는 제가 장난치는 줄 알 거예요. 두 번째 포인트, 어쩌면 우리 둘 *다* 장난을 치는 거라고 생각할 수도 있어요. 세 번째 포인트, 감독님의 요즘 상태를 감안했을 때 조시는 감독님한테 얘기를 전하지도 않을 거예요. 조시 말로는 감독님이 시합에 나가면 더 심해진다고 하거든요."

로비는 한숨을 쉬었다.

"조시에 대해서 알아 두셔야 할 게 있는데요. 귀엽고 똑똑하고 엄청 섹시하지만 소심한 생쥐 같기도 하거든요. 제가 그래서 좋아하긴 하지만."

"네 성격이 얼마나 좋은지 그걸 통해서 알 수 있겠지만 지금 당장은 내가 쥐뿔 관심을 보이지 않더라도 이해해 주겠니? 그 방법은 효과가 없을 거라고 했지? 그럼 효과가 있을 만한 방법 생각나는 거 없어?"

"그게 네 번째 포인트예요. 운이 조금 따라 준다면 아무한테도 이 기사를 얘기하지 않아도 되거든요. 아무도 믿어 주지 않을 테니까 잘된 거죠."

"설파해 보아라."

"네?"

"어떤 계획인지 설명해 보라고."

"먼저 《에코》에서 기사를 한 번 더 다운받아야 해요."

로비가 2009년 11월 25일을 입력했다. 버스 폭발로 심각한 화상을 입은 치어리더가 죽으면서 사망자 수가 11명으로 늘었다. 《에코》에서는 대놓고 얘기하지 않았지만 이 주 안으로 사망자 숫자가 더 추가될 가능성이 컸다.

로비는 이 기사를 잽싸게 훑어보기만 했다. 그가 찾던 정보는 1면 하단의 박스 기사 안에 들어 있었다.

캔디스 라이머
차량 살인 혐의로 기소되다

기사 한복판에 회색 정사각형이 있었다. 그녀의 사진이 실린 자리였을 것이다. 분홍색 킨들은 신문에 실린 사진까지 복제하지는 못했다. 하지만 상관없었다. 이제 그는 로비의 계획을 알아차렸다. 그들이 멈추어야 할 상대는 버스가 아니었다. 버스를 들이받을 여자였다.

캔디스 라이머가 네 번째 포인트였다.

VI —캔디 라이머

흐린 일요일 오후 5시(그리 멀지 않은 곳에서 레이디 미어캣츠는 농구 네트를 자르고 있었다.)에 웨슬리 스미스와 로비 헨더슨은 웨슬리의 수수한 셰비 말리부에 앉아서 케이디즈에서 북쪽으로 32킬로미터 가면 나오는 에디빌의 어느 도로변 술집 입구를 감시하고 있었다. 부드러운 흙으로 덮인 주차장은 거의 비어 있다시피 했다. 브로큰 윈드밀 안에 텔레비전이 있겠지만 안목이 있는 술꾼들은 집에서 술을 마시며 미식축구를 보고 있을 것이었다. 지저분한 무허가 술집은 들어가 보지 않아도 알 수 있는 법이었다. 캔디 라이머가 첫 번째로 들른 곳이 형편없었다면 두 번째로 들른 곳은 더 형편없었다.

지저분하고 여기저기 움푹 들어간 포드 익스플로러가 비상구로 보이는 곳을 막고 살짝 삐딱하게 주차되어 있었다. 뒤 범퍼에 스티커가 두 개 붙어 있었다. 하나는 **우리 아이는 주립 교도소의 우등생이다**였다. 나머지 하나는 이보다 더 알 만했다. **나는 잭 대니얼스가 보이면 브레이크를 밟는다.**

"지금 당장 행동으로 옮기는 게 좋지 않을까요? 그 여자가 안에서 진탕 마시면서 타이탄스 경기를 보는 동안에요."

로비가 말했다.

솔깃한 아이디어였지만 웨슬리는 고개를 저었다.

"기다리자. 다른 데 한 번 더 들르잖아. 홉슨, 기억하지?"

"여기서 몇 킬로미터 더 가야 하잖아요."

"맞아. 하지만 기다릴 만큼 기다려야 해."

웨슬리가 말했다.

"왜요?"

"왜냐하면 우리가 지금 미래를 바꾸고 있잖아. 최소한 그러려고 시도하는 중이잖니. 그게 얼마나 어려울지 우리로서는 전혀 모르잖아. 최대한 늦게 개입해야 성공 확률을 높일 수 있어."

"선생님, 상대는 술 취한 여자잖아요. 저 여자는 센트럴 시티의 그 술집에서 나왔을 때부터 취해 있었고, 저기서 나올 무렵이면 더 취해 있을 거예요. 그런데 무슨 수로 차를 고친 다음 여기서 65 킬로미터 멀리까지 제때 달려가서 여학생들이 탄 버스를 들이받겠어요? 마지막 행선지까지 쫓아가다 이 차가 고장이라도 나면 어떻게 해요?"

웨슬리는 미처 생각하지 못한 부분이었다.

"내 본능은 기다리라고 한다만 네가 지금 저질러야 할 것 같은 강한 예감을 느낀다면 그렇게 하자."

로비가 똑바로 일어나 앉았다.

"이미 늦었어요. 미스 아메리카가 등장하시네요."

캔디 라이머는 스키 회전 경기에 나선 선수처럼 브로큰 윈드밀에서 걸어나왔다. 핸드백을 떨어뜨려서 허리를 숙이고 주우려다 하마터면 넘어질 뻔하자 욕을 했고, 핸드백을 줍고서는 웃음을 터뜨리더니 열쇠를 꺼내며 익스플로러를 세워 놓은 곳으로 걸어갔다. 얼굴이 통통 부었지만 한때 대단했을 외모의 흔적이 모두 덮이지는 않았다. 끝은 금색이고 뿌리는 까만색인 머리칼이 길게 곱실거리며 양 뺨의 주변을 덮었다. 케이마트에서 산 것일 수밖에 없는 헐렁한 셔츠 밑으로 고무줄 청바지로 덮인 배가 불룩 솟았다.

그녀는 우글쭈글한 SUV에 올라타서 시동을 걸고(당장 정비를 받아야 할 것 같은 소리가 났다.) 술집의 비상구를 향해 돌진했다. 우드득 하는 소리가 들렸다. 그 차의 후진등이 들어왔고 그녀가 어찌나 고속으로 후진을 하는지 웨슬리는 순간, 그 차에 그의 말리부가 들이받혀서 고장이 나면 사마라 거리의 약속(존 오하라가 쓴 소설 제목이다 ─ 옮긴이)을 향해 질주하는 그녀를 멍하니 지켜볼 수밖에 없겠다는 끔찍한 생각이 들었다. 하지만 그녀는 제때 브레이크를 밟았고 달려오는 차가 있는지 살피지도 않은 채 고속도로로 진입했다. 잠시 후에 웨슬리는 홉슨을 향해 동쪽으로 달리는 그녀의 뒤를 따라갔다. 4시간 뒤면 그녀는 레이디 미어캣츠를 태운 버스가 지나갈 교차로를 향해 달릴 것이다.

* * *

웨슬리는 그녀가 저지른 끔찍한 짓에도 불구하고 조금 안쓰럽다는 생각이 들었고, 로비도 마찬가지 심정일 것 같았다. 그들이 《에코》에서 읽은 추적 기사에 따르면 그녀의 사연은 구질구질한 동시에 친숙했다.

올해 41살인 캔디스 '캔디' 라이머는 이혼녀였다. 세 아이는 현재 아이들 아버지가 양육하고 있었다. 지난 10여 년 동안 그녀는 약 3년에 한 번 꼴로 네 군데 알코올 중독 재활 기관에 입소했다가 퇴소했다. 지인의 증언에 따르면(친구는 없는 듯했다.) 알코올 중독자 치유 모임에도 참석했지만 그녀에게는 맞지 않는 것으로 결론을 내렸다고 했다. 이유는 요란하게 예배를 드리는 시간이 너무 많다는 것이었다. 그녀는 음주운전으로 여섯 번 체포된 전적이 있었다. 다섯 번째와 여섯 번째로 체포됐을 때 면허가 취소됐지만 두 번 다 복원이 되었고, 특히 두 번째에는 특별 진정서를 접수했다. 베인브릿지에 있는 비료공장으로 출퇴근하려면 면허증이 있어야 한다고 월런비 판사에게 호소한 것이다. 6개월 전에 공장에서 잘렸다는 사실은 밝히지 않았고…… 아무도 확인하지 않았다. 캔디 라이머는 언제라도 폭발할 수 있는 알코올 폭탄과도 같았는데 폭발할 시점이 이제 코앞이었다.

기사에 그녀의 몽고메리 집 주소까지 공개되지는 않았지만 그럴 필요도 없었다. 기자가 《에코》답지 않은 독자적인 추적 보도의 모범 사례를 보이며 캔디의 마지막 행적을 센트럴 시티의 팟 오 골드에서부터 에디빌의 브로큰 윈드밀을 거쳐 홉슨의 밴티스 바에 이르기까지 낱낱이 소개했던 것이다. 밴티스 바의 바텐더가 그녀에게서 열쇠를 빼앗으려고 하다가 실패할 것이다. 캔디는 그에게 손가락 욕을 날리며 "이제 이 싸구려 술집하고는 끝이야!"라고 어깨 너머로 소리를 지를 것이다. 그게 7시에 벌어진 일이었다. 기자의 추정에 따르면 캔디는 아마도 124번 도로에 차를 세우고 잠깐 눈을 붙였다가 80번 도로로 뛰어들었을 거라고 했다. 그녀는 그 80번 도로를 조금 타고 가다 마지막으로 정차할 것이다. 화끈하게 정차할 것이다.

*　*　*

로비에게 그 이야기를 들은 뒤로 웨슬리의 머릿속에서는 한 번도 그를 실망시킨 적 없는 셰비가 배터리 방전이나 역설의 법칙 때문에 시동이 꺼져서 2차로 아스팔트 도로 옆에서 스르르 멈추어 버릴 게 분명하다는 생각이 떠날 줄 몰랐다. 그러면 캔디 라이머의 미등은 시야에서 사라질 테고, 그들은 이후로 몇 시간 동안 여기저기 미친 듯이 전화를 하지만(중서부의 이 촌구석에서 휴대전화가 터진다는 가정 아래) 소용이 없을 테고, 에디빌에서 기회가 있었을 때 그녀의 차를 망가뜨려 놓지 않은 그들을 저주하게 될 것이다.

하지만 말리부는 이상한 소리나 아무 문제없이 평소처럼 매끄럽게 질주했다. 그는 400미터쯤 거리를 두고 캔디의 익스플로러를 쫓아갔다.

"맙소사, 차로를 미친 듯이 왔다 갔다 하네요. 저러다 다음 번 술집에 도착하기도 전에 차를 도랑에 갖다 박겠어요. 그러면 타이 어를 찢는 수고를 덜 수 있는데."

로비가 말했다.

"《에코》에 따르면 그럴 일 없다잖아."

"네, 하지만 미래가 돌에 새겨져 있지는 않잖아요? 그게 다른 우르나 뭐 그런 데서 벌어진 사고일 수도 있고요."

웨슬리는 우르 로컬은 그런 식으로 작동하지 않는다고 장담할 수 있었지만 아무 말도 하지 않았다. 어찌 됐건 지금은 이미 엎질 러진 물이었다.

캔디 라이머는 도랑으로 굴러 떨어지거나 마주오던 차와 부딪 치지 않고 무사히 밴티스에 도착했지만 아슬아슬했던 순간이 얼 마나 많았는지 모른다. 한번은 그녀를 피하느라 급히 핸들을 틀었 다가 웨슬리의 말리부 옆을 지나간 차를 보고 로비가 말했다.

"일가족이 타고 있었어요. 엄마, 아빠, 뒷좌석에서 사부작거리는 꼬맹이들."

그 순간 그녀를 향한 안쓰러움이 멈추고 분노가 시작됐다. 엘렌 에 대해서 발끈했던 심정이 시시하게 느껴질 만큼 순수하고 격한 감정이었다. 웨슬리는 손마디가 하얘지도록 핸들을 움켜쥐었다.

"나쁜 년. 남들 생각은 코딱지만큼도 안 하는 *나쁜 년*. 죽여야 막을 수 있다면 죽여 버리겠어."

"저도 도울게요."

로비는 이렇게 말하고 입술이 거의 안 보일 정도로 굳게 입을 다물었다.

* * *

그들은 그녀를 죽일 필요가 없었고, 음주운전 금지법이 켄터키 주 남부의 허름한 술집들을 전전하는 캔디 라이머를 막지 않았듯 역설의 법칙도 그들을 막지 않았다.

밴티스의 주차장은 포장이 되어 있었지만 이스라엘에게 폭격당한 가자의 잔해처럼 콘크리트가 주저앉았다. 머리 위에 달린 수탉 모양의 네온등은 치직거리는 소리를 내며 켜졌다 꺼지길 반복했다. 옆면에 XXX라고 적힌 밀주 병이 수탉의 발톱에 걸려 있었다.

라이머의 익스플로러가 이 근사한 새의 바로 밑에 주차되어 있었다. 웨슬리는 그 용도로 구입한 푸주칼을 꺼내서 깜빡이는 주홍색 불빛을 조명 삼아 SUV의 앞 타이어를 찢었다. *쉬이익* 하며 빠져나온 공기가 그를 때리자 파도처럼 밀려든 안도감이 그를 삼켰고, 그는 일어나지 못한 채 기도하는 사람처럼 무릎을 딛고 쭈그리고 앉아 있었다. 브로큰 윈드밀에서 해치울 걸 그랬다는 생각이 들었다.

"제 차례예요."

잠시 후에 로비가 뒤 타이어에 구멍을 내자 익스플로러는 한층 더 주저앉았다. 다시 쉬이익 하는 소리가 들렸다. 그가 추가로 스페어타이어를 찢는 소리였다. 그쯤 되자 웨슬리는 일어날 수 있었다.

"옆에 주차하세요. 그 여자를 계속 감시하는 게 좋겠어요."

로비가 말했다.

"감시하는 정도로 그치지 않을 거야."

"워, 워. 뭘 어쩔 생각이신데요?"

"아무 생각도 하지 않아. 그 단계는 이미 지나갔어."

하지만 그의 온몸을 뒤흔드는 분노가 다른 차원의 무언가를 예고했다.

* * *

《에코》에 따르면 그녀는 밴티스를 나오면서 싸구려 술집이라고 욕을 했다는데 온 가족이 볼 수 있는 신문임을 감안해서 표현을 순화한 모양이었다. 사실 그녀가 어깨 너머로 외친 말은 "이제 이 뚱뚱하고는 끝이야!"였다. 그런데 이 무렵에는 워낙 취해서 뚱총이라고 발음이 뭉개졌다.

로비는 신문에 소개된 사건이 실제로 눈앞에서 펼쳐지자 넋을 잃은 나머지 뚜벅뚜벅 그녀를 향해 걸어가는 웨슬리를 붙잡을 생각조차 하지 않았다. "잠깐만요!" 하고 외치기는 했지만 웨슬리는 듣지 않았다. 다가가서 여자를 붙잡고 흔들기 시작했다.

캔디 라이머의 입이 벌어졌다. 그녀가 쥐고 있던 열쇠가 금이 간 콘크리트 바닥 위로 떨어졌다.

"놔, 이 나쁜 놈아!"

웨슬리는 놓지 않았다. 아랫입술이 찢어질 정도로 세게 그녀의 얼굴을 때리고 그런 다음 이번에는 반대편을 때렸다.

"정신 차려!"

그는 겁에 질린 그녀의 얼굴에 대고 고함을 질렀다.

"정신 차려, 이 한심한 년아! 찌질하게 굴면서 남들한테 민폐나

끼치지 말고! 너 때문에 여럿이 죽을 거야! 내 말 알아듣겠어? 너 때문에 씨발, 여럿이 **죽을** 거라고!"

그가 세 번째로 그녀를 때리자 이번에는 권총이라도 발사된 것처럼 요란한 소리가 났다. 그녀는 비틀비틀 뒷걸음질을 쳐서 건물에 등을 기대고 울며 손을 들어서 얼굴을 막았다. 피가 그녀의 턱을 타고 흘렀다. 수탉 모양의 네온등에 비쳐서 기중기처럼 길어진 그들의 그림자가 깜빡깜빡 윙크를 했다.

그는 네 번째로 때리려고 손을 들었지만(사실은 목을 조르고 싶었지만 그보다는 때리는 게 나았다.) 로비가 뒤에서 그를 붙잡고 끌어냈다.

"그만하세요! 염병하겠네. 그만하세요! 그 정도면 충분해요!"

바텐더와 얼빠진 취객 두엇이 문 앞에 서서 멍하니 구경하고 있었다. 캔디 라이머는 스르르 주저앉았다. 점점 부풀어오르는 얼굴을 손으로 누르고 히스테리 환자처럼 울었다.

"왜 다들 나를 싫어하는 거야? 왜 다들 이렇게 못돼 처먹은 거냐고?"

망연하게 그녀를 쳐다보는 동안 웨슬리의 분노가 사그라들었다. 절망감이 그 빈자리를 채웠다. 음주운전으로 최소 11명을 죽인 사람은 악마라고 할 수 있을 텐데 이 자리에 악마는 없었다. 시골 도로변 술집 주차장의 금이 간 잡초투성이 콘크리트 바닥에 주저앉아서 흐느끼는 알코올중독자만 있을 따름이었다. 깜빡거리며 켜졌다 꺼졌다를 반복하는 네온등이 거짓말을 하는 게 아니라면 바지에 실례를 한 여자만 있을 따름이었다.

"사람을 움직일 수는 있지만 악마를 움직일 수는 없다고 하지.

악마는 언제나 살아남아서 커다란 새처럼 날아올라 다른 누군가에게로 옮아가고. 그게 사람을 진 빠지게 만드는 거야, 그렇지 않니? 그게 사람을 정말로 진 빠지게 만드는 거야."

웨슬리가 말했다. 다른 데서 흘러나오는 목소리처럼 느껴졌다.

"네, 맞아요, 아주 철학적이네요. 하지만 이럴 때가 아니에요. 저 사람들이 선생님의 얼굴이나 자동차 번호판을 제대로 확인하기 전에 얼른 튀어야 해요."

로비가 말리부 쪽으로 그를 끌고 갔다. 웨슬리는 아이처럼 고분고분 끌려갔다. 온몸이 부들부들 떨렸다.

"악마는 언제나 살아남을 거야, 로비. 모든 우르에서. 그걸 기억해라."

"그럼요, 당연하죠. 열쇠 주세요. 제가 운전할게요."

누군가가 뒤에서 외쳤다.

"*이봐요!* 저 여자를 왜 그렇게 두들겨 팬 거요? 당신한테 아무 짓도 하지 않았잖아! 이리 와 봐요!"

로비는 웨슬리를 차에 태우고 보닛을 잽싸게 돌아서 운전석에 올라타 쌩하니 달아났다. 계속 액셀러레이터 페달을 밟고 있다가 깜빡이는 수탉이 시야에서 사라지자 발을 뗐다.

"이제 어쩌죠?"

웨슬리는 손으로 눈을 덮었다. 그가 말했다.

"그런 짓해서 미안하다. 하지만 미안하지 않기도 해. 내 말 이해하겠니?"

"네, 그럼요. 실버먼 감독님을 위해서 그러신 거잖아요. 그리고 조시를 위해서였기도 하고요. 저의 조그만 생쥐를 위해서."

449

로비는 미소를 지었다.

웨슬리도 미소를 지었다.

"이제 어디로 갈까요? 집요?"

"아직은 아니야."

웨슬리가 말했다.

*　*　*

그들은 케이디즈에서 서쪽으로 3킬로미터쯤 가면 나오는 139번 도로와 80번 고속도로의 교차로 근처 옥수수 밭 옆에 차를 세웠다. 일찍 도착했기에 웨슬리는 그 틈을 타서 분홍색 킨들을 켰다. 우르 로컬에 접속하려고 하자 뜻밖이라고 볼 수 없는 메시지가 그를 맞았다. **본 서비스는 더 이상 이용할 수 없습니다.**

"어쩌면 잘된 일일 수도 있지."

그가 말했다.

로비가 그를 돌아보았다.

"뭐래요?"

"아무 말도 없어. 상관없지, 뭐."

그는 킨들을 다시 서류가방에 넣었다.

"선생님?"

"왜, 로비?"

"우리가 역설의 법칙을 깼을까요?"

"당연하지."

8시 55분에 경적 소리와 함께 불빛이 보였다. 그들은 말리부에서 내려 그 앞에 서서 기다렸다. 웨슬리는 두 손을 맞잡고 있는 로비를 보고, 캔디 라이머가 어찌어찌 등장하는 건 아닌지 걱정하는 사람이 그 혼자가 아니라는 데서 위안을 느꼈다.

전조등이 가장 가까운 언덕을 넘었다. 버스였고 레이디 미어캣츠 응원단을 태운 10여 대의 차량들이 그 뒤를 따라오며 미친 듯이 경적을 울리고 상향등을 깜빡였다. 버스가 지나가는 순간 「위 아 더 챔피언스」를 부르는 기분 좋은 여학생들의 목소리가 들리자 웨슬리의 등줄기를 타고 한기가 오르면서 목덜미에 소름이 돋았다.

그는 손을 들어서 흔들었다.

옆에서 로비도 똑같이 했다. 그러고는 웃는 얼굴로 웨슬리를 돌아보았다.

"어때요, 선생님? 퍼레이드에 동참할까요?"

웨슬리는 그의 어깨를 쳤다.

"그거 참 우라지게 좋은 생각이다."

마지막 차가 지나가자 로비가 대열에 합류했다. 그는 다른 차량들처럼 무어까지 가는 내내 경적을 울리고 말리부의 전조등을 깜빡였다.

웨슬리는 개의치 않았다.

VII ─역설을 관리하는 경찰관

수전 앤드 낸스(창문에 **레이디 미어캣츠 최고**라고 비눗물로 적혀 있었다.) 앞에서 로비가 내리자 웨슬리가 말했다.

"잠깐만."

그는 운전석 쪽으로 돌아가서 그를 끌어안았다.

"잘했다."

로비는 씩 웃었다.

"그럼 이번 학기에 보답으로 A학점 받을 수 있는 건가요?"

"아니. 하지만 충고 몇 마디 할게. 미식축구 때려치워라. 그걸로는 절대 성공하지 못할 테고 네 머리는 그보다 더 나은 대접을 받을 자격이 있어."

"알겠습니다."

로비는 이렇게 말했지만…… 두 사람 모두 알다시피 동의한 건 아니었다.

"수업시간에 뵐게요."

"화요일에 보자."

웨슬리가 말했다. 하지만 15분이 지났을 때 그가 *아무라도* 두 번 다시 만날 수 있을지 의심스러워지는 사건이 발생했다.

*　*　*

학교의 A주차장에 댈 때 말고 평소에 그의 말리부를 세워 놓는 자리에 다른 차가 주차되어 있었다. 웨슬리는 그 뒤에 주차할 수도 있었지만 길 건너편을 선택했다. 왠지 모르게 낌새가 불안했다. 캐딜락이었는데 위에서 비추는 아크 나트륨 불빛을 받고 너무 눈이 부시게 반짝였다. 빨간색 차체가 *나 여기 있어! 마음에 들어?* 라고 소리를 지르는 듯했다.

웨슬리는 마음에 들지 않았다. 선팅이 된 창문과 캐딜락 금장이 달린 조폭 스타일의 특대형 휠캡도 마음에 들지 않았다. 마약 매매업자가 타고 다니는 차 같았다. 만약 그렇다면 문제의 매매업자는 살인광일 것이다.

'내가 왜 이런 생각을 하고 있지?'

"오늘 스트레스가 쌓여서 그렇지."

그는 이렇게 중얼거리고 서류가방으로 그의 다리를 때려가며 인적이 없는 도로를 건넜다. 허리를 숙이고 들여다보았다. 차 안에 아무도 없었다. 적어도 그가 *보기에는* 그랬다. 창문이 하도 컴컴해서 100퍼센트 장담할 수는 없었다.

'역설을 관리하는 경찰관이다. 그들이 나를 잡으러 온 거야.'

말도 안 되는 발상처럼, 심하면 피해망상 환자의 망상처럼 느껴져야 하는데 그렇지가 않았다. 게다가 지금까지 벌어진 일들을 감안하면 피해망상증이 아닐 수도 있었다.

웨슬리는 손을 뻗어서 차문을 건드렸다가 얼른 거두었다. 문이 금속 느낌인데 따뜻했다. 그리고 맥박이 있는 것처럼 느껴졌다. 금속이건 아니건 차가 살아 있는 것 같았다.

'도망치자.'

이 생각이 뇌리를 강타하자 그의 입술이 도망치자라고 벙긋거리는 것이 느껴졌지만 그는 그래봐야 소용없다는 것을 알았다. 도망친들 이 꼴 보기 싫은 빨간 차를 타고 온 사람들이 그를 찾아낼 것이다. 왈가왈부를 거부할 정도로 단순한 사실이었다. 왈가왈부를 *생략*할 정도로 단순한 사실이었다. 그래서 그는 열쇠로 건물 출입문을 열고 그의 아파트를 향해 계단을 올라갔다. 심장이 쿵쾅거리고 금방이라도 다리에 힘이 풀릴 것 같아서 천천히 올라갔다.

열려 있는 2B의 문이 2층 층계참 위로 직사각형 모양의 빛을 드리웠다.

"아, 왔군. 들어오시지, 켄터키의 웨슬리."

인간의 것이 아닌 목소리가 들렸다.

＊　＊　＊

두 명이었다. 한 사람은 젊고 한 사람은 나이가 많았다. 나이가 많은 사람은 웨슬리와 엘렌 실버먼이 한때 공동의 쾌락을 위해(아니, 공동의 황홀경을 위해) 서로를 유혹했던 소파에 앉아 있었다. 젊은 사람은 웨슬리가 가장 좋아하는 의자에 앉아 있었다. 남은 치즈케이크는 달콤하고 책은 재미있고 스탠딩 램프의 조도는 딱 알맞은 늦은 밤마다 그가 몸을 의탁하는 의자였다. 두 사람 모두 더스터라고 불리는, 머스터드 색의 롱코트를 입고 있었다. 웨슬리는 그 코트가 살아 있다는 것을 알아차렸는데 무슨 수로 알아차렸는지는 그도 알 수 없었다. 그리고 그 코트를 입고 있는 자들은 인간이 아니었다. 얼굴이 계속 *바뀌*었고 거죽 밑에서 파충류 아니면 조류 아니면 양쪽 모두가 숨 쉬고 있었다.

양쪽 모두 서부 영화 속의 보안관이라면 배지를 달았을 옷깃에 빨간 눈이 그려진 버튼을 달고 있었다. 웨슬리는 그 눈 역시 살아 있다는 생각이 들었다. 그 눈들이 그를 쳐다보고 있었다.

"나라는 걸 어떻게 아셨죠?"

"냄새가 났으니까."

나이가 많은 쪽이 대답했다. 농담처럼 들리지 않는다는 것이 섬뜩한 대목이었다.

"원하는 게 뭡니까?"

"우리가 찾아온 이유를 알 텐데."

젊은 쪽이 말했다. 나이가 많은 쪽은 이후로 면담이 끝날 때까지 더 이상 아무 말도 하지 않았다. 한쪽의 목소리를 듣는 것만으로도 충분히 고역이었다. 목구멍 속에 귀뚜라미가 잔뜩 들어 있는 듯한 목소리였다.

"아마도요. 내가 역설의 법칙을 깼죠."

웨슬리가 말했다. 아직까지는 목소리가 떨리지 않았다. 그는 그들이 로비에 대해서는 알지 못하길 기도했고 어쩌면 그들이 모를 수도 있다는 생각을 했다. 킨들은 웨슬리 스미스의 이름으로 등록이 되어 있었다.

노란색 코트를 입은 남자가 골똘히 생각에 잠긴 듯한 목소리로 물었다.

"네가 무슨 짓을 저질렀는지 모르지? 타워가 흔들리고. 여러 세상이 요동치고. 장미는 겨울인 양 한기를 느끼고."

아주 시적인 표현이었지만 무슨 뜻인지 분명하지는 않았다.

"무슨 타워요? 무슨 장미요?"

웨슬리는 평소에 아파트를 시원하게 유지하는 편인데도 불구하고 이마에서 땀이 나는 게 느껴졌다. 그는 생각했다.

'저들 때문이야. 이자들이 열을 발산하는 거야.'

"그건 몰라도 돼. 이유를 설명해라, 켄터키의 웨슬리. 햇빛을 계속 보고 싶으면 설명을 잘하는 게 좋을 거다."

젊은 쪽이 말했다.

순간 웨슬리는 아무 말도 할 수가 없었다. '내가 여기서 재판을 받고 있구나.' 하는 생각이 그의 머릿속을 꽉 채워 버렸다. 하지만 잠시 후에 그 생각을 깡그리 지워 버렸다. 되돌아온 분노(캔디 라이머를 보고 느낀 것에 비하면 희미했지만 그래도 충분히 느껴졌다.)가 도움이 됐다.

"사람들이 죽게 됐어요. 열두어 명이. 어쩌면 그보다 많은 숫자가. 그 사실이 당신 같은 작자들에게는 대수롭지 않은 일일지 몰라도 나한테는 아니에요. 왜냐하면 그중 한 명이 내가 사랑하는 여자거든요. 자기 문제를 방치하고 제멋대로 날뛴 알코올중독자 때문에 벌어지는 일이에요. 그리고…… (그는 하마터면 *그리고 우리가*라고 할 뻔했지만 아슬아슬하게 경로를 수정했다.) 그리고 내가 그 여자를 해치지도 않았어요. 몇 대 때리기는 했지만 참을 수가 있어야 말이죠."

그가 가장 좋아하는 의자(앞으로는 그 의자를 절대 좋아하지 못할 듯했다.)에 앉은 자가 왱왱거리는 목소리로 말했다.

"너희들은 뭐든 참는 법이 *없지.* 너희가 일으키는 문제의 90퍼센트가 충동을 억제하지 못해서 발생하는 거야. 역설의 법칙이 존재하는 이유가 있을 거라는 생각은 한 번도 해 본 적 없나, 켄터키의 웨슬리?"

"나는……."

그자는 언성을 높였다.

"당연히 해 본 적 *없겠지.* 우리도 네가 해 본 적 *없다*는 걸 알아. 그렇기 때문에 우리가 이렇게 찾아온 거다. 그 버스에 타고 있었던 사람들 중 한 명이 연쇄 살인범이 돼서, 나중에 암이나 알츠하이머 치료제를 발견할 어린이를 비롯해 수십 명을 죽일 수도 있다는 생각은 하지 못했겠지. 그 여학생들 중 한 명이 제2의 히틀러나 스탈린이라는 인간 괴물을 낳아서 그가 타워의 이 층에 거주하는 인류를 *수백만* 명 살해할 수 있다는 생각도 하지 못했겠지. 네가 너의 능력으로는 도저히 이해하지 못할 사건들에 끼어들고 있다는 생각도 하지 못했겠지!"

그는 그런 생각들을 전혀 하지 못했다. 로비가 조시 퀸을 생각했듯 그는 엘렌을 생각했다. 다른 이들을 생각했다. 살갗이 수지처럼 뼈에서 뚝뚝 떨어져나가는 가운데, 비명을 지르며 하느님이 고난의 인간들에게 내린 형벌 중에서 가장 끔찍한 죽음을 경험할 아이들을 생각했다.

"그런 일이 벌어질까요?"

그는 속삭였다.

"어떤 일이 벌어질지 우리도 모른다. 그게 바로 관건이야. 네가 아무 생각 없이 접속한 실험용 프로그램으로는 향후 6개월을 분명하게 예측할 수 있지…… 한 좁은 지역 안에서. 6개월이 넘으면 예지의 시야가 점점 흐릿해진다. 1년이 넘으면 아예 깜깜하고. 그러니까 너와 너의 젊은 친구가 어떤 짓을 저질렀는지 우리도 알 수가 없다. 모르기 때문에 어딘가가 훼손되었다고 한들 복구할 기회도 없고."

노란색 코트를 입은 자가 말했다.

너의 젊은 친구. 그들은 로비 헨더슨의 존재를 알고 있었다. 웨슬리의 심장이 철렁 내려앉았다.

"이 모든 걸 관장하는 일종의 능력자 같은 게 있나요? 있죠? 내가 우르 북스에 맨 처음 접속했을 때 타워를 봤거든요."

"만물이 타워를 위해 존재하지."

노란색 코트를 입은 자는 이렇게 대답하고 경례를 하듯 옷깃에 달린 섬뜩한 버튼을 건드렸다.

"그럼 나도 그걸 위해 존재하고 있다고 말할 수 있는 거 아닐까요?"

그들은 아무 대꾸도 하지 않았다. 포식성 새를 닮은 까만 눈으로 그를 빤히 쳐다보기만 할 따름이었다.

"나는 그걸 주문한 적이 없어요. 그러니까…… 킨들을 주문하기는 했지만 그걸 주문한 적은 없어요. 그냥 내 앞으로 배달됐어요."

한참 동안 정적이 흘렀고 웨슬리는 그 안에서 그의 목숨이 오락가락하고 있다는 것을 알 수 있었다. 적어도 이 세상에서의 목숨은 그랬다. 이 둘이 보기 싫은 빨간 차에 그를 태워 가더라도 그는 계속 존재를 이어나갈 수 있겠지만 감옥에 갇힌 어두운 형태일 테고 아마 그는 금세 미쳐 버릴 것이다.

"배송에 착오가 있었던 것 같다."

젊은 쪽이 마침내 이렇게 말했다.

"하지만 100퍼센트 장담할 수는 없는 거 아닙니까, 맞죠? 어디에서 왔는지, 누가 보냈는지 알 수 없으니까."

다시 정적이 흘렀다. 잠시 후에 나이 많은 쪽이 같은 말을 반복했다.

"만물이 타워를 위해 존재하지."

그가 일어나서 손을 내밀었다. 손이 일렁거리는가 싶더니 발톱으로 변했다. 다시 일렁이자 손으로 바뀌었다.

"이리 다오, 켄터키의 웨슬리."

켄터키의 웨슬리는 냉큼 줘 버리고 싶었지만 손이 너무 심하게 떨려서 서류가방의 버클을 푸느라 한참이 걸렸다. 마침내 뚜껑이 탁 하고 열리자 그는 분홍색 킨들을 꺼내 나이가 많은 쪽에게 내밀었다. 그자가 광기 어린 탐욕의 눈빛으로 그것을 쳐다보자 웨슬리는 비명을 지르고 싶어졌다.

"이제는 작동이 안 되는 것 같지만……."

그자가 그것을 낚아챘다. 순간 그자의 살갗과 맞닿자 웨슬리는 그자의 살에도 나름의 생각이 있다는 것을 알 수 있었다. 온갖 생각들이 울부짖으며 불가해한 회로를 따라 달렸다. 이번에는 그가 비명을 질렀다. 아니, 비명을 지르려고 했다. 하지만 그의 입에서 나온 것은 나지막한 신음소리뿐이었다.

그들이 문 쪽으로 움직이자 코트 자락이 액체가 킬킬거리는 듣기 싫은 소리를 냈다. 나이가 많은 쪽이 발톱처럼 생긴 손으로 분홍색 킨들을 움켜쥐고 밖으로 나갔다. 젊은 쪽은 잠깐 걸음을 멈추고 웨슬리를 돌아보았다.

"이번에는 그냥 넘어가기로 하겠다. 네가 얼마나 운이 좋았는지 알고 있겠지?"

"네."

웨슬리는 속삭였다.

"그럼 고맙다고 해라."

"고맙습니다."

그는 더 이상 아무 말 없이 사라졌다.

* * *

그는 소파에도, 엘렌을 만나기 전까지만 해도 세상에서 가장 가까운 친구처럼 느껴졌던 의자에도 차마 앉을 수가 없었다. 그는 침대에 누워서 가슴 위로 팔짱을 끼고 온몸을 채찍질하는 떨림을 멈추려고 애를 썼다. 그래봐야 소용없는 일이었기에 불도 끄지 않았다. 그는 앞으로 몇 주 동안 잠을 이루지 못할 것이다. 어쩌면 평생 그럴 수도 있었다. 깜빡 잠이 들었다가도 까만색의 그 탐욕스러운 눈이 보이고 *네가 얼마나 운이 좋았는지 알고 있겠지*라고 묻는 그 목소리가 들릴 것이다.

잠을 자기는 영영 틀렸다.

그리고 그 생각과 함께 의식이 멈추었다.

VIII —창창한 미래가 그들을 기다린다

웨슬리는 다음 날 아침 9시, 오르골에서 파헬벨의 「D장조 캐논」이 흘러나오는 소리에 눈을 떴다. 꿈(분홍색 킨들과 도로변 술집 주차장에 만난 술 취한 여자와 노란색 코트를 입은 비열한 남자들이 등장하는)을 꾸었을지 몰라도 기억이 나지 않았다. 누군가가 그의 휴대전화로 전화를 걸고 있는데 그가 간절히 기다리던 전화일지 모른다는 것만 알 수 있을 따름이었다.

거실로 달려갔지만 서류가방에서 전화기를 꺼내기 전에 벨소리가 멎었다. 화면에 **새로운 메시지가 1개 있습니다**라는 문구가 떴다. 그는 음성사서함으로 들어갔다.

돈 올맨의 목소리였다.

"어이, 친구. 조간지 확인해 봐."

그게 다였다.

그는 《에코》를 끊었지만 아래층에 사는 리드패스 부인은 계속 받아보고 있었다. 계단을 한 번에 두 칸씩 달려 내려가 보니 과연 그녀의 우편함에 신문이 꽂혀 있었다. 그는 손을 내밀다 멈칫했다. 그가 자연스럽게 잠이 든 게 아니었다면 어쩐다? 마취가 돼서 다른 우르로 부팅이 됐는데 여기서는 교통사고가 났다면 어쩐다? 그가 마음의 준비를 할 수 있도록 돈이 미리 전화를 한 거라면 어쩐다? 신문을 펼쳤는데 그 업계에서는 상장에 해당하는 검은 테두리가 둘러져 있으면 어쩐다?

"제발. 제발 내 우르이길."

그는 속삭였다. 기도하는 대상이 하느님인지 아니면 정체를 알수 없는 그 검은 타워인지는 알 수 없었다.

그는 아무 감각이 없는 손으로 신문을 꺼내서 펼쳤다. 1면 전면에 테두리가 둘러져 있었지만 까만색이 아니라 파란색이었다.

미어캣을 상징하는 파란색이었다.

지금까지 《에코》에서 본 적 없을 만큼 큼지막한 사진이 1면의 절반을 차지했고, 그 위에 이런 헤드라인이 적혀 있었다. **블루그래스 트로피를 거머쥔 레이디 미어캣츠, 창창한 미래가 그들을 기다린다!** 선수들이 럽 아레나의 나무 바닥 위에 옹기종기 모여 있었다. 세 명이 은색으로 반짝이는 트로피를 높이 치켜들고 있었다. 다른 한 명(조시였다.)은 사다리를 딛고 올라가서 머리 위에 달린 네트를 돌리고 있었다.

시합 때마다 챙겨 입는 단정한 파란색 바지와 파란색 블레이저를 입은 엘렌 실버먼이 선수들 앞에 서 있었다. 그녀는 웃는 얼굴이었고 **사랑해 웨슬리**라고 손 글씨로 적은 팻말을 들고 있었다.

웨슬리가 한쪽에 신문을 든 채로 두 손을 머리 위로 던지며 고함을 지르자 맞은편에서 지나가던 아이들 두엇이 두리번거렸다.

"왜 그러세요?"

그중 한 명이 큰 소리로 물었다.

"스포츠팬이야!"

웨슬리는 큰 소리로 대답하고 2층으로 달려 올라갔다. 전화를 걸 데가 있었다.

랩프 비시낸자를 추억하며

⟨2권에서 계속⟩

462

옮긴이 | 이은선

연세대학교 중문과와 같은 학교 국제학대학원 동아시아학과를 졸업했다. 편집자와 저작권 담당자로 일했으며, 현재는 전문 번역가로 활동 중이다. 옮긴 책으로는 『탐정 아리스토텔레스』, 『통역사』, 『포의 그림자』, 『몬스터』, 『딸에게 보낸 편지』, 『노 임팩트 맨』, 『셜록 홈즈 실크 하우스의 비밀』, 『11/22/63』, 『닥터 슬립』, 『셜록 홈즈 모리아티의 죽음』, 『미스터 메르세데스』, 『파인더스 키퍼스』, 『엔드 오브 왓치』 등이 있다.

악몽을 파는 가게 1

1판 1쇄 펴냄 2017년 11월 9일
1판 7쇄 펴냄 2022년 9월 8일

지은이 | 스티븐 킹
옮긴이 | 이은선
발행인 | 박근섭
편집인 | 김준혁
펴낸곳 | 황금가지

출판등록 | 2009. 10. 8 (제2009-000273호)
주소 | 06027 서울 강남구 도산대로 1길 62 강남출판문화센터 5층
전화 | 영업부 515-2000 **편집부** 3446-8774 **팩시밀리** 515-2007
홈페이지 | www.goldenbough.co.kr

도서 파본 등의 이유로 반송이 필요할 경우에는 구매처에서 교환하시고
출판사 교환이 필요할 경우에는 아래 주소로 반송 사유를 적어 도서와 함께 보내주세요.
06027 서울 강남구 도산대로 1길 62 강남출판문화센터 6층 민음인 마케팅부

한국어판 ⓒ ㈜민음인, 2017. Printed in Seoul, Korea
ISBN 979-11-5888-332-4 04840
ISBN 979-11-5888-282-2 04840(set)

㈜민음인은 민음사 출판 그룹의 자회사입니다.
황금가지는 ㈜민음인의 픽션 전문 출간 브랜드입니다.

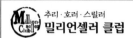

추리·호러·스릴러
밀리언셀러 클럽